말썽꾸러기 토츠와

그의 친구들

Contents

* 본문의 각주는 이해를 돕기 위해 역자가 표기한 것입니다.

말썽꾸러기 토츠와
그의 친구들

원제 [Kevade; 봄]

오스카르 루츠 지음

서진석 옮김

도서출판 **문화의힘**

한국과 에스토니아 두 친구의 유년의 추억

서진석_ 한국외국어대학교 EU연구소 선임연구원

내가 에스토니아의 명작 『봄(kevade)』을 번역한다고 했을 때 에스토니아에 사는 한 친구는 재미있는 현대소설을 두고 왜 굳이 출간된 지 100년이나 된, 에스토니아 사람도 이해하기 어려운 고전을 번역하느냐고 물었다. 사실 그 말은 맞는 말이기도 하다. 『봄(kevade)』에 등장하는 단어들과 표현은 현재 에스토니아에서도 쓰이지 않는 것들이 많아 다양한 사전들을 옆에 끼고 하나하나 밑줄을 쳐가며 번역이 잘못되지는 않았는지, 한국말로 매끄럽게 들리는지 일일이 확인을 하며 아주 힘든 번역을 했다.

그러나 정말 진실하고 오래 가는 친구는 어린시절의 추억을 공유하는 친구이고, 에스토니아와 한국이라는 두 친구는 비슷한 역사적 경험에 의해 유년기의 추억이 비슷하다는 점이 나로 하여금 다른 현대소설을 제치고 이 소설을 번역하게 하였다.

2021년은 에스토니아와 한국이 외교관계를 수립한 지 30주년이 되는 해이다. 아직 무역 등이 활발하지는 않으나 꾸준히 증가하고 있고, 양국 간에는 사증면제협정이 체결되어 있으며, IT강국으로서 에스토니아가 가진 입지는 이제 한국에서도 점점 커지고 있다.

그에 비하여 에스토니아의 문학은 한국에 거의 소개되지 않았다. 한국어로는 '말썽꾸러기 토츠와 그의 친구들'이라 제목이 붙은 『봄(kevade)』은 한국어로 번역되는 최초의 작품으로 그 의미가 남다르며, 이는 한국의 독자들에게 에스토니아의 문학을 더욱 가깝게 이해할 수 있는 기회가 되리라 생각한다.

이 책을 읽는 독자들은 아르노와 토츠, 트니손 패거리에 섞여 눈싸움을 하고 가슴이 쫄깃해지는 순간을 공유하며, 마음을 적시는 첫사랑의 설렘을 나눠 갖고, 장난 치고 쿵탕쿵탕 떠들던 교실을 같이 청소하며 순수한 어린 시절을 공유하는 봄날의 동무들이 되기를 바란다.

그리고 이런 상품성을 보장할 수 없는 책을 출판해 주신 '문화의 힘' 이순옥 대표와 여러모로 부족한 나의 번역물을 더 자연스럽고 매끈하게 교정해 주신 소설가 연용흠 선생, 에스토니아 고전을 한국어로 출판하는 데 후원을 아끼지 않은 에스토니아 문화기금(Eesti kultuurkapital) 관계자분들께 깊은 감사를 표한다. 🌏

한국 최초로 소개되는 에스토니아 명작
오스카르 루츠의 자전적 소설

한국판으로 『말썽꾸러기 토츠와 그의 친구들』이라 제목이 붙은 본 작품의 원제목은 『봄(kevade)』이다. 제목과는 다르게 막상 이 작품의 시간적 배경은 봄과는 관계가 없다. 가을을 시작으로 해서 그해 여름까지 이어지는 내용으로 봄은 등장하지 않는다. 그러나 눈썰미가 조금 있는 사람은 이 작품이 사춘기가 갓 시작되어 사랑과 가족, 사회, 역사에 관한 관심이 넓어지고 예민한 감수성과 다채로운 호기심이 펼쳐지는 인생의 봄날을 그리고 있음을 금방 이해할 수 있을 것이다. 이 소설은 『봄』 이후 『여름』, 『가을』이 연작으로 발표되었으며, 작가의 사후 『겨울』이 등장하였으나 같은 작가가 썼는지에 대한 의구심이 생길 정도로 작품성이 떨어져 많은 빛을 보지 못했다.

이 작품은 구성상으로는 파운베레 마을로 이사한 아르노가 주요 화자와 실질적 주인공 역할을 하고 있는 것처럼 보인다. 그러나 책을 처음 넘기는 순간부터 아르노 대신 그의 친구 토츠가 눈에 들어오기 시작하여 소설이 이어지는 과정에서도 아르노의 역할은 상당히 사라지고 토츠가 주인공처럼 두드러지게 나타난다. 본 소설의 작가 오스카르 루츠 (Oskar Luts) 역시 토츠의 비중이 높다는 것을 인정하였는데, 『봄』『여름』『가을』『겨울』 연작 시리즈와 그 후에 발간된 『토츠의 결혼식(Tootsi pulm)』『일하는 날(Argipäev)』 등 일련의 작품은 모두 '토츠의 이야기 (Tootsi lood)'라는 부제가 붙어 있다.

원래 이 책은 두 권으로 나뉘어 1912년과 1913년 2년에 걸쳐 출판되었다. 1편이 나오자마자 에스토니아 문학에서 가장 뛰어나고 또 사랑받는 작품으로 부상했다. 이 책은 아이들의 학교생활이 주 소재이긴 하지만 루츠는 특별히 어린이들을 주요 독자층으로 염두에 두고 쓴 것은 아니다. 그러므로 어린이들과 학교가 주요 소재로 사용된 분위기나 줄거리와는 다르게 성인부터 아이들까지 모두 섭렵하여 인기를 얻었다. 하지만 1920년대와 30년대에 들어서서는 유독 아동 독자들로부터 사랑을 독차지하여 『봄』은 아이들이 가장 좋아하는 작품으로 자리를 잡았다. 생생하게 묘사된 등장인물들의 행동, 재치 있는 표현, 생동감 있는 분위기 묘사 그리고 아이들의 마음 깊은 곳에 있는 심정묘사까지 더하여 이 책은 에스토니아 문학에서 끊이지 않는 인기를 누리고 있다. 에스토니아의 대표적인 문학평론가인 야니카 크론베르그(Janika Kronberg)는 이 작품은 "20세기 초반기 에스토니아 문학작품 중 가장 뛰어난 작품"이라고 말했다.

　문학이란 민족정신을 확립하고 이어나가는 데 특별한 역할을 하곤 한다. 정치적으로는 제정 러시아, 문화적으로는 독일로부터 이중 지배를 받고 있던 나라에서 살고 있는 아이들의 눈으로 본 당시의 현실은 에스토니아의 독립의지와 개혁 정신을 불러일으켰고 새로운 시대를 준비하고 맞으려는 시대적 분위기가 아이들의 대화와 풍경 묘사 속에서 잘 드러난다. 그리고 1918년 사상 최초의 실질적 국가를 만들고 1945년 소련에 복속된 후 1991년에 다시 독립할 때까지, 1쇄 출판 이후 백여 년이 흐른 지금까지도 에스토니아의 예술가들은 여전히 이 작품을 재해석하고 새로운 시도로 재창작하여 예술무대에 올린다.

그래서 이 작품의 적용은 문학을 뛰어넘은 다른 장르로까지 확대고 있다. 연극무대에는 수도 없이 올랐고 발레와 영화로도 제작되어 사랑을 받았다. 특히 1969년 제작된 동명의 영화는 에스토니아 영화사에도 굵직한 발자국을 남긴 작품으로 인정받고 있다. 아르노, 토츠, 라우르 선생님, 종지기 리블레, 장로 등 등장인물들은 에스토니아에서 장난꾸러기, 모범생, 새침떼기, 좋은 선생님 등 다양한 인간군상을 대표하는 프로토타입으로 설정되어 있기도 하며 에스토니아어에서 사용되는 경구나 언어표현들을 많이 생산한 책이기도 하다. 그러므로 현재까지도 이 책은 학생들에게 필독도서로 자리 잡았다.

이 작품은 작가인 오스카르 루츠의 자전적 소설인 것으로 알려져 있다. 이 연작의 장소적 배경은 현재의 팔라무세(Palamuse) 마을과 아주 흡사한 가상의 마을 파운베레(Paunvere)이다. 가상의 공간에서 벌어지는 이야기이지만 소설에서 묘사되는 마을은 그 자체가 작가의 실제 고향인 팔라무세 마을과 너무도 닮았다. 지금도 팔라무세에는 소설에 나오는 학교, 강, 다리, 교회가 이전 모습 그대로 남아 있다. 이런 까닭에 작품의 주요 줄거리와 사건의 흐름이 작가의 상상력이 아닌 경험에서 나온 것이 아닌가 하는 합리적 의심을 하게 된다. 그러므로 많은 독자들은 어디까지가 허구이고 어디까지가 실제인지 궁금해하기도 한다.

실제로 루츠 자신도 "많은 이들로부터 소설에 등장하는 주요 인물의 정체가 무엇이고 많은 등장인물 중 누가 작가 자신인가 하는 질문을 많이 받았다"는 사실을 털어놓았다. 그러나 루츠는 단 한 번도 그 질문에 대해서 시원한 답변을 해주지 않았다. 독자들은 한 인간이 어린이에서 청년으로 성장해 나가는 과정이 촘촘하고 굉장히 짜임새 있게 묘사되어 있는 그의 작품을 보며 그의 대답을 상상할 수밖에 없다.

발표 직후부터 엄청난 성공을 거두고 고전의 대열에 오른 책이지만 사실 이 책이 나오는 과정은 그리 순탄치만은 않았다. 오스카르 루츠는 이 책을 1905년부터 구상하고 있었다. 그 후 내용을 정리하여 1911년 에스토니아 제2의 도시 타르투(Tartu)의 바네무이네(Vanemuise) 극장에서 「파운베레」라는 제목으로 연극무대에 올리기도 했다. 성공을 직감한 루츠는 이듬해 1912년 소설을 출판하기 위해서 여러 출판사에 문을 두드렸지만 출판을 하겠다는 곳은 전혀 없었고 결국 그 해 자신의 사비를 털어 2,100권을 인쇄했다. 에스토니아의 문학계 역시 그의 작품에 호의적인 것은 아니었다. 안톤 탐사레(Anton Tammsaare) 등 에스토니아의 대표적 문호들은 이 책을 접하고는 상당히 비호의적인 평가를 내놓았다. 혹독한 평가에 아랑곳하지 않고 사람들 사이에서 입소문을 타면서 오랜 시간이 지나지 않아 희대의 인기 소설로 등극했다.

사실 이 책이 인기를 얻게 된 것은 서점직원으로 일하던 작가의 동생 테오도르 루츠가 손님들에게 이 책을 권해준 공이 크다고 한다. 그 결과 1912년 아이들의 선물로 200권 정도가 판매되었고 1913년 2권이 나올 때는 1권 출판 시 퇴짜를 놓았던 노르에스티(Noor-Eesti) 출판사에서 발간되었다. 현재 21쇄가 나왔으며 세계 13개 언어로 번역되었다. 토츠 이야기 연작인 『봄』 『여름』 『가을』과 사후 출판된 작품 『겨울』은 에스토니아에서 모두 영화로 제작되었다. 🌐

제 1 부

I

아르노가 아버지와 함께 학교에 당도하였을 때는 수업이 시작한 후였다. 선생님은 둘을 사무실로 안내하여 잠시 이야기를 나눈 후, 아르노에게 학교에서 지켜야 할 수칙을 알려주고는 의자를 가져다가 머리카락이 긴 아이 옆에 가서 앉으라고 했다. 그 후 선생님이 아르노에게 책을 건네주고 무언가 베껴 쓰라고 했기 때문에 그 외 다른 것들은 생각할 겨를이 없었다. 아르노는 필기용 석판을 들고 열심히 적기 시작했다. 몇 줄인가 적어 내려갔을 무렵, 머리가 긴 아이가 아르노 쪽으로 고개를 숙이고 조용히 물었다.

"교무실에 있을 때 선생님이 무슨 말을 했어?"

아르노는 수업 중 이야기를 하면 안 된다는 것을 잘 알고 있었기에 선생님의 눈치를 보며 대답했다.

"아니, 아무 말도 없었어."

궁금한 것이 많은 녀석은 백묵을 아예 손에서 내려놓은 후 코를 한 번 풀고 속삭였다.

"학교에서는 인디언들에 관한 책을 읽으면 안 된다는 말 안 했어?"

"안 하셨는데."

"와, 나한텐 그랬는데. 나한테 그 책이 한 꾸러미 있었거든. 몇 권은 아마 저 책장에 있을걸. 혹시 『아메리카의 숲에서』라는 책 읽어봤니? 거기 나오는 사람 진짜 용감하더라. 인디언 12명이랑 혼자 맞짱 뜨다니, 와!"

"그게 누군데?"

"켄터키의 사자."

아르노는 그제야 백묵을 내려놓고 짝꿍의 얼굴을 처음으로 바라보았다. 마마 자국이 있었고 코는 오른편으로 조금 휘어졌다. 그의 밝은 금발 머리카락은 완전히 엉켜 있었다.

"토츠, 거기서 뭘 그렇게 떠드는 거니?"

선생님 쪽에서 흘러나온 말이었다. 순간 움찔한 아르노는 맥묵을 다시 쥐고 열심히 필기하기 시작했다. 뒤에 앉아있던 친구와 인디언에 대해서 잡담을 하고 있던 토츠는 선생님 말을 듣고는 번개 같은 속도로 일어나 말했다.

"아무것도 아닌데요, 그냥 페테르손이 러시아 글자 야트[1]를 어떻게 쓰는지 모르겠다고 하길래……."

"그래? 그래서 네가 알려줬니?"

"알려주고말고요. 바보같이 틀리게 쓰더라구요."

"그렇구나, 혹시 우리 반에 그 글자를 어떻게 쓰는지 모르는 애들이 더 있을 수 있으니, 모두 볼 수 있게 네가 나와서 큰 칠판에 한 번 써보겠니?"

순간 토츠의 얼굴이 잿빛으로 변했다.

"나오라니까!"

선생님이 다시 말했다. 토츠는 이 일을 유심히 지켜보고 있던 아르노에게 몸을 돌려 속삭였다.

"좀 보여줘 봐, 어떻게 쓰는 거야?"

아르노는 자기 석판에 큼지막하게 글자 야트를 써넣었다. 토츠는 자신만만하게 일어나서 큰 칠판 쪽으로 걸어가더니 선생님이 시켰던 글자를 큼지막하게 그려 놓았다. 그는 마치 '내가 이 정도 글자도 못 쓸까봐?' 하

---

1) Ѣ : 현대러시아어에서는 쓰이지 않는 키릴문자, 러시아 본토에서는 [야찌] 소리에 가깝다.

고 말하듯 친구들 얼굴 하나하나를 둘러보았다. 그러자 모든 얼굴들이 '그래, 쓸 줄 아는군' 하고 화답하듯 토츠를 보았다. 하지만 선생님은 아르노의 석판에 있는 글자와 큰 칠판에 장식처럼 똑같이 그려진 글자를 귀신처럼 알아보고는 의심스런 눈초리로 물었다.

"페테르손, 혹시 너 토츠한테 글자 야트를 어떻게 쓰는지 물어봤니?"

토츠는 페테르손에게 눈짓을 보냈으나 별다른 효과를 보지 못했다.

"아니요."

"그럼, 그렇지. 뭐라고 하든?"

"토츠는 인디언들이 그렇게 빨리 머리 가죽을 벗기는 게 진짜 신기하다면서, 그래서 자기가 직접 죽은 고양이를 한 마리 구해다가…"

아이들이 한꺼번에 웃어대는 통에 페테르손은 끝내 말을 잇지 못했다. 토츠는 그 배신자에게 무자비한 복수를 하겠다고 겁주듯이 허공에 주먹질을 해댔다. 하지만 거짓말에 대한 댓가로 다른 수업이 시작할 때까지 교실 구석에 서 있어야 했다.

이런 상황을 지켜본 아르노는, 책도 많이 읽고 '켄터키의 사자'에 대해서도 줄줄이 꿰고 있는 토츠가 그 간단한 러시아어 글자도 쓰지 못한다는 사실이 도무지 이해가 가지 않았다.

2

쉬는 시간은 개미굴처럼 난장판이었다. 모두 무슨 약속에라도 늦을까 봐 겁먹은 사람처럼 여기저기 뛰어다니고 구르고 바쁘게 돌아다녔다.

아르노는 벽 근처에 가만히 서 있었다. 모든 것이 낯설었고 난장판 때문에 골치도 지끈지끈 아팠다. 눈에 들어오는 애들 가운데 아는 얼굴이라곤 옆마을 라야 농장 주인집 딸 텔레뿐이었다. 볼이 빨간 이 금발머리 아이는 부모님들이 서로 친척처럼 지내던 터라 이전부터 잘 알고 있었다. 아르노는 당장이라도 그 아이에게 다가가 몇 마디 말을 걸어보고 싶었지만 그것마저 여의치 않았다.

개중 꽤 힘이 있어 보이고 얼굴이 통통한 아이가 가만히 서서 자기 체중을 오른발과 왼발에 번갈아 옮겨가며 무언가 먹고 있었다. 한 손에는 빵이 다른 한 손에는 절인 돼지고기가 들려 있었다. 누군가 그 옆을 지나다가 자기도 모르게 발가락을 밟았는데도 그는 별 신경도 쓰지 않고 계속 먹기만 했다. 머리카락이 빨간 또 다른 녀석은 우스꽝스럽게 생긴 단추가 달린 신발을 신고 있었는데, 처음 보는 만년필을 들고 있어서 주의를 끌었다. 거들먹거리며 걷는 그의 뒤로는 한 무리의 아이들이 따라다니며 졸라대었다.

"좀 보자. 키르, 좀 보여줘."

키르는 단지 한 명에게만 그의 만년필을 직접 볼 수 있게 했다. 난롯가 근처에는 한 무리의 아이들이 잡담을 하고 있었다. 그들 중 날렵하게 생긴 한 아이가 시선을 이리저리 굴리며 무언가를 은밀하게 알려주려는 듯 말했다.

"거위 깃털을 우유에 담근 다음에 하얀 종이 위에다 이름을 써봐. 그리고 다리미로 한 번 문지르면 진짜 신기한 게 보인다."

그러자 무리 중 한 아이가 대답했다.

"캐릭, 그거 해보면 진짜 소름 돋겠는데!"

여자애들이 모인 곳은 조용했다. 여자애들은 그냥 모여서 속삭이고 키득대기만 했다. 아르노가 주위를 더 둘러볼 만한 여유는 곧 사라져 버렸다. 누군가 그의 앞을 휙 지나가는가 싶더니 또 다른 아이가 그를 뒤쫓

앉고, 교실 안이 삽시간에 숲속 사냥터가 되어버렸다. 맨 앞에는 공포에 질린 페테르손이 도망을 치고 있었고, 피에 굶주린 듯한 표정의 토츠가 뒤를 쫓았다.

"너 두고 봐. 두고 보라고. 감히 선생님한테 고자질해?"

오직 줄행랑만이 살길이라는듯 페테르손은 다리에 힘을 실어 내달렸다. 그들은 책상과 걸상, 그리고 그 위에 앉아있는 아이들 머리 위를 붕붕 날아다니더니 급기야 기숙방에 있는 침대와 베개를 뛰어넘고는 다시 교실 안으로 들어와 추격전을 이어갔다. 그러다 그 이상 피해 다니기를 포기한 페테르손은 자리에 멈춰 서서 숨을 거칠게 내쉬었다.

"토츠, 내가 주머니칼 사줄 테니까 이제 그만하자. 코크 마개도 딸 수 있는 걸로 사줄게."

그제야 토츠는 화를 조금 가라앉혔다. 수업을 알리는 종이 울렸다. 산수 시간이었다. 아직 서 있는 벌이 끝나지 않은 토츠는 교실 구석으로 가면서 아르노에게 불쑥 말했다.

"다른 건 다 알겠는데 이 망할 놈의 산수는 도통 모르겠어."

녀석은 정말 아는 것이 많은 친구였다. 그는 덧셈, 뺄셈, 곱셈. 나누기가 어떤 것인지는 잘 알고 있었으나 그중 어떤 것도 똑바로 하는 것이 없다는 것이 문제였다. 토츠가 계산을 엉망으로 풀어버리자 아르노가 칠판 앞으로 불려 나와 선생님이 내는 문제를 전부 풀었다. 그러나 자리에 돌아와 앉으면서 자기가 너무 문제를 쉽게 푼 사실이 못내 민망했다. 다른 일엔 머리가 잘 돌아가면서 누가 봐도 쉬운 산수 문제를 풀지 못하는 친구 토츠가 몹시 안쓰러워진 것이었다.

다음 수업과 쉬는 시간은 커다란 말썽 없이 비교적 무난히 지나갔다. 토츠가 그새 어떤 여자애 옷을 찢어버렸다던가, 지갑을 몰래 바꿔치기했다던가, 유리창을 깨버렸다던가, 교실 유리창 밑에 불을 지핀 것 따위의 일들을 굳이 거론하지 않는다면 말이다.

시간이 좀더 지나자 아르노는 학교 친구들에 대해서 조금 알게 되었다. 고기를 먹다가 발을 밟힌 그 퉁퉁한 녀석은 이름이 트니손이었다. 또 겁이 많아 보이는 얼굴에 눈이 유독 붉어서 분명 아버지가 숲에 사는 꼬리 달린 산짐승일 거라고 친구들이 놀려대는 녀석의 이름은 비삭이었다. 처음 보는 만년필을 가지고 있으며 단추 달린 신발을 신고 있는 빨간 머리 키르는 집에 태엽을 돌리면 사람처럼 말을 하다가 새처럼 노래하는 신기한 장난감이 있다고 했다.

아르노는 학교에서 돌아오는 길에 이날 들었던 꽤 쓸만한 이야기들을 곱씹어 보았다. 그러다가 라야 농장 텔레와 길에서 마주쳤다. 처음에는 어쩔 줄 몰라 상기된 얼굴로 한동안 아무 말 없이 걷던 둘은 마침내 몇 마디 말을 주고받았다.

3

"왜 겨우 지금 학교에 나온 거야? 전학은 지난주에 왔었잖아." 텔레가 말을 걸었다.

"아팠어, 그래서 겨우 지금 학교에 나오는 거야."

그리고는 다시 정적이 흐르는가 싶더니 텔레가 물었다.

"어디가 아팠는데? 혹시 성홍열?"

"그건 아니야. 머리가 좀 아프고 열도 있었어. 엄마도 성홍열일 것 같다고 하긴 했는데, 사실은 아니더라구."

"그거 잘못 걸리면 죽을 수도 있어. 그 병 걸렸다가 못 고친 사람들도 있대."

"괜찮아진 사람도 있어. 우리 집에서 일하는 형도 걸렸다가 나았어."

"그 오빠가? 옮을까 봐 두렵지는 않았어? 향나무 연기 쐬면 제일 좋대. 그럼 안 걸려."

"우리 어머니도 그런 말 하시더라."

둘은 더 할말이 생각나지 않는지 조용히 걷기만 했다. 이러다간 텔레가 싫어하겠다 싶어 아르노는 초조했다.

"음, 오늘 학교는 어땠어?"

"좋았어, 러시아어 수업은 좀 어렵더라."

아르노는 텔레의 솔직함에 적잖이 놀랐다. 그는 텔레 앞에서 뭔가 어려운 점을 솔직하게 털어놓을 자신이 없었다. 그애가 먼저 솔직하게 나와준 마당에 아르노 역시 뭔가 제 약점을 말하려고 곰곰이 생각해 보았으나 도무지 머리에 떠오르지 않아 그냥 대충 말했다.

"난 산수가 어려워."

"에이, 설마. 오늘 학교에서 정말 잘 했잖아."

아르노는 산수보다 러시아어 같은 과목 이름을 댈 걸 잘못했나 싶었으나 이미 늦어버렸다고 생각했다. 오늘 산수 때문에 민망해진 게 두 번째다. 토츠 때문에 한 번, 그리고 지금 여기서 또 한 번. 아르노는 잘못을 무마하기 위해 뭐라도 말해야 할 것 같아 둘러댔다.

"그게 뭐 별 거라고…."

아르노는 텔레가 그 말을 듣고 화가 난 것은 아닌지 걱정이 되었다.

"너 산수 문제 정말 잘 풀더라." 텔레가 말했다.

"문제를 보는 대로 바로 풀던데. 그래서 다른 애들도 다 네가 똑똑하다고 그래."

"누가 그런 말을?"

아르노는 마치 말도 안 되는 소문을 부정하는 듯한 말투로 대답했다.

"애들 전부 다."

"아, 진짜 별거 아닌데…."

잠시 틈을 두고는 텔레가 다시 물었다.

"니네 아버지가 도시에 있는 학교에 널 보내려고 한다는 말 진짜야?"

아르노는 아버지가 그렇게 생각하고 있다는 것을 잘 알고 있었다. 그러나 다른 사람들이 그에 대해 비웃을까 겁났고, 또 설마 대놓고 비웃지는 않더라도 뒤에서 수군거리지 않을까 걱정이 들기도 했지만, 무엇보다도 소심한 성격 탓에 속마음을 드러내지 못하는 성격이었다. 하지만 텔레는 솔직한 아이였고 러시아어가 어렵다는 비밀을 털어놓았으므로 산수가 어렵다는 자기의 말을 믿지 않는 텔레에게 진심을 보여주어 아까의 실패를 만회해야 했다.

"잘 모르겠어. 성적이 오르면 아마 도시에 있는 학교로 보내시겠지."

"그러실 거야. 두말하면 잔소리지."

텔레는 확신에 찬 소리로 말했다. 그리고 잠시 후 또 다른 질문이 이어졌다.

"넌 장래희망이 뭐야?"

"몰라, 나도."

"모르긴 뭘 몰라. 말해 주기 싫은 거겠지. 네가 먼저 말해 주면 나도 장래희망이 뭔지 말해 줄게."

"장래희망 진짜 없는데…."

"알았어. 네가 말 안 해줘도 알 수 있는 방법은 있지. 네가 말 안 하면 니네 어머니한테 물어볼 거야."

작은 키의 텔레는 포기할 줄 모르는 아이였다. 그녀의 요구와 마음 깊은 곳의 호기심 사이에서 이리저리 밀리던 아르노는 마침내 이렇게 물었다.

"내가 장래희망이 뭔지 말하면 너도 나한테 말해 준다고?"

"그렇다니까."

"좋아. 난 커서 선생님이 될 거야."

자신의 큰 비밀을 털어놓은 아르노는 머리끝까지 상기되었다. 혹시 비웃을지 몰라 텔레 쪽을 슬쩍 쳐다보고는 긴장이 넘치는 이 상황을 벗어나고자 얼른 말을 했다.

"이제 네 차례야, 너는 뭐가 되고 싶은데?"

"나 말이지?"

그 애는 작고 고른 치아를 내보이며 장난스럽게 미소를 지었다.

"난 그냥 농사나 지으며 여기서 살래."

"거짓말이지?"

"아냐. 내가 왜 거짓말을 하니?"

아르노는 여러 가지 수를 써보았지만 텔레는 좀처럼 자기 비밀을 털어놓으려 하지 않았다. 비로소 그때 아르노, 텔레가 다른 사람들을 구슬러 비밀을 말하게 하고도 정작 자신은 입을 다무는 아이라는 것을 알 수 있었다.

그렇게 한참 이야기하던 둘은 다음 날 아침 큰길에 먼저 도달하는 사람이 무조건 다음에 오는 사람을 기다려 같이 등교하기로 약속을 했다. 텔레와의 약속에 기분이 좋아진 아르노는 잠자리에 들면서도 다음 날 아침 약속을 잊지 않으리라 다짐했다.

4

일주일이 금방 지나갔다. 아르노와 텔레는 매일 아침 같이 등교했고 수업이 끝나면 같이 집으로 돌아왔다. 등하교를 혼자 한 적은 한 번도 없었다. 그러던 중 어느 날 아침 아르노와 텔레가 같이 학교에 오는 것을 목격한 토츠는 마치 큰 사건이라도 되는 양 학교에 소문을 뿌려대기 시작했다. 그는 사레 농장의 아들 아르노가 라야 농장 딸 텔레와 결혼할 것이라는 둥, 그 두 집안이 아주 부자라는 둥, 부잣집 사람들은 부자 집안하고만 혼인한다는 둥 떠들어댔다. 그 말을 들은 텔레는 코끝까지 빨개진 채 다른 여자애들 틈으로 비집고 들어가 아무 일 없다는 듯 이런저런 이야기로 수다를 떨었다.

화가 난 아르노는 선생님에게 가서 토츠가 한 짓을 일러바치겠다고 별렀으나 또다른 마음 한켠에는 그런 이야기의 주인공이 된 것이 즐거웠다. 그런 난리에도 텔레는 여전히 좋은 친구였고, 그 애와 같이 다니다가 언젠가 둘이 혼인을 할 수도 있겠구나 생각했다. 이런 속내는 함부로 드러내다간 천벌을 받을지도 모르는 일이었다.

매일 아침 수업 시간 전에 갖는 기도시간에도 말썽꾸러기들은 다른 애들이 잘 볼 수 없는 곳에서 삼삼오오 모였다. 그들의 우두머리는 누가 뭐래도 토츠였다. 그 녀석이 아르노와 텔레에 대한 소문을 퍼뜨리기 시작한 바로 그 날 아침에도 무릎을 꿇고 기도하고 있는 친구들 사이로 비집고 들어가 훼방을 놓았다. 기도할 때 무릎을 모두 꿇지 말고 미국 정복자들이 했던 것처럼 한쪽 무릎은 밑으로 다른 한쪽은 위를 향해 올라가게 앉으면 두 손으로 칼자루를 쥘 수 있으니 얼마나 좋겠냐는 것이었다. 그 말을 들은 다른 친구들이 기독교 신자들은 칼을 지니지 않는다고 대답하자, 토츠는 이렇게 대꾸했다.

"칼이야 사면 되지."

마침 토츠의 말을 모두 들은 장로가 미사가 끝난 뒤 개인 기도 시간에 말했다.

"토츠, 네가 이야기해 준 그 기도 방식이 어떤 건지 애들이 잘 파악을 못 한 거 같구나. 저기 구석에 가서 애들한테 보여줘 봐. 칼 대신에 이 부지깽이를 들고 해봐."

토츠는 자기가 말한 대로 거기에 가서는 미국인들의 기도 자세를 취한 후 부지깽이를 손에 들고 기도를 시작했다. 그러면서 생각했다. 켄터키 사자들의 방식이란 게 이런 거 아니겠어. 그러나 생각만 한다는 것이 자기도 모르게 입 밖으로 나오고 말았다.

"켄터키 사자들의…"

반 전체에 웃음이 터져 나왔고, 그날부터 토츠는 '켄터키의 사자'라는 새로운 이름을 딱지처럼 달고 살게 되었다.

구석에서 돌아온 토츠는 아르노를 다소 화난 표정으로 바라보았으나 누군가 아르노 집에 신기한 굴렁쇠가 있다는 말을 꺼내자 금세 눈길이 누그러졌다. 대체 무슨 굴렁쇠가 그리도 신기하냐는 질문이 쏟아졌지만, 아르노는 무슨 대답을 해야 할지 막막했다. 그 망할 신기한 굴렁쇠 따위는 집에 없었기 때문이었다. 집에 가는 길에 토츠는 엄청난 말을 꺼내놓았다.

"굴렁쇠 가지고 오는 거 잊어버리지 마라. 안 그러면 내가 텔레한테 무슨 짓을 할지 몰라."

아르노는 세상이 무너지는 것 같았다. 다리는 기둥처럼 그 자리에 박혀 움직이지 않았고, 눈은 놀라 벌어지고, 팔은 힘없이 아래로 축 처졌다. 눈에는 이미 눈물이 글썽이고 있었으나 어디서 힘이 솟았는지 토츠 옆으로 쪼르르 달려가서는 버럭 소리를 질렀다.

"가져올게. 가져온다고!"

가슴 위로 집채만 한 바위 덩어리가 내려앉은 기분이었다. 학교를 파하고 집으로 가는 길엔 항상 굶주린 늑대처럼 배가 고팠지만, 이번엔 전혀 입맛도 없었다. 학교 문 앞에 잠시 서서 생각했다. 토츠가 뭐라고 그랬지? 무슨 일을 할지 모른다고? 텔레에게 무슨 짓을 하겠다는 거야? 혹시 그 녀석이 염두에 두고 있는 무슨 짓이라는 게 인디언들이 한다는 '머리가죽 벗기기'를 말하는 건가? 집으로 가는 길에 아르노는 이 상황을 논의해 볼 양으로 학교 문 앞에 서서 텔레를 기다렸다. 그 끔찍한 켄터키의 사자, 토츠에 대해서 경고를 해줘야 했다.

"너 왜 아직 집에 안 가고 그러고 있어?"

등 뒤에서 누군가 물었다. 질문이 들려온 쪽으로 고개를 돌렸다. 트니손이었다. 아르노가 그를 학교에서 처음 보았을 때 모습 그대로 트니손은 빵과 고기를 우물우물거리며 옆에 서 있었다. 아르노는 그를 의심스러운 눈길로 잠시 쳐다보고는 대답했다.

"갈 거야. 누구를 좀 기다려"

"누구를 기다리는데?"

아르노는 뭐라 대답해야 좋을지 한참을 생각하다가 말했다.

"텔레, 라야 농장 사는 애."

아르노는 트니손이 곧바로 웃음을 터뜨리리라 예상했다. 다른 사람들이라면 충분히 그랬을 것이었다. 그러나 트니손이란 애는 다른 아이들과는 사뭇 달랐다. 우선 그 녀석은 줄곧 먹기는 했지만 쓸데없는 말을 지껄이지 않았다. 또 지금 보는 것처럼 남을 비웃는 일 따위도 하지 않았다. 토츠의 설레발에 무관심한 유일한 사람도 트니손이었다. 토츠가 그에게 다가가 무언가 말을 할라치면 '이제 그만 좀 지껄일래?' 하고 받아쳤다. 그는 다 큰 어른처럼 긴 다리를 천천히 그리고 성큼성큼 내디디며 집을 향해 걸어갔다.

"트니손!"

그가 뒤를 돌아보고 섰다. 아르노는 그를 향해 얼굴이 빨갛게 되도록 열심히 뛰어가서 애절한 목소리로 말했다.

"저, 있잖아. 좀 전에 토츠한테서 협박을 받았어."

"무슨 협박?"

"내가 굴렁쇠를 가져오지 않으면 말이야……"

아르노는 잠시 머뭇거렸다. 뭐라고 말을 계속해야 할지 몰랐기 때문이었다. 힘을 내어 떨리는 목소리로 말을 이었다.

"토츠한테 무슨 굴렁쇠를 가져다준다고 했는데…."

"무슨 굴렁쇠?"

"나도 무슨 굴렁쇠를 말하는 건지 모르겠어. 내가 우리 집에 신기한 굴렁쇠가 있다고 거짓말을 했었거든."

"그래서? 그래서 어떻게 했는데?"

"내가 굴렁쇠를 가져오지 않으면 텔레한테 무슨 짓을 할지 모른대."

트니손은 잠시 머뭇거렸다. 그는 무슨 말을 꺼내기 전 한참 고심을 하는 성격이었다. 시간이 조금 지나자 그가 말을 이었다.

"그 녀석이 무슨…, 그 자식 말 신경 쓰지 마."

"그런데 진짜 텔레한테 무슨 짓을 하면 어떡하지?"

"아무 짓도 안 할 거야."

"나도 안 할 거라는 생각은 드는데, 그래도 너에게 물어보고 싶었어.

넌 참 좋은 애구나. 그래도 그 애가 텔레한테 무슨 짓을 한다는 걸까?"

"그게 대체 무슨 말인지 몰라서 묻는 거야? 나중에 자기 신부로 들이겠다는 말 아니겠냐?"

아르노는 순간 칼에 찔린 듯한 통증을 느꼈다. 아르노도 가슴 깊은 곳에 그런 생각을 안 하고 있던 것은 아니었으나 직접 들으니 생각했던 것보다 더 끔찍했다.

"트니손, 그럼 텔레가 정말 토츠에게 시집갈까?"

"만약 둘이 결혼하게 되면 평생 배곯고 살아야 할 걸. 어제 아버지가 그러시는데 토츠 식구들은 너무 놀고먹기만 해서 당장 집이 경매에 넘어가게 생겼대."

"경매에 넘어가는 게 무슨 소리야?"

"빚을 전부 다 갚을 때까지 감옥에 있어야 한다는 말이지."

"빚을 안 갚으면 감옥에 계속 있어야 돼?

"물론이지. 어떻게 내보내 주겠냐."

"그렇담 아빠가 빚 때문에 감옥에 있는데 갚지 못하면, 아들도 같이 감옥 가나?"

"그건 나도 모르겠는데, 아마 아들이라고 놔두진 않겠지."

그 순간 희망이 아르노에게 새로운 힘을 불어넣었다. 이미 눈앞에 토츠가 감옥에 가서 평생 사는 모습과 자기가 텔레와 결혼하는 모습이 겹쳐졌다. 집으로 가는 아르노와 트니손은 오랜 시간을 함께한 동지 같았다. 아르노는 자기가 쓰던 백묵 상자를 가지라고 트니손에게 건넸다. 트니손이 굵은 어른 목소리로 말했다.

"너나 가져라. 난 됐다."

5

아르노는 잠자리에 들 때까지 그놈의 굴렁쇠를 머리에서 뿌리칠 수가 없었다. 심지어 꿈에서도 보일 지경이었다. 아침에 일어나 처음 떠올린 생각도 바로 굴렁쇠였다. 그는 동이 트자마자 일어나서 헛간 근처에서 본 것 같은 오래된 나무 굴렁쇠를 찾기 위해 진흙투성이 농장 여기저기를 쑤시고 다녔다. 신발도 신지 않은 아르노는 병 조각까지 밟고 말았다. 그러나 굴렁쇠를 찾아야 한다는 일념 때문에 아무런 아픔도 느끼지 못했다. 학교를 가는 그의 모습은 평소와는 달랐다. 평상시라면 큰길 어귀에서 텔레를 기다렸을 테지만, 그날은 혹시 텔레와 길에서 마주칠까 두려워 일찌감치 혼자 학교로 향했다.

토츠는 한결같은 모습이었다. 겉옷 단추는 풀고, 모자는 비스듬하게 눌러쓰고, 주머니에는 쓰레기와 인디언들이 쓰는 무기가 잔뜩 들어 있었다. 아르노는 그를 보자마자 굴렁쇠를 들고 뛰어갔다. 놀란 토츠는 뭔가 아는 듯한 눈초리로 굴렁쇠를 살펴보더니 말했다.

"너 지금 나랑 장난치냐?"

"장난이라니, 난 네가 이런 걸 원하는 줄 알았는데."

아르노는 우물쭈물 대답했다.

"너 바보냐? 내가 이런 쇠 쪼가리 따위가 필요할 것 같아? 난 인디언들이 활을 쏠 때 가지고 다니는 그런 메탈 굴렁쇠인 줄 알았지."

아르노는 법관 앞에 서 있는 기분이 들었다. 토츠가 말한 그 '메탈'이라는 단어가 무슨 뜻인지 모른다는 사실이 더 당혹스러웠지만 당혹감을 감추며 말했다.

"그 메탈이라는 게 뭔데?"

"메탈이 뭔지 몰라? 이런 바보. 넌 인디언 소설을 도통 안 읽어봤냐?"

"안 읽어봤는데."

"메탈은 검은 나무를 말하는 거야. 칼로는 도저히 자를 수 없는. 인디언들은 활을 만들 때 그걸 틀에 넣어서 겉면을 불로 그슬리지. 그렇게 태우고 나면 칼로는 안 잘린다구. 알아듣겠냐?"

어차피 거짓말로 시작한 일이니 이러한 새로운 난국 역시 거짓말로 대처하면 끝이라고 생각한 아르노는 아주 놀란 척을 하며 말했다.

"정말? 우리 뒷방 찬장에서 그런 나무를 본 적 있어. 할머니는 그게 돌이라고 하셨는데, 아, 그게 메탈이었구나."

그러나 토츠는 눈이 접시만큼 커졌다.

"그거 정말이지?"

토츠는 마치 아르노 겉옷 단추가 메탈로 만들어지기라도 한 듯 세게 거머쥐었다.

"만약 네가 진짜 그 찬장 위에 있다는 메탈을 가져다주면 지금 이거 너 줄게."

토츠는 아르노 코 밑으로 백인 한 명을 죽이려는 흉물스러운 인디언 사진을 들이밀었다. 그것은 거저 준다고 해도 절대 갖고 싶지 않을 사진이었으나 우선 토츠의 마음에 들도록 굴어야 했다.

"그걸 나한테 준다고? 그럼, 가져다주지. 그러면 너도 약속해. 내가 가져다주면 너 텔레한테…"

그 순간 사악한 표정이 켄터키 사자의 얼굴을 스치고 지나갔다. 마치 네 녀석쯤이야 손바닥 안에 있으니 맘만 먹으면 시궁창에라도 처넣을 수 있다고 말하는 것 같았다.

"그걸 말이라고 하냐. 만약 안 가져오면 텔레는 머릿속에서 싹 잊는 것이 좋을 거다."

"가져오면?"

"그럼, 그때 가서 보자구."

"안돼. 내가 가져오면 어떻게 할 건지 빨랑 말해."

"그러면 텔레랑 지옥엘 가든지 네 맘대로 해라, 이 멍청아."

기도시간을 알리는 종이 울렸다. 텔레는 오늘 아침에 왜 자기를 안 기다렸냐고 묻는듯 아르노를 빤히 바라보았다. 그러나 아르노는 다른 생각을 할 겨를이 없었다. 그 메탈이 다른 생각을 다 잊게 만들었다. 심지어 텔레를 차지하기 위해서 검은 나무가 텔레보다 더 소중한 것 같았다.

교리문답 시간이었다. 장로를 지독히도 무서워하는 아르노는 혹시라도 실수를 할까 싶어 최대한 집중하려고 했다. 수업이 끝날 때쯤 장로가 아르노를 콕 집어서 질문하기 전까지는 모든 것들이 평온하게 넘어갔다. 장로가 아르노를 보고 말했다.

"아르노 군, 가장 오래 산 사람의 이름은 뭐고, 몇 살까지 살았지?"

"메탈입니다."

"뭐라고?"

"메…가 아니라 므두셀라입니다."

"그래, 므두셀라가 맞지. 그런데 그 전에 뭐라고 중얼거린 게냐?"

"그냥 저는…."

아르노는 머릿속까지 확 달아오르는 기분이었다. 내막을 아는 사람은 아르노랑 토츠 외에는 단 한 명도 없었지만 그래도 몹시 부끄러웠다. 그러자 성서대 뒤에 서 있던 장로가 호통을 쳤다.

"거기서 뭐라고 중얼거리고 있는 게냐. 공부 좀 더 해야겠다. 게으른 녀석 같으니. 너랑 토츠 같은 게으름뱅이들은 같이 묶어서 물속에 던져 고생 좀 하게 해야 돼."

아르노는 참을 수가 없었다. 이렇게 혼쭐이 나는 것은 참을 수 있었지만, 무엇보다 텔레가 있는 앞에서 이런 꼴을 보이는 것은 너무 심한 일이었다. 그는 머리를 세게 맞은 것처럼 털썩 자리에 주저앉았다. 자기는 절대 나쁜 학생이 아닌데 공연히 성질 더러운 장로의 분풀이 대상이 된 것 같아 속이 상한 것이었다. 텔레는 반 학생들이 전부 보는 앞에서 그렇게 혼쭐이 난 바보 천치에게 더 이상 관심을 갖지 않을 것이 뻔했다.

수업이 끝나자 학생들은 들뜬 기분으로 집으로 향했지만, 아르노는 여전히 자리에 남아 있었다. 텔레가 얼른 먼저 가기를 기다리던 것이었다. 오늘은 혼자 돌아가고 싶었다.

"너 집에 안 갈 거야?"

아르노는 놀랐다. 텔레가 그렇게 말해줄 줄은 몰랐다.

"그래, 나도 곧 가려고 했어."

그는 다리에 힘을 주며 일어났다. 책가방을 집어 겨드랑이에 끼고는 집을 향해 나섰다. 학교 앞뜰을 지나며 보니 토츠가 오늘 아침 아르노가 가져다준 그 굴렁쇠를 비삭에게 팔려 하고 있었다. 토츠는 가장 저렴한 1코펙으로 흥정했다. 비삭은 사야 할지 말아야 할지 고민하고 있었다. 급기야 토츠가 다이아몬드라고 둘러대면서 작은 돌맹이까지 끼워 주자 거래는 성사되었다.

"너 오늘 아침에 므두셀라 말고 뭐라고 말해서 장로님이 그렇게 화를 내신 거야?" 집에 가는 길에 텔레가 물었다.

"너 메, 메 뭐라고 한 것 같은데?"

"메탈."

"메탈이 뭐야?"

"나도 몰라. 토츠가 인디언들이 활 만들 때 쓰는 검은 나무 뭐라던데."

"아, 토츠 말이야? 걔는 좀 이상해. 머리에 인디언 말고는 든 게 없다니까."

아르노는 이제 자기의 입지를 굳건히 할 만한 절호의 기회가 왔다고 생각했다.

"그 녀석이 하는 말을 듣는 사람은 없겠지, 이제?"

"걔가 뭐라고 했는데?"

"뭐라고 했냐면…. 너랑 결혼하고 싶대."

텔레는 얼굴이 온통 빨개졌다. 당황한 텔레는 아르노의 예상대로 토츠에 대한 불편한 심기를 내비쳤다.

"언제나 그런 식으로 말을 해서 사람들 신경을 건드린다니까. 내가 장로님한테 가서 이르면 어떻게 되는지 한번 봐야 정신을 차리지."

"장로님한테 가서 이르는 건 별로 좋은 생각이 아닌 것 같지만, 그래도 뭐…."

뭐라 대꾸라도 해야 할 것 같아서 해본 말이었지만 사실 텔레가 장로에게 이야기하면 나중에라도 토츠가 이 일에 더 끼어들까봐 겁이 났다.

"아냐, 가서 이를 필요까지는 없을 것 같아. 별로 좋지 않아. 그래도 친구인데 감싸 줘야지."

"그런 인간 같지 않은 애를 누가 감당할 수가 있겠어?"

텔레가 의심에 가득 찬 소리로 말했다.

"겁낼 것 없어. 트니손이 와서 도와주면 잘 해결될 거야."

한참을 조용히 걷던 아르노가 조금 다른 이야기를 꺼냈다.

"오늘 아침에 학교 혼자 오는 거 심심했어?"

"어, 심심했어. 왜 날 안 기다렸는데?"

"난… 네가 이제 나랑 학교에 같이 갈 마음이 없는 줄 알았지."

"왜?"

"내일도 내가 너 기다렸으면 좋겠어?"

"물론이지."

"그런데 만약 나 대신 토츠가 오면 걔랑 같이 학교에 걸어갈 거야?"

"아니, 난 그 인디언하고는 단 두 발짝도 같이 걷기 싫어."

아르노는 기분이 좋아졌다. 소리라도 내지르고 싶은 기분이었다. 아르노는 라야 농장 입구까지 텔레를 배웅해주고는 들판을 가로질러 내달려 집으로 갔다.

6

파운베레 성당 관리집사 리블레는 정말 이상한 사람이었다. 그는 항상 무엇인가를 팔거나 팔 것이 없으면 무언가를 걸고 제비를 팔았고, 제비뽑기에 걸 만한 것도 없으면 주막에서 술을 마시다가 남에게 싸움이나 거는 사람이었다. 그렇게 하다가 눈알도 한쪽 잃어버렸다. 사람들이 그를 보고 남아있는 눈알 한쪽도 뽑힐지 모르니 조심하라고 말하면 그는 아무런 신경도 안 쓰인다는 듯이 말했다.

"입 닥치지 못해? 나한테 눈알 보태줄 것도 아니면 신경 *끄*라고. 당신들 면상이나 관리들 잘하시구려."

이번 일요일, 그러니까 아르노가 텔레를 집까지 데려다준 바로 그 다음 날 리블레는 제비뽑기 판을 벌였다. 제비뽑기에서 딸 수 있는 물건 중에는 권총도 있었다. 장사가 될 만한 곳은 언제나 기가 막히게 알아차리는 토츠는 귀신같이 알고 그 제비뽑기 판에 나타났다. 토츠는 그 귀하다는 개암나무 열매랑 뽑기표 두 장을 바꿨는데 그만 권총이 걸려버렸다.

월요일 아침 토츠가 제비뽑기에서 권총을 땄다는 소식이 입에서 입으로 삽시간에 퍼졌다. 위대한 토츠를 영접하기 원하는 아이들이 학교 입구부터 모여 있었다. 토츠는 그날로 영웅이 되었다. 신기한 무기를 직접 보기를 원하는 아이들은 토츠가 가는 곳마다 졸졸 따라다녔다. 토츠도 자신이 중요한 인물이 되었다고 파악을 한 듯 거들먹거리는 말투로 이렇게 말하고 다녔다.

"얘들아. 나 더 이상 여기서 못 볼지도 모른다. 내가 언제까지 니네들이랑 같이 앉아있을 것 같냐. 곧 인디언들 죽이러 길을 떠날 거거든."

이 말을 들은 다른 아이들은 토츠에 대해서 더 경외심을 갖게 되었다. 머리에 왕관이 씌워진 듯한 꼬마 영웅은 학교수업이 끝나자마자 그 '위대한 폭죽'의 첫발을 멋지게 쏘아주리라 약속을 했다. 보고 싶은 사람만 수업이 끝난 후 학교에 남기로 했다. 토츠는 나름 겁쟁이들에게 조심하라는 경고를 한다는 것이 그만 그 '위대한 폭죽' 소리는 대포랑 비슷하고 20리 밖에서도 들을 수 있다며 거짓부렁을 해댔다. 그래서 귀청이 약한 사람은 꼭 귀를 틀어막아야 하고, 그보다 더 약한 사람은 귀가 썩어들어갈 수도 있을 거라는 말도 덧붙였다. 그 말이 아이들로 하여금 수업이 빨리 끝나기를 더 간절히 바라게 만들었다. 수업이 모두 끝났는데도 집에 가려는 겁쟁이는 한 명도 없었다. 토츠는 의자 위에 올라서더니 속주머니에서 그 '위대한 폭죽'을 꺼내놓고는 외쳤다.

"이거 아무도 만지면 안 되는 거 알지?"

그리곤 신문지 종이에 말아서 싸놓은 화약 덩어리를 찾아 주섬주섬 그 옆에 펼쳐 놓았다. 다른 친구들은 토츠가 하는 일을 숨을 죽이며 지켜보고 있었다. 토츠는 평소에 인디언 도끼라 부르던 주머니칼을 꺼내서 입에 물었다. 다른 애들이 왜 그러는 거냐고 묻자 토츠가 대답했다.

"이런 바보들, 니들이 뭘 알겠냐? 내가 이렇게 총을 장전하는 동안 인디언들이 등 뒤에서 갑자기 공격할 수도 있단 말이야. 그러니까 인디언 도끼를 항상 가까이 두어야 하는 법이지."

트니손이 빵 한 덩어리를 입에 넣으려다 물었다.

"너는 어떤 편인데? 넌 백인이야, 인디언이야? 넌 언제는 백인이었다가 언제는 또 인디언이었다가, 매번 바뀌는 것 같아."

토츠는 별다른 대답이 없이 그냥 짜증이 섞인 눈길을 던졌다. 부끄러움이 많은 비삭이 그를 대신해서 대답했다.

"얘는 켄터키의 사자라고."

아이들은 웃음이 터질 뻔했으나 꾹 참았다. 토츠는 오히려 비삭에게 화를 내었다.

"이 바보야, 뭐라는 거야. 그럴 거면 집에 가서 아빠랑 놀아."

그 말은 들은 비삭은 울음이, 다른 친구들은 웃음이 터졌다. 마음을 졸이며 기다리던 순간이 왔다. 죽음의 공포 따위가 없는 토츠는 권총을 들고는 총열에 화약을 집어넣었다. 마음이 여린 아이들은 순간 뒤로 물러섰지만 토츠의 용감한 행동에 매혹된 아이들은 동요 없이 토츠 옆을 지켰다.

총열을 화약으로 가득 채운 토츠는 종이로 된 고정대를 끼웠다. 그리고 산탄 총알을 장전하고 종이 몇 장을 덧댔다. 이제 과녁만 있으면 언제라도 발사할 준비가 된 것이었다. 모두 바닥에 다리가 박힌 듯 토츠가 하는 일을 가만히 지켜보기만 했다. 그 녀석이 하는 행동을 하나라도 놓치지 않으려는 듯했다. 긴장이 최고조에 올랐을 때 뒤쪽에 서 있던 트니손이 갑자기 일어나더니 겉옷 단추를 잠그고 밖으로 나가며 말했다.

"바보짓 좀 그만 할래? 그냥 네 눈에나 한 방 쏘지 그래?"

"무서우면 집에 가도 된다."

"네 녀석도 하는 짓 따위를 내가 뭐하러 무서워하냐? 그런데 너 여기서 총 쏘면 장로님한테 분명 혼날 거다."

"바보 자식, 내가 그 성당 장로님 따위가 겁날 줄 알고."

"겁나잖아, 너."

"오라 그래. 내가 바로 눈앞에 총을 겨누고 있으면 장로님도 별수 없이 꽁무니 뺄 걸."

"개소리하지 말고, 총질하려면 아무도 없는 늪에나 가서 하든지."

"너나 늪에 가."

트니손은 아무 말도 없이 서 있다가 버릇처럼 어깨를 으쓱하고는 밖으로 나갔다.

"자, 이제 됐다."

토츠가 일어나면서 말하자 기대에 찬 아이들의 함성이 쏟아져 나왔다. 토츠는 열 걸음 앞으로 걸어 나가 그 자리에서 서서 총을 꺼내 앞을 향해 겨누었다. 그리고는 무자비한 표정을 지으며 말했다.

"죽어라, 이 개자식."

아이들은 손바닥으로 귀를 막았다. 이제 엄청난 굉음이 울릴 것이기 때문이었다. 여자아이들은 이미 집으로 돌아갔고 남자아이들만 학교 앞뜰 울타리 주변에 스물댓 명 정도가 모여 있었다. 토츠는 거기서 좀 떨어진 성당 건물 옆 사우나를 향해 무지막지한 무기를 겨누고 그보다 더 무시무시한 표정을 지으며 서 있었다. 그러나 총은 발사되지 않았다. 발사될 때가 지났는데 아무 소리도 없었다.

"왜 그래? 안 쏴?"

가만히 지켜보던 아이 중 한 명이 물었다.

"무슨 소리야, 곧 발사될 거야. 왜 안 나가겠어."

토츠가 다른 쪽으로 돌아보며 말했다.

"그런데 이게 다마스커스 철로 만든 게 아니라서 나도 모르겠다. 다마스커스 철로 만든 거여야 총알이 나갈 텐데, 이거 보니 잘못하면 폭발하겠는 걸?"

"너 무섭지?"

"무섭긴 뭐가 무서워."

얼마 전 새로운 기도 방식을 고안해 낸 것처럼, 토츠는 이번에도 새로운 발사 방식을 머릿속으로 짜내었다. 토츠는 권총을 사우나 창문 밑 자작나무에 단단히 묶고 방아쇠를 긴 줄로 연결하더니 다른 아이들이 있는 곳으로 와 줄을 힘껏 당겼다. 폭발음이 들렸다. 조각난 사우나 창문 유리가 여기저기 흩어졌다. 그러자 그 무너진 틈 사이로 커다란 주먹 하나가 나타나더니 사우나 안에서 누군가 소리를 질렀다.

"이 악마의 자식들 같으니. 누굴 죽이려고 그래?"

겁난 아이들이 상황을 알아차리기도 전에 주먹의 주인공이 모습을 드러냈다. 성당 농장을 빌려 농사를 짓고 있는 임차인이었다.

"야, 이 천하의 잡것들아. 대체 니들 머릿속엔 뭐가 들었니? 미친 거 아니니? 만약 총알이 내 허리를 관통했으면 어쩔 뻔했냐. 누가 그랬는지 당장 말하지 못해?"

겁에 질린 아이들은 토츠를 바라보았다. 토츠는 그에게 자비를 바라며 꽤 거리를 두고 지켜보고 서 있었다.

"내가 네 놈일 줄 알았다." 화가 난 남자가 말했다.

"네 녀석 아니면 다른 어느 놈이 감히 그런 짓을 하겠느냐고 생각했지.

이 천하의 몹쓸 놈아, 넌 원래부터 바보로 태어난 놈이다."

토츠는 조금 더 멀리 뒷걸음쳐 달아나며 외쳤다.

"총열이 다마스커스 철이 아닌거 내가 처음부터 알아봤다니까."

"다마스커스가 뭐가 어째? 그거 이리 내놔 봐. 내가 네 녀석한테 한 방 쏴 주려니까."

잠시 후 임차인의 화가 조금 잠잠해지는가 싶었으나 장로가 모습을 보이면서 소란이 다시 한 번 벌어졌다. 장로는 학교 앞뜰에서 나는 소란스러운 소리를 듣고 밖으로 나와본 참이었다.

"이게 뭐야!"

장로가 처음으로 한 말이었다. 임차인이 대답했다.

"아, 아무 일도 아닙니다. 어떤 녀석이 그냥 장난을 친 건데, 제가 꾸중을 좀 하고 있었습니다."

"어떤 녀석이 대체 뭘 한 거요? 저놈들 중 한 명이 분명히 총을 쏜 거 같은데?"

"저 그게… 토츠가 총을 쏘긴 했는데요, 사우나 유리가 깨진 것 말고는 별다른 일은 없습니다."

모든 것들을 순식간에 말아먹을 듯한 장로의 눈길이 가엾은 켄터키의 사자 쪽으로 내려 꽂혔다. 극도로 화가 난 장로는 마치 개구리라도 목구멍에 걸린 듯 제대로 말도 하지 못하고 꺽꺽대기만 하더니 마침내 이런 말을 뱉어냈다.

"그래, 이 천벌을 받을 녀석아."

아이들은 하나둘씩 자리를 뜨기 시작했다. 수업이 끝난 아이들은 서둘러 집으로 갔고, 기숙방에 살아서 도망갈 곳이 없는 아이들은 교실에 가서 쥐죽은 듯 앉아 있었다. 바깥에는 여전히 장로의 모습을 한 거센 폭풍이 몰아쳤고, 토츠는 마치 수백 년을 살아온 떡갈나무처럼 그 바람을 맞고 서 있었다. 장로는 저 녀석을 학교에서 퇴학을 시키는 것이 나을지, 아니면 그냥 집으로 돌려보내서 교실 안으로는 한 발짝도 들어오지 못하게 조치하는 것이 나을지를 생각하고 있었다.

그러나 담임선생님의 간곡한 설득 덕분에 토츠는 퇴학당하지 않고 학교에 나올 수 있었다. 토츠는 그날 사건에 대해서 이렇게 말하고 다녔다. 장로님이 그렇게 열 받을 줄 알았다면 트니손 말대로 늪에 가서 총을 쐈어야 하는 건데….

7

그날 아르노는 장로가 모습을 드러내자마자 집으로 달음질쳤다. 엄청나게 큰일을 겪은 토츠가 이제 메탈로 된 물건 따위로 자기를 귀찮게 하지 않을 것이라 확신했다. 그러나 시간이 지나자 놀라움에 사로잡힌 아이들에 둘러싸인 토츠가 뜰 한가운데서 총을 장전하며 전쟁의 신처럼 의기양양하게 앉아있는 것을 보면서, 토츠 손아귀에 들어온 그런 쌈박한 물건 때문에 남자애들 사이에서 그를 우러러보는 분위기가 더 커지는 것 같아 몹시 못마땅했다. 남자애들뿐만 아니라 여자애들 중에도 토츠를 우러러보는 애들이 늘어나고 있었고, 텔레는 그런 여자애들이랑 같이 어울려 다니고 있었다.

아르노는 큰길에서 나와 바퀴 자국이 깊이 패인 길옆 자작나무 수풀로 들어가 라야 농장이 보일 때까지 쭉 걸어갔다. 거기 자작나무 등걸에 앉아 혼자 깊은 생각에 잠겼다. 파운베레 성당 관리 집사인 리블레가 길을 따라 오고 있었다. 그는 항상 뭔가 보이지 않는 나쁜 녀석들을 상대

하는지 비틀비틀 걸으면서 중얼중얼 욕하는 버릇이 있었다.

"너 이 자식, 거기 가만히 있어. 이빨을 다 부러뜨려줄 테니까. 거기 있으라는 말 안 들려?"

리블레는 자작나무 등걸에 앉아있는 아르노를 보자마자 한걸음에 달려오며 외쳤다

"아하. 이 쳐죽일 녀석, 거기에 있었네. 이제 너는 인생 끝난 줄 알아라."

아르노는 그 말을 듣고도 꿈쩍하지 않았다. 리블레를 잘 알고 있어서 겁나지도 않았다. 자작나무에 앉아있는 사람이 어떤 못된 쳐죽일 녀석이 아니라 착한 아르노라는 것을 알아차린 리블레는 뭔가 말을 걸어보려고 했으나 딸꾹질 때문에 잘 되지가 않았다.

"딸꾹, 사레 농장의 젊은 지주 양반 아니신가? 여기 앉아서 자기 땅을 내려다보고 있는가 보네, 딸꾹."

"아녜요, 학교 갔다 오는 길이에요."

"학교에서 오는 길이라구? 그 뚱땡이 장로가 오늘도 소리 지르지 않던? 딸꾹."

"네, 오늘도 여느 때처럼 소리를 질렀어요."

"두말하면 잔소리지. 저기 주막에 앉아서도 그 양반 목소리가 들리는 걸, 딸꾹. 마치 개처럼 짖어대고 말이야. 얀 카르파 어르신이 그러는데 딸꾹, 얼른 그 배때기를 밧줄로 동여매지 않으면 딸꾹, 그놈 배가 터져 버릴 거래, 딸꾹."

리블레의 말이 재미있어 아르노는, 오늘은 배가 안 터졌다고 받아쳤다. 에스토니아와 라트비아의 피가 섞인 서른여섯 살의 크리스티안 리블레는 자꾸 딸꾹질을 해대며 이야기를 계속했다.

"그래, 딸꾹, 아마 자칫하면 배가 터졌을지도 모르는 일이지. 안 그러

냐? 딸꾹."

"아녜요. 설마 배가 터지겠어요?"

"그래, 딸꾹. 배가 그리 쉽게 터지지는 않겠지. 뱃살이 아주 두꺼우니까 말이야, 딸꾹. 우리 어머니가 돌아가시기 전에 이런 말을 하셨더랬지. 그 장로 뱃살을 길게 잘라서 소 멍에 줄로 쓰면 세상이 두 쪽 나기 전까지는 절대 끊어지지 않을 거라고. 딸꾹."

아르노는 금세 기분이 좋아졌다. 리블레가 술을 아주 좋아하긴 하지만 말발은 알아줘야 했다. 하지만 그는 다루기 쉬운 사람은 아니었다. 신경을 건드리지 않고 자기와 친해지려는 게 확실하면 정말 옆구리가 터지도록 웃음을 줄 수 있는 사람이었다. 가끔 다른 사람들에게 술을 얻어 먹긴 했지만, 그는 보통 자기 돈으로 술을 마셨다. 그러다 돈이 떨어지면 빌리기도 했고 그렇지도 못하면 술값으로 옷을 주고 발가벗고 집에 갈 사람이었다.

리블레는 주머니에서 술 한 병을 꺼내어 홀짝 마시고는 말했다.

"가끔은 이렇게 기름을 쳐줘야 돼. 안 그러면 기계처럼 타버릴 수 있다구. 네 입도 기계와 같은 거야. 다른 사람들하고 똑같이. 안 그러냐?"

그러더니 아르노에게 병째 주며 마시라고 권했다. 처음엔 싫다고 했으나 리블레가 자꾸 권하자 못 이기는 척 받아들었다.

아르노는 보드카를 한 모금 들이켰다. 맛은 엄청나게 썼고 목구멍 안으로 불같이 뜨거운 것이 내려가는 느낌이 들었다. 그러나 아르노는 입술에 힘을 주고 용감하게 마지막 한 방울까지 삼켜버렸다. 그런 행동이 마음에 든 모양인지 리블레는 아르노에게 줄곧 멋있다고 칭찬했다. 그리고 나서 담배를 말아 입에 문 리블레는 아르노에게도 한 개비를 건넸다. 아르노는 거절하다가 할 수 없이 받아 들었다. 그렇게 둘은 자작나무 등걸에 앉아 사이좋게 보드카를 마시고 담배를 피웠다. 이미 보드카 첫 잔을 맛본 아르노는 어른처럼 두 번이나 꿀꺽꿀꺽 술을 들이켰다. 담배도 한 개비를 다 피우고 금세 하나를 더 말아 피웠다. 그리고 둘은 자작나무 수풀 속에서 금방 잠이 들어 버리고 말았다.

8

날이 저무는데 아르노가 아직 학교에서 돌아오지 않은 것을 보고 아르노의 어머니는 몹시 걱정했다. 아르노의 어머니는 텔레가 집에 왔는지 보려고 라야 농장에 찾아갔다. 이미 집에 와 있었던 텔레는 자기가 학교에서 나올 때 아르노가 학교 앞뜰에서 다른 아이들과 함께 있는 것을 보았다고 말했다. 아르노 어머니는 학교에 가보기로 했다.

기숙방에 남아 있는 남자아이들은 아르노가 진작 집에 갔다고 말했다. 비삭은 아르노가 미치광이 마르트에게 붙잡혔을 수 있다는 말을 꺼냈다. 요즘 들어 미치광이 마르트가 어슬렁거리는 것을 목격한 이들이 많았기 때문이었다. 아르노의 어머니는 걱정이 더 심해졌다.

덩치가 커다란 미치광이 마르트는 아이들 사이에서 공포의 대상이 되어 있었다. 아이들은 길 위에서 어떤 키 큰 사람이라도 보이면 가까이 가지 않고 멀리서 지켜보며 혹시 미치광이 마르트는 아닌지 확인하였다.

아르노의 어머니는 두려움에 사로잡혀 집을 향해 발걸음을 재촉했다. 농장에서 일하는 일꾼 마르트[2]도 걱정이 일기 시작했다. 정말 아르노에게 무슨 일이 생긴 게 분명했기 때문이었다. 그가 말했다.

---

2) 미치광이 마르트와 같은 이름이지만 다른 사람이다.

"혹시 미치광이 마르트한테 겁을 먹고 도망이라도 간 것은 아닐까요? 어디 수렁으로 피했다가 길을 잃었을지도 모르잖아요."

일꾼 마르트는 아르노와 아주 친했다. 그는 온갖 귀신 이야기를 알고 있었다. 그 둘은 밤새워 양을 치는 날 새벽녘 하늘이 밝아올 때까지 이야기를 하다가 사그라드는 모닥불 옆에서 까무룩 잠이 든 적도 있었다. 그러니 마르트는 집에 오지 않는 아르노가 부모 이상으로 걱정되었다. 마음이 조급해진 마르트는 잠시도 한자리에 서 있지를 못했다.

수색이 시작됐다. 처음엔 농장 주변을 살피다가 점점 더 넓은 주변을 살펴보았다. 이름도 부르고 소리도 질러보았으나 자작나무 숲에서 메아리만 되돌아올 뿐 아무런 대답이 없었다. 어둠이 내려앉았고 보슬비도 조금씩 내리기 시작했다. 아르노의 어머니는 울고 있었다. 마르트가 사람들의 뒤를 따라 어느 집 쪽으로 발걸음을 돌리자 남자의 모습을 한 어떤 형체가 다가오는 것이 보였다. 미치광이 마르트였다. 농장 일꾼 마르트는 당장 그에게로 달려가 멱살을 잡고 말했다.

"이 나쁜 자식아. 당장 말해. 그 애 지금 어딨어?"

"어떤 애를 말하는 거야? 대체 무슨 이야기를 하는지 모르겠네."

몹시 흥분한 농장 일꾼 마르트는 그만 미치광이 마르트에게 손찌검까지 하고 말았다. 아르노의 어머니는 미치광이 마르트를 살살 달래보기로 했다. 사실을 말해주면 남편이 입던 오래된 코트와 바지를 주겠노라고도 해보았다. 그러나 소용 없었다. 미치광이 마르트는 아무것도 아는 게 없다는 것이다.

"귀신을 속여도 나는 못 속인다, 이놈아!"

성질이 북받친 농장 일꾼 마르트가 말했다.

"그래, 이놈아, 네가 아무것도 모른다고 치자. 그래도 아이 찾으러 우리랑 같이 갈 수는 있겠지? 이 숲 끝까지만 가보자. 넌 저기 라야 농장 쪽으로 가봐. 난 늪 있는 데로 가볼 테니."

"난 안 가!" 미치광이 마르트가 말했다.

"난 못 간다고, 그 숲속에 강도가 있단 말이오."

"허튼소리 하지 마!"

"내가 하느님께 맹세할게요. 오늘 자작나무 숲을 지나오다가 내 눈으로 똑똑히 봤어요. 남자들이 코를 골고 자고 있는데, 하나는 허리띠에다 긴 칼도 차고 있더라구요."

"대체 무슨 소리를 하는 거야."

"가서 직접들 보시던가!"

아르노의 어머니는 겁에 질렸다.

"저 녀석 말은 듣지 말아요." 아르노의 아버지가 말했다.

"같이 갑시다. 그 강도들이 있는 곳을 좀 보여주시오."

"맨손으로 가면 큰일 나요." 마르트가 겁을 먹고 말했다.

"방아쇠 한 번이면 총알이 수백 발 나가는 그런 총이라도 있다면 모를까. 가려면 그런 총이라도 챙겨야 돼요. 늪지 방향으로 쭉 가서 큰길가로 가까이 붙어서 찾아보시오. 거기 가면 있을 거요."

참을 대로 참은 일꾼은 미치광이 마르트를 향해 소리쳤다.

"네 녀석 헛소리는 더 이상 듣기 싫다. 갑시다, 어르신."

아르노의 어머니는 앞치마로 눈물을 훔치며 따라나섰고, 그 뒤로는 미치광이 마르트가 멀찌감치 떨어져서 계속 중얼거리며 따라왔다.

"일곱 자 나가는 큰 대포라도 하나 있어야 되는데, 젠장…"

미치광이 마르트는 잠자코 있으면 멀쩡해 보이지만, 뭔가 기계에 관련된 이야기만 할라치면 모든 이야기가 삼천포로 빠지는 게 문제였다.

미치광이 마르트가 말한 곳에서 그들은 보드카를 마시고 잠들어 있는 아르노와 리블레를 발견했다.

"도대체 술을 먹일 사람 못 먹일 사람 분간도 안 되는 거예요?"

아버지가 리블레를 꾸짖으면서 말했다.

"누가 그런 일에 신경이나 쓴답니까? 우린 그냥 잠깐 눈만 붙인 건데."

리블레가 여전히 술에 취해 대답했다.

아르노는 줄곧 몸이 이상하다는 불평을 해대며 비틀비틀 맨 앞에서 걸어가고 있었고, 그 옆으로는 어머니가 아들의 팔짱을 낀 채 따라가고, 그 다음으로는 등불을 든 농장 주인과 일꾼 마르트가, 그리고 바로 그 뒤에는 바위와 돌부리에 걸려 뒤뚱거리며 여전히 삶과 죽음 사이에서 방황하는 것 같은 리블레가 걷고 있었다. 그리고 맨 마지막에는 미치광이 마르트가 다른 일행과 대략 20발자국쯤 거리를 두고 따라왔다.

집에 가니 아르노가 사라졌다는 소식을 듣고 걱정이 된 텔레가 어머니와 함께 와 있었다. 어머니에게 이끌려 집에 들어서는 아르노를 본 텔레는 소스라치게 놀라며 외쳤다.

"얼굴이 왜 이렇게 창백해!"

텔레의 어머니도 놀라움을 금치 못했다.

"아이구, 세상에 뭔 일이래?"

"사실 아무 일도 아녜요, 진짜로."

아르노의 어머니는 그렇게 말했으나 문을 열고 들어오다가 그 대화를 들은 아버지는 다르게 말했다.

"술 마신 것 빼놓곤 아무 일도 없지요. 저 녀석이 술에 취했어요. 리블레랑 둘이서 보드카를 마시고 잠들어 버렸더라구요."

머리를 낮추고 거의 동시에 마르트와 집에 들어온 리블레는 농장주의 그런 설명이 탐탁치 않아 자기의 속내를 내보이며 말했다.

"쓸데없이 부풀려서 말하지 마소. 그러다가 내일 해가 서쪽에서 뜨겠다는 말도 하겠구만."

"입 닥치는 게 좋을 거요, 리블레. 당장 어디 갇히지 않은 걸 다행으로 생각해야지."

등불을 쳐들고 마르트가 말했다.

어머니는 아르노를 당장 침대에 눕혔다. 어머니가 이불을 단단히 덮어주자 라야 농장의 안주인과 텔레가 침실로 들어왔다. 텔레가 아르노의 침대 옆으로 와 속삭였다.

"아르노, 왜 그래? 무슨 일이야?"

그렇게 따뜻하게 질문까지 해주었는데 몸을 일으키는 게 맞는 것 같아 일어나려 했지만 그의 작은 팔다리는 힘이 쭉 빠져 조금도 움직일 수가 없었다. 창백한 입술을 겨우 움직여 속삭이듯 말했다.

"나 아파."

침대에서 조금 떨어진 책상 옆에는 아르노와 텔레의 어머니가 나란히 앉아 뭔가 이야기를 나누고 있었다.

"세상에 이런 일이⋯. 가 보니 아르노랑 그 양반 둘이서 숲속에 누워 있는데⋯"

거실에 있던 사람들은 같이 저녁을 먹고 있었다. 의자에 앉아 입안을 음식으로 가득 채우고 질겅질겅 씹으며 다른 사람들은 끼어들 틈조차 주지 않고 줄곧 혼자서 말을 하고 있는 것으로 보아 리블레도 거실에서 함께 저녁을 먹는 것 같았다.

"너 보드카도 마셨어?" 텔레가 물었다.

"응. 조금."

"술은 뭐하러 마셨어?"

"리블레 아저씨가 줬어."

"주든지 말든지, 너는 마시지 마."

"다신 안 마실 거야. 그런데 학교 가서 나 술 마셨다고 아무한테도 말하면 안 돼. 다 날 보고 웃을 거란 말이야."

"그래, 이야기 안 해. 내가 뭐 때문에 그런 이야기를 하고 다니겠니. 내일 학교엔 올 거야?"

"가야지, 건강해지면."

아르노도 말로는 그렇게 했지만, '건강해지면'이라는 말은 왠지 자기한테 어울리지 않고 정말로 병에 걸린 사람만 그런 말을 할 수 있을 것 같다는 생각이 들었다.

"너 내가 보드카 마셨다고 나한테 화난 거 아니지?'

"내가 왜 너한테 화를 내?"

그리고는 둘 다 잠시 말이 없었다. 라야 농장 사람들이 길을 나서려고 하자 아르노는 이불 밑으로 손을 내밀고 작별인사를 했다.

"몸 추스르고 나면 부모님 말씀 잘 들어라."

텔레의 어머니는 이런 당부도 잊지 않았다. 그 말을 들은 아르노는 마치 날카로운 칼에 찔린 것 같은 느낌이었다.

9

어찌 되었건 요셉 토츠는 학교에 다닐 수 있게 되었다. 그러나 친구들을 놀래키는 일이나 장난질은 그 어떤 것이든 하면 안 되고 앞으로 더 사람답게 살아야 한다는 조건이 붙어 있었다. 토츠는 최대한 지키겠노라고 약속했다. 학교에 다시 등교한 그날, 토츠는 자리에 가만히 앉아있지를 못하고 낚싯바늘에 꽂힌 벌레처럼 몸을 이리저리 꼬며 앉아 있었다. 토츠에게 친구들이 왜 그러냐고 묻자 궁둥이에 커다란 종기가 났다고 말했다. 그런데 친구들 중 누군가가 어떤 말을 했는지, 토츠는 궁둥이에 종기가 나서 몸을 비비 꼬는 게 아니라 아버지한테서 엉덩이를 심하게 맞아서 그런 거라는 소문이 퍼졌다.

사실 그 말은 맞았다. 육체적으로는 약간 거동이 불편한 정도에 불과했으나 정신적으로 효과가 꽤 커 보였다. 먼저 녀석은 수업 시간 내내 나무막대기처럼 조용하게 앉아만 있었고, 선생님이 내주는 문제들도 이전보다 더 거뜬히 풀었다. 이것은 정말 놀라운 일이 아닐 수 없었다. 마냥 착한 아이 같은 토츠의 행동은 다음 날도 이어졌고 별일이 생기지만 않는다면 평생 그렇게 착한 아이로 살 것만 같았다. 그런데 그 별일이 마침내 토츠에게 벌어지고 말았다.

어느 날 아침, 기숙방에서 잠을 잔 아이들이 잠에서 일어날 무렵 빨간 머리 키르는 밤사이에 그의 가장 큰 자랑거리인 단추 많이 달린 장화의 단추가 하나도 없이 사라졌다는 것을 깨닫게 되었다.

그 현장에 제일 먼저 모습을 보인 토츠는 우선 신발을 줄로 단단히 묶어보는 것이 좋겠다고 말했다. 어찌 되었건 울거나 나가서 고자질은 하지 말라고 신신당부를 했다. 비삭은 주머니를 뒤져서 주석으로 된 속옷 끈을 꺼내며 새 신발을 받을 때까지 우선 이걸로라도 묶어보라고 했다. 장사꾼의 아들인 리마스크는 베개 밑에서 실 한 타래를 꺼내어 키르가 원한다면 당장 끈을 만들어주겠다고 했다. 빨간 머리 키르가 아무리 생각해 보아도 그 세 가지 제안 중에 쓸 만한 방법은 하나도 없었다. 언제나 오지랖 떨기 좋아하는 토츠는 말할 것도 없고, 다른 친구들도 어떻게든 방법을 찾아주려고 했으나 다들 허사였다.

키르는 자기 장화를 손으로 꼭 쥐고는 곧 기도시간을 인도하러 오는 장로를 기다렸다. 장로가 들어오자 키르는 양말만 신고 교실 안으로 들어가서는 눈물이 그렁그렁한 눈을 들어 장로를 보고 울먹이며 말했다.

"단추가 없어졌어요."

"무슨 단추?"

"제 장화 단추요. 어제저녁에는 있었단 말이에요. 그런데 오늘 아침에 신으려고 보니까 전부 없어졌어요."

"이게 무슨 소리지?"

하늘에서 벼락을 치는 것 같은 무시무시한 목소리가 아이들 위에 내리꽂혔다. 주변은 삽시간에 조용해졌다. 상황이 너무 무섭게 돌아가자 토츠가 마침내 입을 열었다.

"쥐들이 가져갔을지도 모르지. 쥐들이 반짝이는 거 좋아하잖아. 이전에도 양배추 칼이 없어졌었는데 여전히 못 찾고 있잖아."

장로의 눈길이 그 말을 한 아이 위에 멈췄다.

"아직도 못 찾고 있다면 그걸 쥐들이 가져간 건 어떻게 아는 거지?"

"쥐가 아니면 뭐가 그랬겠어요?"

"이 녀석아, 양배추 칼은 무거워서 쥐들이 옮기기는커녕 들 수조차 없다고! 어디서 거짓부렁이야!"

"몇 마리가 같이 옮겼을지도 모르죠."

"그런 헛소리는 집어치우라고! 양배추 칼을 가져간 장본인이 키르 장화에서 단추를 빼간 놈처럼 네 발 달린 쥐였다는 말이냐?"

"저야 모르죠." 토츠는 어깨를 으쓱하며 말했다.

"키르, 네 장화 이리로 가져와."

키르가 장화를 가져오자 장로는 자세히 들여다보았다.

"그 장화들을 어디에 두었었니?"

"침대 밑에요."

"그래, 그럼 네가 신으려고 꺼내 들었을 때 그 장화들이 그 자리에 그대로 있었니? 곰곰이 잘 생각해 봐."

"아, 침대 밑에서 약간 빠져나와 침대 머리 쪽으로 옮겨져 있었어요."

"그렇구나. 네 침대 머리 쪽엔 누가 자니?"

"비삭이 자요."

토츠가 대답했다. 장로는 심각한 눈으로 토츠를 쳐다보았다.

"비삭, 그리고 누가 또…."

"비삭, 그 다음은 캐르드, 그리고 토츠."

"맞아요, 그 다음이 저예요." 토츠가 헛기침을 하며 말했다.

"그래, 어젯밤에 누가 침대 근처에서 어물쩡거릴 때 넌 아무 소리도 못 들은 게냐? 누가 너한테 와서 무슨 문제가 있진 않느냐고 물어본 사람도 없었어?"

"아무도 안 물어봤어요."

"단추 없어졌다고 했을 때 제일 먼저 온 사람이 누구냐?"

"토츠요."

"오, 그래? 와서 뭐라던?"

"어떻게 해서든 단추를 찾아보는데, 어디 가서 울거나 이르지 말라고 했어요."

"토츠, 네가 그런 말을 했니?"

"네, 말했는데요. 이따위 일로 울면서 돌아다녀 봐야 아무 소용이 없으니까요."

"다른 데 가서 이르지 말라는 말은 왜 한 거니?"

"그냥요…. 고자질하고 다니는 게 보기 좋진 않잖아요."

상황이 명확해지고 용의자 파악이 되자 장로는 순식간 불안감이 엄습했다. 나름대로 복잡한 사안이니 냉정히 고려해 봐야 하는 일이고, 그러니 성질을 억눌러야 했다. 장로는 기도책을 내려놓고 안경을 손으로 집어 닦으며 말했다.

"다들 기숙방으로 모이거라."

아이들이 움직였다. 켄터키의 사자 토츠는 나폴레옹처럼 의기양양하게 앞장서 걸어갔다. 장로가 물었다.

"토츠, 너 마지막으로 집에 가서 잔 게 언제냐. 말해 보거라."

"저는…. 어제가 기숙방에서 처음 잔 날이에요. 침대도 어제 가져왔고요."

"아하, 왜 여기서 자려고 하지?"

"집에 가기 싫어서요. 너무 멀어요."

"맞아요, 여기서 잤어요. 그런데 밤새 다른 애들한테 지가 낮에 입던 옷을 집어 던지고 놀아서 다들 어제 한숨도 못 잤어요."

비삭이 짜증 내며 말했다.

"비삭이 말하는 거 들었니? 밤새 옷을 던져서 다른 애들 잠을 못 자게 했다고? 여기 장난이나 치러 온 거니?"

토츠는 심상치 않는 눈길을 느꼈다.

"비삭이 거짓말하는 거예요. 자기가 단추를 다 뽑아놓고 나한테 뒤집어씌우려는 거라구요. 비삭 침대가 키르 거에 제일 가깝잖아요."

비삭은 참을 수가 없었다. 그는 토츠가 자기를 도둑으로 몰려고 한다고 어머니한테 당장 가서 이르겠다고 했다. 장로는 비삭의 옷깃을 잡아 자리에 도로 앉으라고 말했다.

"토츠, 너는 어떻게 감히 비삭이 단추를 가져갔다고 말하는 거니? 어떻게 친구를 도둑으로 몰아."

"그럼, 누가 가져갔겠어요. 쟤가 가져간 거 맞아요. 안 그러면 쟤네 엄마가 돈을 어디서…."

"입 닥쳐! 저기 난로 옆에 가서 서 있어. 누가 말 걸기 전에는 아무 말도 하지 말고 있어. 이런 부끄러움도 모르는 녀석 같으니. 어떻게 그딴 헛소리를 지껄일 수가 있어."

장로의 의심은 이제 한 사람에게 집중이 되었으나 단지 의심만으로 토츠를 나쁜 놈으로 몰아가거나 다시 집으로 돌려보낼 수는 없는 일이라 계속 추궁을 해보기로 했다.

"제일 마지막까지 안 자고 있던 애가 누구냐?"

"제가 자고 있을 때 토츠가 장화 한 짝을 던졌어요. 그때 아파서 깼어요." 비삭이 말했다.

"거짓말!" 난롯가에서 소리가 들려왔다.

"토츠, 조용히 해라. 정말 집으로 돌려보낼 줄 알아라. 그래, 알겠다. 저 녀석이 장화 던질 때 넌 자고 있었다고. 그러고 나서 바로 다시 잤어?"

"네."

"저도 자고 있었는데, 갑자기 토츠가 밖에 불났다고 소리 질러서 깼어요." 캐르드가 말했다.

"그래서 창문에 가서 봤는데, 아무 일도 없었어요. 토츠는 그냥 침대 위에 앉아서 웃다가 방귀를 뀌었어요. 방귀로 날 죽이려는 줄 알았어요."

"캐르드가 거짓말하는 거라구요. 제가 침 흘리고 자고 있는데 저 녀석은 휘파람을 불었다고요."

난롯가에서 다시 목소리가 들렸다.

"조용히 하지 못하니! 그래, 말 잘했다. 그렇게 침을 흘리고 자는 녀석이 다른 애가 휘파람 부는 건 어떻게 들었니?"

"꿈속에서요."

"아하. 꿈속에서 그 소리를 들었다?"

"단추, 저깄다!"

그때 아이들 중 누군가 소리를 질렀다. 토츠도 난롯가에서 나와 아이들과 함께 소리가 난 곳을 쳐다보았다. 정말 창문 아래 바닥에 작은 동그란 단추가 놓여 있었다. 키르는 자기 것이라고 금방 알아보았다. 모두 침대 밑을 찾아보기 시작했다. 창문가에서 단추가 또 하나 나왔고 한 아이가 자기도 모르게 바닥에 놓인 작은 장을 건드리자 문이 열리면서 단추가 우루루 쏟아져 나왔다.

도둑맞은 물건은 찾았지만 도둑이 누군지는 아직도 묘연했다. 어찌 되었든 토츠에게 향한 의심의 눈길은 변함이 없었다. 장로가 실낱같은 증거라도 발견했더라면 토츠는 일곱 번째로 학교에서 쫓겨날 뻔했으나 다행스럽게 그런 위기는 넘겼다. 소동은 이런 식으로 막을 내렸다. 장로는 키르를 자기 방으로 데려가 단추를 달게 했고, 그 신발을 신어본 키르는 마치 새것을 산 것 같다며 좋아했다. 하지만 이것은 그날 일어날 불행의 시작일 뿐이었다.

성당 건물 안에는 학교가 또 하나 있었다. 주변 장원에 사는 부잣집 독일 아이들이 외국에서 온 선생님의 지도 아래 공부하는 곳이었다[3].

---

3) 이 소설의 배경이 되는 당시 에스토니아는 정치적으로는 제정러시아 속국이었으나 문화적으로는 수 세기에 걸쳐 독일의 영향 아래 있었으며, 독일 사람들은 에스토니아에서 상류층을 형성하고 있었다.

트니손은 그 옛날 에스토니아 사람들이 자유를 위해 싸움을 벌였지만, 그 의지에 상관없이 노예가 될 수밖에 없었던 내용의 책을 막 읽은 참이었다. 그래서 마음속에 독일 사람들에 대한 분노가 있었다.

그날 마을학교 아이들이 학교를 파하고 밖으로 나올 때에 성당학교에서 공부하는 애들도 우르르 몰려나왔다. 독일 아이들은 저마다 입에 파이프를 물었고 손에는 채찍을 들고 있었다. 그 아이들은 강에서 뗏목을 타려고 나온 것이었다. 마을학교 아이들이 있는 곳에 다다르자 한 아이가 말했다.

"촌뜨기들 집에 가는구나."

그 말이 그러지 않아도 독일사람들에 대해 나쁜 감정을 가지고 있던 트니손의 심기를 건드렸다. 트니손은 땅에서 돌덩이 하나를 집어 들더니 친구들이 말릴 겨를도 없이 그 말을 꺼낸 아이를 향해 집어 던졌다. 뭔가 깨지는 소리와 함께 돌에 맞은 녀석이 채찍을 높이 쳐들고 트니손에게 뛰어왔다. 트니손은 자기가 선 자리에서 꼼짝도 하지 않고 돌멩이 하나를 다시 집으며 외쳤다.

"올 테면 와 봐!"

뛰어오던 녀석은 그 자리에 멈춰섰다. 반대편에서 자기를 기다리고 있는 에스토니아의 아이가 어떤 일이든 서슴지 않을 것이란 눈빛을 이글대며 서 있었기 때문이었다.

"너 내가 이 채찍으로 개 패듯이 팰 줄 알아." 독일 아이가 말했다.

"그래, 오라니까!" 트니손이 맞받아쳤다.

둘은 잠시 으르렁대기만 했다. 독일 아이는 에스토니아 사람들은 어떤 일이라도 저지를 사람들이라는 것을 깨닫고는 슬그머니 제 친구들 곁으로 발걸음을 돌렸다. 독일 아이들은 그 녀석이 에스토니아 아이들을 겁주기를 은근히 바라고 있었다. 그러면서 다들 싸울 준비를 했다. 어떤 아이들은 채찍이 얼마나 강한지 시험하듯 허공에 채찍질을 해대기도 했다.

에스토니아 아이들도 만반의 준비를 갖춰야 했다. 권총을 집에 두고 온 것이 떠오른 토츠는 그것만 있으면 독일 녀석들을 마지막 한 명까지 총으로 쏴버릴 수 있을 텐데, 하며 아쉬워했다. 토츠는 부젓가락을 난로에서 시뻘겋게 달궈 공격하는 놈들을 모두 태워버릴 거라 떠들며 기숙방으로 달려갔다. 캐르트, 툴리크, 케사마 같은 덩치 크고 용감한 애들은 트니손의 눈치를 보며 옆에 서 있었다. 트니손의 머리에는 오직 한 가지 생각만이 있을 뿐이었다. 아무든 오기만 해라, 내가 본때를 보여줄 거야.

독일 아이들이 몰려들었다. 난로에서 빨갛게 달궈진 부젓가락을 챙겨 돌아와 그놈들을 혼내주겠다던 토츠는 아직도 소식이 없었고, 거기 있던 아이들은 미처 준비도 못하고 허둥거렸다. 겁을 먹은 아이들은 대부분 빠져나가 단지 몇 명만 맞서 싸우겠다고 자리에 남아 있었다.

누군가가 트니손의 손을 노리고 채찍을 날렸다. 트니손은 정말 끔찍하게 아파했고, 맞은 자리는 금세 퍼렇게 부어올랐다. 그러나 그 정도로 물러날 아이가 아니었다. 트니손은 자기를 때린 녀석의 코에 주먹 한 방을 정확히 날려주었다. 그와 동시에 싸움이 시작되었다. 아이들은 맞은 그대로 돌려주었지만, 채찍을 든 공격자들을 맨손으로 막기가 어려웠다. 캐르드는 채찍으로 얼굴을 맞았는데 하마터면 눈을 맞을 뻔했다. 골리앗처럼 장사인 예르베오츠는 느려터진 탓에 팔뚝을 맞고 꽥꽥 소리만 질러댔다. 운이 좋은 케사마는 독일 녀석의 채찍을 빼앗아 그 주인에게 채찍맛을 보여주었다.

아무래도 트니손이 상처를 제일 많이 입었다. 그는 전장 한가운데 서서 덩치 큰 놈들의 공격을 오롯이 견뎌내었으니 끔찍한 상황이 아닐 수 없었다. 첫 번째 공격이 시작된 후 사방에서 채찍 세례가 몰려들었으나 그는 신음 한 번 내지 않았다. 다음 날 그의 팔목과 등은 온통 시퍼렇게 멍이 들어서 보는 사람마다 경악을 금치 못할 정도였다.

아르노는 싸우지 않았다. 그는 교실 문 앞에 서서 겁에 질린 눈으로 모든 것을 지켜보고 있을 뿐이었다. 독일 아이들 몇 명에게 둘러싸인 트니손이 머리를 채찍으로 가격당할 때, 자기도 모르게 울타리의 말뚝을 움켜쥐었고, 누군가가 트니손에게 일격을 가하면 눈을 질끈 감았다.

싸움은 독일 녀석들이 우세했다. 트니손과 친구들은 그들 사이에서 속수무책이었다. 트니손은 한 발짝도 더 나가지 못하고 눈을 손으로 감싼 채 몸을 웅크리기만 했다. 무언가 할라치면 도리어 상대에게 공격의 기회를 주기만 했다. 에스토니아 아이들이 이길 수 없겠다는 무력감에 빠질 때, 교실 쪽에서 도움의 손길이 왔다. 토츠가 난로에서 빨갛게 달궈진 부젓가락과 부지깽이를 들고나와 무섭게 소리를 쳤다.

"켄터키의 사나이들이여, 전진하라! 저 붉은 얼굴 인디언들을 무찌르자!"

잠시 승리에 취해 있던 독일 아이들은 그 소리를 듣고는 겁을 먹고 물러서기 시작했다. 더 가까이 다가온 토츠가 도망을 치지 못한 몇몇 놈들에게 다가가 빨갛게 달궈진 부젓가락을 들이밀자 그들은 그대로 줄행랑을 쳤다. 토츠는 도망치는 아이들을 따라가며 더 크게 외쳤다.

"붉은 얼굴 인디언들 한 놈도 살려두면 안 된다!"

그렇게 전투는 끝이 났다. 토츠가 이 모든 것을 승리로 이끌었다. 얼마나 잘 싸웠는지 단 한 대도 맞지 않았다. 트니손은 손수건으로 눈가를 닦고 있었고, 다른 아이들은 옷을 줍거나 부상자들을 모았다. 뒷목을 문지르는 아이도 있었고, 맞은 자리를 어루만지는 아이도 있었다. 울면서 자기 코가 비뚤어진 것 같은데 제자리에 붙어 있는지 봐달라는 녀석도 있었다.

잠시후 성당학교의 아이들이 보조교사와 함께 그곳으로 되돌아왔다. 보조교사는 아이들이 이리저리 뛰며 도망쳐 오던 때에 마침 학교에 당도하여 싸움의 막판 장면을 직접 목도했다. 마음이 넓은 그는 성당학교의 선생님이나 장로가 알아차리기 전에 사태를 진정시키고자 했다. 만약 선생님이나 장로가 이 사건에 대해 알게 된다면 분명 끔찍한 벌을 받게 될 것이 뻔했기 때문이었다. 트니손 때문에 이 모든 난리가 시작되었다는 것을 알게 된 보조교사는 트니손에게 먼저 사과를 해야 한다고 했다.

그러나 트니손은 사과하지 않았다. 보조교사는 아버지처럼 부드러운 목소리로 설득하려고 애썼다. 사과하는 것은 절대 부끄러운 행동이 아니라고. 그래도 트니손의 입에서 아무런 대답이 나오지 않았다. 마침내 장로가 모습을 보이자 일은 더 커졌다. 장로는 그 젊은 교사의 눈치를 보는지 평상시처럼 소리를 지르지는 않고 그 대신 길고 긴 설교를 했다. 트니손은 잠자코 땅만 바라보며 점점 더 어깨를 웅크리기만 했다. 무엇보다 두 어른의 심기를 건드린 것은 어린 녀석이 울지도 않았다는 사실이었다.

"넌 내가 세상에서 본 녀석 중 제일 바보 같은 놈이야."

좋은 말로 타일러서는 도무지 개선될 여지가 없다는 생각에 장로가 말했다.

"그래요. 저도 살면서 저런 학생은 처음 봅니다."

보조교사가 말했다.

"다른 애들이라면 뭐라고 변명을 하든지, 다른 사람 탓을 하거나 거짓말이라도 할 텐데, 이 녀석은 정말 꿀 먹은 벙어리처럼 아무런 말을 안 하네요."

트니손을 제외한 두 학교 학생들이 모두 집으로 가고 나서 일은 겨우 마무리되었다. 트니손은 오늘 있었던 일에 대한 벌로 학교가 파한 후 매일 한 시간씩 학교에 남아 기도문 네 편씩 외워야 했다.

10

트니손이 얼마나 곤경에 처해 있는지 깨달은 아르노는 어떻게든 도움을 주고 싶었다. 그래서 수업이 끝나면 학교에 남아 친구가 시편을 외우는 것을 도와주기로 했다. 트니손은 평상시에도 품행이 좋았고 학교수업도 전반적으로 잘 이해하는 편으로, 아르노와 같이 앉아 외우니 더 빨리 외울 수가 있었다.

토요일 오후, 다른 친구들은 모두 집으로 가고 둘이서만 교실에 남아 있는데 그날은 트니손의 모습이 평상시와는 완전히 달라보였다. 그날따라 도무지 기도문을 외우질 못했다.

"입으로 말하기 전에 그 의미를 머릿속으로 이해하려고 해 봐."

트니손은 외워보려고 했으나 잘 되지 않았다. 장로에게 검사를 받으러 가면 자꾸만 다시 외워오라고 돌려보내는 것이었다. 사실 트니손의 머릿속은 다른 생각으로 가득 차 있었다.

"이제 됐다. 내가 혼자 해볼게. 넌 집에 가라. 몇 번 읽으면 금방 할 수 있을 거야."

아르노는 교실을 나와 집으로 향했다. 분명 트니손 머릿속에는 기도문을 외우는 것 말고 다른 생각으로 가득한 것이 분명했다.

월요일 아침, 별달리 특별할 것이 없는 러시아어 시간에 맞추어 신부가 교실에 들어왔다. 신부는 선생님 곁으로 다가가서는 잠시 무언가 이야기를 했다. 그러더니 신부는 트니손에게 조금 전에 자기도 다녀왔다면서 장로의 방에 가보라고 말했다. 트니손이 장로의 방에서 돌아오자 비삭이, 어제 트니손이 성당 애들이 타고 다니는 뗏목을 일부러 강바닥에 가라앉혔다고 말해 주었다. 아르노는 적잖이 놀랐다. 휴식시간에 조용히 다가가 물었다.

"무슨 일이야?"

트니손은 처음엔 좀 머뭇거리는가 싶더니, 뗏목이 강바닥에 가라앉았는데 신부가 트니손의 탓으로 몬다고 말했다.

"뗏목이 강바닥에 있다고? 그게 사실이야?"

"신부님이랑 장로님한테서 들었어. 그런데 난 모르는 일이야."

아르노는 트니손의 얼굴을 똑바로 바라보았다. 평상시보다 조금 얼굴이 붉고 귓불이 상기된 것 외에는 별달리 이상한 것은 보이지 않았다.

"그렇다면 왜 신부님이 너한테 온 건데?"

"나도 모른다니까. 주방 누나가 그랬대. 내가 강가에 있는 걸 봤다고."

"내 말 좀 들어봐. 뗏목이 얼마나 큰데, 그걸 혼자서 어떻게 강바닥에 가라앉히냐고. 그게 말이 돼?"

"나도 몰라."

"그거 엄청나게 큰 통나무로 만든 거라 혼자서는 들지도 못해. 나도 언젠가 한번 들어봤는데 꼼짝도 안 했다고."

트니손은 말없이 뭔가 골똘히 생각에 빠져 있었다. 답답해진 아르노가 그 자리를 뜨려고 하니 트니손은 아르노를 붙잡고 말했다.

"혹시 누가 물어보거든 토요일에 우리 함께 집에 갔다고 말해 줘."

"좋아. 그렇게 말할게. 그런데 왜?"

"안 그러면… 뭐 그냥. 안 그러면 다 내가 뗏목을 가라앉혔다고 의심할 거 아니야. 그러니까 우린 강변에 간 적도 없고, 교실에 있다가 같이 나갔다고 좀 해 줘."

그날따라 휴식시간이 유난히 길었다. 보통 5분이나 10분만 지나면 선생님이 교실로 들어오는데 15분이나 지났는데도 소식이 없었다. 그러다 장로, 신부 그리고 선생님 이렇게 세 명이 한꺼번에 나타났다. 장로는 금방 사우나에라도 다녀온 듯 얼굴이 벌겠다. 신부도 잔뜩 화가 난 것 같았지만, 선생님은 언제나처럼 평온한 얼굴이었다.

"트니손, 이리 나오렴."

장로가 말했다. 트니손은 자리에서 일어나 교탁 앞으로 걸어 나갔다.

"트니손, 네가 정말 성당학교 아이들 뗏목을 강바닥에 가라앉혔니? 사실대로 말하는 게 좋을 거다."

"제가 안 했어요."

"너 토요일 오후에 혼자 있었니, 아니면 누구와 같이 있었니?"

"아르노도 같이 있었어요."

"아, 아르노도 있었어? 그때 넌 뭘 했니, 아르노?"

"전… 트니손에게 기도문 외우는 걸 도와줬는데요."

신부는 놀랐다. 신부는 장로에게 무슨 기도문을 외우라고 했는지 다시 묻고는 아르노 옆으로 다가왔다.

"참 늠름한 학생이로군." 신부가 말했다.

"트니손을 도와줘야 한다는 생각은 왜 하게 된 거니?"

"저는 그냥… 트니손이 빨리 외우지를 못해서요. 제가 도와주면 잘할 수 있었거든요."

"아, 그래? 너랑 트니손이 친구니?"

"네."

"그렇다면 말이다. 네가 저 친구를 도와줬다면 너도 그걸 외우고 있겠구나. 지금 뭐라도 외우는 것이 있니?"

"외우고 말고요."

아르노는 망설임 없이 당당하게 기도문 구절을 암송했다.

네 마음에 고통이 있을지라도, 네가 그러한 욕망의 삶을 평생 살지라도, 우리 주님 되는 그 분께서 너를 지켜주고 보호하시리라.

아르노는 기도문을 완벽하게 외웠다. 신부는 만족스러워하며 고개를 끄덕였다.

"정말 훌륭한 아이로구나. 그런데 말이다, 니네들이 같이 있던 토요일 오후에, 혹시라도 트니손이 강가에 나간 적은 없었니?"

"아니요, 우린 계속 교실 안에 있었습니다."

"니네들 같이 집에 갔니, 아니면 네가 집에 가고 나서 트니손은 학교에 더 있었니?"

아르노는 지금까지 신부가 건네는 질문은 어떤 것이든 서슴치 않고 대답을 했었다. 그런데 자기가 원하건 말건 어쨌거나 거짓말을 해야 한다고 생각하니 얼굴이 붉어지는 것 같았다.

"토니손은 학교에 남지 않았어요. 저희 같이 나갔으니까요."

"그렇구나, 자리에 앉거라."

장로는 트니손 쪽으로 걸어갔다. 그는 뭐라도 캐내려는 듯 점점 더 어려운 질문을 해대었다. 그동안 잠자코 앉아 책장만 넘기고 있던 선생님은 끝내 참지 못하고, 어떻게 이렇게 작고 어린 아이가 그 큰 사고를 칠 수 있겠느냐고 말을 꺼냈다. 신부와 장로도 이제는 그 말을 믿는 수밖에 없었다. 하지만 트니손에게 불만스러운 사람이 한 명 있었으니 바로 성당 주방에서 일하는 식모 리사였다. 그들은 어쩔 수 없이 리사를 교실로 불러 트니손을 똑바로 마주 보고 서 있게 했다.

"리사, 여기 있는 이 학생이 네가 토요일 오후에 강가에서 봤다는 그 아이가 맞느냐?"

물론 신부가 트니손을 염두에 두고 한 질문이었다.

"네, 같은 아이 맞아요."

"그런데 이 친구는 거기 안 갔다고 말하지 않느냐. 아르노도 같은 말을 하는구나. 둘이 같이 학교에서 나갔다는데?"

"그것까지는 제가 모르겠지만 이 아이는 확실히 맞다구요. 제 말을 못 믿으시겠으면 리블레한테도 물어보시든가요. 아마 그도 봤을 거예요."

"리블레? 리블레가 어디에 있었니?"

"그때 강변에 왔었어요."

"너는 어디서 트니손을 보았지?"

"베스키예르비 호수 다리 옆에서요."

"흠. 뗏목은 다리 반대편에 있었을 텐데…. 리블레는 거기서 뭘 하고 있었니?"

"리블레는 물길을 거꾸로 돌리러 간다고 했어요. 물레방아가 안 돌아가는 꼴을 보고 싶다나요."

"그 사람 참 못된 인간이잖니. 네가 그 자리를 떠난 다음에도 리블레가 거기 있었어?"

"네."

식모는 집으로 돌아갔다. 장로는 여러 생각에 잠겼다. 처음에는 차마 그 이름을 입에 올릴 용기도 안 났으나 실망과 짜증이 여실한 신부의 얼굴을 보자 리블레가 한 짓으로 몰아갈 작정을 했다.

||

아르노의 아버지는 언젠가 장로와 만난 자리에서 자기 아들이 음주를 시작했다고 농담하면서, 리블레와 숲에서 취하도록 마셨던 것과 온 식구들이 아들을 찾으러 나섰던 이야기도 했다. 장로는 그날 불룩한 배가 꺼지도록 껄껄 웃었지만, 다음 날이 되자 아르노에게 진짜 술을 마신 거냐고 물었다. 처음엔 그냥 농담 수준이었다. 그런데 사나흘 뒤 장로가 아르노 아버지에게 돈을 빌리러 갔다가 거절당하고 나자 달라졌다. 아르노는 이게 농담이 아님을 느끼게 되었다. 거의 매일 아르노를 볼 때마다 오늘은 술을 안 마셨냐는 둥, 오늘은 맨정신으로 왔느냐는 둥, 언제 또 리블레랑 한판 벌일 거냐는 둥 물어댔다. 다른 사람이 보고 있거나 친구들과 놀고 있을 때도 마찬가지였다.

장로가 이미 입을 놀렸으니 다른 아이들도 따라서 아르노를 괴롭혔다. 어떤 아이들은 물이 들어 있는 잔을 가져와 '아르노, 건배!' 하며 장난을 쳤다. 아이들의 장난에 민감한 아르노는 다른 아이들보다도 더 많은 상처를 받았다. 시간이 갈수록 장로의 치기 어린 장난이 심해지자 아르노는 점점 우울해졌다. 이전처럼 다른 아이들과 어울려 노는 일도 없었다. 이전의 아르노가 아니었다.

트니손은 아르노가 마음을 둘 수 있는 유일한 사람이었다. 그는 장로가 함부로 손찌검하는 것이 아니라면 그의 말 따위는 신경 쓰지 말라고 충고했다. 그러나 만약 그가 때리기라도 한다면 당장 집에 가서 아버지에게 알리라고 했다. 슬픔이 아르노를 덮쳤다. 아르노는 혼자 있는 것이 좋았다. 쉬는 시간마다 강둑을 따라 걸어 나가 일렁이는 물결을 말없이 바라보곤 했다.

텔레를 생각해도 슬픈 마음은 나아지지 않았다. 그 애를 생각할 때마다 복잡한 감정이 일어났다. 텔레와 함께 하고 있다는 생각은 더 이상 들지 않았다. 낯선 사람처럼 느껴졌다. 집에 돌아오는 길에도 둘은 대부분 말이 없었다. 텔레는 말을 걸어보려고 했으나 아르노는 대답이 없거나 통명스럽게 말을 해서 그애도 입을 다물었을 뿐이었다.

뗏목 사건이 있고 나서 얼마 후 아르노는 집에 가는 길에 강둑을 한참 걸었다. 강변에서 시간을 보내는 것이 요즘 아르노의 유일한 낙이었다. 발이 강물에 닿을 정도로 강변 가까이 서있을 때에는 이상한 현기증이 아르노를 사로잡았다. 그 기진맥진해진 몸을 저 강물에 던지면 매일 밤 침대에서 잠에 빠져드는 것처럼 편안해질 것 같았다. 그렇게 아르노의 생각은 온통 강물에만 빠져 있었다.

그렇게 강둑에 나와 앉아서 물을 구경하고 있던 어느 날 뒤에서 다가오는 발소리를 들었다. 돌아보니 선생님이 오고 있는 것이었다. 의기소침해진 그는 선생님을 바라보았다. 선생님은 슬픔에 빠져 있는 학생을 보니 온통 측은한 마음뿐이었다. 그래서 아르노 옆 큰 돌 위에 자리 잡고 앉아서 이야기를 시작했다.

"아르노, 너 왜 그렇게 우울해하고 있어?"

"저 안 우울한데요."

아르노가 속으로 눈물을 삼키며 대답했다.

"우울한 것 같아. 요즘 애들이랑 잘 놀지도 않고 맨날 혼자 앉아있거나 이렇게 강변에만 나오잖아. 무슨 일인지 나한테 말해보렴. 혹시 누가 너를 힘들게 해?"

"아니요."

"그럼, 왜 그래? 나한테는 말해도 되잖아. 이야기하다 보면 해결책이 나올 거야. 뭐가 문제인지. 한번 이야기해 봐. 숨기지 말고. 화내지 않을게."

"아니, 진짜 아무것도 드릴 말씀이 없다니까요."

지금까지 억지로 참고 있던 눈물이 아르노의 눈가에 그렁그렁 맺혔다. 참지 못하고 울음이 터져 나오자 앉아 있던 곳을 박차고 멀리 달아났다.

"아르노, 어디 가는 거야?" 선생님이 일어나 소리쳤다.

"얼른 돌아와. 이야기 좀 하자. 절대 화내지 않을게."

그러나 아르노는 이미 소리가 들리지 않을 만큼 멀어진 후였다.

12

집으로 돌아오는 중에 아르노는 성당 뜨락에서 리블레를 만났다. 놀랍게도 그는 여느 때와 달리 술을 마시지 않은 상태였다. 리블레가 아르노에게 말을 걸었다.

"꼬마 양반 오셨네. 나는 이제 여기서 나으리를 위해 더 이상 종을 쳐 줄 수가 없게 됐어. 나 없이 혼자 잘 살아야 해. 좀 있으면 나는 직장에서 잘릴 거니까."

"무슨 일 있어요?"

아르노가 눈물자국이 남은 얼굴을 문지르며 물었다.

"참나, 무슨 날벼락도 아니고… 그 쓰잘데기 없는 학생 녀석들 뗏목을 내가 강 밑으로 가라앉혔댄다. 정신머리가 대체 어떻게 된 거 아니냐? 내가 뗏목을 가라앉히다니! 차라리 빌어먹을 식모 리사를 물에 빠뜨리고 말지, 그 망할 뗏목을 왜 건드리겠어?"

"진짜요? 왜 아저씨한테 그러는 거예요? 신부님이랑 장로님이 학교에 와서 트니손이 했다고 안 했어요?"

"그래, 맞아. 학교에 가긴 갔었다. 그런데 트니손도 자기가 안 했다고 우겼지. 그 망할 리사가 토요일 저녁에 나를 강변에서 봤다고 허튼소리를 하는 바람에 나한테 잘못을 뒤집어씌우는 거야."

"아저씨 말 안 믿어요?"

"신부님이라면 믿을지 모르지. 그런데 그 뚱땡이 장로는 애들처럼 '리블레가 그랬대요. 리블레가 그랬대요' 하고 노래를 부르더라고."

"장로님은 왜 그렇게 이야기하시는데요?"

"누군들 알겠니. 내가 꼴보기 싫어 쫓아내려는 거겠지."

"왜 아저씨를 쫓아내려고 해요?"

"그걸 설명해 주기에는 넌 아직 너무 어리단다. 네가 좀 더 크고 내가 그때까지 살아 있으면 이야기해 주지. 들어봐. 아이들이 항상 비삭한테 아빠한테나 가서 놀아라, 그러지? 비삭이 장로랑 가까이 지내니까 장로를 아빠라고 놀리는 거야. 무슨 말인지 알겠니? 내가 한번은 '장로님이 비삭한테 너무 무관심한 것 아니냐'고 이야기한 적이 있었는데, 다른 사람들이 내 이야기를 듣고는 장로 험담을 하고 다닌다고 소문을 퍼뜨린 거야. 그 소리를 장로도 들었지. 그 이후로 장로가 나를 꼴 보기 싫어해. 세상이 이렇다니까. 옳은 소리를 하면 이런 수모를 감당해야 된다니까. 그런데 말야, 계속 거짓말을 지껄여 봐. 그러면 좋은 소리를 듣는다. 그 뗏목 이야기도 그래. 내가 무슨 아이니, 뗏목에 올라타게? 뗏목에 금칠을 해봐라, 내가 근처에라도 가나. 내가 한참 양보해서 '뗏목을 내가 빠뜨렸소, 그래서 어쩔 것이오?'라고 이야기한들 사람들은 내 말을 안 믿을 거야. 어쨌든 난 정직한 사람이거든."

"그런데 종은 왜 안 칠 거라고 그랬어요?"

"왜 그러냐구? 뗏목 때문에 그래. 사람들은 내가 무슨 말을 해도 안 믿고 그냥 안 했다고 우긴다고만 생각하는 거야. 날 사람 취급 안 하는 거지. 나에게 지금 날개를 달아준다면 종탑을 박차고 나와서 주막 한가운데든 어디든 내가 가고 싶은 곳으로 훨훨 날아갈 거야. 뗏목을 강바닥에서 건지자고 내가 그랬어. 그게 왜 가라앉았는지 이유야 아무려면 어때. 그냥 애들이나 다시 타고 놀게 놔두자고 말이야. 앞으로는 강둑에서 사람이 지키도록 해야 해. 누구라도 가까이 오는 놈이 있으면 쫓아버리게. 사람들은 뗏목을 가라앉힌 놈이 누구인지는 몰라도 그놈이 한 짓에 대해서 세상 사람들이 다 알아야 하는데 그러지 못해서 분하다 떠들고 다녀. 나는 우선 뗏목이나 강바닥에서 건져 내자고 말했어. 그렇고말고. 그러면 될 것을 사람들은 굳이 어떤 놈이 그 짓을 했는지 꼭 찾아야 한다고 그래. 하느님도 그날 있었던 일을 다 알지 못할 거야. 내가 두둑한 돈이라도 갖고 있다면 이야기가 달라졌을 텐데… 근데 고작 말라비틀어진 나무 조각 몇 개가 물속에 잠겨 있는 것을 가지고 대홍수가 일어났는데 도망갈 배를 못 만든 것처럼 왜 그리 난리들을 피우는지 원."

아르노는 리블레가 불쌍해졌다. 그가 술주정뱅이고 지독한 장사꾼인 건 확실하지만 비록 가끔 보긴 했어도 같이 있으면 언제나 좋았다. 말을 좀 심하게 하는 편이었지만 리블레는 언제나 다른 아이들보다 아르노에게 특히 더 잘해 주었다. 그런데 종 치는 일을 그만두어야 한다니…

뗏목 일은 정말로 이상했다. 대체 누가 그걸 가라앉힌 걸까. 트니손도 리블레도 아니었다. 아르노는 트니손이 했다고는 절대로 믿을 수 없었다.

아르노는 이전에 아버지가 이런 말씀을 하신 것이 기억났다.

"리블레가 잘못을 많이 하긴 하지만 그래도 거짓말할 사람은 아니야."

그가 물건을 팔 때면 그것의 원가를 얼마나 주고 매입했는지 한 번도 숨기지 않았다. 사람들이 너무 많이 남겨 먹는 것이 아니냐고 불평할 때마다 누구는 흙 파서 장사하는 줄 알아요? 밑지고 장사하는 사람 봤소? 부끄러운 줄 알아야지 하고 말했다.

리블레는 자기가 하지도 않은 잘못을 실토하지 않았다는 이유로 일자리를 잃을 지경에 이르렀다. 그는 자기가 잘못했을 때는 언제나 자기가 했다고 먼저 실토했다. 아르노 생각에도 그것은 리블레가 아닌 누군가 다른 사람이 한 일이 분명했다.

"장로님도 아주 나쁜 사람이에요. 아저씨한테 어떻게 그럴 수가 있어요? 장로님은 매일 나도 못살게 군단 말이에요."

"너는 또 무슨 일이 있는 거냐?"

"아저씨랑 술을 마시고 숲에서 술 취해 누워 있었다고 맨날 놀려요. 리블레 아저씨랑 또 술 마시러 숲에 갈 거냐고 맨날 물어보는 바람에 친구들도 다 날 비웃는단 말이에요."

리블레는 화난 목소리로 웃어댔다.

"그 뚱땡이 장로 버릇이 어디 가겠어. 다 큰 어른들도 그렇게 못살게 구는데 애들인들 오죽하겠어? 보드카 몇 방울 마신 게 그렇게 잘못한 일이냐? 누가 사람을 죽이길 했니, 들에 불을 지르긴 했니, 뗏목을 가라앉히길 했니. 그 사람 꼬락서니를 한번 보렴. 메차누그라 마을 성찬식에 가선 술에 그렇게 취해 성수 그릇을 뒤집어 머리에 부어버렸잖아. 다른 사람들 잘못은 꼬치꼬치 캐물으면서 자기 잘못은 언제나 나 몰라라 하지. 꼬맹이 나으리, 잘 들어봐. 나중에 장로가 너한테 또 장난을 치면 이렇게 말해. '뚱땡이 장로 아저씨, 나중에 메차누그라 세례식에 같이 갈래요?

리블레 아저씨도 오실 거니까 셋이서 같이 마셔요'라고."

"싫어요."

"그래, 싫으면 말고, 아마 계속 장난을 칠 거다. 장로한테 그런 이야기 해서 좋을 거 하나도 없지만, 괜히 성질을 드러낼 필요도 없다. 만약 네 생각이 정말 옳다면 대들어보는 것도 괜찮긴 하지. 네가 정말 진실하다면 아무것도 두려울 것이 없을 거다. 빌란디 사람들이 흔히 말하듯이 '진실은 진실이다' 이거야. 진실은 아무한테도 해를 끼치지 않는 법이지. 암, 그렇고말고. 나는 절대로 그 뗏목을 안 건드렸다고. 대체 나한테 어쩔 건데. 만약 그 뗏목이 지금까지 강 위에 있다면 지금 심정으로는 당장 가서 가라앉히고 싶다니까. 네가 좀더 크면 '반짝이는 모든 것이 금은 아니다'라는 속담이 무슨 말인지 이해하게 될 거다."

그렇게 이야기를 나누다 보니 어느덧 사례 농장에 도착했다. 집안 식구들은 일을 마치고 마침 식탁에 둘러앉아 있었다. 리블레가 자신이 겪은 억울한 이야기를 들려주자 집에서 일을 도와주고 있는 마리는 너무 흥분한 나머지 돼지 먹이를 섞고 있던 바구니 안에 발을 헛디딜 뻔했다. 언젠가 술에 취한 리블레가 나중에 마리와 결혼하겠다고 약속을 한 적이 있는 여자였다.

"우리 아가씨, 여기 계시군요. 성당 종지기랑 결혼을 꿈꾸는 수줍은 아가씨."

장미처럼 붉어진 마리는 흙이 묻은 손으로 얼굴을 감싸며 말했다.

"어머나 세상에, 종지기 부인이라니 웬 말이에요? 한겨울에 곰 만나서 발이나 물어뜯길 소리를 하고 있네. 지금 사는 그 꼬락서니로 어떻게 아내를 멕여 살린다고 그래요?"

"내가 신부를 들여서 돼지처럼 살찌게 봉양해야 되는 거야? 아내가 그렇게 해야지. 살림을 제대로 할 게 아니라면 바퀴벌레들처럼 진흙이나 먹고 살든가."

"리블레, 네가 그렇게 해야지." 농장 주인이 거들었다.

리블레가 말한 '살림을 제대로 할 게 아니라면'이라는 말이 마리에게는 귓가에서 달콤한 음악처럼 맴돌았다.

"당신이 술만 먹고 싸움질이나 하고 돌아다닐 돈을 내가 벌어다 줄 거라는 생각은 꿈에도 하지 마세요."

"걱정 마. 내가 잘 챙겨줄게. 나중에 아가씨를 종지기로 만들어주지. 어디 내 말이 틀리나 한번 보라구."

아르노의 어머니는 앞치마에 손을 모으고 우울한 목소리로 말했다.

"세상에, 그런 일이 있었네. 그럼 이제 종은 누가 치지?"

"부엌데기 리사더러 치라고 그래요." 리블레가 대답했다.

사람들은 거실로 자리를 옮겼다. 리블레는 사레 농장에만 오면 고향집에 온 것처럼 편하다고 했다. 그는 난로 가에 자리를 잡고 앉아 불 속에 장작을 집어 던졌다. 사람들이 웃고 떠드는 동안 리블레와 마리는 서로 눈빛을 주고받았다.

저녁이 되어 아르노는 침대에 누워 그 뗏목 사건에 대해서 다시 한 번 곰곰이 생각해 보았다. 왜 트니손은 토요일에 집에 같이 갔다는 거짓말을 해달라고 부탁했을까? 그렇게 안 하면 사람들이 자기가 뗏목을 가라앉혔다는 모함을 할 거라고?

혹시 트니손이 뗏목을 가라앉힌 거 아닐까? 정말 그 애가 그럴 수 있었을까? 트니손은 정말 힘이 센 아이니까 하고도 남을 아이였다. 생각에 잠긴 아르노는 한밤중이 되어서야 머리를 베개에 누이고 잠을 이룰 수 있었다.

13

토츠는 정말 천사의 미소와 악마의 간교함을 섞어서 여자애들에게 얼음을 보러 강가에 가자고 졸랐다. 오늘 언 얼음은 설탕처럼 희고 신발 밑창처럼 단단하다는 말로 여자애들을 꼬드겼다. 토츠가 양에게서 반듯한 뿔이 난다든가, 노을이 수레국화 색깔처럼 파랗다거나, 내일 서쪽에서 해가 뜬다고 우기면 정말 그렇게 되었다. 그러므로 얼음이 두껍고 하얗다고 하면 다들 그렇게 믿었다.

여자애들이 강으로 나왔다. 남자애들은 이미 그 자리로 나와 시끄럽게 떠들며 저희끼리 놀고 있었다. 만약 그 녀석들의 함성과 고함소리를 모을 수 있다면 그 소리만으로도 물레방아를 돌리고도 남을 정도였다.

그날 오후 토츠는 할 일이 천 가지는 되었다. 첫 번째 할 일은 먼저 왼발을 얼음 안에 넣고 텀벙텀벙 소리를 내는 것이었다. 그러고 나서 자기가 만들어 놓은 일명 '인디언 천막'이라는 곳에 달려가 젖은 바지를 새로 갈아입었다. 학교에서 먼 마을 언저리에 살아 언제나 여분으로 옷을 두 벌씩 챙겨오는 뮈타가 옷을 한 벌 건네주는 대신 다른 아이들과 함께 놀 수 있도록 토츠에게 허락받았다.

얼음을 지치고 있던 스메르가 발을 헛딛고 얼음 위에 발라당 자빠져 버렸다. 토츠는 넘어진 친구에게 말했다.

"스메르, 거기 얼음 밑에 뭐 재미있는 거라도 있니?"

잔치 분위기는 빨간 머리 키르가 구두굽에 날을 달고 막대기처럼 가늘고 얇은 다리로 스케이트를 타기 시작했을 때 최고조에 올랐다. 토츠는 키르를 유령처럼 따라다니면서 만약 잠깐이라도 그걸 탈 수 있도록 허락해 준다면 '서약의 십자가'라고 부르는 오래된 총과 '톰호크'라고 부르는 나이프를 주겠다고 약속했다. 하지만 키르는 토츠에게 절대 빌려줄 수 없다고 말했다. 만약 빌려주면 토츠는 아이들 사이를 귀신처럼 쏘다니면서 자기 거라고 헛소리를 하며 다닐 게 뻔하기 때문이었다.

여자아이들은 멀리 떨어져서 서로 달음질을 치거나 수다를 떨면서 시간을 보냈다. 여자아이들을 여기로 부른 장본인이 정작 다른 데서 워낙 바쁘다 보니 자기들끼리 알아서 노는 수밖에 없었다. 사실 토츠는 여자애들을 살얼음이 언 갈대밭에 데리고 가려고 꼬드겨서 데리고 왔었다. 누군가 그곳에서 빠지는 것을 본다면 너무나 신날 것 같았기 때문이었다. 키르가 스케이트를 빌려주지 않자 토츠는 맨 처음에 계획했던 임무를 수행하기 위해 여자아이들 곁으로 가서 말을 걸었다.

"야, 숙녀들, 구두 굽 닳게 여기서 뭐 해? 저기 갈대밭 있는 데 안 갈래? 거기 가면 얼음이 꼭 유리 같다구."

"너는 왜 안 가는데?"

"아, 나? 나도 당연히 가지. 니네들도 같이 가고 싶은지 물어보는 거야."

"우리가 널 잘 아는데, 거기 가서 무슨 장난 치려고 그러지? 아까 얼음이 설탕처럼 하얗다고 그랬지? 그런데 그 흰 얼음은 대체 어딨는 거야? 넌 거짓말을 하도 많이 해서 하느님이 벌로 입을 지져버릴지도 몰라."

"뭐라고? 얼음이 하얗지가 않다고?"

"네가 가서 한번 봐라, 얼음이 하얗지 아닌지."

"알았어, 뭐 희거나 말거나. 갈대밭이나 가자."

"싫다니까, 너나 가봐."

"당연히 갈 거야. 이미 갔다 왔어. 가재들이 뗏목 옆으로 막 헤엄치고 얼마나 볼 만한데. 어떤 놈은 장갑처럼 컸는데 어깨에 가재 한 마리를 더 이고 다니는 줄 알았다니까. 그리고 물고기도 한 마리 봤는데 눈이 엄청나게 크고 거기 있는 가재들을 전부 잡아먹었어. 거기 있는 동물들 보면 아마 소름이 돋을 거다."

"그 뗏목이 갈대밭 근처 강바닥에 있니?"

"당연히 거기에 있지."

"그리고 거기에 온갖 종류의 물고기들이 돌아다닌다구?"

"맞다니까?"

"아흐, 정말 소름 돋겠다. 그런데 너 거짓말 하는 거잖아."

"이런 바보들. 내가 왜? 너희들, 강바닥에 큼직한 물고기들 많이 사는 거 정말 몰라? 작년 우리 집에서 일하는 형이 강가에 낚시하러 갔는데 낚싯바늘이 갑자기 물속으로 쑥 들어가더래. 있는 대로 힘주어 당겨서 마침내 끄집어냈는데 세상에, 구렁이가 나왔대. 숯처럼 시커멓고 목 주변 으로는 하얀 줄이 그어져 있더래."

"아우, 세상에나!"

토츠가 계속 말을 이었다.

"그 끔찍하게 생긴 구렁이를 밖으로 끌어냈는데 목을 휘어 감더래."

"아, 그래서 어떻게 됐어?"

"어떻게 됐냐구? 마침 그 형이 구렁이의 말을 좀 할 줄 알았지. 형 어머 니가 가르쳐줬거든. 그래서 이렇게 말을 했대. 구렁아, 구렁아. 내 목에서 떨어져라. 숲으로 가라. 숲으로 가라. 아니면 강으로 다시 돌아가든지. 그러니까 구렁이가 주변을 한번 채찍처럼 때리고 바로 사라졌대."

"어디로 갔는데?"

"어디로 갔는지 누가 알겠어. 그냥 사라져 버렸대. 장난을 한번 치고 감쪽같이 사라져 버린 거야."

그 이야기를 들은 여자아이들은 가만히 서 있지를 못했다. 뱀에 대한 신기한 이야기라면 아이들이 전부 한 가지는 알 정도로 흔했지만, 오늘 들은 새로운 이야기는 다른 아이들에게 들려주고 싶어 안달이 날 정도로 흥미로웠다.

"토츠, 그 구렁이 말이 어떤 거였다구? 다시 한 번만 해줘 봐."

토츠는 비밀을 털어놓은 듯한 표정으로 장엄하게 읊었다.

"구렁아, 구렁아, 내 목에서 떨어져라. 숲으로 가라. 오리나무에 올라라. 가고 싶은 곳 아무 데나 가라. 어쨌든 멀리 떠나거라."

이미 몇 명 여자아이들은 그 구렁이의 말을 외우기 시작했다. 그들은 눈을 감고 중얼거렸다. 구렁아, 구렁아, 내 목에서 떨어져라….

"그런데 갈대숲에 뗏목 보러 갈 사람은 아무도 없는 거야?"

토츠는 잠시 숨을 고르고 말했다.

"안 가, 거기는 끔찍한 동물들이 돌아다닌다며. 그런 데를 누가 가니?"

"뭐라는 거야? 걔들은 얼음을 뚫고 강가에 나올 수 없어. 니네들은 얼음 위에 있고, 걔들은 강바닥에 있고…."

"만약 메기면 어떡해? 메기는 엄청 큰데."

"오오… 그렇게 엄청나게 크진 않아. 정어리보다 조금 더 컸어."

"나는 가서 볼래."

라야 농장 텔레가 애들 틈에서 나와 갈대밭 쪽으로 걸음을 옮겼다.

"가지 마!"

여자애들이 외치는 소리가 들렸다. 텔레는 고개를 돌려 대답했다.

"너희들도 와! 가서 보자! 토츠, 내가 지금 말해 두는데 만약 너 또 거짓말한 거면 죽을 줄 알아. 너도 와서 뗏목이 있는 곳을 알려주는 게 좋을걸."

"먼저 가. 나도 곧 따라갈게."

토츠는 여자애들 틈에서 슬며시 빠지면서 말했다. 그리고 눈 위에서 시끄럽게 눈썰매를 타고 있는 남자들에게로 뛰어갔다. 토츠는 갑자기 멈춰 서서 부엉이 같은 눈으로 텔레를 바라보았다. 그는 자기 자신과 싸움을 했다. 갈대밭 주변의 얼음이 아직 단단하게 얼지 않아서 텔레가 거기에 가면 빠질 것이 뻔했다. 경고하려면 바로 지금 소리를 질러서 알려주어야 했다. 하지만 텔레가 빠지는 것을 보고 싶은 호기심도 있었다. 강에 빠지는 모습과 강에서 빠져나오려고 발버둥치는 모습을 보고 싶었다. 경고를 해주려면 진작 해야 했지만, 이제 그 생각은 머릿속에서 지워져 버렸고 그 무엇을 하기에도 이미 늦었다. 토츠는 텔레를 아주 흥분된 눈으로 쳐다보았고 가슴도 쿵쾅쿵쾅 뛰었다.

아이들이 전부 강가에 간 것은 아니었다. 여자애들과 남자아이들이 네다섯씩 교실에 남아 공부도 하고 이야기도 하면서 시간을 보냈다. 그 중에는 아르노와 트니손도 끼어 있었다. 그 둘은 창가에 앉아 이야기를 하다가 가끔 강 쪽에서 시끄러운 소리가 교실까지 들릴 때면 무슨 일인지 창밖을 쳐다보기도 했다.

"리블레 아저씨 성당에서 잘리는 거 너도 알아?" 아르노가 말했다.

"누가 잘린다고?"

"리블레 아저씨. 신부님이랑 장로님은 그 아저씨가 뗏목을 가라앉혔다고 생각하나 봐."

트니손의 얼굴이 살짝 붉어졌다. 그는 아르노가 다시 이야기를 하자 얼굴을 똑바로 쳐다보지 못했다.

"그 이야기 어디서 들었어?"

"리블레 아저씨가 직접 이야기해 준 거야. 그런데 아저씨는 쫓겨나면 안 돼. 정말 아저씨가 뗏목을 가라앉혔으면 자기가 했다고 말할 텐데. 누군가 다른 사람이 그 짓을 했겠지."

트니손은 대답을 하지 않고 누군가 밖에서 그의 시선을 끌고 있는 듯 심각한 표정으로 창밖만 바라보았다.

아르노는 친구 쪽을 바라보면서 그에게 아주 직접 질문을 해보리라 생각했다. 그저께 저녁 트니손이 범인 아닐까 의심했었는데 지금 그가 머뭇거리고 있는 것을 보니 왠지 낌새가 이상했다. 아르노는 나름 생각이 확실해졌으나 당장 이 자리에서 왜 그랬는지 말해달라고 하려니 굉장히 부담스러웠다. 잠시 침묵이 흐른 후 아르노는 트니손에게 다가가 소매를 잡고는 사정하는 듯 자신 없는 목소리로 말했다.

"트니손."

아르노가 부르는 소리에 트니손은 아무 말 없이 고개를 돌렸다.

"저기 있잖아, 혹시 네가 뗏목을 강바닥에 빠뜨렸니? 걱정하지 말고 말해 줘. 다른 사람들한테는 절대 말 안 할게."

"내가 그런 짓을 왜 해."

"난 그저… 네가 뗏목을 가라앉혔을 수도 있다고 생각했어. 네가 나랑 같이 집에 갔다고 말해 달라고 부탁하던 날… 네가 나랑 헤어지고 나서 뗏목을 바닥에 가라앉혔을 수도 있다는 생각이 들었어."

"내가 그 일을 어떻게 하냐고."

트니손은 다시 창밖 쪽으로 고개를 돌렸다. 만약 아르노가 그의 얼굴을 볼 수 있었다면 귀까지 빨개진 그의 얼굴에 화들짝 놀랐을 것이었다.

"네가 한 거 아니지, 트니손?"

"안 했어."

"그럼 왜 나한테 집에 같이 갔다고 말하라고 시킨 거야? 왜 나보다 학교에서 늦게 나갔다고 말 안 했어?"

"안 그랬으면 사람들이 다 내가 했다고 그럴 거 아니야."

"그렇지, 당연하지. 그런데 너 강가에 간 건 맞아? 안 그러면 주방 누나가 왜 널 봤다고 했겠어?."

"갔었어. 석판 씻으러."

"네 석판은 여전히 지저분한데?"

"비누가 없었어. 찬물로는 완전히 씻어낼 수 없어."

"강가에 갔을 때 뗏목은 그대로 강물 위에 있었어?"

"당연히 있었지. 대체 넌 무슨 상상을 하는 건데?"

분명 그에게 무슨 일이 있었다. 아르노는 의심이 더 강해졌다. 이틀 전날 밤 침대에 누워 생각한 대로 트니손이 뗏목을 가라앉힐 수 있는 유일한 사람이라는 느낌이 강렬해졌다. 당장 트니손에게 따지고 싶었지만 그럴 만한 용기는 없었다. 그런 질문을 하면 할수록 트니손의 성질을 돋울 것 같았기 때문이었다. 아르노는 창문 밖을 바라보던 눈길을 거두고 일어나 문 쪽으로 향했다.

"너 어디 가니?"

트니손 역시 창문 쪽에서 고개를 돌려 아르노에게 물었다.

"강가에 가봐야겠어. 기숙방 애들이 거기서 뭐 하는지 보러 갈래."

"가지 마. 필요 없이 거긴 뭐하러 가."

"그냥 뭐 하나 보러…"

"가지 마."

"왜?"

"이리 오라고."

아르노는 창문가로 다시 돌아왔다. 그날 트니손은 선생님이 물어보는 질문에 대답을 못 할 때처럼 정말 이상한 얼굴을 하고 있었다.

트니손은 더듬더듬 이야기를 꺼냈다.

"그 뗏목 말이야. 그거 내가 강바닥에 빠뜨린 거 맞아. 그런데 너 다른 사람들에게 이야기하면 진짜 안 된다. 그 독일 녀석들 그날 우리 마당에 와서 싸움을 걸었던 날, 채찍으로 우릴 때렸잖아. 나쁜 자식들, 뗏목 없이 어떻게 하나 한번 보고 싶었어."

트니손에게 직접 듣자 생각처럼 놀랍거나 그러진 않았다.

"어떻게 한 거야? 무겁진 않았고?"

"조용히 얘기해. 다른 애들이 들을라. 뗏목을 강 가운데로 민 다음 널빤지 몇 개를 얹어서 뗏목이랑 강변을 연결하고 돌들을 잔뜩 날라서 뗏목 위에 얹었지. 그러니까 물속에 가라앉더라. 뗏목이 가라앉으려고 할 때 얼른 그 널빤지 위로 잽싸게 걸어왔어. 그 널빤지는 멀리 던져 버렸지."

"와!"

"조용히 하라니깐. 저기 봐, 토밍가스가 이쪽을 보고 있잖아. 아무한테도 입도 뻥긋하지 마."

"아냐, 내가 뭘…."

트니손과 한참을 말없이 창문가에 서 있던 아르노의 머리에 갑자기 무언가가 떠올랐다.

"리블레 아저씨가 정말 성당에서 잘리면 어떡해."

"자기가 안 했다고 그러면 되지."

"리블레 아저씨도 말을 해봤는데 아무도 안 믿더래. 만약 아저씨가 잘리면 그건 네 탓이야."

트니손은 대답이 없었다. 아르노는 생각에 잠긴 채 창문 밖을 바라보다가 갑자기 얼굴이 파래지면서 급히 교실 밖으로 뛰어나갔다. 물살이 빠른 갈대밭 옆 강물은 아직 완전히 얼지 않았다. 그런데 지금 텔레가 갈대숲으로 가고 있었다. 아르노는 멀리 있는 텔레가 들릴 수 있도록 큰소리를 치며 젖 먹던 힘까지 다해서 강변으로 달려갔다.

아르노가 학교에서 강변까지 절반 정도 뛰어갔을 때 얼음이 부서지면서 텔레가 물속으로 빠지고 말았다. 여자아이들은 겁에 질려 비명을 질러댔다. 깜짝 놀란 남자아이들도 가까이 달려왔다. 아르노도 강변에 도착했다. 텔레는 얼음의 가장자리에 몸을 지탱하고 물 밖으로 나오는가 싶더니 얼음 가장자리가 깨지자 다시 물속으로 빠져버렸다. 곧 텔레가 물속에서 거친 숨을 쉬며 살려달라고 외치는 소리가 들렸다. 아르노는 돌기둥처럼 한참을 움직이지 않고 놀란 채 서 있다가 텔레 쪽으로 뛰어가 얼음 가장자리에 쪼그려 앉아 손을 내밀었다.

텔레가 아르노의 손을 강하게 당기자 얼음에 다시 금이 가면서 둘은 추운 물속으로 풍덩 빠져버렸다. 아이들은 다시 소리를 질렀다. 그 소리가 얼마나 큰지 선생님과 장로까지 방에서 들을 정도였고, 뭔가 심상치 않은 일이 일어난 것을 깨달은 그들은 무슨 일인지 살피러 밖으로 나왔다. 라우르 선생님은 학교 벽에 놓여있는 긴 나무판자를 들고는 모자도 쓰지 않고 실내화만 신은 채로 강으로 뛰어왔다. 그 뒤로는 장로가 손을 미친 듯이 흔들며 허둥지둥 따라 나오고 있었다.

바로 그때 누군가 강 반대편에서 뛰어오고 있었다. 갓 추수가 끝난 밭 위로 뛰어오던 그 사람은 넘어지고 일어서고 하면서 라우르 선생님과 동시에 강에 도착했다. 리블레였다. 손에는 동그랗게 만 동아줄을 들고 있었다. 리블레는 마침 숲 쪽으로 가다가 그 소동을 보게 되었고 비명을 듣자마자 누군가 강물에 빠졌다는 것을 바로 직감한 것이었다. 급하게 동아줄을 풀어서 갈대밭 가까이 왔다. 리블레는 그의 몸무게를 지탱해 줄 얼음 위에 버티고 서서 물에 빠진 아이들에게 동아줄을 던져주었다.

아르노는 그 줄을 꼭 잡았다.

다른 사람들이 이렇게 난리법석을 떠는 동안 토츠는 아이들 사이를 다니면서 이 사태의 본질이 무엇인지 주절댔다. 강 양쪽으로 다리를 만들어 놓았다면 아이들이 얼음 위로 걸어갔겠느냐는 논리였다. 리블레의 구조방식이 나름 성공하는 것을 보자 얼른 그쪽으로 뛰어갔다. 그는 갈대밭을 돌아서 다른 쪽으로 가서는 동아줄을 잡고 영차영차 소리를 지르면서 당겼다. 아르노의 소매를 잡고 있던 텔레와 동시에 아르노가 강변으로 나오자 토츠는 영웅이 되었다. 상황을 제대로 깨닫지 못한 장로는 토츠의 행동을 보고 적잖게 감동을 받았다. 언제나 말썽만 피우던 토츠가 왠지 아주 훌륭한 아이처럼 보였다. 정작 리블레에게는 단 한마디도 건네지 않았다.

아르노는 바로 기숙방 침실로 옮겨져 젖은 옷을 벗고 장로가 가져온 마른 옷으로 갈아입었다. 텔레도 마찬가지였다. 텔레는 장로의 방으로 옮겨졌고 따뜻한 이불로 몸을 감싸 언 몸을 녹였다.

이 모든 것은 시작에 불과했다. 애들이 아궁이 앞에서 몸을 녹이고 있을 때 장로는 부주의하게 굴다가 강으로 빠진 것에 대해 혼쭐을 낼 시간이 왔다고 생각했다. 그때 들어온 선생님이 아이들에게 굳이 벌을 줄 필요는 없지 않겠냐고 했지만, 장로는 이런 실수는 어떤 상황에서도 절대 용서해서는 안 된다고 말했다.

"이러다가 또 그런다고요. 선생님이 애들 노는 것을 어찌 막겠어요."

그는 아이들에게 도대체 어떻게 거기로 갔느냐고는 묻지도 않고 아이들을 벌을 세웠다. 반 아이들이 깔깔대며 웃었다. 장로가 준 바지는 너무 컸고, 코트는 땅에까지 끌릴 정도로 넓어서 아르노는 마치 허수아비처럼 보였다. 소매에는 팔이 반도 들어가지 않고 나풀거렸다. 구석에서 벌을 받고 있는 아르노는 팔이 없는 것처럼 보이기까지 했다. 장로는 아르노가 더 우스꽝스럽게 보이게끔 장난을 치고 싶은 것인지 옷깃을 펴서 얼굴의 반을 가리게 했다. 젖어서 떡진 그의 머리 역시 얼굴의 반을 덮었다. 아르노는 부끄러운 마음에 쥐구멍에라도 숨고 싶은 심정이었다. 아르노는 이런 허수아비 같은 옷을 입고 다른 아이들의 비웃음과 무시 속에서 서 있어야만 했다. 게다가 텔레도 그의 모습을 보고 있었다. 뺨에는 불그스레하게 열꽃까지 올라서 도무지 서 있을 수가 없었다.

텔레라고 사정이 좋은 것은 아니었다. 텔레 역시 여자아이들이 보는 앞에서 벽을 보고 서서 다른 애들이 마치 눈사람처럼 보인다고 키득거리는 것을 듣고도 얌전히 있어야 했다.

트니손이 다른 아이들과 함께 선생님에게 찾아가 어떻게 된 노릇인지 설명을 했다. 상황을 이해한 선생님은 교실로 돌아와 벌을 서는 아이들에게 자기 자리로 가서 앉으라고 말했다.

그 사이 아르노의 아버지가 마차를 타고 학교에 와서 아들과 텔레를 뒤에 태우고는 따뜻한 이불을 덮어준 뒤 집으로 데리고 갔다. 이것은 사레 농장에 찾아가서 무슨 일이었는지 자초지종을 고하고 애들을 데려오라고 이야기를 전한 리블레 덕분이었다.

14

아르노는 아팠다. 사레 농장의 집들은 이미 어둠에 잠겨 있었다. 창문은 빛이 들어오지 않도록 두꺼운 커튼으로 덮여 있었다. 어머니는 몹시 슬퍼 보였고, 다른 이들도 심각하기는 마찬가지였다.

할머니가 침대 곁에 앉아 있었다. 지칠 대로 지쳐 아이를 돌볼 힘이 다

빠진 어머니 대신 할머니가 와서 손자가 자다가 이불을 걷어차지는 않을지 돌보기로 했다. 머리에 얹어진 찬 수건도 시간이 지나면 갈아줘야 했다. 아르노는 심하게 아팠다. 벌써 사흘이 지났는데 아무런 차도가 없었고 열은 더 오르기만 했다. 의사를 불러야 할 것만 같았다. 침대 옆에서 졸고 있던 할머니는 가끔씩 침대맡에 머리를 쿵 부딪쳤다. 잠에서 깬 할머니는 졸린 눈을 비비고 뭐라고 혼잣말을 하더니 다시 졸았다.

할머니가 시집을 온 지 얼마 안 됐을 때였다. 남편 마르티와 함께 사레 농장을 구입했다. 그들이 가진 것이라곤 보리 씨앗 한 자루와 콩 약간이 전부였다. 씨앗을 뿌릴 때가 오자 마르티는 이렇게 말했었다.

"씨앗이야 빌려오면 되니까 너무 걱정하지 말아요."

그렇게 씨앗을 빌려서 파종을 했고 세월이 지났다. 씨앗을 빌려올 때 진 빚은 갚았고 얼마 정도 살림살이도 늘어났다. 외양간에는 소 두 마리와 어린 암소 한 마리도 있었다. 할머니가 마흔 살이 되었을 때 외양간의 소는 열 마리로 불어났다. 인생은 그렇게 풀렸다. 첫해는 무척 어려웠으나 티끌 모아 태산이라고 지칠 줄 모르고 일한 결과 아늑한 집을 지을 수 있었다. 죽기 전 마르티 할아버지는 이렇게 말했었다.

"하느님께서 날 도와주신 거야. 날 들판의 잡풀처럼 하찮은 인간으로 창조하셨지만 그래도 여전히 도와주셨어."

침대에 누워 있던 아르노는 훨씬 기분이 좋아졌다. 이불을 젖히고 다리에 힘을 주고 일어나서 벌레처럼 꿈틀거리기 시작했다.

"물 마시고 싶어요!"

졸고 있던 할머니가 일어나 아르노에게 물 한 잔을 가져다주었다.

아르노는 그사이 팔이 빼빼 말랐다. 그동안 아무것도 먹지 못하고 먹은 거라고는 찬물 몇 방울뿐이었다.

"아, 더워."

"자, 맘 놓고 가만히 있거라, 우리 강아지. 곧 동이 틀 거야. 그러면 나아질 거야."

아침이 밝아오고 있었다. 현관에는 농장 일꾼들이 몸을 긁적이면서 기침을 했다. 그리고 불을 켰다. 새로운 날이 시작되었다.

15

아르노가 병에 걸린 지 나흘이 되자 의사가 집으로 찾아왔다. 의사는 열을 내릴 수 있는 약을 처방해 주고 하루에 세 번 먹이라고 말했다. 폐렴 같은 다른 증상이 오지 않는다면 곧 건강해질 것이니 별다른 걱정은 하지 않아도 될 거라고. 가족들은 의사가 말한 대로 했지만, 아르노에게 별 차도는 없었다.

닷새가 되자 트니손이 사레 농장에 찾아왔다. 그는 한참을 말없이 현관에 앉아있다가 아르노의 건강은 어떤지 물었다. 아직 별로 차도를 보이지 않는다고 하자 그는 뒷방 쪽을 유심히 쳐다보았다. 어머니는 그 친구를 아르노에게 데리고 갔다. 아르노는 마침 자고 있었고 아무도 그를 깨우면 안 될 것 같았다. 그는 조용히 침대 옆에 앉아 한동안 친구를 쳐다보았다. 아르노가 뒤척이면서 이불을 옆으로 차내자 그는 이불을 다시 잘 덮어주었다.

텔레는 매일 한 번씩, 어떤 날은 두 번씩 아르노를 보러 왔다. 텔레는 학교가 파하면 집에 가지 않고 먼저 사레 농장에 와서 아르노 옆에 자리를 잡고 아르노 어머니에게 아르노 건강에 대해서 물었다.

"아직 별다른 소식이 없다, 아가. 전혀 나아질 줄을 모르는구나."

그러면 텔레는 슬픔에 잠겨서 집으로 돌아갔다. 텔레는 이전보다 말이 없어졌다. 학교에서 텔레를 본 여자아이들은 이렇게 말했다.

"텔레의 신랑이 아프대. 그래서 저렇게 슬픈 거래."

트니손과 텔레만이 아르노를 보러 갔다. 장로는 아이들에게 사례 농장에 가지 말라고 단단히 일러 놓았다. 아르노가 걸린 병이 혹시라도 다른 아이들에게도 옮을 수 있다는 것이 그 이유였다. 그럼에도 불구하고 텔레는 매일 찾아갔고 트니손도 몇 번을 더 보러 갔었다.

엿새가 되자 아르노는 기침하기 시작했다. 기침한다고 해서 뭔가 큰일이 나는 것은 아니었지만 빈도가 더 잦아져서 가족들은 신경이 쓰였다. 아르노는 열이 더 올라 얼굴까지 붉어졌다. 다시 방문한 의사는 아르노가 폐렴에 걸린 것 같다고 말했다. 그는 새로운 약 처방과 장뇌 냄새가 짙은 가루약을 건네주고 앞으로 해야 할 일을 설명해 주었다. 아르노는 생사를 넘나들 정도로 심하게 앓았다. 밤이면 정신을 놓고 트니손, 텔레, 리블레를 찾았고 강바닥에 가라앉은 뗏목에 대해 중얼거렸다.

아르노의 침대 옆에 앉아서 어머니는 아르노를 낳았을 때를 떠올렸다. 아르노가 태어나고 며칠 후 세례를 받던 날, 마을의 할머니들은 '이 아이는 나중에 큰 사람이 될 거야. 우는 소리를 한번 들어봐' 하며 축복해 주었다. 아이에게 맨 처음으로 입혀주었던 바지는 리넨으로 손수 바느질해서 만든 옷이었다. 귀여운 아들은 네 살이 되자 할머니에게 매달려 옛날이야기를 듣는 것을 좋아했다. 다섯 살에는 책을 술술 읽었다. 글쓰기도 얼마나 빨리 배우던지 아무도 믿을 수 없을 정도였다.

언젠가 들판에 나갔을 때, 어머니는 아르노에게 샌드위치를 주며 어서 먹으라고 하자 아르노는 샌드위치를 먹기 전에 마투 것도 가지고 왔는지 물었다. 마투는 돼지치기 이름이었다. 아르노는 그 돼지치기와 언제나 함께 다녔다. 그러면서 마투 입에 샌드위치를 가까이 가져다 대고는 얼른 먹으라고 말했다. 마투가 한입 물어야 아르노도 그렇게 했다. 서로 한입씩 먹으면서 샌드위치 하나를 둘이 해치우곤 했었다. 그런데 지금은…. 아르노를 보는 어머니는 슬펐고 죽을 만큼 마음이 아팠다.

16

몇 주가 지나갔다. 마침내 아르노의 건강도 나아지기 시작했다. 시간이 걸리기는 했지만 점점 회복되었다. 손자가 조금씩 나아지자 할머니에게는 분주한 하루하루가 시작되었다. 아르노는 할머니가 가만히 쉬시도록 허락하질 않았다. 할머니는 아르노 옆에 앉아서 옛날이야기를 들려줘야 했다. 다행히도 할머니는 옛날이야기를 수천 가지나 알고 있었다.

"어떤 남자가 숲으로 가서 집을 지었단다. 위에는 지붕도 얹었어. 그리고 지붕을 타르로 새까맣게 칠했어. 새가 지붕 위로 날아들었지. 그런데 새 꼬리가 타르 때문에 지붕에 붙어버린 거야. 꼬리를 떼려고 하다가 부리도 붙어버렸어. 부리를 떼려고 하는데 꼬리가 다시 붙어버렸어. 꼬리를 떼면 다시 부리가 붙어 버리고…."

할머니는 이 이야기를 정말 심각하게 이야기했다. 이런 이야기라면 저녁이 될 때까지 끝나지 않을 것을 눈치챈 아르노가 깔깔깔 웃음을 터뜨리지 않았더라면 할머니는 계속 이 이야기를 이어갔을 것이었다.

"할머니. 도대체 이 이야기가 어떻게 끝나는 건지 계속 기다렸는데…. 꼬리를 떼면 부리가 붙고 부리를 떼어내면 꼬리가 다시 붙고… 할머니 이 정도 이야기로는 안 돼요."

할머니는 입꼬리를 닦아낸 후 다시 이야기를 이어갔다.

"돼지들을 밭에 풀어놨어. 먹이를 주워 먹는 놈, 땅을 파는 놈, 땅을 헤집는 놈, 전부 무언가 하느라 정신이 없었지. 그런데 거기에 땅도 안 파고 먹지도 않는 지저분하고 이상하게 생긴 코를 가진 아기돼지 한 마리가 있었어. 넌 왜 아무것도 안 먹냐고 엄마 돼지가 물었어. 그러자 그 이상한 코를 가진 아기돼지가 말했지. 내가 그걸 어떻게 먹어요? 엉겅퀴 가시가 얼마나 따끔거리는데. 그럼, 땅이라도 파렴. 엄마돼지가 말했어. 코를 다쳐서 안 돼요. 아기돼지가 징징댔어.

아기 돼지는 종일 햇볕만 쬐며 시간을 보냈지. 그런데 집에 와서는 자기 먹이뿐만 아니라 다른 돼지들 것도 먹었어. 며칠 지나서 돼지들은 다시 밭으로 갔지. 불평하기 좋아하는 아기돼지는 오늘도 똑같았어. 오늘은 왜 땅을 안 파니? 엄마돼지가 물었어. 추워서 땅이 얼어붙었어요. 그래서 못해요. 아기돼지가 말했어. 엄마돼지는 너무 화가 나서 꽥 소리를 질렀어. 이 게으른 녀석아, 벌써 하지가 다 됐는데 땅이 얼다니. 네 코에는 상처가 하나도 없잖아. 그냥 네 녀석이 게을러서 그런 거잖아. 아기돼지는 그 말을 듣고는 할 수 없이 땅을 파기 시작했단다."

아르노는 미소를 지었다. 그 이야기도 충분히 재미있었지만 너무 짧았다. 아르노는 더 긴 이야기가 듣고 싶었다. 할머니는 긴 이야기를 많이 알고 있지만 얼른 주방에 가서 감자를 깎아야 했기 때문에 손자 옆에서 계속 앉아있을 수는 없는 노릇이었다.

"이미 너한테 아는 이야기는 다 해줬다."

"그래도 한 개만 더 해줘요."

아르노는 침대에 앉아서 말했다.

"이 못된 녀석 같으니."

"이야기해 줘요, 얼른, 얼른…"

앉아서 이야기를 해주는 것 외에는 별다른 수가 없는 할머니는 이야기를 시작했다.

"어떤 곳에 아이들 대여섯 명이 함께 살고 있었대. 가장 큰애가 아마 열이나 열한 살쯤 됐을 거야. 알트밸랴에 있는 오두막에서 살고 있었어. 걔들 아버지는 종일 주막에서 술을 마시며 보냈어. 맨날 누구랑 싸움을 하고 오는지 집에만 오면 맨날 화가 나 있었지. 어머니가 여기저기 나쁜 사람 좋은 사람 가릴 것 없이 찾아다니면서 푼돈을 벌어오지 않으면 가족들은 굶어 죽었을지도 몰라.

그런데 어느 날 생선장수가 알트밸랴 마을을 지나가고 있었어. 어머니는 그에게 생선을 사서 튀겼어. 배고픈 아이들은 어머니 곁에 둘러서서 한입이라도 먹고 싶어 안달이 났지. 어머니는 열심히 애들한테 줄 요리를 했지만 생선이 제대로 튀겨질 때까지 아이들한테 한 입도 주지 않았어. 요리가 끝나고 애들은 드디어 밥을 먹기 시작했어. 그런데 마침 그때 아버지가 여느 때처럼 술에 잔뜩 취해서 집에 돌아왔는데, 생선이 담긴 그릇 앞으로 다가와서는 그릇을 깨버렸어. 아버지는 있는 대로 욕을 하면서 지껄였어. '흠, 이렇게 살고 있었군. 내가 없을 때 생선 그릇까지 식탁 위에 올려두고 잘 처먹는구만. 내가 뭐라도 먹을 걸 달라고 하면 그걸 어디서 구해 오냐고 말대꾸도 잘하면서.' 어머니에게 그렇게 겁을 주고 다시 주막으로 돌아갔어. 애들은 구석에 숨어있다가 바닥에 쏟아진 생선을 주워다가 먹는데 모래가 이빨 사이에 끼고 그랬어. 그런데 제일 나이 많은 빌렘이 안 먹겠다고 하는 거야. 그 애는 구석의 난로 옆에 서서 울면서 주먹을 쥐고 있었어. 그래도 계속 안 먹었어."

"왜 안 먹었어요?"

"생선 그릇을 깨트린 아버지가 몹시 못마땅했던 거지. 그 애가 벌어서 모은 돈을 다 털어서 생선을 산 거였거든. 생선을 살 때는 얼마나 자랑스러웠는데. 빌렘은 아마 굶어 죽을지언정 땅바닥에서 음식을 주워 먹지는 않을 거라고 생각한 것 같아. 난로 옆에 서서 계속 울기만 하고 먹지는 않았어. 빌렘은 정말 대단한 애였어.

열네 살이 되던 해에 빌렘은 대장장이가 되려고 집을 나왔어. 대장장이가 말했지. '난 얘보다 더 머리 좋은 애를 본 적이 없어. 얼마나 날렵한지 이루 말할 수가 없구만.' 그런데 그 이후에 어떻게 됐는 줄 아니? 빌렘은 스무 살도 되기 전에 이미 대장장이 일로 돈을 벌기 시작한 거야. 나이든 대장장이는 빌렘에게 자기가 쓰던 물건을 주면서 말했단다. '네가내 뒤를 이어 일을 하도록 해라. 난 이런 힘든 일을 할 기력이 없구나. 내가 가끔 와서 도와주마.' 빌렘은 그렇게 했어.

게다가 다른 동생들로 모두 자기 집으로 불러서 학교에 가도록 도와주었지. 어머니와 아버지도 빌렘과 함께 살았단다. 부모님들이 어떻게 그집에 가게 되었는지는 모르겠지만, 빌렘이 한번은 식구들을 모아놓고 말했지. 자기는 곧 스물두 살이 되니까 생일잔치를 제대로 한 번 하고 싶다고. 그 식구들은 이전에도 생일잔치라는 걸 한 번도 해본 적이 없는데 갑자기 생일잔치를 하고 싶다고 하니 의아할 수밖에 없었지. 그런데 어떡하겠어. 이제 빌렘이 가장이니 빌렘이 하고 싶은 대로 하는 수밖에.

생일이 되자 식구들이 생일상 옆에 둘러앉아 밥을 먹었어. 그런데 빌렘은 심각한 표정을 짓고 밥을 안 먹는 거야. 아버지 앞에는 튀긴 생선 한 그릇이 놓여 있었지. 다들 맛있게 먹고 있는데 생선을 먹으려고 아버지가 그릇으로 손을 뻗었어. 그런데 갑자기 빌렘이 일어나는 거야. 죽은 사람처럼 창백한 얼굴을 하고 구석에 있는 커다란 대장장이 망치를 손에 들었어. 가족들은 빌렘이 그 생선 그릇을 당장 깨뜨릴 거라고 생각했지.

그리고 빌렘은 망치를 그쪽으로 휘둘렀어. 그런데 웬걸. 망치가 땅으로 뚝 떨어지는 거야. 안 깨뜨린 거지. 망치를 방구석에 집어 던지고는 자기 방으로 뛰어 들어갔어. 무슨 일이 일어났는지 너도 알 거야. 그날 밤 아버지가 빌렘의 침대로 가서 말했어. 빌렘아, 나를 용서해다오. 네가 깨뜨리려던 생선 그릇이 무슨 뜻인지 잘 알겠구나. 그렇게 아버지랑 화해했어. 그리고는 대장장이 일을 다시 시작했단다. 그전까지 빌렘은 화도 잘 내고 좀 무례하기까지 했었는데 아버지와 화해를 하고 나서는 기분이 훨씬 좋아졌지. 아버지는 술도 끊고 다른 식구들과 아주 잘 지냈단다. 빌렘의 어머니도 아버지에게 말했어. 우린 평생을 나쁜 아버지 밑에서 살 거라고 생각했었는데 하느님의 은혜로 행복하게 살게 됐다고."

할머니는 이야기를 마쳤다. 현관에 있던 마리가 마침 큰길에서 누군가 이쪽을 향해 오고 있다고 소리를 쳤다. 누군지 주의 깊게 살펴보았으나 도무지 누구인지 알 수가 없었다.

"할머니, 이 이야기는 처음 해주는 거예요."

곰곰이 생각하던 아르노가 말했다.

"그런 것 같구나." 할머니가 대답했다.

"지금 떠오른 이야기다. 하지만 그건 진짜 일어났던 일이야."

"정말 그런 대장장이가 있었어요?"

"그래. 이전에 할아버지랑 나랑 같이 살 때 있던 일이야."

"저도 들으면서 그냥 옛날이야기만은 아닌 것 같았어요. 그런데 빌렘은 왜 아버지 앞에서 생선 그릇을 깨뜨리려고 그랬던 거예요?"

"누가 알겠느냐만 아마 아버지에게 옛날 일을 떠올리고 싶었던 게지. 아버지도 옛날에 우리가 보는 앞에서 생선 그릇을 깨뜨렸으니 아버지도 한번 당해보고 그게 어떤 기분인지 느껴 보라고 그러지 않았을까?"

"그런데 안 깨뜨렸네요."

"안 깨뜨렸어. 그냥 용서해 주었지. 아버지에게 큰 고통을 주고 싶지는 않았던 거야."

"할머니, 만약 빌렘이 정말 그릇을 깨뜨렸으면 어떻게 되었을까요?"

"누가 알겠니. 아버지가 술을 안 끊었을 수도 있었겠지. 아버지는 자기 아들이 그렇게 나쁜 인간이 아니라는 것을 깨닫고 아들에게 좋은 인상을 심어주고 싶었던 거야. 그래서 술도 끊은 거고."

"왜 대장장이 망치로 부수려고 했는지 모르겠어요. 그냥 망치로도 충분히 깨뜨릴 수 있었는데…. 빌렘은 그 일을 다 기억하고 있었네요. 다른 사람들 같으면 진작에 다 잊어버렸을 텐데. 만약 사람이 그런 안 좋은 추억을 오래 가지고 있으면 어떻게 돼요?"

"사람마다 달라. 잊어버리는 사람도 있고 잊지 못하는 사람도 있지. 다른 사람한테 악감정을 오래 가지고 있으면 안 돼. 빌렘은 복수를 하지는 않았어. 복수하고 싶었지만, 그것은 옳은 행동이 아니라는 것을 알았던 거야."

"바로 복수하고 싶어 하는 사람도 있어요. 우리 학교에서도 그런 애들이 있구요."

얼굴이 살짝 붉어진 아르노는 갑자기 말하기를 멈추었다.

"학교에서 무슨 일이 있었니?"

"우리 학교에 복수하려고 준비하는 애들이 있어요."

아르노가 더듬거리는 목소리로 말했다.

현관에 누가 들어오더니 안에서 자리를 잡고 앉았다. 아르노는 목소리만으로도 그가 리블레임을 알 수 있었다. 이번에는 술에 취하지 않았고 다른 때와는 달리 또박또박 말을 잘했다. 아르노는 혹시 리블레가 정말 성당에서 쫓겨난 것은 아닌가 궁금해졌다. 그냥 찾아온 손님이 하는 이야기를 주의 깊게 들을 수밖에 없었다. 할머니가 앞방 쪽으로 다가갔다.

"다들 어떻게 지내셨어요?" 리블레가 말했다.

"아르노는 이제 좀 좋아졌나요?"

어머니가 대답했다. "하느님이 도우셔서 이제 훨씬 나아졌어요."

"좋은 소식이네요. 걱정 많이 했는데…. 한번 생각해 보세요. 아르노는 걸을 수도 없을 정도로 아픈데, 그 다부진 여자아이는 한참을 물속에 들어가 있고도 아무렇지도 않더라구요. 남자애들이랑 똑같이 학교에 다니고, 오늘도 학교에서 텔레랑 같이 걸어왔어요."

아르노는 리블레가 텔레더러 다부진 여자애라고 부르는 것이 못마땅했다. 그냥 다른 사람들처럼 라야 농장의 텔레라고 불러도 될 터였다. 그때 들통에 물을 한 통 들고 오던 마리가 리블레에게 인사를 했다.

"종지기 아저씨, 안녕하세요."

"아가씨도 안녕."

"아직도 종지기 일을 하고 계시죠?" 마리가 이야기했다.

"벌써 쫓겨난 건 아니지요? 지난주 일요일에는 마부가 종을 쳤다고 그러던데. 혹시 벌써 잘린 건 아니죠? 이러다가 여기저기 밥 빌러 다니는 거 아니에요?"

"쓸데없는 소리 하지 마. 내가 알아서 잘할 테니. 너나 대책 없이 다니다가 물 항아리에나 빠지지 말란 말이야. 얼른 코에서 콧물이나 닦아."

집안에서 웃음이 터졌다. 그러자 마르트가 물었다.

"아무튼 정말 성당 일자리에서는 잘린 거예요? 정말로 마부가 성당 종을 쳤다고 그러던데."

"잘리면 잘리는 거지, 뭐. 세상에 할 일이 종지기만 있는 것도 아니고.

하려고 하면 일자리는 널렸어."

"그래서 잘렸냐구요?"

"그래, 잘렸다."

아르노는 놀랐다. 볼이 다시 붉어지고 이불을 덮고 있었으나 불안해서 몸을 꿈틀댔다. 예상했던 일이 일어나고 만 것이었다. 리블레는 자기가 하지도 않은 뗏목일 때문에 종지기 자리에서 쫓겨나고 말았다. 뗏목을 가라앉힌 아이는 트니손이다. 트니손이 이 일을 잘 마무리해야 한다. 자기가 한 일에 대해서 한마디도 하지 않는 트니손은 정말 나쁜 녀석이야.

아르노의 가슴은 심하게 콩닥대었다. 얼굴은 붉어지고 덮고 있는 이불은 돌처럼 무겁게 몸을 짓눌렀다. 아무 잘못도 없는 사람이 누명을 쓰는 이런 일이 어떻게 일어날 수 있단 말이지. 하느님, 잘못을 한 사람은 트니손이란 말입니다. 아르노는 시간이 갈수록 더 불안했다. 그때 뒷방에 들어온 어머니가 아르노 이마에 손을 대었다.

"어머, 머리가 다시 뜨겁네."

어머니는 다시 앞방으로 돌아가서 말했다.

"아르노한테 다시 열이 나요."

"리블레, 가보고 싶으면 한번 가봐요."

리블레가 방으로 들어왔다. 아르노는 리블레와 속깊은 이야기를 나누었다. 언제나 술을 마시고 싸움박질밖에 모르는 리블레가 이런 식으로 진지하게 대화를 할 수 있다니 참으로 놀라울 정도였다. 밖으로 나가려는 리블레에게 아르노가 말했다.

"리블레 아저씨, 아저씨는 절대 잘못 한 거 없어요. 누가 뗏목을 강바닥에 빠뜨렸는지 알아요."

리블레는 뭔가 묻고 싶은 듯 아르노를 뚫어지게 바라보았으나 아르노가 더 자세한 것을 이야기해주지는 않을 것 같아 손을 잡으며 말했다.

"괜찮다. 아무려면 어떠니. 뗏목을 빠뜨린 사람이 누구든 간에 상관없이 나에게 종 치는 일을 주지는 않을 거야."

"왜 안돼요? 아저씨가 잘못한 게 없다는 걸 사람들이 알게 되면 다시 종을 치라고 할 거예요."

"괜찮다니까. 누가 잘못을 했으면 어떠니. 그 망할 장로가 고집을 피우는 거야. 걱정하지 말아라."

리블레는 밖으로 나갔다. 아버지가 리블레에게 하는 말이 들려왔다.

"갈 곳이 정말 없으면 여기라도 와요. 뭔가 할 일을 찾아줄 테니."

마르트도 거들었다.

"네, 들어오세요. 지금 자작나무도 베어야 하고 숲에 가서 나무도 해와야 해요. 몸도 아주 좋잖아요. 천상 나무꾼으로 태어난 것 같아요. 종을 쳐봐야 뭐해요."

아르노는 그래도 여전히 마음을 놓을 수가 없었다. 학교에 하루라도 빨리 갈 수 있도록 다시 건강해지고 싶었다.

17

"토츠. 거기서 뭐 하는 거야."

"아무것도 안 하는데요."

"아무것도 안 하면 그냥 자기 자리에 잠자코 있어야지. 윗도리에 뭐가 있니?"

"아무것도 없어요."

"윗도리에 아무것도 없는데 그렇게 이상하게 보일 리가 없겠지. 잠깐,

그 안에서 뭐가 움직이는데?"

선생님은 토츠의 옷 속에서 뭔가 심상치 않은 일이 벌어지고 있음을 짐작하고 가까이 다가갔다.

"옷 속에 들어있는 거, 얼른 꺼내봐라."

"아무것도 없어요."

토츠는 여전히 자리에 앉아서 붉어진 얼굴로 대답했다. 토츠는 정말 일어나고 싶은 표정이었으나 옷 속에 들어있는 '아무것도 아닌' 그 물건만 꼭 안고 있었다. 마치 고문이라도 당하는 사람 같았다.

"이거 정말 재밌게 됐네." 선생님이 말했다.

"네 옷 속에는 정말 아무것도 없는데 그 아무것도 아닌 물건이 끙끙대고 움직이기까지 한다고? 얼른 꺼내 봐라."

토츠는 변명할 길이 없음을 깨닫고 코트의 단추를 하나하나 풀었다. 거기에서 작은 강아지의 얼굴이 밖으로 툭 튀어나왔다.

"그래, 바로 그거지." 선생님이 말했다.

"내일은 새끼돼지를 옷 속에 넣어 가지고 오겠구나. 그 강아지를 학교에 왜 가지고 왔는지 빨리 말하는 게 좋을 거다."

"키르가 사고 싶다고 그랬어요."

"아니에요, 토츠가 거짓말하는 거예요. 쟤가 어제 자기 집에 춤추고 북을 치는 강아지가 있다고 했단 말이에요. 난 아무런 말도 안 했어요."

"말을 안 하긴 무슨. 너 사고 싶다고 오늘 학교에 가져오라고 했잖아."

"너희들은 조용히 하고 내 말을 들어봐라, 토츠, 이 녀석."

"네."

"내가 지금 너한테 무슨 말을 할 것 같으냐?"

토츠는 슬픈 표정으로 억지로 미소를 지으며 교실 구석을 바라보았다.

"아니다, 난 오늘은 교실 구석에 서 있는 벌은 안 줄 거다. 오늘은 벌을 안 줄 거란 말이다. 그냥 오늘은 종일 잠자코 있으면서 어떤 사고도 안 치겠다고 약속해라. 약속할 거니?"

"네."

"그래, 착하구나. 지금 네 옷에 있는 다른 물건들도 가지고 있으면 계속 정신이 팔릴 테니 얼른 이리 나와서 교탁 위에 풀어 놓거라. 자, 빨리."

"싫어요, 다른 애들이 다 웃을 거란 말이에요."

"아, 그래? 그럼 네 옷 속에 뭐가 숨어있는지 나만 보고 나서 비밀로 해주겠다. 옷 속이랑 주머니 속에 있는 거 전부 챙겨서 내 방 책상 위에 꺼내놔라. 그 개는 네가 집에 갈 때까지 보관해 주마. 학교 끝나고 그때 가지고 가거라."

토츠는 자리에서 일어나 선생님의 방으로 갔다. 평상시 불룩 튀어나왔던 양쪽 주머니가 돌아왔을 때는 납작해져 있었다.

"전부 다 꺼내놓았니?"

"네, 맞아요."

"그래, 잘했다. 자리 잡고 앉아서 정신 차리고 공부나 해라. 다음부터 학교에 올 때는 그런 이상한 물건 가지고 오지 말고. 알아듣겠니? 만약에 이상한 물건 가지고 왔다가 나한테 또 걸리면 오늘처럼 내 방 책상에 두고 와야 된다. 한 번이라도 좀 말썽을 안 피울 수는 없겠니? 그런 물건들은 집에서나 가지고 놀고 학교에는 가지고 오면 안 된다. 알겠니?"

"네, 네."

정말 이상한 광경이었다. 요셉 토츠는 학교가 끝날 때까지 정말 모범생인 양 앉아있었다. 토츠와 비삭 사이에는 작은 소동이 있었다. 비삭이 토츠가 선생님 방에 가지고 간 것이 무엇인지 궁금한 나머지 열쇠 구명으로 안을 들여다본 것이었다. 비삭이 정말로 본 것인지는 아무도 알 수 없지만, 짝꿍 토밍가스와 스메르에게 선생님 책상 위에 토츠의 물건이 정말 많이 놓여있더라고 말을 했다. 거기엔 인디언에 관한 책들 두어 권과 돌멩이 몇 개, 줄자와 쇳조각 몇 개, 칼 두어 개, 쇠못 한 개, 실타래, 바늘 한 쌈, 긴 줄이 달린 나무 스케이트 등 처음 보는 물건들도 아주 많았다는 것이다.

2교시가 끝난 후 아르노가 눈이 푹 꺼지고 창백해져 거의 알아볼 수 없는 얼굴로 교실로 들어왔다. 아이들은 모두 그의 이름을 불렀다.

"야, 아르노! 아르노가 왔다!"

아르노는 놀란 듯 쳐다보는 아이들 사이에 서 있었다. 아르노는 예전처럼 건강하고 똑똑한 친구가 아니었다. 비쩍 말랐고 대충 보아도 피곤해 보였다. 아르노는 텔레와 트니손을 열심히 눈으로 찾았다. 아직은 학교에 오지 않고 며칠 더 집에 있어야 했으나 아르노가 아버지에게 학교에 보내 달라고 고집스럽게 조르는 바람에 어쩔 수 없이 허락해 준 것이었다. 마르트는 아르노를 학교까지 데려다주고 나서 학교가 끝날 때쯤 다시 오겠다고 했다. 마침 교실에 들어온 선생님이 아르노에게 건강이 어떤지 물었지만, 아르노의 비쩍 마르고 불그스레한 뺨을 보더니 며칠 더 집에 있으면서 몸조리를 하지 그랬냐고 말했다. 속으로는 자기가 가장 아끼는 학생이 마침내 학교에 다시 나오게 되어서 매우 기뻤다.

그날따라 쉬는 시간이 유독 빨리 지나가 텔레와 트니손과는 제대로 이야기를 할 틈이 없었다. 그다음 쉬는 시간에 아르노는 트니손이 있는 곳으로 가서 계속 그 친구와 함께 있었다. 아르노를 유심히 보고 있던 텔레는 아르노가 자기보다 트니손에게 먼저 갔다는 사실에 몹시 서운했다. 마침 다른 여자애가 실수로 잉크병을 쏟아 텔레의 지리 교과서를 지저분하게 만들어 버렸다. 텔레는 울기 시작했다. 하지만 잉크가 쏟아진 책 때문이 아니라 아르노 때문에 울고 있다는 사실은 아무도 몰랐다.

"이제 괜찮은 거야?"

트니손이 아르노의 눈을 보며 말했다.

"그럼, 당연하지. 조금 열이 나긴 하는데 그것 빼곤 다 괜찮아."

"그렇구나, 학교 진도를 못 따라가겠다."

"맞아. 그런데 나중에 마저 공부하면 돼."

"그럼, 네가 누군데. 머리가 좋으니 금방 따라갈 수 있을 거야."

잠시 침묵이 흘렀다. 이야기는 원하는 대로 흘러가지 않았다. 둘 사이에는 미묘한 긴장감이 흘렀다. 트니손은 계속 옆만 보고 있었다. 아르노는 마침내 입을 열어 말했다.

"저 있잖아, 리블레 아저씨가 쫓겨났대."

"그래…?"

"정말 그러다가…."

트니손은 머리를 아르노 쪽으로 돌렸으나 그의 눈을 똑바로 바라보지는 않았다.

"난 네가 그 일을 잊어버릴 줄 알았는데."

"무슨, 어떻게 잊어. 정말 이렇게 되면…. 리블레 아저씨는 어디로 가야 돼? 잘못은 우리가 했는데 왜 아저씨가 쫓겨나?"

그때야 비로소 트니손은 아르노를 똑바로 바라보았다. '잘못은 우리가 했는데'라고 말한 것 때문에 꽤 놀란 모양이었다.

"그래, 리블레 아저씨는 잘못이 없고말고. 그런데…"

"나도 몰라. 장로님한테 가서 말해."

"안돼."

트니손은 머리를 흔들더니 고개를 떨구었다. 아르노는 복잡한 심경으로 친구를 쳐다보았다. 아르노 생각으로는 이 모든 것들을 제대로 인정하는 것이 제일 좋은 해결책인 듯했다. 어떤 상황에서도 모든 일이 이런 식으로 진행되어서는 안 되는 것이었다. 아르노가 다시 물었다.

"그럼, 우리 이제 어떻게 할 거야?"

"너는 아무런 문제가 없겠지. 그런데 나는 당장 학교에서 퇴학당할 거라구."

"나도 같이 퇴학당할 거야."

"네가 왜 퇴학당해?"

"나도 거짓말했잖아. 그때 토요일에 내가 너랑 집에 같이 갔다고 거짓말했잖아. 기억 안 나?"

"그렇대도 네가 퇴학당할 리는 없어. 나는 무조건 퇴학당할 거야."

둘은 말이 없었다. 둘 중 아무도 여기서 말을 어떻게 더 이어나가야 할지 몰랐기 때문이었다. 아르노는 트니손이 가엾어졌다. 문제를 덜어줄 수 있다면 뭐라도 해주고 싶었다. 한편으로는 그냥 예전과 다름없이 아무것도 신경 쓰이지 않게 편하게 대할 수 있으면 좋겠다는 생각도 들었지만, 또 한편으로는 몸에 불이 붙은 듯 안절부절못했다. 열이 나는 것처럼 입이 바짝바짝 마른 아르노는 트니손에게 가만히 속삭였다.

"아냐, 내가 가서 우리가 했다고 말할 거야."

얼굴은 붉게 상기된 트니손은 고개를 다시 흔들고 입술을 움직였으나 그 입술에서는 아무런 소리도 나오지 않았다. 그러더니 창으로 고개를 돌려 잠자코 내다보았다.

수업이 다 끝나자 아르노는 마침 책을 정리하고 있던 트니손 곁으로 다시 다가갔다. 그들은 한동안 아무 말 없이 있었다. 아르노가 갑자기 단호한 목소리로 말했다.

"나 지금 장로님한테 말하러 갈래."

트니손은 잠시 머뭇거리더니 조용히 말했다.

"갈 테면 가라."

그것은 아르노도 예상하지 못한 반응이었다. 그러자 다시 트니손이 안쓰러워졌다. 아르노는 혹시라도 학교에서 퇴학당하게 된다 하더라도 다른 마을에서 학교를 다닐 수 있으니 별문제는 아니라고 말하려다 말았다. 트니손이 화난 얼굴로 아르노를 바라보고 있었기 때문이었다.

아르노는 발걸음을 뗐다. 아르노는 콩닥콩닥 뛰는 가슴으로 발뒤꿈치를 들고 교실과 장로의 집무실 사이에 있는 복도로 나와 문 앞에 서서 눈치를 살폈다. 장로는 책상 앞에 앉아있었다. 책장이 넘어가는 듯 종이 넘기는 소리가 들려왔다. 아르노는 어떻게 이 이야기를 시작해야 하나 고민에 빠졌다. 정말 힘든 일이었다. 나머지 공부를 하는 것보다 더 어려웠다. 말은 이렇게 시작하면 좋을 것 같았다. 리블리 아저씨가 뗏목을 가라앉힌 게 아니라고 말씀드리러 왔어요. 뗏목을 강바닥에 빠뜨린 것은 트니손이에요. 그때 집에 같이 갔다는 말도 거짓말이구요.

누군가 뒷문으로 장로 집무실에 들어가는 소리가 들리자 아르노도 용기를 내어 집무실 문 앞으로 몇 발짝 더 가까이 다가갔다. 이제 안으로 들어갈지 밖으로 나갈지 결정을 해야 했다. 안으로 들어가기에는 용기가 없었다. 준비할 시간이 조금 더 필요하다고 생각했다. 벌레에게 쏘인 것처럼 아르노는 황급히 문에서 떨어져 교실 쪽으로 뛰었다. 그와 동시에 교실 문이 열렸고 젖 먹던 힘을 다해 뛰어가던 아르노는 자기도 모르게 교실에서 나오던 선생님의 품에 안기고 말았다.

"아이쿠, 이번엔 무슨 일이니?"

아르노는 선생님의 질문에 똑바로 대답도 못 하고 소심하게 문 옆에서 서 있었다. 놀라서 자기를 쳐다보는 선생님의 눈빛을 아르노는 견딜 수가 없었다. 용케 참아내는가 싶더니 아르노는 큰소리로 엉엉 울음을 터뜨리고 말았다.

선생님은 우는 아이를 교실에 데려가지 않고 자기 방으로 데려가서 의자에 앉혔다. 선생님은 아르노 가까이 가서 손을 어깨에 얹고 말했다.

"아르노, 대체 왜 그러는 거니? 너 뭔가 마음에 두고 있는 게 있구나. 나한테 왜 말을 안 해주는 거니?"

갑자기 토츠가 자기 물건과 '사자개'를 챙기러 선생님 방으로 들어오는 바람에 아르노는 제대로 대답을 할 수가 없었다. 잠시 머뭇거리던 토츠는 아르노가 있는 것을 보고 그 자리에 가만히 서 있었다.

"너 이제 집에 가려고 하니?" 선생님이 물었다.

"네."

"그래, 이제 집에 가거라. 네 물건 다 챙기고. 이제 선생님 말 좀 잘 들어라. 내일 학교에 올 때는 그런 물건들 절대 가지고 오면 안 된다. 내가 그 물건들 잘 살펴보았는데 학교에서 필요한 게 하나도 없더구나. 전부 어딘가 쓸모 있는 물건들이긴 한데 여기가 아니라 집에서 쓰는 물건이다. 나랑 한 약속 분명 지킬 수 있겠지?"

"네, 선생님."

"정말이지, 토츠? 내 눈을 똑바로 보고 말을 해. 만약 선생님과 약속을 지키는 게 어려우면 나한테 이야기를 해다오. 중요한 것은 사실만을 말하기."

"네, 사실만을 말하겠습니다."

"좋다. 내가 믿어주지. 이제 어른이 되었으니 자기 말은 지켜야지. 한 가지 더 있다. 공부 좀 더 하거라. 많은 것을 한꺼번에 공부하지 못하더라도 괜찮다. 그것 때문에 벌을 받지는 않을 거야. 중요한 것은, 네가 할 수 있는 만큼만 열심히 공부한다는 거다."

"내일 러시아어 공부를 절반 해올게요."

"그래, 가서 절반만 공부해 와라. 그런데 열심히 해야 한다."

"너무 어려워서 진도 나가기가 어려울 때도 혼자 해요?"

"그럴 수도 있지. 그냥 혼자 해도 괜찮다. 그냥 할 수 있는 만큼만 해라. 그런데 다른 애들이 쓴 공책을 그대로 베껴 쓰지는 말고 스스로 하란 말이야. 옛날 버릇대로는 하면 안 된다. 그럴 거지?"

"네."

자기 물건들을 주머니에 집어넣은 토츠의 얼굴은 상당히 심각해져 있었다. 선생님의 신뢰와 진정 어린 말씀이 토츠에게 어지간히 쓸모가 있었던 것 같았다. 토츠가 떠나자 선생님은 다시 아르노에게 말을 걸었다.

"그래, 대체 무슨 일이니. 문제가 있으면 나한테 이야기해 준다고 약속했잖아. 어떤 일이라도 절대 겁낼 필요 없다. 나를 선생님이라고 생각하지 말고 네 마음속에 있는 모든 것을 털어놓을 수 있는 친한 친구라고 생각하렴. 너를 절대 벌하지 않을 거고 꾸중하지도 않을게. 자, 착하지, 선생님에게 이야기해 볼까?"

아르노는 잠시 주저하는 듯했지만 이야기를 꺼내기까지 그리 오래 걸리지는 않았다. 선생님에게 바로 가자는 생각을 못 했던 게 이상할 정도였다. 장로에게는 어떤 경우에라도 가지 않는 게 옳았다.

"뗏목 때문에 말씀드리고 싶은 게 있어요. 지금 강바닥에 가라앉은 그 뗏목이요. 그거 리블레 아저씨가 한 일이 아니에요."

처음에는 약간 말을 더듬었지만 말을 시작하니 조금씩 용기가 생기면서 더 잘 나오는 듯했다.

"뗏목이 왜? 리블레가 한 게 아니라는 걸 어떻게 알아?"

"제가 누가 했는지 안다고 말씀드리려고 왔어요. 제가 트니손과 같이 집에 갔다고 한 날이요. 그 토요일날 뗏목이 그렇게 됐잖아요."

아르노는 여기서 잠시 숨을 골랐다. 다른 친구에 대한 이야기를 꺼내는 것이 많이 불편했다.

"뭐라고? 네가 무슨 말을 하는지 잘 모르겠구나. 아르노, 네가 나한테 무슨 거짓말을 한 거고, 뗏목을 가라앉힌 사람은 누구라는 거니? 아무것도 겁내지 말고 나한테 말해주렴."

아르노가 심하게 말을 더듬는 것을 본 라우르 선생님은 아르노가 편하게 이야기할 수 있도록 도와주었다.

"그날 같이 집에 갔다고 거짓말했어요. 트니손은 제가 집에 간 다음에도 여기 남아 있었어요."

"그래, 네가 거짓말을 했구나. 그렇다고 해도 그게 아주 큰 잘못은 아니야. 그래서 트니손이 그 뗏목을 가라앉혔다고 말하고 싶은 거야? 트니손이 한 게 맞아?"

"네, 트니손이 했어요."

아르노는 머리를 가슴팍까지 숙였다. 자기의 죄를 인정한 죄인 같았다. 눈에는 눈물이 가득 차올라 울먹울먹했다. 선생님은 놀란 표정으로 아르노를 잠시 쳐다보더니 이전처럼 다정한 눈빛으로 말을 시작했다.

"아르노, 네가 그걸 어떻게 아니?"

"트니손이 저에게 말했어요."

"그렇구나. 왜 그랬는지도 이야기했니? 그리고 트니손은 집에 갔니?"

"아니요. 아마 지금 저를 기다리고 있을 거예요."

"장로님께 가야겠다는 생각은 안 들었어? 장로님께 말씀은 드렸니?"

"아니요."

"왜 말씀을 안 드린 거야?"

"용기가 안 났어요. 너무 무서워서…."

"아, 그래, 이제 다 알겠다. 그래서 우리가 만났을 때 네가 장로님 방 쪽에서 온 거였구나. 안에는 안 들어간 거야?"

"네."

"그래, 알았다. 우선 마음을 편하게 가지렴. 그리고 울지 말고. 운다고 해결될 것은 아무것도 없단다. 네가 알고 있는 것을 나에게 다 말해주는 게 더 좋을 거야. 그렇게 같이 해결책을 찾아보자."

"그럼, 트니손이 퇴학당하잖아요."

"이런 바보 같은 녀석, 트니손을 퇴학시킨다는 소리는 누가 했니? 왜 그런 생각을 한 거야?"

"그냥 제가 그렇게 생각한 거예요."

잠시 생각에 잠긴 선생님은 일어나 밖으로 나가더니 교실 문을 열었다.

"트니손, 아직 교실에 있니?"

아까와 똑같은 눈길이 트니손에게 떨어졌다.

"그래, 트니손 내 방으로 좀 오겠니?"

트니손은 들어오지 못하고 선생님 방 문 옆에서 서성거렸다. 선생님은 날카로운 눈초리로 트니손을 잠시 쳐다보더니 말했다.

"트니손, 내가 물어보는 것에 대해 이유를 자세히 말해줄 수 있지?"

"네."

"그래, 좋다. 이리 가까이 와서 의자에 앉아서 이야기를 좀 해보자. 네가 성당학교 아이들 뗏목을 강바닥에 가라앉혔다는 게 사실이니?"

"네."

트니손은 이미 붉어졌던 얼굴이 더 짙어진 채 아래를 바라보았다.

"왜 그런 짓을 한 거지?"

침묵이 흘렀다. 트니손은 아무런 대답도 하지 않았다. 선생님은 긴장을 풀려는 듯 종이 자르는 나무칼을 손가락 사이에 끼워 힘주어 굽히기 시작했다. 그런데 눈빛은 줄곧 트니손에 향해 있었다.

"왜 대답을 안 하는 거야? 내가 하는 질문에 뭐든 대답하겠다고 약속했잖아. 왜 그랬는지 얼른 말해봐."

"걔네들이 자꾸 우리 학교 앞뜰에 와서 친구들한테 싸움을 거는데 어떡해요."

이렇게 질문하듯 답변을 꺼낸 트니손은 옷의 단추를 만지작거렸다.

"아, 그 말은 네가 걔들한테 앙갚음하고 싶었다는 거로구나. 그건 좋은 일은 아니지만 너무 걱정하지는 말거라. 그런데 이전에 다른 사람들이 물었을 때는 왜 아니라고 한 거니?"

라우르 선생님은 잠시 심각하게 생각하더니 다시 질문을 꺼냈다.

"종 치는 아저씨가 그 일 때문에 쫓겨난다는 이야기는 들었을 텐데, 왜 네가 그랬다고 말하지 않았니? 다른 사람이 너 때문에 피해 입는데 양심의 가책이 들지는 않던?"

"들었어요."

"그런데 왜 아무런 말도 안 했어? 만약 아르노가 오늘 말을 안 해줬더라도 언젠가는 나에게 이야기하려고 했었니?"

"잘 모르겠어요."

"솔직하게 말해야 한다, 트니손. 어떻게 했을지는 네가 더 잘 알고 있지? 내 생각에 넌 안 왔을 거다. 약속한 대로 내 눈을 보면서 대답하렴.

너 나한테 와서 말하려고 했었니?"

"아니오."

"그래, 그거 봐라. 이제야 좀 솔직해지기 시작했구나. 그런데 아르노가 나한테 와서 다 털어놓는다고 말했을 때 반대했었니?"

"네, 맞아요."

"아니에요, 아니라고요."

아르노가 갑자기 둘의 대화에 끼어들었다.

"처음에는 가지 않는 게 좋을 거라고 했는데 나중엔 가라고 했어요."

"그래, 이러니까 훨씬 좋구나."

트니손을 강한 눈으로 바라보면서 선생님이 말했다.

"네가 바라던 방식으로는 아무것도 해결할 수 없다는 거 잘 이해했지?"

"네."

"그래, 나도 더는 물어보지 않을게. 네가 한 일을 후회는 하니?"

"네."

"나도 네가 후회할 거라는 생각은 했다. 잘했다. 그래, 좋다. 이제 나도 다 이해할 수 있겠구나, 트니손. 이제 집에서 숙제하렴. 항상 고개 꼿꼿이 들고 다니고. 이제 사람들이랑 리블레 때문에 이야기를 좀 더 해야겠다. 너에겐 아무런 벌도 주지 않을 테니 걱정하지 말고. 네가 이런 일을 다시는 벌이지 않을 걸 아니까 벌을 안 주는 거야. 그리고 너는 왜 그렇게 걱정스럽게 서 있어?" 선생님이 아르노를 보고 말했다.

"친구의 행동을 고자질하러 온 것 때문에 걱정이 된다는 거 잘 안다. 아르노, 나라도 아마 그렇게 했을 거야. 트니손이 널 믿으니까 비밀을 말한 거고, 너도 그 비밀을 잘 지킨 거야. 너 나 빼고 다른 사람들한텐 이 이야기 안 했지?"

"안 했어요."

"그래, 안 할 줄 알았다. 이렇게 찾아온 것이 정말 잘한 일이다. 친구도 그렇게 입을 다물고 있는 것만이 해결책은 아니라는 사실을 네 덕분에 잘 알 수 있었을 거다. 네가 말하러 온다고 했을 때 트니손도 처음엔 말은 그렇게 했지만, 누군가 대신해 주기를 속으로는 바라고 있었을 거야. 슬퍼하지 마. 넌 네가 해야 할 일을 했을 뿐이니까. 트니손이 너한테 화난 것 같니? 트니손, 너 아르노에게 화났어?"

"아니요, 제가 왜 화를 내요."

트니손의 얼굴은 점차 밝아졌다. 조금 전까지 뾰루퉁하던 표정은 사라졌다. 그 대신 아주 용기 있게 몇 번이나 선생님과 아르노를 번갈아 쳐다보았다. 아르노는 고개를 숙이고 바닥만 바라보았다. 이유는 모르겠으나 왠지 슬프기만 했다. 여기 오기 전까지는 그놈의 뗏목 이야기만 해결하면 마음의 짐도 덜고 왠지 사는 게 편해질 줄 알았는데 지금 와서 보니 가슴이 더 무거워지기만 했다.

"아르노, 내 말 좀 들어봐."

선생님은 마치 자는 사람을 깨우듯 팔을 붙잡고 흔들며 말했다.

"트니손이 너한테 화 안 난다잖니. 트니손은 여전히 똑같은 네 친구다. 힘내렴. 혹시 다른 문제가 또 있는 건 아니니? 혹시 네가 했던 일 때문에 신경을 쓰고 있던 건 아니야? 니네들이 학교에서 집에 같이 갔다고 거짓말을 했을 때 아르노 너도 트니손의 비밀을 알고 있었던 거야?"

"아르노는 그때 모르고 있었어요. 그 이후에 제가 이야기한 거예요."

트니손은 다시 얼굴이 붉어진 채로 말했다.

"그래, 알겠다."

선생님이 다시 아르노에게 물었다.

"너는 알지도 못했는데 왜 거짓말을 한 거니?"

"제가 시켰어요." 트니손이 아르노를 변호하듯 말했다.

"그렇다면 이건 좋은 거짓말이야. 그런 거짓말은 또 찾기 힘들지. 그러니까 슬퍼할 필요는 없다."

아이들을 집으로 보내며 선생님은 문앞에서 학생들에게 다시 말했다.

"리블레 걱정은 하지 말아라. 리블레도 이번 주 일요일에 종탑에 올라가서 종을 칠 테니까. 그리고 다른 사람들한테 그 이야기 비밀로 해줄 테니 걱정하지 말고. 너희들만 말 안 하면 다른 사람들도 절대 모를 거다."

아이들은 선생님 방에서 나왔다. 교실에 있던 애들은 그렇게 오래도록 선생님 방에서 무슨 일이 있었는지 알려달라는 듯 아르노와 트니손을 커다란 눈으로 쳐다보았으나 그들은 물어볼 시간도 주지 않고 잽싸게 잰걸음으로 밖으로 나왔다.

학교 정문에는 마르트가 썰매를 몰고 와 아르노를 기다리고 있었다. 텔레는 커다란 양가죽 코트로 몸을 싸맨 채 썰매 위에 자리 잡고 있었고, 마르트는 시가를 물고 말 위에 앉아있었다. 아르노는 트니손을 찾으러 주위를 둘러보았지만 트니손은 이미 가버리고 없었다.

마르트가 가게에 들러 물건을 사는 사이 아르노와 텔레는 썰매 위에서 기다렸다. 둘은 말이 없었으나 서로 말을 먼저 걸어주길 기다렸다. 가게 근처 주막에서 리블레가 절뚝이는 다리로 욕을 하며 밖으로 나왔다. 그는 길 한가운데로 나와 휘청휘청 걸으면서 가게로 향했다. 가게 쪽에서 농부 두 명이 나와서 그의 가는 길을 막았다.

"이봐, 종지기 양반. 오늘도 약주를 엄청 드셨구만. 누가 업어가도 모르겠네." 한 농부가 말했다.

"술 마시는 거 외엔 하는 일이 있어야 말이지."

다른 농부가 거들자 첫째 농부가 다시 말했다.

"안녕하신가요, 리블레 나으리."

"안녕하고 말고, 안녕하고 말…" 리블레가 말했다.

"그래, 어딜 그리 급히 가시나?"

"지옥에 간다, 왜."

"말하는 것 보게, 지옥에 간다네? 거긴 뭐하러 가. 이승엔 빌붙을 곳이 더 이상 없나 보지?"

"당신들 일이나 신경 쓰시지. 내가 간다는데 누가 뭐라고 그래. 내가 당신네들 어디 가는지 관심이나 있는줄 알아? 딸꾹."

리블레는 가만히 서서 싸움이라도 붙이려는 듯 다른 이들의 얼굴을 뚫어져라 쳐다보았다.

"애들한테 장난이나 치고 다니면서. 왜 애들 뗏목은 가라앉힌 거야?"

첫 번째 농부가 말했다.

"나 같으면 남 부끄러워서 마을에 나가지도 못할 걸세."

"이것 봐. 하느님은 이미 사실을 다 알고 계실 거야. 자네들 사실을 알고 싶은가?"

리블레는 남자들 사이로 다가가서는 마치 싸울 듯 주먹을 들었다.

"그러지는 말고, 난 너랑 싸우고 싶은 생각이 없어. 그냥 가던 길이나 가시지. 가서 뭐 다른 걸 강 속에 처넣어 봐."

두 남자는 그렇게 말하고는 빠른 걸음으로 주막을 향해 걸어갔다. 리블레는 화가 치밀어 올랐다. 주막으로 가는 이들을 향해 주먹을 보이면서 으름장을 놓았다.

"당신들 앞으로 밤길 조심하는 게 좋을 거야. 내가 니네들 강바닥에 못 빠뜨릴 줄 알지? 강에 구멍을 뚫어서라도 집어넣는다, 내가. 나는 충분히 그러고도 남을 사람이야. 딸꾹."

가게에서 나온 마르트는 아이들 다리 옆에 담배 자루를 내려놓고, 말의 가슴걸이를 맞추고, 갈기를 잘 빗어주고 집으로 향해 가기 시작했다. 그 사이 가게에 도착한 리블레는 집으로 가는 그들을 향해서 이렇게 외쳤다.

"저기요, 농장 어르신. 좀 세워 봐. 나 좀 태워줘. 저기요!"

마르트는 마치 태어날 때부터 말도 못하고 듣지도 못하는 사람처럼 제 갈 길만 향해 앞으로 갔다.

18

여전히 아르노는 예전의 기력을 완전히 회복하지 못했다. 아르노와 텔레가 눈보라를 헤치고 오던 날 아르노는 집에 이르기도 전에 지쳐버렸다. 집에 갈 힘이 소진되었다는 걸 깨달은 아르노는 힘겨운 미소를 얼굴에 띠며 말했다.

"난 못가겠어."

텔레는 그 옆에 가만히 서 있었다. 사람이 그렇게 빨리 지칠 수 있다는 것을 텔레는 도무지 이해할 수 없었다. 전선을 타고 울리는 바람은 우체국 건물 옆에서 윙윙거렸고 거센 눈발이 그들이 가는 길목을 막았다.

"좀 쉬어 봐. 그러면 힘이 날 거야." 잠시 말이 없던 텔레가 말했다.

눈보라 속에서 앉아 있기란 쉬운 일이 아니었지만 잠시 등을 대고 앉은 아르노가 텔레에게 말했다.

"너도 앉아."

텔레는 바로 앉지 않았다. 왼발 오른발을 바꿔가며 동동 구르던 텔레는 손수건을 꺼내 머리를 감싸고 나서 말했다.

"여기 오래 있으면 안 돼. 곧 어두워질 거야."

"그래서 뭐." 아르노가 대답했다. "나 집에 갈 기운이 없어."

아르노는 일어날 생각이 없었다. 아르노는 눈 속에 있는 기분이 아주 좋아서 잠이라도 자고 싶었다. 작년 가을 강가에서 리블레와 잠이 들었던 때와 비슷한 느낌이었다. 바람 소리가 심지어 자장가처럼 들려왔다. 눈이 자꾸만 감겼다.

"넌 왜 안 앉아?" 텔레에게 물었다.

"난 앉기 싫어." 말은 그렇게 했지만 금방 옆에 앉았다.

"누가 지나가다가 우리가 이렇게 앉아 있는 거라도 보면….'

"그럼, 뭐?"

"무서워하지 않을까?" 텔레는 약간 머뭇거리며 말했다.

텔레가 한 질문에는 대답도 하지 않고 아르노가 말했다.

"바람 부는 데로 가지 말고 내 옆으로 와."

"괜찮아. 난 추위 따위는 안 무서워."

"나는 양털 코트지만 너는 가벼운 코트만 입고 있잖아. 안 추워?"

"안 춥다니까."

잠시 침묵이 흐른 후 아르노는 텔레에게 더 가까이 오라고 말했다. 텔레가 다가왔다. 둘은 서로 몸을 맞대고 앉아있게 되었다.

"대체 우리 얼마나 이렇게 앉아 있어야 돼?"

텔레가 마침내 입을 열었다.

"되는 데까지 앉아있자. 추우면 말해."

"야, 난 절대 안 춥다니깐. 너나 추위 조심해. 너 아직 환자잖아. 너 이러다가 금세 감기 들어. 아직 완전히 건강해진 게 아니니까 금방 다시 피곤해진다구."

"나 이제 건강해졌어. 너 혹시 내가 죽으면 슬퍼해 줄 거야?"

텔레가 바로 대답하지 않자 아르노가 다시 물었다.

"말해 봐, 슬퍼해 줄 거냐고."

"슬퍼해 주겠지."

"그럼 울어줄 거야?"

"당연하지."

공동묘지 쪽에서 불어오는 바람에 개 짖는 소리와 사람의 목소리가 섞여서 들려왔다. 노을이 지고 있었다.

"들어봐, 저기 기도실에 누가 있는 것 같아."

"기도실 안에 아무도 없어."

아르노가 별 느낌 없는 소리로 대답했다.

"우두 마을에서 나는 소리야. 우두 마을이 기도실이랑 가까워서 그래. 지금 이 날씨에 기도실에 누가 있겠니?"

"나 벌써 겁나. 거기 누가 있는지 어떻게 알아."

"아무도 없다니깐. 유령이라도 있을까봐?"

"유령은 안 무서워. 그런데 여기는 공동묘지고 이제 어두워지잖아."

"그게 뭐. 공동묘지에서 무서워할 건 아무것도 없어. 이번 여름에 나 혼자 할아버지 산소에 간 적이 있었는데 거기 의자에 앉아 있다가 그만 잠들어 버렸어. 일어나 보니까 이미 어두워졌더라. 그때 누가 있는 것 같은 소리가 들렸는데 자세히 들어 보니 그냥 마차 지나가는 소리였어."

"오두막 아줌마가 그러는데 한번은 검은 옷을 입은 남자가 무덤가에서 있는데 망토가 혼자서 막 펄럭이고 있더래. 오두막 아줌마는 너무 겁이 나서 뛰어가는데 유령이 '아무리 빨리 달려도 나한테서는 도망 못 가.

난 너한테 무슨 짓이라도 다 할 수 있어.' 그러더래. 아르노, 그 유령은 어디서 왔을까?"

"야, 아마 남자가 거기 무덤가에 서 있었겠지. 바람 때문에 망토가 펄럭였을 거야. 그런 건데 그런 것 때문에 유령이 있다고 말할 수는 없어. 가끔은 뭔가 네 눈에 이상한 게 들어올 때가 있잖아. 어두워졌을 때 어떤 물건 하나를 뚫어지게 바라보면 사람 얼굴처럼 보이기도 하고 동물처럼 보이기도 하고… 아무 생각도 하지 말고 눈도 깜박이지 말고 쳐다보고 있어 봐. 눈이 점점 무거워지고 눈에 들어오는 것들이 다 이상하게 보일 거야. 너 구름 자세히 본 적 있어? 어떤 때는 위에 사람이 있는 것 같다가 또 동물로 변하고 말처럼 보이기도 하고 마차처럼 보이기도 하고… 그 안에 전부 다 있다. 너도 본 적 있지?"

"구름을 딱히 쳐다본 적은 없어."

"구름을 한 번도 쳐다본 적이 없다구?"

"본 적 없어. 내가 구름을 왜 쳐다봐. 그리고 볼 시간도 없어."

"뭘 하길래 시간이 없어?"

"내가 뭐 하는지 몰라? 어머니 밭일 도와드려."

텔레는 '어머니 밭을 도와드린다'는 말을 하면서 진지한 표정을 지었다. '당연히 도와드리고말고. 너처럼 일도 안 하고 빈둥거릴 것 같냐'라고 말하는 듯 단호한 표정으로 아르노를 응시했다.

"그렇다면 그런 건 안 해?"

"그런 거 어떤 거?"

"말하자면, 앉아서 생각하는 거."

"무슨 생각을 해야 되는데?"

"예를 들어 등잔이 타고 있을 때, 그 밑으로 뭔가 이상한 그림자가 왔다갔다하는 거 본 적 없어? 그저께 저녁에 어머니가 뒷방에 계셨어. 큰 수건을 들고 계셨는데 그림자가 마치 어머니 얼굴 같더라."

"네가 그렇게 상상하는 거지?"

"그렇게 보이는 걸 어떻게 해? 넌 어떻게 아무것도 안 볼 수가 있어?"

다시 침묵이 흘렀다. 눈에 반쯤 파묻힌 아르노는 조금 몸을 움직이더니 가슴과 소매에 쌓인 눈을 털어냈다. 텔레는 참을성 있게 고개를 들어 여기저기 살피며 아르노도 가끔씩 쳐다보았다. 텔레는 갑자기 일어나서 눈을 털어내면서 말했다.

"됐다. 이제 빨리 집에 가자. 여기 더 있다간 완전히 어두워져서 길을 잃을지도 몰라. 얼른 일어나."

"나, 갈 힘이 없다니까."

"손 줘봐, 내가 일으켜 줄게."

텔레는 아르노의 손을 잡고 일으켰다. 그리고 아르노 옷에 묻은 눈을 털어주고 집을 향해 발걸음을 옮겼다.

"이거 봐. 벌써 어두워졌잖아."

이제 텔레가 아르노와 헤어져 혼자 집으로 가야 할 삼거리 길에 이르렀을 때, 아르노는 지난번 가을에 그랬던 것처럼 텔레를 라야 농장 입구까지 데려다주겠다고 고집을 피웠다.

"바보 같은 소리 하지 마! 지금 뭐 강둑 따라서 걸어갈 수 있는 가을인 줄 아니? 지금 눈이 이렇게 쌓여 가지고 집에 가다가 눈 속에 파묻힐 수도 있다고. 내 말 좀 듣고 빨랑 집에 가라."

"네가 시키면 집에 가야지."

"그래, 제발 좀 가."

"내일 아침에 여기서 기다릴게."

"그래. 그런데 너무 일찍 와서 기다리지는 마. 감기 들라."

그들은 각자 자기 길로 향해 가기 시작했다. 아르노는 텔레의 검은 실루엣이 어둠 속으로 사라질 때까지 몇 번이나 몸을 돌려 라야 농장을 쳐다보았다. 아르노는 다시 슬퍼졌다. 조금 전까지 텔레와 같이 앉아있을 때는 기분이 좋아서 슬픈 줄 몰랐는데…. 아르노는 이 감정이 무엇인지 이해할 수 없었다.

19

아르노를 유심히 지켜보던 라우르 선생님은 아르노가 점점 우울에 빠지고 있다는 사실을 알았다. 언제나 공부에 열심이고 생활습관도 반듯했지만 별로 도움이 되지 않는 것 같았다. 아르노를 위해 선생으로서 해야 할 일은 무엇일까, 더 이상 아르노를 우울하지 않게 해야겠다고 라우르 선생은 생각했다.

크리스마스를 며칠 앞둔 어느 날 러시아어 수업에서 토츠는 씁쓸한 눈으로 창밖을 바라보았다.

"토츠, 거기 밖에 뭐가 있길래 그렇게 신경을 쓰고 쳐다보는 거니?"

"아니요. 아무것도 없어요."

"그래도 뭔가 있으니까 쳐다보겠지, 없으면 뭐하러 보겠니? 말하지 않으면 다신 너한테 잘해 주지 않을 거다."

"눈이 녹고 있는 것 같아요."

"눈이 녹는데 네가 상관할 게 있어?"

"그렇죠, 상관할 일은 아니죠. 저는 그냥…."

"상관이 왜 없겠니. 너 나가서 눈싸움을 하고 싶은 게로구나. 아닌 척

하지 말고!"

"네, 맞아요."

"거봐라. 우리는 이렇게 생각이 잘 통한다니까. 그런데 지금은 딴생각 그만하고 집중해서 공부하자. 눈싸움이 토끼도 아니고 어디 도망 안 간다. 넌 착한 아이니까 눈싸움은 점심시간에 하자. 그렇게 하겠니?"

"네, 알겠습니다."

점심시간이 올 때까지 방망이처럼 조용히 앉아있던 토츠는 눈싸움이 시작되자 사자처럼 날뛰었다. 아이들은 두 편으로 나뉘어 전투를 준비했다. '터키'라고 이름 붙인 플레벤 마을 아이들 무리는 언덕 위에 자리를 잡아 라우르 선생님을 대장으로 뽑았고, '러시아'라고 이름 붙인 아이들 무리는 언덕 아래에 자리를 잡고 트니손을 대장으로 뽑았다.

라우르 선생님은 아르노를 가까이에서 볼 수 있게 될 수 있는 한 자기 옆에 있어 주기를 바랐으나 아르노는 벌써 다른 편에 가서 트니손 옆에 서 있었다. 누가 억지로 끌지 않아도 아르노가 자진해서 어느 한 편에 들어간 것을 본 선생님은 아주 기뻤다.

트니손은 토츠가 더 영리하니 자기 말고 토츠를 대장으로 뽑으라고 했으나 다른 아이들이 트니손을 원하자 어쩔 수 없이 말을 들을 수밖에 없었다. 곧 전투를 시작할 텐데 토츠는 그때까지 어느 편으로 들어가야 할지 고민을 하고 있었다. 토츠는 두 무리의 군사들 사이에서 뭐라도 응답을 원하는 듯 여기저기 살폈다.

"이리 와, 토츠, 거기서 뭐 하고 있어. 우리랑 싸워."

언덕 아래에서 목소리가 들려왔다.

"니네는 무슨 편인데."

"우린 러시아야. 이리로 얼른 와."

"러시아 사람들한테는 안 간다. 거기 위에는 무슨 편이야?"

"여긴 터키. 넌 왜 그렇게 바보 같냐. 여긴 플레벤 마을 애들 편이잖아."

어느 편에도 가고 싶지 않은 토츠는 코를 찡그렸다. 인디언과 켄터키라면 좋으련만. '인디언들'이라고 이름을 붙였으면 정말 멋있을 텐데. 그런데 뭐? 터키랑 러시아라구?

"토츠는 '인디언들'이 되고 싶은가 보다." 아래쪽에서 들려온 말이었다.

"인디언들이 있는 곳으로 가라." 다른 애들이 말했다.

"쟤는 켄터기 사자잖아. 켄터키 사람들을 모으려고 하는 거잖아. 켄터키 사자, 너 조심하는 게 좋을 거다."

그와 동시에 터키 편에서 날아온 눈덩이가 토츠의 입에 정확히 맞았다. 토츠는 뭔가 말을 하려던 참에 강한 눈덩이가 날아와 입을 열 수조차 없게 되었다. 이제 어느 편에 갈지 그의 결정은 분명해졌다. 눈덩이가 터키 편에서 날아왔으니 터키 사람들이 싸움을 걸어온 것이다. 그렇다면 쇠주먹 맛을 보게 해줘야지.

전투가 시작됐다. 눈덩이들이 휙휙 소리를 내며 왔다 갔다 했다. 몇몇은 너무 멀리 있어서 눈덩이들이 중간에 떨어지곤 했다. 가까이 있는 러시아 편 아이들이 적진으로 다가갔다. 전투가 치열해질수록 더 많은 눈덩이가 목표물을 향해 날아들었다.

몸 푸는 데 시간이 걸렸던 트니손의 전투력은 이제 완전히 올라갔다. 언덕 위로 용맹스럽게 오르던 그는 위에서 던지는 엄청난 눈덩이를 그대로 몸으로 맞고 있다는 사실도 깨닫지 못하는 듯했다.

라우르 선생님은 아이들 사이에서 아르노를 찾았다. 아르노도 트니손 옆에서 싸우고 있었다. 그러나 트니손만큼은 아니었다. 트니손은 마치 운명이 걸린 듯 열심히 싸우는 반면, 아르노는 눈덩이가 와서 그를 맞힐 때마다 해맑게 웃음을 지었다. 싸움이 잠잠해질 무렵 선생님이 아르노 앞으로 다가와 말했다.

"아르노, 항복해라!"

"싫어요, 항복 안 해요!"

아르노는 기분 좋은 웃음을 지으며 외쳤다. 선생님이 던진 눈덩이가 휙 소리를 내며 아르노 옆으로 지날 때쯤 아르노가 던진 눈덩이가 정확히 선생님의 이마에 명중했다. 고개를 저으며 수염에 묻은 눈을 쓸어내리는 선생님의 모습을 본 아르노는 기분이 더 좋아져 깔깔대며 웃었다. 바로 그때 토츠가 이끄는 호위병들이 등 뒤에서 나타나서 공격하기 시작했다. 그들은 함성을 지르며 위기에 처한 가엾은 전사들을 양쪽에서 공격했고 머리와 목 뒤 등 되는 대로 눈덩이를 집어 던졌다.

토츠는 정말 용맹함으로 가득한 사자 그 자체였다. 그 옆에서는 키르가 마치 눈덩이로 가득한 감자 바구니 같은 것을 들고 토츠가 언제라도 공격을 할 수 있도록 잰걸음으로 걷고 있었다. 사면초가가 된 터키 편은 그만 역습을 당하고 말았다. 어떤 애들은 다리야 날 살려라 도망갔고 항복하는 애들도 더러 있었다. 승리는 러시아 편이 거머쥐었다.

"사면초가 전술을 벌인 똘똘이가 누구지?"

아무리 맞대결을 해도 소용이 없다는 것을 깨달은 라우르 선생님이 웃으면서 말했다.

"토츠요!"

여기저기서 같은 소리가 터져 나왔다. 토츠는 영웅이 된듯 가슴을 앞으로 쭉 내밀고 위풍당당한 발걸음으로 아이들 사이를 왔다 갔다 했다.

"얘들아, 봐라. 스코벨레프가 우리 곁에 있었네!" 선생님이 웃었다.

"우리가 공격을 계속 이어갈 수 있었는데, 저 녀석 군대가 뒤에서 공격하는 바람에 지고 말았네. 스코벨레프[4], 우리 한 판 더 하자!"

그의 제안은 또 한 번 아이들을 흥분시켰다. 즉시 날쌘 손을 움직여 눈으로 총알을 빚었다. 각 편은 적절한 시간에 총알을 발사시킬 수 있도록 총알 만드는 아이를 골라 정했다. 스코벨레프가 이끄는 군사들은 몇 개의 소대로 나뉘었다. 1소대는 제일 유능한 아이들로 그냥 공격만 하는 역할이었고, 2소대는 총알을 만드는 애들이었고, 3소대는 잘 지켜보면서 적들의 눈덩이가 날아오면 큰소리를 질러 경고하는 임무를 맡은 애들이었다. 그리고 포병대도 있었다. 포병대의 역할은 큰 눈덩이를 굴려서 적들이 가장 많이 모여있는 곳으로 끌고 가 '투수'들에게 떨어뜨리는 것이었다. 그러한 책략은 아주 효과가 좋아서 눈덩이 하나로 적어도 몇 명은 굴복시킬 수 있었다.

두 번째 전투는 바로 인디언들과 백인 정착민들의 싸움으로 정했다. 이것은 토츠와 그의 동조자들의 부탁으로 이루어진 전투였다. 어디서인지는 모르겠지만 토츠는 빨갛고 파란 색종이를 가져왔고, 아이들은 색종이 조각을 각자의 겉옷에 매달았다. 인디언들은 빨간색이었고 백인 정착인들은 파란색이었다. 그 종이가 어디서 왔는지는 아무도 관심을 갖지 않았고 그럴 시간도 없었다. 그러나 비삭이 문득 자기가 매단 파란 종이에 이런 글귀가 쓰여있는 것을 발견하고 말았다.

'지리 연습책 - 8월, 비삭'

비삭은 이것이 뭔가 안 좋은 일임을 직감하고는 확인을 하기 위해 교실로 뛰어가려 했으나 다른 아이들이 그의 앞길을 막았다.

용맹한 장군이 이끄는 켄터키 군대는 인디언들이 잠복 장소를 파악하

---

4) Mikhail Dmitriyevich Skobelev. 1877~1878년의 러시아-터키 전쟁 중 터키를 정벌한 것으로 유명한 러시아 장군.

기 전에 힘을 비축했다. 전투는 나무 몇 그루와 덤불들이 자라고 있던 언덕 아래 계곡에서 벌어지고 있었다. 나무가 많은 계곡은 민둥산 언덕보다 인디언들이 전세를 이끌어가는 데 큰 도움을 주었다. 전장은 이제 새로운 장군들이 선두에 섰다. 켄터키 부대는 이전과 마찬가지로 그 자리에 가장 적합한 아이가 선두에 섰고, 인디언 부대의 장군은 바로 트니손이었다. 라우르 선생님은 전투를 포기했고 그 자리를 트니손이 메꾸었다. 트니손과 함께 아르노는 인디언 편에 합류했다. 숫자를 맞추기 위해서 아이들 두 명이 토츠의 편으로 들어갔다.

전쟁은 치열했다. 눈덩이들은 숨 쉴 틈도 없이 날아다녔고 심지어 눈덩이 두 개가 한데 부딪혀 산산이 부서지기도 했다. 전투가 한참 치열하던 중 갑자기 켄터키의 사자가 얼마 남지 않은 적들의 수와 비견될 만큼 엄청난 수의 군사를 이끌고 나타났다. 이상한던 것은 가슴에 파란 색종이를 달고 있는 토츠의 군사들이 서로 자기들끼리 눈덩이를 던지기 시작했다는 것이다. 그보다 더 이상했던 것은 파란 색종이를 달고 있는 다른 아이들이 여기저기서 나타나 자기편 친구들을 포위한 것이었다. 누가 누군지 도무지 파악이 안 될 정도로 난리가 벌어졌다. 뒤로 밀리던 켄터키의 사자는 잠시 주춤하더니 고함쳤다.

"잠깐만, 이 미친놈들아! 어떻게 자기편을 공격해! 잠깐 멈춰보라고!"

토츠도 그게 무엇을 의미하는지 비로소 깨닫게 되었으나 이미 너무 늦어있었다. 지금까지 파란색이었던 애들이 빨간색으로 돌아서서 켄터키의 군사들이 빨간색 편에게 완전히 포위된 것이다. 켄터키 군인들을 둥글게 에워싼 빨간색 군인들은 눈덩이를 하나씩 무섭게 높이 쳐들고 낄낄낄 웃어댔다. 빨간 군대의 위대한 장군인 트니손은 참모가 한 명 있었다. 바로 선생님이었다. 빨간 종이를 파란 종이로 바꾸는 책략으로 켄터키 군대를 제압할 수 있었다.

"이렇게 하면 안 되죠." 토츠는 붉어진 얼굴로 말했다.

"왜 안 되니?" 라우르 선생님이 말했다.

"전쟁에서는 어떤 속임수도 괜찮다. 인디언과의 싸움 같은 작은 전투라도 말할 것 없다."

승리는 정해졌다. 아이들은 떼를 지어 시끄럽게 떠들면서 교실로 들어갔다. 라우르 선생님은 아르노가 계단에 올라 빗자루로 눈을 터는 것을 보았다. 선생님은 눈싸움이 어땠는지 물어보려고 아르노에게 다가가려 했으나 그 순간 성당 종이 울렸다. 선생님은 잠시 서서 멀리 사라져 가는 종소리를 들어보았다. 선생님은 아르노를 향해 웃으며 말했다.

"아르노! 리블레가 다시 종을 치고 있는 거 들리니?"

"지금 리블레 아저씨가 종을 치고 있어요?"

"그래, 리블레야. 벌써 지난 일요일부터 종을 치고 있단다."

아르노는 놀란 눈을 하고 잠자코 서서 듣고 있었다. 정말 리블레가 종탑에서 종을 치고 있는지 당장이라도 달려가서 눈으로 보고 싶었다. 토츠가 옆에 와 아르노의 옆구리를 살짝 누르며 선생님이 한 이야기가 뭐냐고 묻는 바람에 아르노는 잠에서 깬 듯 깜짝 놀랐다.

"리블레 아저씨가 다시 종을 친다고 하셨어." 아르노가 말했다.

"그래? 그 아저씨가 종을 친다고?" 갑자기 트니손이 끼어들었다.

"응…. 그런데 장례식 종이야. 누군가 죽었나 봐." 아르노가 말했다.

트니손은 그 종을 왜 치는지에는 관심이 없었다. 리블레 아저씨가 종을 친다는 게 중요했다.

20

크리스마스 이브였다. 점심을 먹고 난 애들은 아까 배운 노래를 다시 한 번 복습하기 위해서 교실에 모였다. 총연습은 잘 끝났다. 장로의 기분도 좋은 것 같았다. 빛나는 얼굴로 아이들 사이를 돌아다녔다. 아이들에게 욕을 하지 않고 만족스러운 모습으로 다니는 장로의 모습은 자주 볼 수 있는 것이 아니었다.

그날 크리스마스 이브는 마치 꿈속 같았다. 그 꿈속에서 아이들이 여기저기 돌아다녔다. 텔레가 다른 여자아이들 사이에 서서 노래를 부르고 있었다. 머리에 기름을 바르고 목에는 검은 스카프를 두른 새 옷 차림의 트니손은 다른 사람처럼 보였다. 트니손의 미소는 희망에 가득 차 있었다. 키르는 이전에 보지 못했던 멋진 옷을 입고 있었는데, 목까지 단추를 채웠고 옷깃이 밝은 회색으로 빛났다.

토츠는 이번에 입고 온 새로운 옷과 신발 말고도 마치 자신이 누구인지 알리는 듯 체인이 달린 금시계가 아주 멋들어졌다. 그것은 선물로 받은 것이라 했다. 그의 아버지는 토츠에게 어떤 선물도 주고 싶은 마음이 없었는데, 죽어라 사달라고 조르니까 끝내 '그래, 네가 선물을 받을 때까지 날 절대 가만 놔두지 않겠구나'라며 선물을 사주셨다고 했다. 크리스마스 총연습이 끝나자 토츠는 아이들 사이를 바쁘게 돌아다녔다.

"토밍가스, 이것 좀 사라. 스메르, 이것 좀 사. 비삭, 이거 안 살래? 아무도 안 건드린 거고 순금이야. 진짜 반짝반짝 빛나잖아. 이거 진짜야. 56이라는 글자 보이지?"

"얼마나 받을 건데?"

어떤 아이가 물었다. 그 질문에 금 주인이 바로 자랑스럽게 대답했다.

"백 루블 밑으로는 절대 안 팔아."

한참 동안 그 빛나는 쇠조각을 유심히 살펴본 비삭은 그게 금이 아니라 도금한 거라고 말했다. 비삭의 말 때문에 몹시 화가 난 토츠는 성탄절의 즐거운 분위기에서 아랑곳없이 비삭을 비난하기 시작했다.

"이 멍청아. 네가 입고 있는 바지를 좀 봐라. 그거 장로님이 입던 바지 뜯어서 다시 만든 거잖아. 이거 봐라. 저기 아직 구멍도 그대로 있네."

토츠는 비삭이 바지 이야기를 듣고 울음을 터뜨릴 때까지 계속 놀려 댔다. 비삭은 아무리 찾아보아도 바지에서 구멍을 찾지 못했고, 다른 아이들에게까지 바지에 정말 구멍이 있는지 찾아봐 달라고 부탁했다. 그사이에 자랑스러운 발걸음으로 다른 아이들을 찾아다니는 토츠의 얼굴은 빛나는 황금시계나 팔찌처럼 위풍당당했다.

다른 아이들도 제각각 크리스마스 선물로 좋은 선물을 받았다. 토밍가스는 무지개색으로 빛나는 유리 막대기를 받았고, 리블릭은 봉지를 열면 재미있는 소리가 나는 사탕을 얻었다. 레스타가 받은 선물은 다리는 철사로 되어 있고 꼬리에 스프링이 달린 철제 벌레였는데 한 번 튕기면 악마에게 엉덩이라도 맞은 듯 엄청 높이 뛸 수 있었다. 티트는 은색과 금색으로 반짝이는 물건들이 한 바구니 있었는데 크리스마스트리를 온통 은과 금으로 장식할 것들이었다. 무엇을 받았는지 이야기하지도 보여주지도 않는 아이들도 꽤 있었다. 어쨌든 간에 각자의 얼굴은 마음속 깊은 곳에 간직한 비밀로 기뻐하고 있었다.

아르노는 마침 주머니에서 커다란 빵과 고기를 꺼내서 의자에 앉아 먹고 있는 트니손 곁으로 갔다.

"너는 크리스마스트리에 뭘 달 거야?"

아르노가 트니손에게 물었다.

"뭘 달 건가 하면… 아무것도 안 달아. 우리 집엔 크리스마스트리가 없어."

그리고 트니손은 아주 먹음직스럽게 빵을 먹기 시작했다.

"정말 없어?"

"그런 건 뭐하러 만들어? 그 많은 초를 태워서 어디에 써먹니?"

아르노는 혼자 생각했다. 트니손에게는 크리스마스트리가 아무짝에도 쓸데없는 물건이었다. 아르노는 잠시 생각하더니 트니손에게 크리스마스 첫날 크리스마스트리를 보러 집에 오라고 초청했다.

트니손은 깊게 생각하는 듯 씹는 속도가 눈에 띄게 줄더니 말했다.

"뭐 갈 수도 있고, 안 갈 수도 있고"

"와라! 꼭 와!" 아르노가 몇 번이나 말했다.

교실이 시끌벅적해지자 라우르 선생님이 와서 말했다.

"얘들아. 너무 시끄러워서 천정 무너지겠다."

문 가까이 있는 애들이 선생님에게 인사를 했다. 토츠 역시 문 옆에 서서 자기의 금시계를 선생님의 눈길이 놓치지 않도록 단추를 풀어 윗옷을 있는 대로 젖혔다. 선생님도 그 훌륭한 물건을 놓치지 않고 보았으나 아무런 말도 하지 않았다. 선생님은 교실에 들어와서는 크리스마스를 어떻게 보내고 있는지 물었다.

"너무 좋아요"

아이들이 합창하듯 한 목소리로 말했다.

"그래, 그럼 됐다."

이렇게 말하고 라우르 선생님은 눈을 돌려 기쁨에 찬 아이들의 얼굴을 하나하나 쳐다보았다. 한 명도 결석하지 않고 모두 제자리에 있었다. 모두는 오늘이 즐거운 크리스마스라는 사실에 기뻐하고 있었다.

"그래, 너희들 노래도 아주 잘했어." 선생님이 말했다.

"나도 내 방에서 다 듣고 있었어. 정말 훌륭했어. 그런데 가장 귀에 잘 들어온 건 말이지…" 선생님은 몸을 돌려 토츠를 보며 말했다.

"네 베이스다. 정말 깊은 나무통에서 나오는 소리 같았어. 그런데 다른 아이들 소리보다 길면 안 된다. 합창소리가 멈추면 너도 그때 같이 멈춰야 돼. 합창은 다 끝나고 다른 애들은 조용히 하고 있는데 한 명 소리만 길게 남으면 좋지 않아. 어떻게 생각하니?"

토츠는 선생님이 금시계에 대해서 이야기할 줄 알고 주머니에서 꺼내서 살짝 흔들어 부딪치는 소리를 내어보았다. 선생님이 듣고 있으면서도 시계에 대해서는 한마디도 하지 않고 멋진 베이스 소리에만 집중하자 토츠는 자기 목에 뭔가 놀라운 능력이 있다는 듯이 목젖을 살짝 눌러서 선생님의 말에 화답했다.

라우르 선생님은 아르노와 트니손이 서 있는 창문 쪽으로 걸음을 옮겼다. 그가 발걸음을 옮길 때마다 선생님과 이야기를 나누고 싶어 하는 아이들에 에워싸였다. 그래서 창문 쪽으로 가기 위해서는 둥그렇게 모여 있는 아이들 틈을 비집고 나가야 했다.

크리스마스 방학[5]에 집에서 무엇을 했느냐는 질문에 아이들은 짚을 나르는 것을 도와줬다는 둥 사우나 아궁이를 고쳤다는 둥 썰매를 탔다는 둥 여러 가지 이야기를 해댔다. 두어 명의 아이들은 집에서 공부했다고 말했다. 라우르 선생님은 그 아이들에게 말했다.

"방학이라는 건 말이지, 공부에서 잠시 쉬는 거야. 그래서 내가 숙제를 안 내준 거란다. 물론 하루에 15분이나 30분 정도는 책을 좀 보면 좋지.

---

5) 에스토니아는 크리스마스를 전후해 약 2주일간의 방학을 보낸다.

안 그러면 배운 거 다 잊어버릴 거야. 그러니까 잊어버리지 않도록 복습만 조금 하도록 해라."

빨간 머리와 하얀 옷깃을 한 키르는 15분이나 30분은 지나치게 적은 시간이라 적어도 하루에 한두 시간은 공부해야 적당하다고 말했다. 선생님은 하루종일 공부하는 것에 대해서 뭐라 하는 것이 아니라 하루에 잠깐이라도 시간을 할애해 공부하는 것도 큰 도움이 된다는 말이라고 덧붙였다.

"아르노, 트니손, 너희들은 요즘에 좀 어떠니?"

"아주 좋아요." 트니손이 말했다.

"아르노, 너는?"

"저도 좋아요."

"내 방으로 오거라, 내가 좋은 책을 한 권씩 줄 테니까. 혹시 책 읽고 싶은 아이들은 따라오너라."

방을 향해 걸어가는 선생님 뒤로 책을 받고 싶은 아이들 한 무리가 왁자지껄하며 따랐다. 그런데 선생님이 가진 책들은 외국어로 써 있거나 아이들이 읽기에는 지나치게 어려운 책들이었다. 선생님의 조언에 따라 나이가 좀 든 아이들은 러시아어 책을, 어린 애들은 에스토니아어 책을 받았다. 책 종류에 상관없이 아이들은 적어도 한 권씩을 받은 것이었다.

장로는 교실에 들어와서 아이들을 성당으로 내몰았다. 아이들은 파이프 오르간 가까이 있는 합창석에 들어가 섰다. 노래가 끝날 때까지 거기서 있어야 했다.

아직 이른 시간이라 성당 안은 반쯤 사람이 차 있었다. 촛불을 켰으나 크리스마스 재단 앞은 여전히 어두웠다. 아르노는 리블레를 보고 싶다는 유혹에서 벗어날 수 없었다. 그는 물속 바위틈의 가재처럼 잠시 합창

사진 출처 https://commons.wikimedia.org/wiki/File:Palamuse_kirik_1.jpg
눈 덮인 팔라무세의 성당, 사진 작가 Kalle Kaldoja, 2013.01.13 (CC BY-SA 3.0 EE)

단 의자에서 빠져 나와 종탑에 올라가 아래쪽 성당 안을 빤히 쳐다보고 있는 리블레에게 인사를 건넸다.

"아저씨, 안녕하세요!" 아르노가 큰 소리로 말했다.

"복된 성탄절이구나."

"아저씨, 조금 이따가 종을 칠 거예요?"

"그래, 곧 칠 거다. 그런데 넌 어떻게 지금 위로 올라온 거니? 너 오는 거 장로가 못 봤어?"

"아마 못 봤을 거예요. 아저씨가 여기 혼자서 심심하실 것 같아서요. 그냥 아저씨가 뭘 하시는지 보러 왔어요."

"그래? 심심할 게 뭐 있겠니. 그냥 종이나 치다가 아래로 내려가서 오르간이나 좀 만지면 되지. 학교 일은 좀 어떠니? 지난 학기 성적표는 받았니? 보나 마나 네가 1등 했겠지, 그렇지?"

"성적은 아주 좋았어요. 아저씨는요? 이제 다시 종을 치시는 거예요?"

"그냥 할 일을 하는 거지. 신부님이 날 가만 놔두질 않았어. 마침내 나한테 다시 와서 일하라는 쪽지를 보내더라구. 신부님이 일부러 그런 쪽지까지 보냈었다 하더라도 다시 일하러 가는 것은 좀 마음에 걸렸어. 그런데 시간이 좀 지나서 마음을 바꾸었지."

"잘하셨네요."

잠깐의 침묵이 흐른 후 아르노가 물었다.

"아저씨, 그때 누구 장례식이었던 거예요? 약 일주일 전이었던 거 같은데. 아저씨가 종 쳤을 때 마침 우리는 점심시간이었어요. 누가 돌아가셨어요?"

"아, 그거? 어떤 아이가 죽었단다. 루디나 마을인가 어딘가 그랬지. 그런데 왜?"

"아뇨, 그냥 물어보는 거예요. 저는 어떤 친구 어머니가 돌아가셨나 해서요, 그럼 친구 혼자 남을 거 아녜요."

"아니란다, 그냥 어린애였어."

"리블레 아저씨, 이상하지 않아요? 사람은 젊으나 늙으나 다 죽잖아요. 그런데 자기가 곧 죽을 거라곤 생각하지 않아요. 왜 그런 거예요?"

리블레는 눈빛을 아래로 깔고 뒷통수를 긁적이면서 몸을 문에 기댔다.

"사람들은 지금까지 그래왔고 아마 앞으로도 그럴 거다. 그런데 내일 당장 죽음의 신이 우리를 찾아오지 않는다고 우리 중 아무도 확신할 수 없어. 우리는 항상 내일에 대해서 이야기하지? 그런데 우리 모두 당장 연기같이 사라질 수도 있는 거야. 건강한 남자들도 말할 것 없지. 어떤 곳도 도움이 안돼. 그래도 사람들은 망에 걸린 가재들처럼 아둥바둥거리며 잘만 살잖아."

"왜 그런 건데요?"

"글쎄, 죽을 만큼 아픈 병에 걸리지 않은 사람들도 있어. 근데 아무리 건강해 보이는 사람도 몸에 벌써 병이 있는 경우도 있지. 겉으로 보기엔 건강해 보여도 사실은 건강하지 않은 거야."

"하느님은 능력이 있잖아요."

"무슨 하느님이 능력이 있어?"

"하느님은 사람들이 건강해지고 죽지 않도록 하실 수 있잖아요. 지난번 죽은 아이도…."

"그래, 그럴지도 모르지. 그런데 모든 사람이 영원히 살고 싶어 하는 건 아니야. 지나가는 사람들에게 물어봐라, 다들 언젠가는 죽을 거라고 말할 거야. 그런데 나한텐 아직 이것저것 못다 한 일들이 많은데, 내가 이승을 떠나면 대체 누가 그 일을 다 할 거냐고 불안해하지. 그래도 죽을병이 찾아오면 누구든 상관없이 이 세상을 뜬단다."

"그런데요, 리블레 아저씨. 가끔은 하느님이 우리를 보호해 주시는 것 같기도 하고 그냥 놔두시는 것 같기도 해요."

"하느님이 어떤 존재인지 대체 누가 알겠니. 그런 일에 이제 신경 꺼라. 넌 똑똑하니까 앞으로 여러 가지 큰 일을 할 수 있을 거야. 그러니 그런 생각일랑 빨랑 잊어버리거라. 언젠가 나도 신부 양반이랑 만나서 대체 우리가 뭘 믿어야 하는 건지 물어본 적이 있었지."

"신부님이 뭐래요?"

"별말 없었어. 그냥 나한테 불경스럽게 하느님 가지고 장난치는 거냐고 하더라고. 내가 그랬지, 내가 하느님한테 어떻게 장난을 칠 수 있느냐고. 언제나 하느님께 입에 담지 못할 소리만 하니까 그렇다고 신부가 그러더라고. 만약 정말 그렇다면 나도 얼굴에 천이라도 쓰고 다녀야 하나?"

아르노는 생각에 잠겼다. 날씨는 이미 어두워졌다. 멀리서 썰매의 방울 소리와 말이 우는 소리도 들렸다. 창문 밖을 내다보면 아르노는 구름 속에 들어앉아 엄청난 속도로 검은 바다 위를 날고 있는 것처럼 느껴졌다. 담배를 말아 피우려 하는 리블레에게 아르노가 고개를 돌려서 물었다.

"아저씨는 술을 왜 마셔요?"

"뭐라고? 뭐라고 그랬니?"

그는 한 손에는 성냥갑을 다른 한 손에는 성냥을 쥐고 말했다.

"왜 술을 드시냐구요. 보드카는 몸에 정말 안 좋잖아요, 그런데 술 마시면 뭐가 좋아요?"

"아, 보드카? 그게 그렇게 맛이 좋진 않지. 그렇긴 한데…. 난 버릇이 돼서 끊을 수가 없어서 그래. 이따가 조금 마셔야겠다."

"쓰지 않아요? 아저씨한텐 그게 달아요?"

"달 리가 있겠니. 나도 다른 사람들처럼 엄청 쓰다. 그런데 사람을 취하게 하지 않는다면 난 한 방울도 목에 넘기지 않을 거야."

"그렇담 그냥 술에 취하시려고 술을 드시는 거로군요?"

"어떻게 말을 해줘야 되나. 그것 때문에만 마시는 것은 아니고 내 안에 들어있는 거지가 달라고 하는 걸 어쩌니. 그거 한 잔 마시면 금방 기분이 좋아지거든."

"그럼, 이제 못 끊으시는 거예요?"

"글쎄다. 한번도 끊어본 적이 없어. 그런데 해보면 못할 것도 없겠지."

"그럼, 끊으세요."

"뭐하러?"

"그냥… 안 좋으니까요."

"그게 말이 쉽지. 넌 참 이상한 녀석이로구나. 그렇게 맨날 고민하느라 머리도 엄청 아프겠다. 넌 영리하고 잘 교육 받은 사람으로 자라서 사람들의 이야기를 잘 들어줘야 한다. 사람들을 이해하고 대답과 설명을 잘 해줄 수 있는 그런 사람. 내가 지금 여기서 뭐 하는 거니. 여기서 더 이야기하다간 어지러워서 밑으로 떨어지겠다. 넌 아래로 안 내려가니?"

"맞아요, 저 지금 내려가야 돼요. 아저씨는 종을 치실 거예요?"

"그럼, 시간이 됐는데."

리블레는 종 치는 줄을 손으로 잡고 종을 칠 준비를 했다.

"잠깐만요, 저도 종을 치게 해주세요."

아르노는 이렇게 말하면서 종 치는 줄을 움켜잡았다.

"넌 힘이 없어서 안 돼."

"저 힘 있어요."

아르노는 종을 칠 힘이 충분히 있었으나 종 치는 것이 익숙지가 않았다. 첫 번째는 종이 제대로 맞지 않았다. 종을 움직여 맑은 소리를 내지는 못하고 그냥 여러 번 쟁쟁거리기만 했을 뿐이었다. 리블레가 큰 소리로 웃는 사이 아래에서 누군가 말했다.

"리블레, 거기서 솥뚜껑을 치고 있는 게요?"

"리블레 또 술 먹었나 보지. 조금 있다가 종 끌어안고 땅으로 떨어지는 거 아니야?"

젊은이 한 무리가 정말 리블레가 종을 안고 떨어지기를 기다리고 있는 듯 성당 앞마당에서 위를 쳐다보고 있었다.

21

성당 안은 화려하게 반짝였다. 촛불이 밝게 타고 있었고, 크리스마스 제단은 성당에 모인 모든 사람들에게 영광을 돌리고 경배해야 할 중요한 존재가 누구인지 떠올려 주고 있었다.

촛불 켜는 것을 담당한 성당 마부는 여기저기 다니면서 주저앉은 초를 곧게 펴거나 다 타버린 초를 새 걸로 바꾸느라 분주했다. 마부가 촛불을 켜는 일을 담당하게 된 것은 리블레가 금요일에 신부를 찾아가 자기는 여러 장소에서 여러 일을 한꺼번에 할 수 있는 능력이 없다며 하소연을 했기 때문이었다. 리블레 말에 적극 동의한 신부는 성당 마부에게 리블레를 도와서 일을 하라고 말했다.

아르노는 다른 아이들을 비집고 들어가 자기 자리를 찾아 섰다.

"어디 갔다 왔어?"

아르노가 오랫동안 자리를 비운 것을 눈치챈 트니손이 말했다.

"종탑에 있었어."

미사가 시작되었다. 바로 오늘 여러분들을 위하여 구세주가 탄생하셨습니다. 신부가 근엄한 목소리로 선포하자 아르노는 마치 오늘 지금 바로 이 순간에 구세주가 태어난 것 같은 느낌이 들었다. 아르노의 마음속에는 형언할 수 없는 축복의 기운이 들어찼다.

웅장하게 울리는 반주를 따라 아이들의 합창이 시작되자 아르노는 눈을 아래로 내려서 성당 안을 유심히 살펴보았다.

사람들, 샹들리에, 초 그리고 제단 앞의 크리스마스트리 이 모든 것들이 하나로 거대하게 합쳐져 모두 함께 주님을 찬양하고 경배하는 것 같았다. 세상 모든 곳에서 주를 찬양하는 소리가 울려 퍼졌으며 전부 복된 크리스마스가 왔음을 외치고 있었다. 신부가 기도하자는 말을 하자 사람들은 모두 무릎을 꿇고 마음 깊은 곳에서 우러나는 기도를 했다. 기도를 마치고 일어서는 사람들 입에서는 하얀 입김이 새어 나와 얼굴을 감쌌고, 아르노에게 그것은 마치 기도에 대한 하느님의 응답인 것처럼 보였다.

미사가 끝나자 아르노는 다른 아이들과 함께 나와서 성당 앞뜰로 모였다. 아르노 앞으로 아이들이 우르르 지나갔다. 아이들은 옷가지를 챙기고 교회 옆에서 썰매를 대고 기다리고 있는 부모님에게 빨리 가고 싶어 했다. 트니손과 토츠가 아르노의 옆을 지나가면서 다투고 있었다.

"이 멍청아, 넌 왜 계속 내 발가락을 밟는 거야?"

"아이 참, 그러면 네가 발을 빼면 되지."

"아, 애들이 밀어서 내 금시계에 흠집 났잖아. 이 망할 놈들."

아르노는 이런 순간에 어떻게 저런 바보 같은 소리를 주절댈 수 있는지, 특히 토츠는 도무지 이해할 수가 없었다.

"얘야, 이리 좀 오렴."

선생님은 교실을 통해서 가면 더 빨리 갈 수 있음에도 오늘따라 정문을 통과해 빙 돌아서 선생님 방으로 들어가셨다. 라우르 선생님은 책상 옆에서 종이에 쌓인 물건을 하나 꺼내 아르노에게 주었다.

"크리스마스 선물로 이 바이올린을 주고 싶구나. 한번 배워보렴. 바이올린을 켜는 순간 네 안의 나쁜 생각이 사라지는 것을 느낄 수 있을 거야. 크리스마스 방학 끝나고 학교에 오면 내가 가르쳐 줄게."

선생님에게서 이런 선물을 받고 놀란 아르노는 잠시 움직임이 없이 가만히 서서 선생님을 바라보았다.

"가져가. 이제 네 거야."

라우르 선생님이 다시 말했다. 아르노는 바이올린을 손에 잡았다. 고맙다는 말은 하지 않았지만, 선생님은 눈빛으로 감사함을 표하는 아르노의 표정을 읽을 수 있었다.

"자, 그럼." 라우르 선생님이 말했다. "이제 바이올린도 받았으니 열심히 배워야 한다. 그거 어렵지 않으니까 충분히 배울 수 있을 거야. 밖에서 누가 기다리고 있니?"

아르노는 부모님과 마르트 형이 바깥에서 마차 썰매를 대고 기다리신다고 말했다.

"그래, 얼른 가렴. 성탄절 잘 보내고."

아르노는 선생님 방에서 얼른 나왔다. 아르노는 서두르느라 자기가 받은 선물을 자세히 보지 못하고 갈색 포장지 위로 구리 손잡이가 삐져나와 있는 것을 알아차리지 못했다. 아르노는 바이올린을 마치 어머니가 아이를 품에 안듯 두 팔로 꼭 끌어안았다.

"안고 있는 게 뭐니?"

아르노를 제일 먼저 발견한 마르트가 말했다.

"바이올린이야, 바이올린!" 아르노가 대답했다.

"그건 어디서 난 거야?"

품에 꼭 안고 있는 물건을 의아하게 쳐다보던 어머니가 말했다.

"선생님이 선물로 준 거예요."

아르노는 여전히 선물을 꺼내지 않고 꽉 품고 있었다.

"이리 줘봐라. 이거 무겁지 않니?"

아빠가 물었다. 아르노는 아직도 선물을 받은 게 안 믿긴다는 표정으로 아빠에게 바이올린을 건넸다. 어머니가 말했다.

"아르노, 너 선생님께 고맙다는 말씀은 드렸니?"

그 이야기를 듣자마자 아르노는 등을 돌려 학교로 뛰어갔다. 어머니의 말을 들은 아르노는 정말 고맙다는 말을 하지 않았던 게 기억이 났던 것이었다.

"이런 바보 같은 놈."

선생님은 숨을 헐떡이며 얼굴이 빨개져서 학교로 돌아온 아르노에게 말했다.

"겨우 그것 때문에 다시 돌아온 거야? 너는 이미 나한테 고맙다고 했어. 그냥 네가 몰랐던 거지. 이제 걱정 말고 집에 가거라. 크리스마스 방학 끝나면 그때 같이 배우는 거다."

아르노는 책을 챙겨 들고 마침 지나가고 있던 트니손에게 내일 저녁에 꼭 놀러 오라고 말을 건네고는 기다리는 가족들을 향해 뛰어갔다.

22

아르노는 집에 도착해서 또 다른 선물을 받고 기쁘기 그지 없었다. 그러나 그 어느 것도 바이올린에 비할 것이 못 되었다. 물론 아버지가 준 가죽 모자도 무척 마음에 들었다. 어머니가 떠준 목도리와 스웨터, 할머니가 준 신약성경 역시 말할 것도 없었지만, 아르노는 바이올린을 손에서 떼지 못하고 다른 선물에는 관심을 기울이지 않았다. 그런데 바이올린에 관심을 가지고 있는 것은 아르노뿐이 아니었다. 아버지 어머니 역시 아주 유심히 바이올린을 쳐다보았다. 그것을 본 마리는 난리를 쳐댔다.

"어머나, 세상에. 이제 바이올린 소리에 맞춰 춤출 수 있겠네."

아르노가 가져온 놀라운 물건을 보려는 사람이 줄을 이었다.

저녁이 되어 사람들이 모두 잠든 후에서야 아르노는 그 물건을 더 주의 깊게 볼 수 있었다. 바이올린을 켤 줄 아는 사람이 아무도 없으니 바이올린에 대해서 물어 보려고 마르트의 방을 찾아갔다. 아르노는 잠자는 식구들을 깨우지 않도록 뒷방의 문을 잠그고 마르트와 함께 바이올린을 샅샅이 살펴보고 줄도 만져보고 활도 살짝 문질러 보기도 했다.

마르트는 옛날에 바이올린을 배운 적이 있다고 말했으나 어린 시절 아주 오래전에 배운 거라 지금도 할 수 있을지 의아스럽다고 했다.

"형. 노래하나만 켜봐." 아르노가 말했다.

"그래 한번 해보지 뭐."

마르트는 이렇게 말하고 손수건으로 손을 닦았다. 아르노는 그가 하는 일 하나하나를 숨죽이고 바라보며 과연 어떤 소리가 날지 기다리고 있었다.

마르트는 바이올린을 어깨에 얹고 활을 쥔 후 연주를 시작했다. 하지만 끽끽 하는 이상한 소리가 주변에 울려 퍼졌다. 마침내 뭔가 노래 같은 것이 울리기 시작했다.

"아르노, 저기 있잖니." 마르트가 심각한 얼굴로 말했다.

"이거 조율이 안 됐어."

"뭐라고? 뭐가 안됐다고?"

아르노가 뭐가 잘못됐냐는 표정으로 대답했다. 아르노에겐 그 바이올린에 뭔가 부속이 빠졌거나 고장이 났다는 말로 들렸다.

"조율이 안 됐다구. 조율이 안 됐어."

마르트는 머리를 이리저리 움직이며 왜 소리가 안 나는지 설명을 해주었다.

"그럼 어떻게 해야 돼?"

"기다려 봐. 내가 한번 볼 테니."

그는 마침 아주 힘든 고통을 참는 듯한 표정을 지으면서 줄감개를 조금씩 돌렸다. 줄감개가 돌면서 삐걱 하는 소리가 났다. 이 소리를 들은 두 사람은 흠칫 놀랐다. 마르트는 조율하던 것을 금방 멈추었다.

"형, 지금 뭐 하는 거야?"

"아무것도 아니야. 이 줄감개가…."

"돌리지 마. 그냥 아무것도 만지지 마."

"그러는 게 좋겠다. 이러다 줄 몇 개 나가겠다. 누군가 제대로 아는 사람이 해야지 나 같은 사람은…. 어쨌든 조율이 안 된 건 맞아."

"조율이 뭐야?"

"그게 뭔가 하면… 음, 자기 소리가 제대로 안 나는 거야."

"안되더라도 상관없어. 형이 그냥 아무거나 연주해 봐."

마르트가 다시 바이올린을 가슴에 대고 마치 공중에 있는 도깨비들을 내쫓듯 허공으로 활을 휘두르니 반짝이는 바이올린에 걸맞지 않게 애처롭게 구슬픈 곡조의 찬송가가 흘러나왔다. 오래되고 낡은 바이올린에서 나 나올 만한 슬픈 소리였다. 하지만 아름다운 곡조와 거리가 멀었다.

"소리 괜찮네." 마르트는 한 곡조를 끝내고 말했다.

"그런데 길은 좀 들여야겠어. 자, 이제 네가 갖고 배워봐. 세상에, 바이올린을 켜본 게 대체 얼마야. 이제 네가 직접 해볼 차례다."

아르노는 아주 조심스럽게 바이올린을 쥐었다. 자기도 모르는 사이에 얼굴에는 미소를 머금었고 손도 가만히 떨리고 있었다. 마르트는 바이올린을 어떻게 쥐는지 손가락으로 어떻게 줄을 누르는지 가르쳐 주었다. 다 준비가 되자 이제 연주를 해볼 차례였다. 아르노는 바이올린 줄 위에 활을 얹고 문질러 보았다. 마르트가 처음 켰을 때와 마찬가지로 '끼익' 하는 소리가 났고 아르노는 바이올린 하나에서 아름다운 소리와 이렇게 끔찍한 소리가 한꺼번에 날 수 있다는 사실이 이해하기 힘들었다.

"안 되겠어, 형." 아르노는 바이올린을 내려놓았다.

"처음엔 다 힘들지." 마르트가 말했다.

"나도 처음에 할 땐 그런 소리만 났었어. 그런데 시간이 지날수록 점점 더 나아졌다. 줘봐, 한 곡 더 연주해 줄게."

마르트는 바이올린을 잡아 쥐고 자기 맘대로 왈츠라고 부르는 곡을 연주하기 시작했다. 마르트는 일어나서 발로 박자를 맞췄다. 음정이 불안해질 때마다 억지로 발로 박자를 맞추어 겨우겨우 한 곡을 연주했다. 뒷방에서 누군가 문을 열고 나와서 이렇게 외치지 않았다면 아마 두 사람은 밤새 바이올린을 켜며 밤을 샜을 것이었다.

"제발 그만, 그 긁는 소리 때문에 잠을 잘 수가 없잖아! 바이올린은 내일 실컷 가지고 놀고 지금은 얼른 가서 자."

아르노와 마르트는 서로 쳐다보다가 말없이 바이올린을 테이블 위에 내려놓았다. 그들은 주저앉아 그들 앞에서 쉬고 있는 악기를 경이로운 눈으로 바라보았다. 아르노는 빛나는 나무 울림판의 표면을 손가락으로 만져보며 말했다.

"정말 매끄럽다."

"당연하지."

마르트는 자신감 넘치는 소리로 말했다.

"표면을 수차례 문질러 닦아. 그런데 잘 닦여진 바이올린이 꼭 비싼 건 아니야. 겉보기엔 오래된 것처럼 보여도 매일 닦아주고 연주하면 새것 같은 소리가 나기도 해."

"형도 실력이 더 좋아지면 이 바이올린에서도 그런 소리가 날 거야."

"당연하지. 오래된 바이올린도 소리가 잘 날 수 있어. 내가 내일 와서 바이올린 길을 좀 들여줄게. 그리고 폴카를 연주해 줄 테니. 내 실력이 얼마나 좋은지 보면 입이 안 다물어질 거다."

"그런데 폴카는 좀 별론데 다른 거 연주해 줄 거 없어?"

"있고 말고, 행진곡 같은 것도 있지, 이 맹랑한 녀석."

"한번 선생님이 방에서 연주하시는 거 들어본 적 있는데, 조용히 연주를 시작해서 마지막에는 커지는 거야. 정말 좋았어. 나도 나중에 그런 곡 연주하는 거 꼭 배우고 싶어. 슬픈 노래도 괜찮아. 훌륭했어."

"그래, 다양한 곡들이 많아. 돌아가신 삼촌이 있는데, 꼬마였을 때 자주 봐서 기억나. 삼촌이 그때 '프랑스가 모스크바에 가네'라는 곡을 자주 연주하셨어. 근데 그거 아니, 아르노? 그 노래를 들으면 러시아 여자들은 다 하나같이 울고, 프랑스 사람들은 소리를 지르며 만세를 불렀어. 아이들이 전부 삼촌한테 들러붙어서 더 연주해 달라고 조르곤 했지. 정말 훌륭한 연주였어."

"지금은 그 곡 아무도 연주 안 해?"

"아니. 그런 오래된 곡을 지금 누가 연주하겠어. 아마 다 잊어버렸을 거야. 그런데 프랑스 사람들이 러시아를 정복하러 가는 곡은 연주하면 안될 거래. 옛날에 시장에서였나, 한 애가 그 곡을 연주했는데 시작하자마자 경찰이 오더니 당장 치우라고 그랬대. 연주하면 안 되나 봐."

둘은 자정이 한참 지나서 잠자리에 들었다.

아직 듬성듬성 불이 켜진 곳이 있었지만 대부분의 집들은 어둠에 잠겼다. 날씨는 전날 저녁처럼 포근했고 창문 밑으로는 눈송이들이 춤추고 있었다. 멀리서 개가 짖는 소리가 들리다가 이내 잠잠해졌다. 방안도 고요에 잠겼다. 뒷방에서는 오래된 시계가 째깍째깍 울리는 소리와 잠에 빠진 이들의 숨소리만 울렸다.

아르노는 정성스럽게 바이올린을 상자 안에 넣고 침대 옆 의자 위에 올려놓았다. 잠들기 전 이불을 제치고는 바이올린이 여전히 그 자리에 있는지, 안 보이는 귀신들이 와서 자기의 선물을 가져가지는 않았는지 몇 번이나 쳐다보았다.

아르노는 잠에서 깨었다. 바이올린이 여전히 침대맡 의자 위에서 안전하게 누워 있는 것을 보자 크게 안심이 되었다. 주변은 아주 조용했다. 지붕에서 잠시 뭔가 바스락대는 듯했으나 다시 잠잠해졌다. 크리스마스트리는 조용히 나무 향기를 풍기고 있었다. 그 냄새는 마치 불탄 나뭇가지가 내뿜는, 창백한 연기가 떠다니는 느낌이었다. 그 연기 냄새는 그리 나쁘지 않았다. 일부러 그 냄새를 가슴 깊이 들이마신 아르노는 성탄절이면 으레 방에서 그러한 냄새가 나야 하는가 하는 생각이 들었다. 집에 크리스마스트리가 세워질 때마다 항상 맡는 냄새였다.

그리고 침대에서 일어난 아버지가 성냥으로 불을 붙여서 시간을 확인하고 오래된 고무장화를 신고 말을 먹이러 마구간으로 가는 소리가 들렸다. 그리고 나자 앞방에 있던 누군가가 기침을 하며 긁적이는 소리도 들렸다. 집안에 등잔이 켜졌다. 그제야 아르노는 잠들 수 있었다. 깊이 잠이 든 아르노는 식탁 위에 아침 식사가 준비되어 마리가 큰 소리로 부르기 전까지 잠에서 일어나지 않았다.

"크리스마스 아침에요, 얼른 식사하시고 성당에 갈 준비하세요!"

23

사레 농장 주인은 성당에서 리블레와 한참 동안 이야기를 나누고 나서 미사가 끝나면 집으로 오라고 했다. 그 초청을 받은 리블레는 무조건 가겠다고 말했다.

그날 오후 그는 정말 아르노 집에 찾아왔다. 보드카 한 병을 손에 든 그는 누구보다 기분이 좋아 보였다. 그러나 리블레는 문지방을 제대로 넘기도 전에 또 싸움을 벌였다. 방 한가운데 널브러져 앉아 끙끙 앓고 있던 마리와 또 신경전이 벌어진 것이었다. 마리는 기침까지 쿨럭쿨럭하면서 복통을 호소했다.

"누가 배 안에서 창자를 긁어대는 거 같네. 아이고, 나 죽어."

리블레는 마리를 보고 말했다.

"당연하고 말고, 어디 소시지랑 고기를 그렇게 처넣으니 배가 안 아프고 배기나. 네 배가 아픔을 모르는 참나무통도 아니고. 덩치가 크든 작든 그렇게 먹으면 누구나 다 배가 아프게 돼 있어."

"내가 뭘 먹었는지 봤어요? 내가 뭘 얼마나 뱃속에 넣었는지 알기나 해요? 어제 소먹이 여물통을 들다가 허리를 좀 삐끗했는데 그래서 배가 아픈 거라구요. 뭘 잘못 먹어서 그런 게 아니라."

성스러운 성탄절임에도 아랑곳 않고 리블레는 얼굴을 찡그렸다.

"소여물을 삶고는 싶은데 힘은 달리고, 그러니까 여물통에 용수철이라도 달아서 여물통 혼자서 원하는 대로 알아서 다녔으면 좋겠지? 평상시에 손도 좀 움직이고 네 뚱뚱한 배도 들고 다녀야지. 그렇게 게으르게 굴다간 항상 다른 사람들한테 당하고 산다, 너!"

그 말은 듣고 짜증이 확 올라온 마리가 말했다.

"우쒸, 누구더러 게으르대. 난 아저씨가 종탑 위에서 뭘 하는지 모르겠어요. 개처럼 창문 밖이나 바라보면서 휘파람이나 부는 주제에 지금 나더러 게으르다고 하는 거예요?"

"그만그만 이 몹쓸 사람들 같으니. 꼭 개랑 고양이처럼 만나기만 하면 싸우니, 원."

아르노의 아버지가 끼어들었다. 그러자 그들은 화제를 바꾸어 다른 이야기를 시작했고, 그 사이 마리의 복통은 많이 나아졌다.

리블레는 보드카 병을 열어 사람들에게 나누어 따라주고 자기도 남은 것을 다 들이켰다. 마르트도 잔을 비우고 배를 두드리며 말했다.

"지금은 기분이 좋아도 조금만 있으면 머리가 아파지기 시작하지."

아르노의 어머니와 할머니는 술 한 잔으로 나눠 마셨지만 가엾은 마리는 그 잔을 혼자서 비워야 했다.

"어, 꼼수 부리지 마!"

마리가 잔을 다 비우지 않고 반을 남기려 하자 리블레가 말했다.

"배가 아프네, 창자가 아프네, 난리를 피우더니 술도 안 마시려고 하네. 얼른 다 마셔!"

끝내 술잔을 다 비운 마리는 입술을 닦고 벌써 취했다고 했다. 할머니가 말했다.

"너무 많이 마시지는 마. 금방 취할라. 감기에 걸렸을 때 약으로 먹는 거라면 모를까 그냥 취하려고 마시는 건 안 좋다."

"약으로 먹는 건지 다른 심보로 먹는 건지 우리가 알게 뭡니까?"

어머니가 말했다.

"그게 뭐든 간에 술 없이도 다 해결될 수 있어요. 술이 필요하다고 하면 나도 기꺼이 마시지만 술을 마실 필요가 없는데도 굳이 술을 찾아 마시지는 않아요."

아버지는 그렇게 말하면서 식탁 앞 긴 의자에 앉아 파이프에 담배 가루를 채워 넣었다.

"한번 보라구요. 마리는 술 없이는 못 살 걸요." 리블레가 말했다.

"이 거짓말쟁이. 아저씨야말로 술 안 먹어도 되면서 항상 술에 취해 있잖아요. 내가 그렇게 술 좀 그만 마시라고 그래도 귓등으로도 안 듣고."

"지금 뭐라고 그랬어?" 리블레가 웃으며 말했다.

"만약에 진짜로 우리가 결혼하게 되면 우리 둘이서 주막에 있는 술을 다 마셔 버릴걸. 그래도 배가 안 아픈가 어디 한번 보자구."

"말하는 꼬락서니 보라지. 내가 정말 아저씨랑 결혼할 거라고 생각하는 거예요?"

"네가 나랑 결혼하고 싶어 하는 건 분명해, 그런데 내가 싫어. 만약 지금까지 살던 버릇을 고치고 게으름도 안 피운다면 그땐 생각이나 한번 해보지. 그런데 지금 이대로는 몇 천 년이 지난다고 해도 싫을 거야."

"한번 다투기 시작하면 일주일을 간다니까요. 둘이 싸울 때는 저렇게 끼니도 잊고 싸우니 누가 안 챙겨주면 굶어 죽기 딱 십상이에요."

리블레가 아르노에게 술잔을 건네자 아르노는 고개를 저으며 웃었다. 아르노가 어떤 생각을 하고 있는지 뻔히 잘 아는 리블레 역시 웃었다.

"지난번 가을처럼 둘이 한번 잘 해보시지, 그래."

어머니가 심각한 얼굴로 말했다. 그러나 화난 모습은 아니었다.

"그때 덤불을 헤치고 찾으러 들어갔던 생각을 해보면…."

"뭐 다 지난 일인데 이야기해 봐야 뭐해."

할머니가 손자를 옹호하며 말했다.

"나는 이제 다 잊어버렸다. 다시는 말도 꺼내지 마."

"에이, 할머니, 그냥 이렇게 재미로 이야기할 수는 있잖아요."

마르트가 말했다. 그러자 리블레가 조금은 장엄해진 목소리로 말했다.

"자, 저 애 겁주지 맙시다. 부끄럽게 만들지도 말고. 이전에 있던 일 때문에라도 술은 입에도 안 댈 겁니다. 거기에 내 모가지를 걸죠."

리블레는 말을 이어갔다.

"저 애는 우리 생각보다 머리에 든 게 많아요. 저 애랑 이야기를 해보면 금방 알 거예요. 보통 사람들은 생각도 못 할 것들에 대해서 생각하고 고민한다니까요. 저런 아이를 어디서 볼 수 있겠어요? 어제 나랑 종탑에서 이야기를 좀 했는데 가방끈이 짧은 내 입으로는 어떻게 대답을 해주기가 아주 어려웠어요. 내가 얘기해 본 사람들 중에서 제일 많이 알고 영리했어요. 어떤 질문이건 대답도 척척 잘한답니다. 아마 저 애는 커서 우리가 생각하는 것보다 더 훌륭한 사람이 될 거에요. 아르노, 그렇지?"

그리고는 아르노 쪽으로 고개를 돌렸다.

"아르노, 네가 어제 종탑에서 말한 것처럼 내가 술을 끊으면 어떡할래? 아마 그럼 나는 이 세상에 없을 거다. 혹여 내가 술을 끊는다고 해도 신경 쓸 사람이 있기나 하겠어?"

"사람은 뭐해도 다 죽어. 그런데 술을 끊는다고 죽지는 않는다."

아버지가 말했다.

"정말 술을 끊을 거에요?" 어머니가 말했다.

리블레가 한 말에 분위기가 온통 화기애애해진 것이 눈에 보일 정도였다. 어머니는 심각한 표정으로 리블레를 바라보았다. 그러자 리블레의 표정에서 술을 끊게 된다면 정말 좋을 수도 있겠다는 생각이 읽혔다.

"지금 당장 하겠다는 말은 아니고 앞으로 어떻게 될지 봐야한다는 말이죠."

리블레가 말을 더듬으며 말했다. 그는 언제나 자신에 대해서 잘 말하지 않았고 약속을 하지도 않았다. 어찌 됐건 술 끊는 이야기가 그의 입에서 나오는 것을 본 것은 사람들 모두 처음이었다.

리블레는 술에 잔뜩 취하고 나서 다시는 술을 안 먹겠다고 맹세를 해놓고는 다음에도 어김없이 술을 마시는 다른 술주정뱅이들과는 달랐다. 다른 사람들이 그의 신경을 건드리면 으레 하는 이야기는 이랬다.

"난 계속 마실 거야. 내 돈 가지고 내가 마시겠다는데 누가 뭐라 그래. 난 죽을 때까지 마실 거야."

아르노는 뒷방에서 나와서 리블레를 잠시 빤히 쳐다보더니 물었다.

"리블레 아저씨. 바이올린 켤 줄 아세요?"

"바이올린? 조금 켤 줄 아는데."

"저 바이올린 있어요."

"엥?"

"네, 선생님이 선물로 주셨어요."

아르노는 뒷방에서 바이올린을 가져와서 조심스럽게 리블레 앞 책상에 놓았다. 할머니만 빼고 다 그 옆에 모여들었다.

"한번 들어보자." 리블레가 말했다.

"마리야. 복통은 얼른 내려놓고 춤이나 추자. 자, 춤춥시다."

그는 마리의 손을 잡고 폴카를 추듯 한 바퀴 돌렸다. 그러자 그때 밖에서 개가 짖더니 누군가 발소리를 내며 집 문 앞에 서는 소리가 났다. 문이 열리자 라야 농장 식구들과 살지고 붉은 얼굴을 한 아이가 같이 들어왔다. 바로 트니손이었다. 그들을 본 아르노는 기쁨에 가슴이 쿵쾅쿵쾅 뛰었다. 그동안의 걱정은 마치 언제 있었냐는 듯이 눈 녹듯 사라졌다. 마치 가을부터 이 겨울까지 온통 성탄절이었던 것처럼. 🌍

제 2 부

|

크리스마스가 막 지난 추운 겨울날, 학교에 새로운 학생 두 명이 찾아왔다. 같이 오는 것으로 보아 서로 옆집에 사는 이웃인 것 같았다. 다른 아이들은 보통 각자 책과 여러 가지 물건을 사물함 하나에 따로 보관하는데 둘은 한 개의 사물함을 가지고 왔다. 대략 3교시 중반쯤 이르렀을 때 학교에 도착한 이 아이들은 교실로 들어오지 않고 물건이 마저 도착할 때까지 기다렸다. 등에는 눈이 잔뜩 쌓여 있었고, 얼굴 또한 벌개진 것으로 보아 아주 먼 곳에서 이사를 온 애들인 듯했다. 두 아이는 조용히 서 있다가 추운지 발을 구르기도 했고, 매부리코에 구멍처럼 깊이 들어간 눈매의 나이 든 마부는 옆에서 파이프를 피고 있었다. 회색 머리에 파란 눈을 가진 키 큰 아이가 말을 시작했다.

"아이들은 지금 무슨 과목을 공부하고 있을까?"

키 큰 아이는 다른 아이를 똑바로 바라보면서 미소 띤 얼굴로 말했다.

"아마 4교시, 아니면 3교시? 아니면 적어도 2교시 수업일 거야. 1교시일 리는 없어. 지금 몇 시나 됐을까?"

"지금 러시아어 수업 시간이네."

키가 작고 강하게 생긴 인상에 검은 눈동자를 가진 마른 체구의 아이가 대답했다. 그 아이는 뭔가 불만족스러운 듯 코를 씰룩댔다.

"어떻게 알아?" 첫 번째 아이가 물었다.

"들어보면 알지."

둘째 아이는 대답을 하면서도 여전히 코를 씰룩거렸다. 그리고 갑자기 돌아서서 문가에 서서 말했다.

"이제 침대랑 사물함을 썰매에서 내려도 되겠다. 아무래도 힘에 부치니까 어른들을 불러야 할 것 같아. 아버지, 이리 좀 와주세요."

어디선가 그 아이의 아버지가 큰 걸음으로 썰매 옆으로 다가와 물건들을 동여맨 밧줄을 풀기 시작했다.

두 번째 아이는 전반적으로 품이 작지만 무릎부터 넓어지는 낡은 회색 코트를 입고 있어서 꼭 빗자루처럼 보였다. 여자들이 신는 커다란 고무 장화를 신고 있었고 커다란 장갑의 엄지손가락 하나가 들어가는 부분에 손 전체가 들어가고도 남는 것을 보니 그 아이에게 맞는 제대로 된 옷은 단 한 벌도 없는 듯했다.

"빨리 좀 오려므나."

아무리 불러도 아이들이 꾸물대자 아이의 아버지가 화가 난 목소리로 외쳤다. 아버지와 아들은 썰매 위에서 침대와 사물함, 빵 바구니 등을 내렸고, 그사이 파란 눈의 아이는 보자기로 정성스럽게 싼 물건만 하나 겨우 내리고 멍하니 서서 다른 이들이 하는 일을 바라보고만 있었다.

수업이 끝나자 교실에 있던 아이들이 시끌벅적하게 밖으로 쏟아져 나왔다. 아이들은 신기한 눈으로 그 아이들 주변에 모여서 호기심 어린 눈으로 전학 온 아이들과 마부를 번갈아 바라보았다.

"니네들 우리 학교에 온 거야?"

몇몇 아이들은 침대와 사물함을 안으로 들여가는 것을 도와줄 준비를 하고 있었다.

"기숙방에는 자리가 많이 없긴 한데 창가 옆에 침대 두 개를 밀어 놓으면 되겠다."

긁는 듯한 목소리로 말을 하던 그 아이는 갑자기 눈에서 눈물이 터져 나올 정도로 큰소리로 재채기를 했다.

"니네들 멀리서 왔어?"

두 아이는 트우크레 마을에서 왔다고 했다. 마침 그 순간 토츠가 다가왔다. 재미있는 일을 보면 언제나 제일 먼저 등장하던 토츠가 이번엔 무슨 일인지 늦게 나왔다. 토츠는 노련한 눈빛을 하고 새로 온 아이들이 가지고 온 물건들을 주의 깊게 살펴보았다. 그러더니 혹시 자기한테 있는 깃털 펜과 스케이트를 살 마음이 없느냐며, 만약 그 물건을 사면 침대 옆에 물건을 놓을 수 있는 자리를 만들어 주겠다는 약속을 했다. 토츠가 신경쓰였던 것은 파란 눈의 새 학생이 겨드랑이 밑에 정성스럽게 끼고 있는 보따리의 정체였다. 그렇게 정성스럽게 챙기는 것을 보니 아주 귀한 물건인 것 같았다. 토츠는 그 비밀스러운 물건을 건드려 보았다. 안에서 뭔가 이상한 소리가 울려 나와 호기심을 건드렸다.

"와, 이게 뭐야?"

"칸넬[6]이야."

환한 미소를 지으며 대답한 아이는 그 물건을 겨드랑이로 더 강하게 감싸며 말했다.

"칠 줄 알아?"

"당연하지."

그렇게 대답한 토츠는 다리를 당당히 벌렸다.

"나도 그 쟁쟁이 연주해 본 적 있어. 옛날엔 세 개나 있었는데 팔루 농장 사는 애가 하도 달라고 졸라서 두 개를 팔아버렸지. 이제 난 칸넬은 싫어. 축음기를 사고 싶지."

아이와 금세 말을 트게 된 토츠가 말했다.

---

6) 에스토니아 전통 현악기. 가야금처럼 손으로 뜯는 악기로 발트3국 전역에서 민속 음악에 자주 사용되는 악기이다.

"얼른 들어가자. 넌 이름이 뭐야?"

"얀 이멜릭[7]." 그가 대답했다.

"뭐 이름이 그래?"

"내 이름이 좀 이상하지?"

이멜릭은 밝게 웃으며 대답하고는 침대, 사물함, 빵 바구니 같은 물건들은 까맣게 잊은 듯 토츠의 안내를 받아 교실로 들어갔다. 다른 사람들이 쿵쾅거리며 침대며 침낭들을 안으로 들여가고 있을 때도 토츠는 오직 칸넬에만 신경이 팔려 다른 물건들은 눈에 들어오지도 않았다. 물건들을 정확히 어디에 놓을지를 몰라 겨우 침대만 기숙방 문턱에 대충 가져다 놓았다. 두 아이는 침대 위에 앉아 물건을 싸고 있던 보자기를 풀기 시작했다.

"와, 이거 진짜 멋있다." 악기의 모습이 밖으로 드러나자 놀란 토츠가 말했다. "한번 쳐봐."

얀 이멜릭은 다른 애들도 듣고 싶어 하는지 궁금해 하는 듯했다. 현을 몇 차례 튕겨 보며 소리가 잘 나는지 들어보더니 연주를 시작했다. 시간이 지나자 아이들이 전부 그 옆으로 모여들었고 어떤 아이들은 마부와 짐꾼을 도와 이멜릭의 물건을 나르는 데 도움을 주기도 했다. 새로 온 아이가 칸넬을 훌륭하게 연주하고 있는 동안 토츠는 마치 자기가 그 연주에 도움이라도 준 듯 흥분하여 상기되어 있었다. 그의 눈에서는 '봐라, 우리 실력이 이 정도다'라고 말하는 것 같았다.

그 시간에 검은 눈의 아이는 코를 실룩이고 얼굴을 찌푸리면서 또 다

---

7) 에스토니아어로 '이상하다, 재미있다'라는 의미가 있는 이멜릭(Imielik)과 음가가 비슷하다. 주인공의 이름의 철자는 Imelik이다.

른 침대 하나랑 사물함을 안으로 옮겼다. 기숙방에서는 칸넬 소리만 부드럽게 울릴 뿐 아주 조용했다. 아이들에게서 몇 발짝 멀리 떨어져 있던 트니손도 칸넬 소리를 듣더니 의아해 했다. 아르노가 트니손의 옆구리를 팔꿈치로 툭툭 치면서 물었다.

"쟤는 누구야?"

"나도 몰라. 오늘 학교에 첨 온 것 같은데. 토츠가 아는 앤가? 쟤 옆에 앉아있네."

토츠는 벌써 지겨워졌다. 사실 연주보다는 계속 들어오는 짐짝 속에 어떤 신기한 물건들이 숨어 있는지 보고 싶어 안달이 났다.

"저기 있잖아." 토츠가 칸넬 위에 손을 얹고 있어서 이멜릭은 더 이상 연주를 하지 못했다. "이제 이거 쳐줄 수 있어? 뭔가 하면…"

검은 눈동자의 아이가 갑자기 침대 곁에서 밖으로 나가더니 아무 말도 않고 마부와 함께 어떤 물건을 구석으로 가져가는 것을 본 토츠는 말을 마저 끝내지 못했다. 토츠는 놀란 듯 일어나 일하는 사람들을 똑바로 바라보았다. 토츠는 처음에는 검은 눈의 아이를 그저 별다른 것 없는 평범한 아이로 생각했다. 적어도 뭔가 특별한 인상을 남겼던 것은 아니었다. 그런데 커다란 누더기 옷을 입고 일을 하고 있는 그 애와 이야기를 나눠보고 싶다는 생각이 들었다. 토츠는 이멜릭 곁에 앉아 속삭이듯 말했다.

"쟤는 이름이 뭐야?"

"유리 쿠슬랍." 이멜릭이 대답했다. "정말 이상한 애야. 쟤네 가족이 우리 집에서 더부살이하고 있어. 저 뒤에 있는 사람이 그 애 아버지야."

이멜릭은 한 번은 토츠, 한 번은 그 아이를 번갈아 쳐다보더니 쿠슬랍에 대해서 뭔가 더 할 말이 있는 듯 웃었으나 말은 하지 않았다. 어차피 시간이 지나면 아이들도 자연스럽게 그 아이에 대해서 알아갈 수 있을 것이기 때문이었다.

"유리 쿠슬랍."

토츠와 이멜릭의 이야기가 진행되는 동안 다른 아이들도 그 이름을 따라 하며 자기 자리를 정리하느라 바쁜 쿠슬랍의 동선을 따라 하나가 된 듯이 고개를 움직였다. 그 애한테서는 뭔가 인상적인 분위기가 있었다. 그 애는 무슨 일 때문인지 계속 화가 나 있거나 고통을 참고 있는 것처럼 인상을 쓰고 있었다.

쉬는 시간이 끝나고 선생님이 교실에 들어왔다. 아이들이 아직 제자리로 오지 않았고, 여자애들도 얼이 빠진 채 기숙방을 쳐다보고 있는 것으로 보건대, 선생님은 그곳에 뭔가 심상치 않은 일이 벌어졌음을 직감했다. 아이들은 새로 온 아이들과 눈빛으로 나누는 대화에 너무 빠져 있어 수업엔 안 들어가도 된다고 생각하는 것 같았다.

쿠슬랍의 아버지는 선생님을 보자마자 어색한 표정을 지으며 고개를 숙여 인사했고 선생님 앞이라 그런지 작게 소리를 내어 헛기침을 했다. 토츠는 키르를 웃겨줄 양으로 그 후로도 한동안 쿠슬랍 아버지가 인사하고 기침하는 모습을 따라 했다.

쿠슬랍은 코를 실룩거리고 인상을 쓰며 놀란 표정을 짓는 버릇이 있었다. 얀 이멜릭은 마치 바네무이네[8] 같은 신이 된 듯이 칸넬을 손에 들고 선생님의 얼굴을 보며 웃었다. 선생님은 이멜릭의 칸넬 따위에는 신경도 쓰지 않았다.

"어, 니네들이 쿠슬랍과 이멜릭이구나. 그동안 어디 있었니? 왜 지금에서야 학교에 온 게야?" 선생님을 그렇게 묻고는 아이들을 바라보았다.

---

8) 에스토니아 신화 중 음악을 관장하는 신

"입고 올 코트가 없었어요."

유리 쿠슬랍은 답을 늦게 한 것이 죄송스러운지 급하고 불안정한 목소리로 말했다. 아이들 사이에서 웃음소리가 들렸다. 그러나 선생님이 한 번 쳐다보자 이내 잠잠해졌다. 토츠는 코를 풀기 위해 주머니에서 더러운 손수건을 꺼냈다. 키르는 별다른 재미도 못 느꼈으면서 다른 아이들 쪽으로 고개를 숙이고 손바닥을 입에 대고는 웃음을 참는 척했다.

아르노의 얼굴에는 연민의 표정이 떠올랐고, 트니손은 쿠슬랍이 입을 가죽옷을 만들려면 양가죽이 얼마나 필요할까를 조용히 계산하고 있었다. 한 장이나 한 장 반, 많아 봐야 두 장 정도면 쓰고도 남을 듯했다. 그럼 두 단 정도 길이의 가죽옷이 나올 테고 그러면 저 애가 입기에는 충분할 것 같았다.

"더 일찍 올 수가 없었어요."

쿠슬랍의 아버지는 그렇게 말하면서도 연신 기침을 했다.

"수업료 낼 만한 돈을 마련하는 것도 여간 힘든 게 아니라서요."

"그걸로 부끄러워하실 필요는 전혀 없습니다." 선생님이 말했다.

"열심히 공부하면 다른 애들을 금방 따라잡을 수 있겠지, 안 그러니, 얘들아?"

선생님은 새로 온 아이들 쪽으로 고개를 돌려 말했다. 이멜릭은 웃으며 어깨를 으쓱했고 창 쪽에서 쿠슬랍이 갑자기 단호한 소리로 말했다.

"네, 알겠습니다. 선생님."

산수 시간이 시작되어 아이들은 모두 교실로 이동했다. 쿠슬랍의 아버지는 기숙방에 잠시 더 머물면서 물건을 정리하고는 발끝으로 살살 걸어서 교실 밖으로 나갔다. 문 앞에 서서 기침을 하고 아까처럼 선생님에게 고개를 숙여서 인사를 했다.

선생님은 두 아이에게 질문했다. 보아하니 이멜릭은 작년까지 성당학교에서 공부했으나 무슨 이유에서인지 다른 학교로 옮겨야 해서 성탄절이 오기 전 몇 달을 집에서 혼자 공부를 한 것 같았다. 선생님이 하는 질문에 정확한 답변을 하지 않는 것을 보니 그닥 공부를 열심히 하지는 않은 모양이었다. 선생님께 질문을 받은 내용은 다른 애들이 한 번씩 공부한 것들이었다. 그는 뭔가 고민이 많은 사람처럼 선생님을 바라보았으나 제대로 모르는 것이 분명했다. 학교에서 배운 지식뿐 아니라 자신감조차 없는 것 같았다.

쿠슬랍은 확실히 더 많이 아는 것 같았으나 러시아어 수업에서는 별로 그렇지 못했다. 그는 취(Ц), 치(Ч), 쉬(Ш), 쉬치(Щ) 등 글자들의 발음 차이에 대해서 잘 파악하지 못했다. 그러나 산수 실력은 아주 좋아서 어떤 문제건 칠판에 척척 풀어냈다.

토츠는 이렇게 키 작고 창백한, 게다가 누더기 같은 옷을 입고 있는 아이가 이렇게 산수를 잘하는 것에 놀라움을 금치 못하고 있었다. 토츠는 어떤 일이 있어도 그와 친해지고 싶었다. 토츠는 이미 친구가 된 것 같은 쿠슬랍에게 살갑게 다가갈 준비를 하고 있었다. '산수를 그렇게 잘하는데 나도 도와줄 수 있겠지. 펜을 몇 개 주면 베껴 쓰라고 자기 공책을 빌려줄 거야.' 모든 숙제를 혼자 하겠다던 선생님과의 약속은 전부 잊어버리고 토츠의 머릿속엔 이전처럼 인디안, 켄터키의 소년들, 석궁, 한 자는 되는 칼날이 달린 스케이트만 들어차 있었다. 무슨 생각을 하건 그냥 딴 생각들이었고 정상적인 학교생활에 필요한 물건들은 아니었다.

토츠는 스케이트를 만들어내는 능력이 특출났다. 아닌 게 아니라 정말로 스케이트가 필요한 계절이었다. 토츠는 적어도 하루에 두어 개씩은 만들어 팔았고 그다음 날도 충분히 두어 개씩 새로운 스케이트 날을 만들어 낼 수 있었다. 아이들 사이에서는 토츠가 낫의 칼날로 스케이트를 만든다는 말이 돌았다. 남이 쓰던 칼날이 아니라 아주 새것으로 말이다. 한번은 토츠가 비삭에게 이런 말을 속삭였다고 했다.

"낫은 다락에 보관돼 있어. 거기서 매일매일 하나씩 가져오면 돼."

그리고는 입술에 손가락을 대고 슬픈 듯 머리를 조아리며 말했다.

"이번 여름에 아버지가 추수하러 가실 때 낫에 손잡이만 남아 있는 것을 보면 얼마나 실망이 크실까. 그냥 스케이트 날을 묶어서 사용하시는 것 말고는 방법이 없을 걸."

2

구름이 끼긴 했지만 그리 춥지 않은 아침이었다. 아르노가 큰길에 거의 도달했을 무렵 길 끝에서 달려오던 텔레가 이쪽은 쳐다보지도 않고 서둘러 뛰어가는 것이 보였다. 텔레가 아르노를 보지 못할 수는 없었다. 아르노를 보고서도 기다리지 않고 무조건 앞으로 간 것이다. 놀라서 그 자리에 서 있던 아르노는 텔레의 뒤를 따라가면서 혹시 자기가 사과라도 해야 할 일이 있었는지 생각해 보았으나 아무것도 떠오르지 않았다.

아르노는 그날 이상하게도 쉬는 시간조차 텔레와 한마디도 할 수 없었다. 1교시가 끝난 쉬는 시간에도 텔레는 다른 여자아이들과 섞여서 재잘재잘 수다를 떨었고, 2교시 쉬는 시간에는 여자아이들과 재빨리 어디론가 사라졌고 3교시, 4교시 쉬는 시간에도 뭔가 이상한 일이 생겨서 남자아이들은 물론 여자아이들까지 정신을 쏙 빼놓았다.

트니손은 한번 쿠슬랍이 귀뚜라미와 닮았다고 말한 적이 있었다. 그 말은 들은 토츠는 이 기회를 놓치지 않고 쿠슬랍 앞에다 코를 들이대고 읊기 시작했다.

"귀뚜라미야, 밖으로 나와라. 귀뚜라미야, 밖으로 나와라!"

쿠슬랍은 처음에는 별다른 반응을 보이지 않았다. 그냥 얼굴을 찌푸리고 코를 씰룩할 뿐이었고 귀찮게 하는 인간을 떼어놓기 위해서 할 수 있는 것은 그냥 기숙방으로 도망하는 것이었다. 그러나 토츠는 그의 화를 돋울 수 있는 다른 방법을 찾느라 골똘하며 키르의 호위를 받아가며 여기저기 쑤시고 다녔다. 토츠는 그를 계속 귀뚜라미라고 부르며 아버지가 기침하는 소리와 인사하는 모습을 따라 하고 다녔다. 가엾은 쿠슬랍은 자기를 괴롭히는 말썽꾸러기 녀석을 어떻게 쫓아내야 할지 방법을 알지 못했다. 갑자기 그 검은 눈동자에 불꽃이 튀고 마르고 창백한 얼굴을 몹시 찡그리더니 캔터키의 사자가 미처 알아차리기도 전에 그 녀석의 손가락을 잡고 피가 나도록 깨물었다. 토츠는 이런 듣도 보도 못한 공격방법에 놀라 소리를 질렀다.

"이 미친 자식이 한 짓 좀 봐!"

토츠는 도움을 요청하는 표정으로 다른 아이들을 바라보았다. 주먹이 오가고 머리카락이 뽑히는 싸움에서도 언제나 기죽지 않던 토츠에게서 보기 힘든 모습이었다.

"야, 이 고양이 같은 놈아!" 키르가 꽥 소리를 질렀다. "저 자식, 고양이처럼 사람을 할퀴고 깨무네. 저 눈동자를 좀 보라구. 영락없는 고양이네, 고양이. 금방 니네들 공격할 거야. 조심하는 게 좋을 거다."

겁을 먹은 아이들은 정말 한걸음 뒤로 물러섰고 구석에 서서 고양이처럼 눈을 부라리고 있는 쿠슬랍을 놀란 눈으로 바라보았다. 그는 언제나 그랬던 것처럼 얼굴을 찌푸렸고 입술을 앙다물고 손을 마치 숨겨진 흉기라 되는듯 등 뒤에 감추고 있었다.

마침 사과 하나를 다 먹은 키르는 쿠슬랍을 향해 사과심을 던졌다. 맞히지 못하고 옆으로 지나갔지만 쿠슬랍은 마치 정통으로 맞은 듯 고개를 떨구었다. 키르는 쿠슬랍 아버지가 하던 대로 기침을 하고 인사하는 시늉을 하면서 토츠에게 쪼그라진 사과 몇 개를 건네주었다. 하지만 토츠는 사과심까지 거의 먹은 쭉정이를 더이상 던질 수가 없었다. 대신 주머니에서 성냥갑을 꺼내서 성냥개비에 불을 붙여 쿠슬랍을 향해서 던지기 시작했다. 쿠슬랍은 성냥이 떨어질 때마다 몸을 움츠리며 점차 더 구석으로 내몰렸다. 예르베오츠와 케사마 같은 큰 아이들이 쿠슬랍을 꺼내지 않았다면 토츠는 성냥을 다 써버렸을지도 몰랐다. 토츠와 키르는 그 큰 아이들이 뭐하는지 보려고 그 아이들의 뒤를 졸졸 따라서 쿠슬랍 쪽으로 갔다. 그 애들로부터도 해를 당할 것을 직감한 쿠슬랍은 잽싸게 빠져나와 침대 밑으로 들어가 숨었다.

"얼른 잡아, 얼른 잡아!"

추적자들은 침대 밑을 기어다니는 아이를 쫓는 사냥이라도 벌이듯 외쳤다. 호기심으로 기숙방 문 앞에 모인 여자아이들도 그냥 가만히 쳐다보고 있지만은 않았다. 쿠슬랍이 가끔 밑에서 얼굴을 보이면 손사래를 치며 소리를 질렀다.

"저기 있다. 저기! 너도 코를 물어서 복수해."

그 여자애들 사이에는 텔레도 있었다. 아르노는 남자애들이 벌이고 있는 고양이 놀이를 보면서 다른 아이들과 똑같이 고소하다는 듯 천진난만하게 웃고 있는 텔레가 몹시 못마땅했다.

아르노는 아이를 먼지가 자욱한 침대 밑으로 몰아넣고 머리가 침대 다리에 찧는 것을 보며 키득대는 인간사냥 같은 난동이 보기 싫었다. 게다가 그 아이는 마르고 기력도 없는 데다가 이 추운 겨울날 제대로 된 목도리도 두르고 있지 않았다. 아르노는 마침 교실로 들어오고 있는 트니손에게 가서 조용히 말했다.

"가서 선생님에게 애들이 쟤 괴롭히고 있다고 이르자."

그러나 트니손은 어깨를 들썩이더니 마치 그런 일에는 관심이 없다는 듯이 싸늘한 목소리로 말했다.

"쟤는 저기서 왜 안 나오는 건데? 그리고 왜 저런 더러운 침대 밑에 숨어있는 거야. 누가 잡아먹기라도 한대?"

그때 케사마가 다른 애들의 도움을 받아 쿠슬랍의 머리를 잡고 밖으로 끄집어냈다. 쿠슬랍은 마치 죽음의 신이 기다리고 있는 듯 강렬하게 저항했다. 토밍가스는 그의 발길질을 코에 정통으로 맞았다. 그러자 힘센 아이들이 쿠슬랍을 위로 잡아 올린 후 바닥으로 내리꽂았다. 바닥에 누운 쿠슬랍을 둘러싸고 손과 다리를 누르고 있던 아이들이 말했다.

"너 대체 무슨 짓을 한 거야!"

쿠슬랍은 대답 대신 자기를 공격한 아이들을 깨물려고 했다. 강하고 하얀 이빨이 창백한 입술 사이에서 빛났다. 붙잡힌 아이가 아무런 말이 없자 쿠슬랍을 누르고 있던 애들은 재미가 없어졌는지 그 아이를 몇 대만 때려주고 풀어주었다. 쿠슬랍이 일어나기 전 키르는 자기가 당한 수모를 복수하고 싶은지 머리를 잡아당기고 "야, 이 나쁜 놈아!"라고 한마디를 하고는 다른 아이들 사이로 숨어버렸다.

쿠슬랍은 자리에서 일어나 제 주변에 모인 아이들을 찬찬히 훑어보더니 갑자기 케사마의 손을 물어버리고 아이들 사이를 뚫고 학교 입구로 뛰어나갔다. 그러다 그만 문 옆에 놓여 있던 통나무에 발이 걸려 발랑 넘어지고 말았다. 수업이 시작되고 선생님이 교실에 오지 않았더라면 아마 아이들은 계속 쿠슬랍을 괴롭혔을지도 몰랐다. 아르노만이 문가에 넘어진 그 친구가 어떻게 되었는지 살피러 갔다. 아르노는 여전히 겁에 질린 채 바닥에 누워있는 친구 쪽으로 몸을 숙였다. 누군가 교실 문을 조용히 열고 나와 그의 등 뒤에 서서는 이렇게 속삭였다.

"저 녀석한테 가까이 가지 마. 멀리 떨어져 있어야 돼."

하지만 아르노는 그 말을 귀담아듣지 않았다. 추위 때문인지 분노 때문인지 몸을 심하게 떨고 있던 쿠슬랍이 일어나 갑자기 이빨로 자기가 걸려 넘어진 통나무 껍질을 물어뜯었다. 아르노가 도와주고 싶은 생각에 그에게 다가가 어디 다친 데는 없는지 물어보려 하는데 갑자기 오른쪽 엄지손가락이 문틈에 낀 듯한 통증이 왔다. 놀란 아르노는 소리를 질렀다. 아르노는 무슨 일이 있는지도 모르고 허둥대다가 누워있는 아이의 얼굴을 손으로 때렸다. 쿠슬랍은 그제야 손가락을 빼주었다. 쿠슬랍의 코에서 검붉은 피가 통나무 위로 흘러내렸다. 그 작은 소년은 마치 상처 입은 짐승인 양 화난 눈과 창백한 얼굴로 아르노의 얼굴을 빤히 쳐다보았다. 먼지와 피투성이에 옷도 여기저기 찢긴 모습이 영락없이 흙 속에서 꿈틀대는 애벌레 같았다. 아르노는 그 아이가 무엇 때문에 저렇게 화가 났는지를 깨닫자 몸에 소름이 돋았다. 아르노는 금세 손가락의 고통 따위는 잊어버렸고 더러운 벌레 같다는 느낌도 눈 녹듯 사라졌고, 땅에 누워있는 친구에 대한 동정심만 들어찼다. 누군가 아르노에게 몸을 굽히고 귓가에 속삭였다.

"교실에 가자. 그 애는 내가 데려다줄게."

얀 이멜릭이었다. 그는 웃음을 띠고 거기에 서 있었다. 지금 여기서 쿠슬랍을 도와줄 사람은 한 사람밖에 없을 것 같았다. 아르노는 다친 손가락을 숨기고 교실로 들어갔다. 얀 이멜릭은 구석에서 통나무 하나를 가져다가 반듯이 세우고 그 위에 앉아서 노래를 부르는 듯한 목소리로 쿠슐랍과 이야기를 시작했다. 쿠슐랍은 바닥에 엎드린 채 머리를 깍지 낀 손에 올리고는 골똘히 생각에 잠겨 있었다.

"내가 너한테 이 이야기를 해줬나 안 해줬나 모르겠네."

이멜릭이 이야기를 시작했다.

"문제에 정답을 바로 맞히는 애들은 좋을 거야. 문제를 듣자마자 별달리 생각도 하지 않고 바로 답을 하는 걸 보면 너무 신기해. 내가 그런 입장이라면 어떤 대답도 못할 텐데. 그 애는 대답을 굉장히 지혜롭게 해서 다른 애들, 심지어 선생님까지도 웃어. 선생님이 웃으면 답을 틀려도 괜찮다는 거야. 한마디로 회초리를 피해갔다는 말이지. 내가 아마 너한테 처음 얘기하는 거지?"

"그게 누군데?"

쿠슐랍이 들릴락 말락한 소리로 물었다.

"그게 누군가 하면…." 이멜릭이 대답했다.

"지금 너처럼 땅 위에 자빠져 있는 사람한테는 이야기를 해주는 게 아니야. 더운 여름날에나 풀밭에 누워 일광욕을 하는 거지. 겨울에 이렇게 춥고 더러운 바닥에는 누워 있는 거 아니야. 얼른 일어나. 이렇게 벌러덩 누워 있으면 별로 보기 좋지 않다는 걸 너도 알아야 돼. 마치 술주정뱅이가 계단에 널브러져 있는 것처럼 보인단 말이야. 알아들었니?"

쿠슐랍은 그의 이야기를 주의깊게 듣고 있다고 말하고 싶은 듯 고개를 조금 위로 쳐들고는 눈도 깜박이지 않고 조용히 친구의 얼굴을 쳐다보았다.

"너 손수건 있어?"

잠시 시간이 지난 후 이멜릭이 말했다.

쿠슐랍은 주머니에서 파란 꽃이 커다랗게 수놓아져 있는 빨간색 수건을 꺼내어 눈과 코를 닦은 후 가늘고 빼빼 말라서 거의 나무막대 같은 손가락으로 수건을 둥글게 말았다. 쿠슬랍은 마치 잠에서 깨어나 자기 주변에 어떤 일이 벌어지고 있는지 살펴보는 아이 같았다. 이멜릭은 쿠슬랍에게 뭔가 묻는 듯한 표정으로 빤히 바라보았고 노래 부르는 듯한 이야기를 계속 이어갔다.

"그런데 나도 모르겠어. 그렇게 대답을 잘하는 아이가 정말 있었는지, 아니면 누군가 지어낸 이야기가 여기까지 퍼져서 사람들이 말하고 다니는지도. 그런 사람이 있다. 혼자서 온갖 재미있는 이야기를 만들어서 하고 다니는 사람. 내가 너한테 이런 이야기를 했었나?"

"그 사람이 누군데?"

쿠슬랍은 갑자기 일어나 답을 듣고 싶어 못 견디겠다는 눈으로 이멜릭을 빤히 쳐다보았다. 이멜릭은 친구를 바라면서 꾸중하는 투로 말했다.

"지금 당장 수건을 우물가로 가지고 가서 물로 좀 적셔. 그리고 얼굴을 좀 닦아. 얼굴의 핏자국은 빨랑 지워야지."

그리고 둘은 같이 우물로 향했다. 이멜릭은 쿠슬랍의 파란 꽃이 수 놓인 손수건을 우물물에 적신 후에 친구의 얼굴을 닦아주었다. 쿠슬랍은 어머니 앞에서 코를 푸는 아이처럼 얌전히 이멜릭 앞에 서 있었다. 그리고 둘이 우물에서 나와 학교로 다시 걸어갈 때, 이멜릭은 쿠슬랍의 손을 어깨에 얹고 걸음을 세는 듯 고개를 끄덕끄덕 하면서 성큼성큼 걷기 시작했다. 이멜릭이 이야기를 이어갔다.

"있잖아. 이전에 꼬마가 학교에 늦었어. 선생님이 왜 늦었냐고 물었어. 꼬마는 집도 멀고 길이 미끄러워서 한 걸음을 내딛으면 두 걸음 미끌어진다고 대답했어. 선생님이 물었지. 한 걸음 내딛으면 뒤로 두 걸음 미끌어진다면서 대체 학교엔 어떻게 온 거니? '그래서 뒤로 서서 집 쪽으로 걸었어요'라고 꼬마가 대답했지."

"나도 그럴 줄 알았어."

"뭘 알았다는 거야?"

"그런 상황에서는 뒤로 걸어가야지. 앞으로 한 걸음 뒤로 두 걸음으로 당연히 뒤로 걸어가야지."

"그럴지도 모르지. 그런데 그 벌 받는 거 피하려고 거짓말을 한 거야. 심지어 유리로 된 길 위를 가야 한대도 그렇게 걷지는 않을 거야."

쿠슬랍은 골똘히 생각에 잠긴 듯 눈을 끔벅끔벅하면서 아래를 내려다보았다.

아르노는 점심시간이 지나가도록 텔레와는 단 한마디도 이야기를 나누지 못했다. 점심시간이 끝나자 이멜릭은 토츠가 억지로 조르는 바람에 칸넬을 꺼내와 연주를 시작했다. 토츠는 오늘 칸넬 연주를 듣는 것이 그날의 운명으로 정해져 있다고 믿는 것 같았다. 토츠는 붕대로 꽁꽁 싸맨 손가락을 자랑스러운 듯 높이 쳐들었다. 통증이 밀려올 때는 자기가 다쳤다는 사실을 깨닫고 손가락을 흔들거나 아픈 곳을 손으로 불기도 했다. 토츠는 그러면서도 방 아이들의 동태를 살폈다. 아이들은 연주자 주변을 촘촘하게 둘러싸고 하나같이 각자 자기가 좋아하는 음악의 이름을 대면서 얼른 연주해 달라고 조르고 있었다.

여자애들은 조금 멀리 떨어져서 자기들끼리 뭔가 속삭이더니 독일 춤곡 '라인랜더'를 쳐달라고 부탁했다. 쿠슬랍은 숨죽인 듯 조용히 제 자리에 앉아 책표지를 종이로 열심히 싸고 있었다. 그리고 가끔씩 주변 아이들을 둘러보았다.

아르노는 창문가에 서서 이멜릭과 텔레 사이를 번갈아 초조하게 바라보았다. 텔레는 오늘따라 다른 때보다 더 활기차 보였고, 아르노는 거의 의식조차 하지 않는 것 같았다. 이멜릭은 칸넬을 허벅지에 세우고 이제 무엇을 연주할까 물어보는 듯 아이들을 둘러보았다. 이멜릭은 기침을 한 번 하고 여자애들이 부탁한 '라인랜드'를 연주하기 시작했다. 교실의 아이들은 침도 안 삼키고 가만히 연주를 들었다. 몇몇 아이들은 다리를 구르며 박자를 맞추기도 했다. 그냥 쾌활한 것만 같아 보이는 아이의 연주실력은 아주 놀라울 정도였다. 커다랗고 굼뜰 것처럼 보이는 손가락을 놀려 현을 뜯는 모습은 보기에도 아주 좋았다. 그의 연주를 들으면 들을수록 음악에 점점 더 매료되었고 텔레에 대한 생각은 잊어졌다.

아르노는 자기도 그 아이처럼 칸넬을 훌륭하게 연주할 수 있으면 얼마나 좋을까 생각했다. 바이올린을 배우는 것은 생각보다 어려웠다. 칸넬은 바이올린보다 쉽게 배울 수 있을지도 모른다. 아마 이멜릭은 아르노가 바이올린을 배우는 것만큼 고생하지는 않았을 것이었다. 아르노는 감당하기 어려울 만큼 복잡한 마음에 휩싸였다. 이멜릭을 질투하는 마음이 생기는 것 같기도 했지만, 한편으로는 게으르고 만사에 무관심해 보이는 면도 있어 그 녀석도 언젠가는 다른 애들처럼 벌을 받을 날이 분명 있을 것 같았다. 어쨌든 그런 생각은 쓸데없었다. 이멜릭의 칸넬 실력은 정말 훌륭했다. 심지어 토츠조차 말없이 그 연주를 감상하고 있었다.

장로가 언젠가 들려준 '다윗이 사울왕의 영혼에 깃든 악마 벨제부브를 쫓기 위해 비파를 뜯었다는 이야기'처럼 역시 악마에 씌인 것같이 토츠는 연주에 심취해 있었다. 그런데 그 벨제부브는 조용한 분위기를 별로 좋아하지 않았다. 성경에서 배운 대로라면 사울은 다윗이 비파를 연주할 때 창으로 찔러 죽일 계획이었다. 빌제부브 같은 악마들이 토츠의 몸에 들어간 것인지 아닌지는 아무도 알 수 없었다. 물론 그가 하는 짓거리가 가끔은 악마들과 비슷했긴 하지만 말이다. 토츠는 사울처럼 갑자기 누구를 찌르거나 하는 짓은 하지 않았다. 그러나 손톱을 물어뜯는다든지 쉴새없이 자리를 바꿔앉는다든지 하는 불안한 행동을 볼 때는, 그 안에 꿈틀대고 있는 악마의 영악함이 그를 조종하고 있는 듯했다.

천연두 자국이 내려앉은 그의 얼굴에 갑자기 홍역이라도 걸린 듯 붉은 반점이 생겼다. 눈동자는 더 커지고 콧구멍은 넓어졌으며 입 주변으로는 웃음과 동정심과 두려움이 섞인 듯한 야릇한 표정이 나타났다. 토츠는 갑자기 레스타의 팔을 감아쥐고는 춤을 추자고 했다. 레스타는 젖먹던 힘을 다해 그의 손에서 벗어나려고 몸부림을 치며 울음 섞인 목소리로 외쳤다.

"싫어, 나 춤 안 춰!"

그 순간 흥에 취한 토츠는 티눈이 나 있는 키르의 발을 밟고 말았다. 키르는 토츠가 발을 밟자 있는 대로 소리를 질렀다. 그는 다른 아이들처럼 학교에서 싸움을 잘하는 것은 아니었지만 그래도 뭔가 심기가 뒤틀리면 조심해야 했다. 키르의 그런 성질머리는 토츠가 제일 싫어하는 것 중 하나였다. 특히 토츠가 불평의 근원이라면 특히 더 신경을 써야 했다.

토츠는 이제 레스타의 허리를 한 팔로 잡고 춤을 추었다. 토츠는 기르에게 "바보야, 내가 일부러 한 거 아니거든?" 하는 말로 시작해서 그 일로 짜증 낼 대상은 자기가 아니라 세상이라는 식으로 긴 설명을 늘어놓았다. 그러고 나서 티눈을 치료하는 법을 알려주었다. 천둥이 친 이후 돌위 구멍에 고여 있는 물을 받아다가 거기에 발가락을 담그라고 했다. 그러면 언제 그랬냐는 듯 티눈이 감쪽같이 사라질 것이라고. 키르가 이 한겨울에 천둥이 칠 리 없지 않느냐고 묻자, 토츠는 곧 2월이 올 텐데 그러면 곧 부활절 주간이 시작할 거고, 부활절이 지나면 기도주간이 올 거고, 기도주간이 끝나면 3월 성 마리아 축일이 올 거고, 마리아 축일이 끝나면 4월 유리 축일이 오므로, 여름은 정말 얼마 남지 않았고, 유리 축일만 지나면 언제라도 천둥이 칠 수 있다고 했다.

마침 토츠가 날짜를 계산하느라 레스타를 잡고 있는 손이 잠시 느슨해지자 레스타는 올무에서 벗어난 작은 새처럼 토츠의 품에서 벗어날 수 있었다. 토츠는 티눈을 고치는 방법을 말해주는 데만 정신이 팔려 레스타를 쫓아가지는 않았다. 켄터키의 사자는 티눈에 관해서 이야기하는 데도 금방 흥미를 잃어버리고 또 다시 호들갑을 떨기 시작했다. 그는 입술에 뭔가 비밀을 품은 듯한 미소를 띠고 여자애들 사이로 다가가 텔레 앞에 서서 어색하게 절을 하고 같이 춤을 추자고 말했다. 그는 어깨 뒤로 고개를 돌려 말했다.

"얼른 폴카 좀 쳐봐, 아르노의 신부랑 춤을 좀 추려니까."

그러자 여기저기서 웃음이 터져 나왔다.

텔레는 반에서 실력으로 치면 손가락 안에 들 만큼 똑똑한 아이였고 훌륭한 능력을 자랑할 수 있는 기회를 절대 놓치는 법이 없어 다른 여자아이들의 부러움을 사는 애였다. 여자애들은 토츠가 다른 사람들이 다 보는 앞에서 텔레에게 그런 악마 같은 짓을 하는 것을 가만히 보고 있을 수만은 없었다. 아이들은 화가 나서 토츠에게 하지 말라고 으름장을 놓으며 텔레를 다른 여자애들 뒤로 숨겨주었다. 그러나 토츠가 더 재빨랐다. 토츠는 텔레를 손으로 잡아 교탁 쪽으로 끌어당겼다. 다른 여자애들은 뒤에서 움츠리고 서서 보고만 있었기 때문에 텔레를 데리고 오는 것은 무척 쉬웠다.

아르노는 화가 나서 얼굴이 창백해졌다. 토츠를 당장 옆으로 밀어버리고 싶었으나 그러면 상황이 더 힘들어지기만 할 것이라는 것을 알고 그러지 못했다. 토츠는 텔레를 놓지 않으려고 더 힘을 줄 것이 뻔했다. 토츠는 텔레를 잡고 미친 듯이 돌면서 춤을 추었고, 텔레를 안고 있는 손에 더 힘을 주어 텔레는 거의 제 발로 서있는 것이 아니라 따라서 돌기만 할 뿐이었다. 이멜릭은 기분이 더 좋아졌는지 숙달된 솜씨로 현을 퉁겼다. 그럴 때마다 준수한 얼굴에서 광채가 나는 듯했다. 심지어 그는 연주하는 동안 악기는 쳐다보지도 않고 춤을 추는 두 사람만 보고 있었다.

이멜릭에겐 이보다 더 좋은 기회가 없었다. 다른 아이들의 웃음과 환호 속에서 칸넬을 연주할 기회가 흔치 않았다. 텔레와 토츠는 빙빙 돌면서 장로의 방에 점점 가까이 다가갔다. 아르노는 그 둘에게 몇 발짝 다가갔다. 이 미친 듯한 장난에 끝이 없을 것 같다고 느낀 아르노는 어떻게 해서든 텔레를 토츠에게서 떼어놓아야 했다.

아이들이 자기를 이제 남자답게 볼 것이라는 생각에 토츠는 더 광폭해졌다. 그 순간 장로의 방 문이 열렸다. 장로와 부딪힌 토츠는 텔레를 꺼안고 복도에 넘어져 버렸다. 장로도 토츠와 세게 부딪힌 후 무게중심을 잃고 바닥에 벌러덩 누워버렸다. 장로는 걸리면 다리를 부러뜨려 놓을 거라고 으름장을 놓았다.

일어나서 안 될 일이 생긴 것을 직감한 칸넬 소리가 끊겼다. 마치 폭풍 전야 같았다. 공중에는 마른천둥이 몰아쳤다. 장로가 천천히 일어나서 아이들에게 소름이 끼칠 만한 폭언을 하면서 숨을 몰아쉬었다. 아이들은 겁에 질렸다. 그들은 자기 살길이라도 찾을 양 잽싸게 제자리로 돌아가 죽은 듯이 앉았다. 몇 분 전만 해도 티눈 때문에 아파서 죽을 것처럼 불평을 해대던 키르도 겁에 질린 나머지 자기 자리로 돌아가다가 아이들과 몸을 부딪치며 뒤뚱뒤뚱 걸었다. 이멜릭은 칸넬을 손에 쥐고 성큼성큼 걸어 교실을 빠져나가 기숙방으로 사라졌다. 그 와중에 텔레의 옷이 찢어졌다.

토츠의 모습이 가관이었다. 겁난 얼굴, 떡진 머리, 이상할 정도로 푹 꺼진 눈, 그리고 눈썹 사이에는 혹이 나 있었다. 토츠는 방 사이를 뛰어다니다가 선생님 교탁 앞에 멈춰 섰다. 그는 사냥꾼에게 사로잡혀 언제라도 죽을 찰나에 놓인, 어디로 뛰어야 살까 고민하는 동물 같았다. 그러나 토츠의 망설임은 그리 오래가지 않았다, 토츠는 숨을 헐떡이며 옷깃을 부여잡고 벽이 울릴 정도로 문을 쾅 닫고 밖으로 나갔다.

문으로 가는 복도에서 대나무 지팡이를 짚고 있는 장로의 모습이 보였다. 장로는 손수건으로 얼굴을 닦으며 온갖 욕이란 욕은 다 하고 있다. 장로 뒤에 서 있던 텔레는 머리카락은 헝클어지고 얼굴은 빨개져 분노와 부끄러움으로 울먹였고, 찢어진 외투 구멍을 감추느라 분주했다. 장로가 텔레에게 몸을 돌려 말했다.

"토츠가 왜 너를 잡아당긴 게냐?"

"같이 춤을 추자고 그랬어요."

"아, 그래?"

장로는 다시 아이들한테 몸을 돌려 지팡이로 바닥을 쾅쾅 치면서 말했다.

"토츠는 어디 갔니?"

키르는 토츠가 현관문을 향해 갔다고 말했다. 장로는 텔레에게 자리에 앉으라고 말하고는 현관을 향해 걸음을 옮겼다.

교실 안은 마치 무덤처럼 적막했다. 텔레의 흐느낌과 다른 여자아이들의 나지막한 위로 소리만이 정적에 끼어들었다. 바깥에서는 무슨 소리가 들려왔다. 그 소리는 멀어지다가 가까워지다가를 반복하더니 끝내 어딘가로 사라져 버렸다. 어딘가에서 대장장이가 쨍쨍쨍, 하고 망치로 쇠를 때리는 소리가 났다. 이멜릭은 웃음을 지으면서 기숙방에서 나와 아무 일도 없었다는 듯 천연덕스럽게 자기 자리에 앉았다. 다들 짓눌려 있는 느낌이었다. 여자애들은 내내 조용했고 혹시라도 누군가 소리를 내어 말이라도 할라치면 여기저기서 쉿쉿 소리가 났다. 두려움이 아이들의 가슴을 짓눌러 숨조차 제대로 쉴 수 없게 만들었다.

정적을 뚫고 현관 쪽에서 뭔가 바스락거리는 소리가 나더니 문 사이로 금발의 머리가 쑥 들어왔다. 그 머리는 맨 먼저 교실의 분위기를 살펴보고 마침내 몸과 합체되어 교실 안으로 들어왔다. 아직도 두려움이 역력한 표정으로 그가 말했다.

"이런 젠장. 장로님이랑 부딪혔잖아. 장로님 윗입술은 토끼처럼 금이 있잖아, 그 입으로 내 머리를 부딪쳐서 뿔처럼 혹이 났어. 도깨비처럼 아주 날렵하게 현관을 지나서 장로님 옆을 지나갔는데 나를 못 봤어. 난 창고에 숨어 있었거든. 장로님 지나가는 거 틈 사이로 숨어서 보고 있었어. 장로님은 아마 내가 집에 간 줄로 알고 있을 걸. 그런데 난 바보가 아냐. 라우르 선생님이 올 때까지 숨어 있었지. 아무튼 그때까지 숨도 제대로 못 쉬고 있었어. 만약 집에 갔으면 그 뚱땡이 장로님이 다시는 학교에 오지 말라고 했을 거야."

현관에서 육중한 발걸음 소리가 들려왔다. 말을 끊은 토츠는 도와달라고 말하는 듯한 눈빛으로 주위 아이들을 둘러보았다. 그는 마침 자리에서 일어나 서 있던 토밍가스 책상 밑으로 숨어들며 속삭였다.

"나 좀 들어갈게, 나 좀."

그러나 토츠는 더 이상 숨을 곳이 없었다. 장로가 안으로 들어왔기 때문이었다.

3

장로가 안으로 들어왔을 때 토츠는 이미 의자 밑에 몸을 감추고 있었다. 만약 토츠가 그 자리에 가만히 앉아 있었더라면 별문제는 없었을 것이었다.

"토츠 여기 안 왔니?"

장로가 물었다. 아이들은 말이 없었다. 그 순간은 토츠에게 절체절명의 시간이었다. 그때 키르가 쿨럭대고 기침을 하였다. 토츠는 온몸에 불덩이가 지나가는 듯했고, 아이들은 그 순간 정신을 잃을 듯했다. 그 순간 토츠는 키르에게 어떻게 복수해야 할지 고민하기 시작했다. 키르는 토츠 곁에 존재하는 영원한 문젯거리 같기만 했다. 토츠가 적절한 순간에 키르의 다리를 한 방 때렸지만, 가엾은 키르는 감히 입을 열지 못했다. 그의 얼굴은 있는 대로 일그러졌고 당장이라도 큰소리로 울음을 터뜨릴 것만 같았다. 장로가 조금만 자세히 교실을 살폈으면 토츠를 찾아내는 것은 어렵지 않았을 것이었다. 트니손이 다시 한번 키르를 살짝 때리고는 속삭이는 소리로 으름장을 놓았다.

"너 입만 뻥긋거려 봐. 강물에 빠뜨려 버릴 테니까."

트니손의 어조는 조용했지만 아주 단호했다. 트니손은 언제나 자기가 한 말은 꼭 지키는 성격이었고 장난을 치는 일도 거의 없었다. 키르는 살짝 겁도 났다. 트니손에게 한 방을 맞고 나니 지난가을 트니손이 성당학교 애들이랑 싸울 때 생각이 퍼뜩 들었다. 키르는 눈물을 삼키고 울음을 멈추었다.

"그래서 어디에 있다는 거냐고." 장로가 다시 큰소리로 물었다. "누구 이야기해 줄 사람 없어? 내가 지금 아궁이랑 이야기하고 있는 거니?"

정적만이 흘렀다. 장로에게 혼날 것이 두려워 토츠가 어디 있는지 불고 싶은 아이들도 있었을 것이고, 장로에게 잘 보이고 싶어 입이 근질근질한 아이들도 있었을 것이다. 그런데 그런 것을 두고보지 못하는 큰 애들한테서 혹시라도 얻어맞게 될까봐 아무도 꿈쩍을 하지 않았다.

텔레는 요주의 대상이었다. 복수할 심정으로 토츠가 어디 있는지 당장 말해버릴 수도 있었다. 다른 여자애들이 토츠 쪽을 쳐다보고 있는 텔레의 옷을 당기며 말하지 말라는 눈빛을 보내지 않았더라면 그 순간 어떤 일이 일어났을지 아무도 장담할 수 없는 노릇이었다. 토츠는 두려움 때문에 몸이 찌릿찌릿했다. 마치 몸은 없어지고 귀만 남아 책상 밑에 숨어 있는 듯 주변의 소리를 집중해서 듣기 시작했다. 장로의 인내심에도 한계가 왔다. 그는 레스타의 작은 어깨를 잡고 흔들면서 물었다.

"토츠는 지금 어디 있냐고!"

이제 다 끝났다고 생각한 토츠는 몹시 긴장하여 손가락을 입에 넣고 씹었다. 그런데 예상과는 달리 레스타는 말을 더듬으면서 노인네 같은 목소리로 그때 기숙방에 있었기 때문에 잘 모르겠다는 둥 그때 오트밀을 말아 먹었다는 둥 장로가 이해하기 힘든 말도 안 되는 말을 해댔다.

"이 유다 같은 놈. 거짓말이나 하고…"

토츠는 안도의 한숨을 내쉬었다. '정말 주님이 나를 보호하시는 것 같다. 라우르 선생님이 오시면 자작나무가 땅에서 솟아나는 것처럼 일어나야지. 그럼 아무 문제 없을 거야. 저 뚱땡이 장로님도 내 몸에 손도 못 댈거야. 조금만 더 버티고 있자.' 이렇게 생각하니 토츠의 마음이 한결 가벼워졌다. 머릿속을 흐르고 있던 무서운 생각이 없어지자 토츠는 난데없이 주머니칼을 꺼내서 토밍가스의 구두굽에 장난을 하기 시작했다.

"야, 너 뭐 하는 거야?"

사진 출처 https://commons.wikimedia.org/wiki/File:Palamuse_kihelkonnakooli_klassiruum.jpg
팔라무세 교구 학교의 교실. 토츠가 어떻게 숨었는지 상상해 볼 수 있다.
사진 작가 Rauno Kalda, 2011.06.16 (CC BY-SA 3.0 EE)

　놀란 토밍가스가 급하게 발을 꺼내며 속삭였다.

　"네 구두에 먼지 털어주고 있었어."

　의자 밑에서 소리가 들렸다. 토밍가스가 의자 밑에서 갑자기 발을 빼는
것을 지나칠 장로가 아니었다. 의자 밑에서 웅크리고 쪼그려 앉아있던
토츠는 장로와 그만 눈이 마주쳐 버리고 말았다.

　"아하, 네 녀석 거기 있었구나."

　큰 아이 한 명, 작은 아이 한 명, 그러니까 레스타와 토밍가스는 벽에
서 있어야 했다. 반 애들 모두는 친구의 잘못을 고하지 않은 벌로 모두
일어서야 했고, 장로는 토츠에게 당장 의자 밑에서 기어 나오라고 했다.
토츠는 아무런 말을 하지 않았지만 겁을 먹고 있다는 사실에는 의심의
여지가 없었다. 토츠는 지난번 쉬는 시간에 쿠슬랍이 처했던 상황이 기

억났다. 쿠슬랍이 아이들에게 둘러싸였을 때 몸을 숨겼던 것과 비슷한 방법으로 벌을 모면하고 싶었다. 그런데 대나무 지팡이를 든 장로는 그의 일거수일투족을 못마땅하게 여겼다. 장로는 못 참겠다는 듯 지팡이로 교실 바닥을 두들기다가 잉크 몇 개를 땅에 떨어뜨려 손이 새까매졌고, 당황해서 지팡이를 휘젓다가 그만 교실 유리창도 깨뜨리고 말았다. 토츠가 좁은 구석에서 발을 뻗으려 하는 순간 장로에게 잡힌 채 끌어 당겨져 의자 밑에서 밖으로 나와버렸다.

약 십 분 후, 토츠는 난로 옆에 서 있는 벌을 받으며 불편한 듯 꼼지락대고 있었다. 어깨는 뭔가 무거운 것이 얹힌 듯 고개는 앞으로 끄덕끄덕하면서 가끔씩 등을 벽난로 기둥에 대고 문지르기도 했다. 아이들은 모두 이전처럼 다시 자리에 앉았고, 조금 전까지 교실 전체에 물을 끼얹듯 조용하던 분위기가 밝아져 아이들 사이에는 생기가 되살아났다.

"대체 창고에선 왜 기어나온 거야?" 예르베오츠가 물었다.

"거기 들어갔으면 장로님이 떠날 때까지 거기 있었어야지."

"심심했단 말이야. 거기서 뭘 하라고."

"그럼, 의자 밑에 숨어있을 때라도 조용히 있어야지. 이 미친놈아. 왜 칼로 내 신발을 긁냐고." 토밍가스가 말했다.

"그건 그냥." 토츠가 자신을 변호하면서 말했다. "신발 가죽을 건드린 건 아니고 구두굽 끄트머리에만 조금 칼질을 한 거야."

누군가 웃음을 한가득 머금은 입으로 다른 아이들이 다 들을 만큼 큰 소리로 말했다.

"키르, 네가 겨울엔 천둥이 안 친다 했지? 오늘 천둥이 쳤네, 토츠 어깨도 번개와 함께 빗방울이 조금 고였을 거야. 그 물이면 너뿐 아니라 교실 애들 티눈을 전부 다 고쳐줄 수 있겠다."

그 수수께끼 같은 말이 무슨 뜻인지 알아들은 토츠가 난로 가에서 말했다.

"오늘은 정말 끔찍한 날이었어. 계속 안 좋은 일만 생겨, 손가락도 다치고 혹도 나고, 그리고 또…."

토츠는 다시 말이 없어졌다. 토츠는 어깨를 위로 끌어당긴 채 난로벽에 기대어 등을 긁었다. 침묵과 대화가 서로 왔다갔다하는 시간이었다.

4

난리법석이 일어난 그 날도 아르노는 텔레와 제대로 이야기하는 것이 불가능했다. 텔레와 어떻게든 이야기해서 오해를 풀려면 집에 같이 가는 수밖에 없었으나 그날따라 예상치 못한 복병이 나타났다. 보통은 점심 시간 무렵에 바이올린을 배우는데 오늘따라 선생님은 다른 아이들이 수업을 다 끝낸 시간에 바이올린 수업을 진행하자고 하셨다. 아르노는 그 날 마지막 수업시간이 끝나자마자 선생님에게 달려가서, 오늘은 머리가 많이 아프니 바이올린 수업을 다른 날로 옮길 수 없겠느냐며 거짓말을 했다. 아르노는 부리나케 책을 싼 후 교실 문으로 나가 정문 쪽으로 성큼성큼 뛰어갔다. 텔레가 가고 있었다. 텔레는 여전히 화가 나서 얼굴색이 좋지 않았다.

"텔레야!"

아르노가 조용히 부르자 텔레는 아르노 곁으로 다가왔다.

"왜 불러?"

아르노 쪽은 쳐다보지도 않고 텔레는 인상을 찌푸리며 대답했다.

"오늘 일어났던 일 너무 신경 쓰지 마. 내가 정말 도와주려 했는데…."

"시끄러!"

텔레는 신경질적으로 말하면서 힐끗 아르노를 보았다. 아르노는 한 대 맞은듯 움찔했다. 채찍을 들고 겁을 주는 주인 앞에서 몸을 사리며 뒷걸음질 치는 개와 비슷했다. 다리에 힘이 빠지고 당장이라도 주저앉을 것만 같았다.

"이리 와, 너 거기서 뭐해?"

아르노가 고개를 들어보니 저 멀리서 가고 있던 텔레가 자기 쪽으로 걸어오고 있었다. 아르노는 텔레를 보자 학교 쪽으로 몇 발짝 뒷걸음을 쳤다.

"집에 가기 싫으면 가지 마."

텔레는 주변을 한번 둘러보고 서둘러 집을 향해 가기 시작했다. 아르노는 텔레를 낯선 눈으로 바라보면서 이럴 때 어떻게 해야 좋을지 고민했다. 아이들이 시끄럽게 떠들며 학교 문 앞에서 흩어지는 모습이 안개 속처럼 뿌옇게 보였다. 몇 명 아이들이 가볍게 그의 앞을 뛰어갔고, 집을 향해 손을 흔들며 소란스럽게 멀어져간 아이들은 마치 러시아어로 '집에 가, 아르노!'라는 말하는 것 같았다. 그러나 아르노는 그 자리에 가만히 서 있었다.

교실 뒤편에서 긴 밧줄을 실은 썰매가 천천히 나오더니 문 앞에 멈추어 섰다. 그 썰매에서 두 사람이 내렸다. 한 사람은 키가 어른 같았지만 얼굴은 영락없는 십 대였고, 다른 한 사람은 수염까지 난 것으로 보아 그보다 더 나이가 들어 보였다. 두 사람은 밧줄을 학교 현관문까지 천천히 끌고 나왔다. 마침 책을 옆에 끼고 밖으로 나온 키르를 본 나이 든 사람이 학교 주임방으로 가려면 어디로 가면 되는지 물었다.

키르는 그 사람을 자세히 바라보더니 어깨를 기우뚱하며 잠시 생각하는 척했다. 키르는 웃으면서 장로가 식사하는 부엌 쪽을 향해 손가락을 가리켰다. 낯선 사람들이 문 뒤로 사라지자 키르는 그쪽을 보며 마치 정신이 나간 듯 혼자 낄낄거리기 시작했다. 길거리에 서 있는 아르노를 본 키르는 입에 뜨거운 오트밀이라도 물고 있는 듯한 표정을 하고 재빨리 아르노 곁으로 뛰어갔다.

"히히. 오늘 새로운 애가 아빠랑 학교를 찾아왔나 봐. 학교 주임 선생님이 일하는 곳이 어디냐고 묻길래 내가 부엌으로 가라고 이야기해 줬지롱. 거기 가서 찾아보라지. 아마 거기서 주방 아줌마를 보고 여기가 학교 주임 선생님 방이냐고 물어보겠지? 헤헤. 이거 정말 재밌지 않냐? 내일 토츠가 이 이야기를 들으면 정말 배꼽이 빠지도록 웃을 거야."

키르는 아르노도 이 이야기를 들으면 정말 웃음이 터질 거라 생각했으나 아르노는 생각에 잠긴 채 커다란 눈으로 먼 곳을 쳐다볼 뿐이었다.

5

학교 정문에서 나와 큰길에 이르렀을 때 통나무를 실은 썰매들이 한 줄로 이어져 아르노 앞을 지나가고 있었다. 앞쪽의 썰매들에는 처음 보는 사람들이 앉아 있었으나 중간에는 아르노네 집에서 키우는 말 케이유가 있는 것으로 보아 식구들도 거기 어딘가에 앉아있는 듯했다. 아르노는 길 끝에서 서서 썰매들이 지나가기를 기다렸다. 케이유가 가까이 오자 아르노는 회색 양털 가죽옷을 입고 귀까지 내려오는 갈색 가죽 모자를 쓴 리블레가 통나무 위에 앉아 다리를 흔들고 말린 토끼풀을 질겅질겅 씹으며 알 수 없는 노래를 흥얼거리고 있는 것이 보였다.

"안녕하신가!"

난데없이 러시아어로 인사를 던진 리블레는 팔을 뻗어 옆에 앉으라고 했다. 아르노는 통나무 위에 걸터앉아 사람들이 썰매를 타고 어디에 가는지 물었다.

"라야 농장으로 가는 거지, 어딜 가겠니? 라야 농장 주인이 봄에 아주 멋있는 저택을 지으려고 하거든. 므르크나 마을에서 자른 나무 수백 그루를 동네 사람들이 나르는 중이야. 네 아버지랑 마르트도 같이 타고 왔었는데 어디들 가셨나 안 보이네. 말을 30마리나 몰아왔거든. 그런데 지금은, 어디 보자. 하나, 둘, 셋, 넷… 저기가 열두 번째. 같이 왔던 사람들 반 정도가 이미 돌아가긴 했는데, 그래도 너네 식구들은 아직 있을 거야. 썰매 한 대에 적어도 한 명은 타고 있어야 하니까 나도 억지로 다녀오라고 시키더구나. 지금쯤이면 라야 농장 식구들도 새로운 집을 지을 때가 됐지."

그는 털모자의 귀 부분을 말아 올리며 다시 말했다.

"딸아이도 크고 그러면 결혼하겠다는 총각들도 드나들 테고. 그러려면 집이랑 모든 것들이 재판장처럼 깔끔해야 돼. 네가 나중에 근사한 말을 앞장세우고 멋있는 썰매를 타고 그 집에 가게 될 수도 있고. 세상엔 무슨 일이 벌어질지 모른단다. 세 치 앞 미래도 알지 못하는 게 우리의 인생이지."

아르노가 불안한 행동을 보이며 뭔가 말하고 싶어 하는 것을 알아챈 리블레는 잠시 이야기를 멈추고 모자에 붙은 지푸라기를 떼어냈다.

"이 모자는 정말 기똥차게 잘 만들었어. 이거 발명한 사람한테 상 줘야 돼. 강풍이 불건 눈보라가 휘몰아치건 이 가죽 모자만 쓰면 집안 난로 가에 있는 것 같다니깐."

이렇게 말하면서 귀 덮개를 머리로 올리고는 말없이 가방에서 말린 토끼풀을 꺼내어 씹었다.

"어떤 집을 짓는 거예요? 2층 집이예요?"

아르노가 잠시 후에 말했다.

"잘 모르겠지만 2층이나 3층 집쯤 되지 않을까." 리블레가 대답했다.

"어쨌든 간에 아주 멋진 집이 나올 것은 틀림없어. 저 나무들을 한번 봐라. 마지막 건물에서는 젖소를 키울 거라고 하더군. 거기서 우유를 짜면 아마 자기 식구들이 먼저 먹겠지. 나도 그냥 들은 거고 확실한 것은 아니야. 돈도 있겠다, 자기들 돈으로 집을 짓든 뭘 하든 누가 신경이나 쓰겠니?"

순간 말에게 채찍을 때리다가 구두 굽 앞쪽이 잘못 맞고 말았다.

"그리고 나중에는 너도 그 애를 맘에 들어 할 거다. 안 그러니? 볼은 불그스레하고 머릿결은 아마같이 빛나고, 게다가 똑똑하지. 여기저기 뜯어봐도 흠잡을 데가 없잖니. 자기가 원하는 것을 모두 다 차지할 수 없는 것이 세상의 이치긴 하지만… 너처럼 잘 배운 사람한테 이런 깡촌의 처녀들은 좀 그렇지?"

"그만 하세요."

아르노가 한숨을 쉬며 말했다. 길 위에 쌓인 눈송이들은 사람들이 지나갈 때마다 조용히 바스락대었고, 썰매는 자기가 진 무게를 불평하는 듯 삐그덕거렸다. 날씨는 점점 더 맑아졌고, 먼 숲에서 숨어 투덜대던 안개는 재빨리 땅 위에서 사라지는 듯했다. 굴뚝에서 나오는 연기들이 성스러운 천사들처럼 하얗게 하늘 위로 퍼져나갔다. 길은 산으로 이어졌다. 말들은 쉬면서 콧바람을 내었고 남자들은 통나무 위에서 내려와 삼삼오오 모여 걸어가며 담배를 피웠다.

"아저씨, 요즘도 계속 술 마셔요?"

썰매가 집으로 가는 삼거리에 다다르자 아르노가 물었다.

"그럼, 그렇고말고." 리블레가 답했다. "한때 좀 잘 참았나 싶었는데 시간이 지나니 어쩔 수 없다."

"아저씨, 저…."

아르노는 뭔가 이야기를 하려다가 말고 리블레에게 인사를 하고 통나무에서 내려 삼거리로 향했다. 썰매들이 다 지나갈 때까지 기다려도 아버지와 마르트는 도통 모습을 보이지 않았다.

아르노는 다시 생각에 잠겼다. 이 길을 생각하면 떠오르는 좋은 추억이 많았다. 항상 이 길에서 텔레를 기다렸는데. 저 멀리서 텔레가 나타나면 형언하기 힘든 흥분에 취해 얼른 마중하러 가곤 했다. 그런데 이제 그런 모습을 본 게 몇백 년은 된 것 같았다. 버드나무에 몸을 기대고 서서 텔레가 집에 가는 것을 보다가 마침내 시야에서 사라지면 즐거운 발걸음으로 집으로 향하며 가만히 생각했었다. 텔레는 내일도 다시 올 거라고. 그리고 다음 날도, 또 다음 날도…. 우리는 영원히 친구로 남을 거라고.

'그런데 도대체 무슨 일이 일어난 거지?'

아르노는 고개를 들어서 버드나무 꼭대기를 바라보았다. 그리고 손을 뻗어 나무껍질을 만져 보았다. 아르노가 행복했을 때는 물론이거니와 지금처럼 우울한 때도 모든 것을 지켜봐 주었던 나무껍질이 왠지 친근하게 느껴졌다. 예전엔 관심조차 갖지 않았던 것들이 추억으로 연결되어 있다는 사실을 생각하니 갑자기 소중하게 느껴졌다.

아르노는 비틀거리듯 집으로 향했다. 집에 들어선 아르노는 밥도 안 먹고 침대에 들어가 이불을 덮고 누워있고 싶었다. 그런데 마침 부엌에서 일하고 계시던 할머니가 아르노를 보더니 말했다.

"왔구나. 대체 학교에서 뭘 그리 공부시키기에 아침부터 저녁까지 학교에 애들을 붙잡고 있나 그랬네."

아르노는 대답하지 않았다. 바로 뒷방으로 들어간 아르노는 겉옷을 벗어 던지고 바로 침대에 누웠다.

"얼른 나와서 밥 먹어라!" 앞방에서 할머니가 소리쳤다.

"지금 안 오면 다 식는다. 다른 사람들은 저녁 다 먹었는데 너 먹으라고 계속 데워두고 있었어. 얼른 와서 먹어."

"밥 먹기 싫어요."

아르노는 이렇게 대답하고는 피곤한 듯 침대에 몸을 뻗었다. 집에 돌아온 후에는 먼저 옷을 벗어 정리하는 것이 순서인 줄은 알았으나 몹시 피곤한 아르노는 손가락 하나 까딱하고 싶지 않았다.

"오호라, 식사하실 마음이 없으시겠다. 무슨 일이 있구나."

할머니는 조리대와 식탁 사이에서 그릇을 잠시 정리하더니 문가에 나와 섰다. 오늘따라 할머니는 기분도 좋고 말도 많았다. 마침 오늘 새끼양 두 마리가 태어났기 때문이다. 양들은 세상에 나오자마자 큰 양들 사이에서 꼬물거렸고, 그것들이 몸뚱이보다 긴 다리로 휘청 돌아다니는 모습을 보자 할머니는 이루 말할 수 없이 기분이 좋았다. 할머니는 이제 연세가 많다 보니 일과가 굉장히 단조로웠다. 집안일 외에는 무언가 새로운 일을 하는 것이 매우 드물었다. 할머니에게는 새끼 양 두 마리가 양떼 전부보다 더 커다란 기쁨을 선사해 주었다. 젊었을 적에는 희망과 두려움 사이에 섞여 하루하루를 지낸 적이 있었다. 그러나 나이가 든 지금 돌아보건대 이전에 자신을 괴롭히던 문젯거리들은 젊은 시절에 느꼈던 것처럼 중요한 것이 아니었다. 보드카 공장에 감자를 얼마나 팔았는가 하는 걱정보다 사랑스러운 손자에게 따뜻한 점심을 먹여주는 것이 더 중요한 일이 되어버렸다.

"무슨 일이 있는 거야?" 할머니가 다시 물었다. "병이 다시 도지기라도 한 게야?"

"아니에요." 아르노는 천천히 그러나 화난 듯 대답했다. "머리가 조금 아파요."

할머니는 아르노의 이마에 손을 얹어보았다. 평소보다 약간 열이 있긴 하지만 고작 이 정도 때문에 밥을 못 먹을 리는 없었다. 돼지고기와 시큼한 양배추, 그리고 구운 감자는 아르노가 언제나 좋아하던 음식이었다.

아르노가 어쩔 수 없이 일어나 식탁에 와 앉았다. 그러나 아르노는 음식이 입안에서만 맴돌았고 삼키는 것도 점점 힘들어졌다. 아르노가 갑자기 일어나 말했다.

"안 먹을래요."

할머니가 아무리 어르고 달래도 소용이 없었다. '봐라, 얼마나 맛있는지, 이래도 안 먹을 테냐' 하고 말하는 듯 고기만 따로 건져 주고 웃는 얼굴로 달래보아도 통하지 않았다.

아르노는 어디 가서 뭐라도 해야겠다는 각이 들었다. 그런데 어디로 가야 할지 몰랐다. 우선 연기가 자욱하고 절인 양배추 냄새가 나 숨을 제대로 쉴 수 없는 이 집에서 나가는 게 우선이었다.

잠시 후 아르노는 큰길 옆 아직 갈지 않은 밭 위에 서서 희끗희끗 덮은 눈을 뚫고 우울하게 삐져나온 풀잎들을 바라보았다. 톱풀과 쑥처럼 잘 썩지 않는 풀들은 지금은 누렇게 떠 시들었지만, 생명의 힘이 되돌아오기를 바라는 듯 줄기를 뻣뻣하게 세우고 있었다. 밭 위에는 썰매 자국이 기다랗게 나 있었다. 아빠와 마르트, 리블레가 통나무를 싣고 라야 농장에 갔을 때 생긴 자국인 듯했다.

6

목을 겨우 가누고 조금씩 주변을 인식하기 시작한 시절부터 아르노는 라야 농장의 텔레라는 이름을 들으면서 자랐다. 텔레는 자주 아프거나 사고가 많았다. 한번은 배가 아팠고, 한번은 머리가 아팠고, 또 언젠가는 칼로 손가락을 베거나 우물에 빠지거나 감기에 걸려서 기침을 심하게 하기도 했다. 그럴 때마다 으레 사레 농장 주민들도 알게 되었고, 그 얘기를 들은 사람들은 그게 누구의 잘못으로 된 것인지 아니면 누군가의 불행을 텔레가 먼저 액땜을 한 것은 아닌지 논쟁을 벌였다. 아르노는 아직 어린아이였고, 어딘가 멀리 있는 마을에서 손가락을 베었다는 계집아이의 이야기에는 그닥 신경을 쓰지 않았었다. 나이가 들면서 아르노는 그 마을이 그리 멀지는 않다는 사실을 깨달았고 마르트와 함께 돼지를 몰러 가면서 라야 농장 언저리에도 자주 가게 되었다. 그때마다 아르노는 밝은 머리카락의 여자아이가 빨간 앞치마를 두르고 라야 농장 앞 공터에서 놀고 있는 것을 보았다. 그 아이가 누군지는 대충 알고 있었지만 모르는 아이와 같이 놀고 싶다는 생각은 들지 않았다.

아르노의 키가 지금과 거의 비슷하게 되었을 무렵 어느 순간 텔레가 아담하고 귀엽다고 생각했다. 가을로 가는 길목에서 해가 반짝이던 어느 날 아침, 귀리밭에 있던 아르노는 크고 튼튼해 보이는 날개를 가진 새 한 마리가 공중에서 날개를 펄럭이는 것을 주의 깊게 보고 있었다. 그런 새를 본 적이 없던 아르노는 어머니에게 달려가 무슨 새인지 물었다.

"저건 매야. 닭들을 공격하고 있네."

그 말을 들은 아르노는 장작더미에 가서 긴 빗자루를 가져다가 매를 내쫓으려고 뛰어갔다. 아르노는 귀리밭 가장자리를 따라 빗자루를 등에 메고 매를 향해 왔다갔다하며 동태를 살폈다. 그리고 혹시라도 우리에서 나와 돌아다니는 병아리는 없는지 유심히 살펴보기도 했다. 귀리밭은 고요하고 불어오는 바람이 귀리 줄기를 건드리면서 부드러운 소리를 냈다. 그때 바위 옆에서 작은 회색 동물이 갑자기 움직이는 것이 보였다. 얼른 소리가 나는 쪽으로 가보니 새끼 토끼 한 마리가 웅크리고 있었다. 매가 쫓던 것이 토끼였다는 걸 안 아르노는 매의 공격에도 살아남은 그 토끼를 잡아다가 키워야겠다고 생각했다.

아르노는 귀리 줄기를 뽑아서 두 손에 들고 토끼를 유인하면서 가까이 다가가서 안으려 했다. 그러나 그 토끼는 아직 어리지만 그래도 토끼인지라 귀리 줄기는 쳐다보지도 않고 아르노가 가까이 가기도 전에 깡충깡충 도망쳤다. 귀리밭은 아르노가 뛰어간 발자국을 따라 긴 이랑이 생겼다. 귀리밭은 작은 사냥터가 되었다. 하늘의 포식자는 원을 그리며 아르노가 가는 곳을 따라다녔다.

갑자기 아르노 귓가에 낯선 목소리가 들렸다. 아르노는 자기도 모르게 라야 농장 입구까지 와 버린 것이었다. 밭에서 보리를 베고 있던 사람들이 집으로 도망가려는 아르노의 이름을 불렀다. 할 수 없이 아르노는 추수꾼들에게 가서 토끼를 잡으려다가 여기까지 왔다는 말을 털어놓았다. 일꾼들은 귀리밭으로 뛰어가 보았지만, 거기엔 이미 아무것도 없었다. 다시 밭으로 돌아온 사람들은 하늘의 매를 바라보면서 말했다.

"아마 저 새가 물어갔나 보다."

텔레의 아버지는 안부와 함께 아르노에게 읽고 쓰기는 어떻게 돼 가느냐고 물었다. 텔레는 이미 글자도 잘 읽고 러시아어 글자까지 다 떼었다고 했다. 아르노는 대답을 하면서도 눈으로는 빗자루처럼 작은 아이가 대문을 열고 추수꾼들을 향해 종종걸음으로 걸어가는 것을 유심히 살펴보았다. 산쑥과 우엉 사이에 서 있는 모습이 커다란 월귤나무 같았다. 여자애는 맑은 소리로 외쳤다.

"식사하러 오시래요!"

소녀는 사람들 가까이 가서 다시 한 번 외쳤으나 사람들이 못 들은 것 같았다.

"식사하러 오시래요! 와서 얼른 식사하세요!"

추수꾼들이 활짝 웃었다. 멀리서 불러도 충분히 들릴 텐데 일부러 가까이 오는 모습이 귀여웠다. 밥때를 알리던 그 소녀는 초원으로 뛰어가서 잠시 서 있었다. 거기서 낯선 남자애를 보더니 갑자기 부끄러워졌는지 아버지 뒤에 숨었다. 사람들이 인사라도 하라고 부추기자 못 이기는 척 밖으로 나와서 낯선 아이에게 못마땅한 얼굴을 지어 보이고 집 쪽으로 뛰어갔다. 뛰어가는 여자아이의 머리카락이 바람에 흩날렸다. 그 애가 바로 텔레였다. 아주 오래 전 일이었다.

아르노는 멈춰 서서 주위를 둘러보았다. 등 뒤로는 흰 눈밭이 펼쳐져 있고 수백 걸음 앞으로는 나무숲에 둘러싸인 라야 농장이 눈 세상의 오아시스처럼 보였다. 하늘엔 벌써 황혼이 날개를 펼치고 있었다. 지금 서 있는 곳이 그때 토끼를 따라가다가 텔레를 보았던 자리일 듯싶었다. 아니면 그때 텔레가 서 있던 곳에 자기가 서 있는지도 몰랐다. 하지만 겨울 들판은 마치 주변의 모든 것들이 사멸한 것처럼 우울하기만 했다.

아르노는 라야 농장에 다다랐다. 마당은 썰매와 말들로 가득했고 집 옆으로는 나뭇더미들이 검게 쌓여 있었다. 자작나무 향기가 밖에서도 느껴졌다. 옆에서 일하고 있는 누군가가 험한 말로 욕을 하고 있었다.

"마식, 일어나서 좀 일을 하라고."

집안은 환하게 밝혀져 있었다. 안에서는 왁자지껄 떠드는 소리가 났고 연기가 하얀 구름처럼 솟아났다. 벽과 창틀은 눈으로 하얗게 덮여 있었다. 처마 밑에서는 뭔가 바스락거리다가 고드름이 반짝이며 아래로 떨어져 조각이 여기저기 흩어졌다. 이제 뭘 해야 하나? 안으로 들어가야 하나 말아야 하나. 아르노는 혼자 생각했다. 저기 들어간다고 별 달라지는 건 없을 거야. 그저 집에 가는 썰매를 얻어 타러 아버지와 마르트를 찾아온 거야.

집에 들어가 보니 저녁 식탁에 일꾼들이 둘러앉아 밥을 먹고 있었다. 그중 한 명은 다른 사람들보다 유독 키가 컸다. 그들의 얼굴은 한참 동안 추운 날 바깥에 있다가 방금 안으로 들어온 사람들처럼 붉었다. 어떤 사람은 귓불이 충혈되어 있었고 뺨은 바람 때문에 푸석푸석해 보였다. 사람들은 대부분 가죽옷과 허리띠는 그대로 둔 채 모자와 장갑만 벗어서 옆으로 치워놓았다. 큼지막한 돼지고기가 담긴 그릇에는 뜨거운 열기가 빠져나가지 못하도록 배춧잎이 풍성하게 올려 있었다. 스프는 지옥불처럼 뜨거워서 배가 고픈 사람은 먹을 때 조심해야 했다. 제대로 식히지 않고 무작정 입속에 수저를 밀어 넣다간 혀를 데일 수도 있었다. 수프 그릇들 사이로는 작은 그릇과 접시들이 마치 사과나무 밑에서 자라는 머루나무처럼 열 지어 놓여 있었다.

낯선 얼굴도 많았다. 손으로 장화와 가죽옷을 열심히 닦는 사람도 있었다. 기름이 묻어 반질반질 빛나는 턱을 소매로 닦았다. 한 접시를 나눠 먹던 사람들은 서로의 귀에 뭐라고 속삭이며 말을 했다. 그러면 다른 사람이 웃음을 지으며 식탁 위에서 술잔을 집어 입에 가져가 나팔을 부는지 아니면 망원경으로 하늘을 향해 별을 쳐다보는 것 같은 시늉을 했다.

아르노는 문가에 서 있는 수염 난 아저씨 두 명과 깍듯하게 인사를 나누었다. 그러나 그 아저씨들은 아르노의 인사를 제대로 받아주지 않았다. 단지 수저를 입에 물고 뭐라고 물어보려는 듯 빤히 쳐다보기만 했다. 아르노는 조리대 쪽으로 갔다. 거기에는 마침 아주머니가 솥을 불판 위에서 들어내리고 있었다.

"아이구, 아르노 왔구나, 저녁은 먹었니?" 아주머니가 말했다.

"뒷방에 들어가 보렴. 거기 텔레랑 다른 친구가 와 있다."

"다른 친구라구요?"

아르노가 놀라서 말했다. 다른 친구가 대체 누구일까. 아르노는 뒷방 문을 열고 안을 들여다보았다. 등잔불이 켜져 있는 책상 옆에는 텔레와 이멜릭이 활짝 웃으며 나란히 앉아 책 한 권을 보고 있었고, 맞은편에는 텔레의 여동생이 앉아 석판 위에 무언가 쓱쓱 그리고 있었다. 그 세 명이 동시에 아르노를 바라보았다. 텔레의 얼굴이 붉게 상기되어 있었다.

"안녕."

조용히 인사를 건넨 아르노는 문가에 서서 불청객이 된 것 같은 느낌에 기분이 이상했다.

"안녕." 이멜릭이 대답했다. "여긴 어떻게 왔어?"

"아버지랑 마르트 형 보러 왔는데. 오늘 여기 통나무 날라주러 오셨거든. 집에 같이 가려구." 아르노가 말했다.

녀석은 아르노가 온 이유야 뭐든 전혀 신경이 쓰이지 않는 모양이었다. 방금까지만 해도 얼굴에 웃음기가 있던 텔레는 아르노가 들어오자 금방 웃음기를 거두었다. 텔레가 불편하게 여기고 있는 것 같아 아르노는 서운했다. 텔레가 별 이유도 없이 여동생의 손에서 석판을 빼앗으려 머리칼을 끌어당기자 놀란 여동생은 소리를 지르며 침대 위로 기어 올라갔다. 텔레는 뭔가가 빼곡히 적혀 있는 종이를 집어 신경질적으로 쫙쫙 찢어서 방바닥으로 던져 버렸다. 그리고는 한참 동안 아르노를 노려보았다.

이멜릭이 의자를 가져다 책상 앞으로 끌어다 놓더니 문 옆에 서 있는 아르노를 보며, 그렇게 서 있을 거야? 하고 말하는 바람에 상황은 잦아 들었다. 마치 아르노보다 여기서 더 오래 살았던 사람 같았다. 아르노는 들어가 앉지 않았다. 무엇보다 들어가 앉고 싶은 마음이 없었고, 의자가 놓인 위치도 마음에 들지 않았다. 텔레와 이멜릭의 사이인 데다 너무 밝았다. 차라리 문 옆에 앉는 게 더 나을 것 같았다. 두 사람의 몸짓 하나하나를 살피고 있는 표정을 들키고 싶지 않았기 때문이었다.

"오늘 무슨 일 있었어? 왜 학교에서 나랑 같이 안 왔어?"

갑자기 텔레가 물었다. 마른하늘에 날벼락 같은 질문이었다. 아침에 삼거리에서 기다려주지도 않고 먼저 학교에 간 텔레가 어떻게 저런 질문을 할 수 있는 것일까? 아르노는 낯선 눈으로 텔레를 바라보았다. 텔레는 더 이상 이곳에 오며 상상했던 그런 예쁜 아이가 아니었다. 그냥 뭐라도 지껄여주면 까르르 웃는, 학교에 널린 콧대 낮은 아이들 중 한 명에 불과했다.

"너 혹시 화났어?"

텔레가 다시 물었다. 그러면서 이멜릭과 뭔가 의중이 있는 듯한 눈빛을 교환했다. 이멜릭도 오늘 있었던 일을 대충 아는 눈치였다.

"아니."

아르노는 여전히 뭔가 가슴을 짓누르고 있는 것 같았다.

"근데 왜 그렇게 우울하게 서 있어?"

"나 안 우울한데."

"아니면 이리로 와. 이멜릭이 칸넬을 연주해 줄 거야. 그거 들으면 기분이 좋아진다."

이멜릭은 마치 기다렸다는 듯이 칸넬을 손에 들고 점심시간에 텔레와 토츠가 그 저주받은 춤을 추게 만들었던 폴카를 연주했다. 텔레는 눈으로 이멜릭을 쳐다보며 잘한다고 말하는 듯 가끔 웃어주기도 했다. 아르노는 말 한마디 않고 눈으로 작별인사를 한 후 방을 나왔다.

텔레의 어머니가 아르노에게 다가와서 얀 이멜릭은 라야 농장 식구들과 먼 친척이고, 텔레는 어머니의 부탁으로 이멜릭을 초청한 것이라고 말했다. 그렇거나 말거나 아르노에겐 이미 그 이야기가 재미가 없었다. 마침 아버지와 마르트가 식사를 마치고 집으로 갈 채비를 하고 있었다.

'이멜릭 같은 애들은 대체 집에서 공부를 언제 하는 거지?'

아르노는 집으로 가면서 생각했다. 집에서 풀어야 할 산수문제가 두 개나 되는데 이멜릭은 공부할 준비조차 안 된 것 같애. 그러면 평생 공부를 해도 못 따라 갈텐데……. 그러자 그 작고 창백하던 아이가 생각났다.

"쿠슬랍이구나, 그 귀뚜라미. 걔가 산수랑 다른 과목을 챙겨주는 게 틀림 없어."

아르노는 들릴듯 말듯한 소리로 혼잣말을 했다.

7

파운베레의 재단사 헤인리히 키르는 꼼꼼하게 일을 처리하는 것으로 유명했다. 재단사 키르가 옷을 언제까지 만들어주겠다고 하면 어김없이 약속 날짜에 마무리 지었다. 헤인리히 키르 씨는 적당히 키가 크고 몸은 마른 편이었고 붉은 색깔의 콧수염과 밝은 초록색 눈을 가지고 있었다. 그는 항상 웃는 얼굴이고 발걸음은 재빨랐으며 이야기는 거침없으나 부드러웠다. 그는 항상 '어찌 되었건'이란 단어로 말을 시작하곤 했는데 그에게 딱 맞춘 것처럼 잘 들어맞았다. 카타리나 로사일레라는 이름의 작고 통통한 부인과 함께 행복하게 살고 있었다.

그 부부는 두 명의 아이를 낳았다. 첫째 아이 헤인리히 게오르크 아드니엘[9]은 벌써 학교에 다니고 있었고, 둘째 프리드리히 빅토르 오토마르는 글자를 익히고 있었다. 붉은부리황새[10]가 먼 곳에서 날아와 키르 가족에게 잘 생긴 아들을 한 명 더 가져다주었다. 부모와 형제들의 행복은 이루 말할 수가 없었다. 고민거리가 있다면 아들의 이름을 어떻게 지어야 좋을까 하는 것이었다. 재단사 키르는 파운베레 마을에서 불리는 흔한 이름은 아들의 이름으로 쓰기 적절치 않다고 생각했다. 그래서 한동안 별다른 이름도 없이 하느님의 선물, 혹은 셋째 양반으로 불렀다. 이 세상에 불리는 이름이 수없이 많으므로 언젠가는 셋째 아이에게도 적절한 이름이 생길 것이라 믿고 키르 씨 가족은 새로운 이름을 찾고 또 찾았다. 키르 씨는 벌써 사흘째나 고심하면서 아달베르트, 알브레히트, 아르베드, 브루노, 벤노, 베른하르드, 엘마르, 후고, 카스파르, 루드빅같이 다양한 이름을 명단에 올려놓고 들여다보았지만, 다들 어디선가 보았거나 들어본 이름들뿐이었다. 그러다가 키르 씨가 뭔가 좋은 이름이 떠올라 이야기하면 카타리나는 손사래를 쳤다.

"피, 헤인리히. 무슨 이름이 그래요?"

이렇게 이름을 고르는 작업이 얼마나 걸릴지 아무도 알 수 없었다. 마르틴, 마테우스, 나탄, 오스카르, 오스발드…. 이거 말고도 폰사, 톰미, 삼미, 피추 같은 개들에게나 붙일 만한 이름까지 나왔다.

---

9) 헤인리히 게오르크 아드니엘 키르
10) 붉은부리황새는 에스토니아인들에게 길조(吉鳥)로 알려진 새다. 주로 농가 가까이에 있는 전봇대나 나무에 둥지를 틀고 산다. 옛부터 아이가 출생 비밀을 물을 때에는 흔히들 "저기 있는 저 황새가 너를 물어다 주었지!"라고 했다.

키르 씨의 머릿속에는 언제나 이름을 찾아야 한다는 생각뿐이었다. 그래도 생각할 만한 이름은 이제 거의 동이 나버렸다. 그나마 꿈속에는 귓가에 아주 멋진 이름이 맴돌곤 하는데 애석하게도 잠에서 깨면 잊어버렸다. 이름을 찾는 것 때문에 시간이 얼마나 흘렀는지 몰랐다. 게다가 집안 식구들도 모두 달라붙어 이름을 찾는 일에 열중해야 했다. 학교에 다니는 빨간 머리의 하인리히 게오르그 아드니엘은 심지어 학교에서도 편안히 있지를 못했다. 아드니엘은 꽁지 빠진 닭처럼 여기저기 돌아다니면서 알 수 없는 소리를 연신 중얼거렸다. 때때로 친구 앞에 다가가서 많은 고민이 담긴 심각한 얼굴을 하고 이렇게 묻기도 했다.

"저기 있잖아. 사내아이에게 붙여줄 만한 좋은 이름 아는 거 없어?"

그러면 질문을 받은 아이는 자기가 알고 있는 가장 훌륭한 이름을 알려주었다. 그러나 아드니엘 키르는 고개를 젓고 뭔가를 중얼거리며 다른 친구 곁으로 가보지만 별수 없이 또 고개를 저으면서 나올 수밖에 없었다. 이제 학교 친구들에게는 거의 다 물어보았으나 아직 못 물어본 애들이 몇 명 있었다. 그들 중에는 요셉 토츠가 있었다. 키르는 그 애들에게서는 특별히 희망을 걸지 않았다. 그러나 나무 밑에 누워있는데 사과가 입으로 떨어진다거나 입을 벌린 고양이 입에 쥐가 일부러 들어가는 행운 같은 것이 있을지도 모르니, 그래도 한번 물어봐야 속이 시원할 것 같았다.

어느 날씨가 좋은 날 토츠는 안츠 비페르라는 이름의 새 친구와 이야기를 나누고 있었다. 그 친구는 일전에 키르가 선생님 방 대신 장로의 방을 안내했던 바로 그 아이였다. 그 애들이 대화를 나누면서 보이는 몸짓을 보니 뭔가 커다랗고 동그란 것에 대해 이야기하는 듯했다. 키르는 우울한 표정으로 두 명에게 그 뻔한 질문을 했다.

"혹시 사내아이한테 붙여줄 만한 멋있는 이름 좀 알려줘 봐."

언제나 친구의 부탁을 진정 있게 대하고 도와주려 하는 안츠 비페르는 자기가 좋아하는 이름이 무엇인지 잠시 생각하다가 말했다.

"사내애한테 멋있는 이름이라… 에스토니아 이름이어야겠지? 옛날 에스토니아 이름 중에 멋있는 게 많은데. 렘비트, 카우포, 밤볼라 같은 거."

헤인리히 게오르그 아드니엘 키르는 역시 손을 내젓고는 벽 쪽으로 몸을 돌려 나가려 했다.

"어떤 걸 바라는 건데?"

"그런 에스토니아 이름들 말고!"

긴 이름을 가진 키르가 대답했다. 키르는 동생 프리드리히 빅토르 오토마르가 태어났을 때 에스토니아 이름은 절대 안 된다고 펄펄 뛰시던 어머니 생각이 났다.

"에스토니아 이름이 싫으면 다른 이름을 고르면 되지."

비페르는 약간 토라진 얼굴로 입술을 조금 앙다물고 약간은 경멸하는 듯한 눈빛으로 대답했다.

"러시아나 독일식 이름을 지으면 되겠다. 원래 그런 식으로 이름을 지으면 안 되긴 하지만 사람마다 좋아하는 게 다 다르니까. 성경에도 좋은 이름 많으니까 갖다 써. 다윗, 골리앗, 아브라함, 이삭, 야곱, 요셉, 다니엘, 사무엘, 솔로몬, 바울…"

그의 태도에 기분이 나빠진 키르는 비페르하고는 이야기하지 않는 게 좋겠다고 생각했다. 토츠는 비페르 입에서 자기 이름 요셉이 나오자 귀가 솔깃했다. 키르는 토츠에게 그동안 일어났던 일들을 들려주었는데, 토츠는 그런 이름들이 왜 문제가 되는지 잘 이해하지 못하는 것 같았다. 어떤 상황에서도 큰 그림을 그리는 토츠는 그 질문을 받고 자신만 알고 있는 비밀이 있는 것처럼 말했다.

"나 좋은 이름을 하나 알고 있긴 한데 너한텐 안 알려줄 거야."

"왜 말 안 해주는데?"

"왜냐하면… 나중에 나한테 필요할지도 모르니까."

"그 이름을 네가 쓴다고? 아이구야. 네가 그 이름을 얻다 써. 얼른 말해 줘봐."

"안되니까 안 하는 거지. 이 이름은 아는 사람이 거의 없어. 아이에게 이 이름을 붙이게 되면 사람들이 듣고 '저 아이는 정말 훌륭한 사람이 되겠구나'라고 생각할 거야. 난 이름이 있으니까 새 이름을 쓰지 못하지만, 만약 이름을 바꿀 수 있다면 당장이라고 쓰고 싶어. 왜냐면 이 요셉이라는 이름이 맘에 안 들거든. 무슨 유대인 이름도 아니고. 근데 그 이름은 정말 훌륭해."

토츠는 이쯤에서 손가락을 쳐들고 반짝이는 눈으로 키르를 쳐다보았다. 마치 모든 사람들에게 행복의 문을 열어줄 열쇠라도 손에 쥐고 있는 듯했다. 키르의 호기심이 더욱 커졌다.

"얼른 말해줘 봐."

"아무리 졸라봐라. 내가 말해주나."

"왜 말 안 해주냐고."

"나중에 내가 쓸 거라고 했잖아. 키르, 생각해봐라. 나중에 내 아이에게 붙여준다고 준비한 이름인데 함부로 일러주면 되겠니, 안 되겠니?"

"네 아이한테 붙여준다고? 허, 참. 그게 언젠데?"

"언젠지는 모르지만 언젠가는 오겠지. 지금 너한테 이 이름을 알려주면 나중에 어떻게 생각해 내라는 거야. 그런 이름이 사과처럼 나무줄기에서 자라는 것도 아니고. 어디 나무 한번 흔들어 봐라, 이름이 우수수 떨어지나. 나 그 이름을 3년이나 생각해서 알아낸 거야. 그러니까 너도 그만한 시간이 필요할 거야."

"이름 말해주면 내가 사과 두 개 갖다 줄게."

"사과 두 개?"

"좋아. 세 개. 일 년에 사과 한 개씩."

"겨우 말라비틀어진 사과 세 개 받고 너한테 그 이름을 얘기해 주라고? 내가 정신이 나갔냐? 정말 듣고 싶으면 지금 당장 집에 가서 사과 여섯 개 가져와. 크고 예쁜 걸로. 그럼 한번 생각해 볼게."

"뭘 생각해 본다는 거야?"

"네가 가져온 사과가 이름값을 하는지 안 하는지 보겠다는 거지."

"얼른 집에 가서 사과나 가지고 와."

옛말에, 간절하면 소도 우물을 판다 했다. 키르는 소도 아니고 우물을 팔 필요도 없었지만, 시간이 좀 지나자 사과 여섯 알을 들고 나타나 토츠의 얼굴에 내밀었다. 토츠는 마치 사과 장수처럼 사과를 이리저리 살펴보더니 그중 반은 쓸모가 없다고 투덜댔다. 그런데도 그 안 좋다는 사과들부터 먼저 입에 넣기 시작한 토츠를 키르는 초조한 마음으로 바라보았다. 사과가 하나씩 하나씩 토츠의 입속으로 사라져 가는데도 불구하고 그는 원하는 이름을 말해주지 않았다.

"얼른 얘기해. 이름 얘기해 준댔잖아."

키르는 사정하면서 걸신들린 것처럼 여섯 번째 사과를 입에 넣고 있는 토츠의 손을 잡았다.

"네가 가져온 사과들이 전부 맘에 들었으면 벌써 말해줬지. 이렇게 메추리 알처럼 작은 것을 누가 먹냐?"

"우리 집에서 제일 좋은 걸 가져온 거야. 네가 말한 대로 정말 훌륭한 이름이어야 돼. 그럼 나중에 잔치에 오라고 할게."

"그래. 그렇다면 잔치에 기꺼이 가주지. 그런데 거기 가면 뭘 먹을 수 있는데? 편육도 있나?"

"물론 편육도 있지. 소시지랑 다른 음식도 많을 거야."

"건포도 박힌 빵도 만드나?"

"만들고말고."

"잘 들어."

토츠는 키르의 옷 단추를 잡고 말했다.

"건포도를 틈이 없이 빼곡하게 넣으시라고 그래. 안 그러면 다른 사람들이 먹기 전에 칼로 밑바닥을 다 파놓을 거니까. 어머니는 명절 때마다 나방이 파먹은 것처럼 건포도 빵이 왜 이렇게 구멍투성이냐고 그러는데, 나는 몰라. 건포도를 그렇게 많이 넣어놓지 않은 어머니 잘못이지."

"그래, 빵이 새까매지도록 건포도를 넣으시라고 그럴게. 그러니까 얼른 이름이나 이야기해줘."

"그래, 아무튼 너 약속 지켜라. 내가 두 개만 이야기해 줄게. 첫 번째 이름은 정말 정말 멋진 이름이고, 두 번째는 그것보다 더 좋은 이름이야. 원하면 두 개 다 가져가. 여기 부잣집에서도 이런 이름을 쓰는 사람들이 없어. 이리 가까이 와. 애들이 듣고 말하고 다닐라. 잘 들어봐."

토츠가 부엉이처럼 눈을 크게 뜨고 불안하게 주위를 둘러보며 말을 하니 대화는 조용히 속삭이는 것처럼 들렸다.

"자, 첫 번째 정말 정말 좋은 이름은 바로 콜룸부스[11]야."

"콜룸부스!"

"그리고 두 번째 이름은 바로 크리소스토무스."

---

11) 콜럼버스의 에스토니아식 표현

"크리소스토무스!"

"응."

첫 번째 이름은 키르도 들어본 이름이었고 그 이름의 주인공이 누구였고 무엇을 했는지도 잘 알고 있었다. 그런데 두 번째 이름은 정말 생소했다. 수업 시간 내내 그 이름을 기억하려고 했으나 마치 손가락 사이로 송사리가 빠져나가듯 금세 이름을 잊어버리고 말았다. 크리소스토무스, 크리소스토무스… 크리포스토수스… 크리포소수스, 크리포오오포숨… 크리… 크리… 크리… 히… 히… 히포포타무스! 키르는 이전에 살았던 위인들의 이름을 다 떠올려 보았으나 토츠가 말한 것이 그 이름이 아닌 것 같아 몹시 걱정되었다.

프테로탁틸리유스… 플레시오사우르스…. 이흐티오사우르스…. 사우르스… 사우르스…. 키르는 앉아있는 내내 뭔가 이해하지 못할 걱정으로 불이 꺼진 화로 앞에서 덜덜 떨고 있는 것처럼 안절부절못하고 있었다. 아이의 운명이 형이 전해다 주는 이름 때문에 바뀌기라도 할 것처럼 말이다. 수업이 끝나자마자 키르는 토츠에게 이름을 다시 말해달라고 부탁했다. 사실 토츠도 그 이름이 생각나지 않았다. 토츠는 앞이 캄캄해지는 것 같았다. 손톱을 물어뜯으며 여러 가지 단어를 떠올려 보았다. 크리스토흐부스, 크림프스토흐부스, 클림프스토스부스, 크이룩스토흐부스, 니육스피육스티육스프로흐부스….

"프로흐부스?"

놀란 키르가 몇 발짝 물러나면서 말했다.

"맞아. 내가 프로흐부스라고 말했잖아. 네가 기억을 못 하는 거지."

키르는 마침내 원래 이름을 생각해 내고 다시 헷갈리지 않도록 공책에 잘 적어놓았다. 그의 공책에는 이 복잡하고 헷갈리는 두 단어가 정말 소중한 물건이라도 되는 양 정성스럽게 붉은 연필로 적혀 있었다. 콜럼부스 크리소스토무스.

그날부터 키르와 토츠 사이에는 감동적인 우정이 싹텄고, 이는 다른 아이들에게 정말 낯선 광경이 아닐 수 없었다. 더 이해가 안 되는 것은 그 둘 사이에 어떤 일이 있었는지 아는 사람이 아무도 없다는 점이었다. 그들은 어디든 함께였고 마치 한집에 사는 애들처럼 언제나 같이 먹고 마신다는 소문도 돌았다.

키르가 집에서 매일 맛난 것을 가지고 와 토츠와 함께 나눠 먹고 둘이 정답게 이야기를 나눌 때마다 그들은 진정 행복하고 재미있어 보였다. 이런 모든 것이 갑자기 가능해진 것은 토츠가 발명해낸 이름이 키르의 부모님들도 무척 마음에 들어 엄청난 칭찬을 받았기 때문이었다. 다른 아이들도 평생 한 번 받기 힘든 칭찬이었다.

8

키우스나 마을과 파운베레 사이에는 숨시라는 이름의 농장이 있는데, 큰길에서 약 이백 발자국 걸으면 나무들과 덤불로 둘러싸인 집 한 채가 보였다. 이 집에는 재단사 키르가 가족들과 함께 살고 있으며, 때마침 그 집의 셋째 아이의 세례식이 열렸다. 멀리서도 이곳에 뭔가 특별한 일이 벌어진다는 소문이 나 있었다. 평상시라면 조용하기만 했을 이 마을에 남녀노소 가릴 것 없이 많은 사람들이 모였다. 안으로 들어서면 온 집안에 가득 들어찬 훈제된 돼지비계 냄새가 손님들을 맞았다. 김과 연기가 자욱한 부엌 조리대에서는 사람들이 분주하게 일을 하고 있었고, 여자들은 키르 부인이 성당의 신부라도 되는 양 시키는 대로 물을 끓이고 고기를 굽는 등 정신이 없었다.

이런 날 손님들은 으레 아이들을 같이 데리고 왔고, 아이들은 여기저기 다니면서 뱃속에 넣을 만한 것이 없는지 샅샅이 찾기 마련이었다. 다른 아이들과 놀도록 방으로 밀어 넣어도 금세 제 어머니 옆에 달라붙어서 떠나려고 하질 않았다. 혹시 따뜻한 사과 수프라도 한 방울 먹을 수 있지 않을까 바라기 때문이었다.

키르 역시 중요한 임무를 받았으니 손님들이 오면 잔치 분위기를 내기 위해서 축음기를 트는 것이었다. 그러나 평상시라면 말을 잘 들었을 키르는 오늘따라 조금 이상했다. 뭔가를 서두르는 것 같았다. 키르는 아침부터 잔칫집에 찾아온 토츠를 이 방에서 저 방으로 그리고 부엌으로 창고로 여기저기를 데리고 다니면서 종일 먹어도 부족함이 없을 정도로 꽉 찬 음식들을 보여주고 있었다. 둘은 거기서 쥐처럼 돌아다니면서 이것저것 맛을 보기에 바쁘지만, 정확히 뭘을 먹는지는 자기들도 몰랐다. 어떤 것들은 바로 주머니로 들어가기도 하고 어떤 것은 바로 입에 넣고 턱이 빠지도록 계속 질겅질겅 씹어대기도 했다. 둘은 세 번째 창고로 들어서서 병이 쌓여 있는 벽장 앞에 호기심 가득한 눈으로 멈춰 섰다. 천장 바로 밑에 맞닿은 높다란 장에는 다양한 물건들로 가득 차 있었다. 토츠는 목에서 꿀꺽 소리가 나도록 침을 한 번 삼키더니 물었다.

"왜 저것들은 저렇게 높이 올려둔 거야?"

"어, 왜냐면, 저건 함부로 만지면 안 되는 거라 그렇지."

"누가 만지면 안 되는데?"

"여기 오는 사람들이겠지. 말하자면 아이들. 만지면 깨질 수도 있잖아. 여기 진짜 비싼 병들도 많아. 1루블 75코펙이 넘는 것들도 많을걸. 저기 모래로 둘러싸인 것 같은 물건 보이지?"

"그래, 보인다, 보인다. 근데 왜?"

"저건 2루블짜리야. 저건 장로님이나 대부님이나 아니면 성당 땅 빌리는 사람들이나 장사하는 아저씨 같은 근사한 사람들만 마실 수 있어. 직물공장 아저씨들이나 재판장 관리인 같은 사람들은 고작 1루블 75코펙짜리나 마셔야 돼. 하얀 딱지에 금색으로 글자 써진 저거 보이지? 라티… 라티… 파츠, 어쩌고."

"저게 무슨 뜻인데? 라티파츠?"

"나도 몰라. 무슨 포도주 이름 아닐까?"

"아니야. 난 저 병 본 것 같아. 잠깐만 있어 봐. 저 병이 우리 집에도 있었어. 라티는 프랑스말로 '참말'이란 뜻이고 파츠는 '맛있다'는 뜻이야. 이 말은 진짜 맛있다는 뜻이지. 그거랑 똑같은 병이다. 이제야 저 병을 알아보다니…"

"히, 진짜 맛있는 거라고?"

"그럼, 1루블 75코펙짜리도 꽤 값이 나가는 거야. 그러니 맛이 있을 수밖에 없지. 내가 아는 병이랑 똑같다니깐. 나한테 좋은 생각이 하나 있다. 저기 금으로 글자 쓰여 있고 빨간 뚜껑이 씌워져 있는 저 병 보이지? 저것도 같은 병이야. 우리 귀여운 아드니엘, 저 벽에 가까이 놓여 있는 저 병들은 뭐냐? 딱지 진짜 예쁘다."

"저건 95코펙짜리야. 저건 우리 집 일꾼이랑 농장 사람들이랑 나눠 먹을 거야. 헤헤, 그런데 그 사람들이 뭘 알겠어. 달작지근하고 알딸딸한 것들은 다 좋은 줄 알고 먹을 거야."

"달작지근하고 알딸딸한 거라…"

토츠는 이렇게 말하면서 눈은 위쪽을 향했다. 토츠는 한 눈을 찡긋 감고 손톱을 씹으면서 다른 한 손으로는 편육이 들어 있는 그릇을 만지작거렸다.

"그런데 사람들은 저 위에서 저걸 어떻게 가져와?" 토츠가 물었다.

"사다리가 있잖아."

토츠는 창고 여기저기를 깡충깡충 뛰어다니면서 말했다.

"사다리! 그래, 사다리가 있었지. 사다리가 있으면 하늘나라 천장에서도 포도주를 꺼내올 수 있겠다. 그런데 사다리가 없으면 어떻게 꺼내?"

토츠는 키르가 뭔가 답변을 해주길 기다리고 있었지만, 키르는 뭔가 의심쩍은 미소를 짓고 딴짓만 하면서 아무런 대답을 하지 않았다. 다른 때라면 키르는 여기서는 절대 장난칠 생각 말라고 토츠와 말싸움을 할 텐데 지금은 벙어리처럼 말이 없었다. 도리어 이것이 켄터키 사자의 심경을 건드렸다.

"그래, 어디 보자." 토츠가 잠시 기다린 후 말을 이었다. "내가 사다리 안 타고 저거 가지고 내려올게. 딱 하나만."

토츠는 안달이 난 표정을 지으며 눈은 돼지기름에 발린 것처럼 반짝반짝 빛났고 입에는 침까지 고였다. 그래도 키르가 대답이 없자 친구의 손을 잡고 뭔가를 속삭였다. 이야기하는 동안 오른쪽 눈은 친구의 눈처럼 흰 옷깃을 바라보았고 왼쪽 눈으로는 아주 주의 깊게 창고의 높이와 천장 바로 밑에 맞닿은 벽장의 크기를 재고 있었다. 키르는 처음에 친구의 말을 웃음을 띠고 끝까지 듣다가 머리를 어깨 위로 빼고 고개를 저으면서 말했다.

"그러면 안 돼!"

몇 분이 지나자 토츠는 마치 나무를 쪼고 있는 딱다구리처럼 벽장 옆에 딱 붙어서 맨 아래 칸에 발을 얹고 위로 올라가기 시작했다. 키르는 바로 밑에 서서 벽장 위로 올라가는 토츠가 조금이라도 편할 수 있도록 그릇과 잔들을 치웠다. 만약 그렇지 않으면 당장이라도 그릇을 깨뜨릴 것만 같았다.

키르는 조바심이 났다. 우선 지금 토츠가 하는 일이 엄청나게 위험한 일이기도 하지만, 키르는 착한 아이라서 부모님이 하지 말라고 하는 것은 무슨 일이 있어도 하지 않기 때문이었다. 키르는 지금 세 가지 이유 때문에 난관에 봉착해 있었다. 첫째는 토츠가 다른 사람을 설득할 때 쓰는 유창한 언변에 속아 넘어갔다는 것, 두 번째로는 지금 상황에서 토츠는 어떤 장난이라도 칠 준비가 되어있다는 것, 그리고 세 번째로는 그 병이 너무 높이 있어서 친구가 아무리 손을 뻗어도 닿지 않는다는 것이었다. 토츠는 몽유병 환자처럼 팔을 내저으며 제일 가까이 있는 병으로 손을 뻗어보려고 했다.

"그거 아니야!"

아래에서 키르가 소리쳤다. 지금 토츠는 장로와 대부들이 먹어야 할 2루블짜리 병에 손을 대려 하고 있었다. 토츠는 다른 병을 손으로 짚었다.

"그것도 아니야!" 키르가 다시 소리를 질렀다.

"그건 1루블 75코펙짜리라고! 저기 제일 끝에 벽 쪽으로 붙은 걸 꺼내!"

벽 쪽으로 붙은 것을 꺼내려면 힘을 더 줘야 했다. 토츠는 발끝으로 서서 몸을 이리저리 움직이면서 제대로 서서는 보이지 않는 벽 쪽을 손으로 더듬거렸다. 일은 말처럼 잘 되지 않았다. 손가락 끝이 병에 닿을락 말락한 것이 느껴졌다. 조금만 더 하면 병을 손으로 집어 꺼낼 수 있을 것 같았다. 그런데 등줄기로는 경련이 오는 것 같았고 오른쪽 다리에는 쥐가 나는 것 같았다.

"이런 젠장. 등뼈가 쪼개지려나 봐."

위에서 곤경에 빠진 듯한 목소리가 울려 나왔다.

"이제 내려와!" 키르가 소리쳤다. "그러다가 네 몸 두 동강이 날라!"

키르에겐 지금 사람 몸이 갈라지는 이상한 생각이 떠올랐다.

"잠깐만, 잠깐만 기다려 봐." 토츠가 외쳤다.

"다시 해볼게. 네가 아래서 오른쪽 다리를 좀 주물러봐. 그러면 쥐가 나는 게 좀 좋아질 거야."

아무리 구슬러도 안 내려올 것이 뻔하다 여긴 키르는 어쩔 수 없이 토츠의 다리를 주무르기 시작했다.

"야, 간질이지는 말고."

조용한 창고 안에서 낄낄대는 토츠의 웃음소리가 새어 나왔다.

"그럼 나한테 어쩌라고!"

"잠깐만 있어 봐."

토츠는 마지막이라는 심정으로 병 쪽으로 손을 더 뻗고는 펄쩍 뛰었다. 벽장 안에는 그릇과 접시들이 쟁그렁거렸고, 창고 전체가 움직이는 듯하면서 천장의 석회 반죽 조각들까지 우수수 떨어졌다. 동시에 토츠도 떨어졌다. 떨어진 충격은 아주 컸다. 잔 몇 개가 그를 맞이하는 양 몸에 떨어졌고 쥐덫도 마치 기다리고 있었다는 듯이 큰 소리를 내며 입을 닫았다. 토츠는 그냥 자신의 몸만 떨어진 것이 아니라 천만다행이라고 생각했다. 토츠가 똑바로 일어섰을 때 왼쪽 발은 편육 그릇에 박혀있었고, 쥐가 날 것 같던 다리가 키르의 주머니를 스치고 지나가자 한쪽 주머니가 드드득 틀어졌고, 한쪽마저도 금방 떨어질듯 덜렁거리고 있었다.

"와, 이것 봐. 내가 꺼냈지!"

토츠는 95코펙 짜리 포도주병을 손으로 들고 이리저리 돌리면서 자랑을 시작했다.

"자, 이제 창고에서 빨리 나가자."

그들은 재빨리 창고를 빠져나갔다. 토츠는 다리의 중심을 잃고 어쩔 수 없이 키르의 티눈을 또 밟고 말았다. 그런 와중에 고양이를 밟은 키르는 다리를 활처럼 접고 휘저었다.

"망할 놈의 고양이."

토츠는 일부러 키르가 안쓰러운 듯 입을 열었다. 그러더니 옷 깊은 곳에서 병을 꺼냈다. 잠시 후 그들은 밖으로 나와 집 뒤로 갔다. 거기서 주위를 살피며 서로를 쳐다보았다. 토츠는 술병을 이리저리 돌려보고 흔들어도 보고 햇볕에 비춰보기도 했다.

"와. 이 포도주 진짜 좋은 거네. 이거 봐. 정말 맑잖아. 나스토야치 루스코예[12]..."

모퉁이 뒤에서 갑자기 우당탕 소리가 났다. 아마 지붕 위에 있던 눈덩이나 고드름이 녹아서 땅으로 떨어지는 모양이었다. 둘은 더 용감해졌다. 키르는 주위를 살피고는 병 속에 들어 있는 술에 대해 호기심을 느꼈다. 병마개 따는 일이 전문인 토츠는 어떤 일이 벌어져도 해치울 준비가 되어 있었다. 토츠가 하는 일을 가만히 들여다보던 키르는 등을 펴고 일어나 그 병따개는 어디서 구해온 거냐고 물었다. 평상시라면 이런 질문에 길고 장황한 답변을 늘어놓을 켄터키의 사자이지만 지금은 그 질문에 답변할 시간이 없었다. 토츠는 혀로 슬쩍 술을 맛보고 혀를 쩝쩝거리더니 고개를 흔들고 꽤 복잡한 생각이 담긴 눈빛으로 친구를 바라보았다. 그는 병을 다시 입으로 가져가 서두르지 않고 천천히 마셨다. 병에 담긴 것이 목을 타고 내려갈 때마다 꿀떡꿀떡 소리를 내며 목젖이 위아래로 움직였다. 병을 이어받은 키르도 조금씩 맛을 보았다. 토츠와 키르 사

---

12) '진정한 러시아'라는 의미의 러시아어

이에 술병이 몇 번이나 더 왔다 갔다 했다. 그러고는 잠시 눈 위에 주저앉더니 둘은 끝내 서로 등을 대고 누워버렸다.

9

키르의 아버지는 가지고 있는 전축 음반을 손님들에게 다 틀어주었고 어떤 곡은 심지어 두세 번 연달아 틀었다. 그는 마치 왕이나 되는 것처럼 사람들 사이에 서서 이 신기한 물건을 돌리고 바늘을 바꾸고 판을 갈면서 지금 무엇을 하는 것인지 설명을 하느라 바빴다. 사람들은 그 주변에 모여 조용히 음악을 들었고, 어떤 이들은 저 상자 안에 작은 사람들이 들어앉아 있어 그런 소리를 내고 있는 게 아니냐고 말하기도 했다.

마침내 정해진 시간이 찾아왔고 장로가 잔치 자리에 앉았다. 키르의 아버지는 높은 부류의 손님들에게만 고개 숙여 인사하고 제일 큰방으로 안내했는데, 그 손님들 가운데는 양모공장 사장과 성당 토지 임차인도 포함되어 있었다. 제일 큰 그 방에서 세례식 준비를 했다. 앞방 창문가에는 키르 씨의 조수, 제빵사, 법원 관리인, 휴가 나온 군인들이 자리를 잡고 있었고, 동네 농부들은 다른 쪽 창문가에 앉아서 연이은 기상 악화와 갈수록 올라가는 일꾼들의 품삯에 대해 불평을 했다. 여자들은 부엌에서 일을 돕거나 세례를 받을 아이가 누워있는 방에 들어가 집안 부인에게 뭐라도 도움이 될 일을 찾고 있었다. 어딘가에서 아이의 울음소리가 들리자 누군가 다정한 소리로 달랬다.

"아이구, 아이구 이 귀여운 것, 누가 그랬어. 이제 뚝!"

신부가 등장하자 사람들이 더 분주히 움직였다. 여자들은 조금 떨어져서 세례식을 구경했다. 시끄럽던 목소리는 수그러들었고 사람들은 발끝으로 걸었다. 양쪽 문으로는 흥겨운 잔치 분위기에 취한 얼굴들이 나타나고 큰 방으로는 사람들이 모여들었다. 키르 씨는 자리에서 일어나 의미 없이 받아치며 이어가던 대화를 서둘러 끝내고 멋진 콧수염을 어루만지더니, 장로에게 다가가 고개 숙여 인사하고 약간은 억지 웃음 같은 미소를 띠며 말을 시작했다.

"자, 그럼, 이제 시작할까요?"

그러자 장로가 일어나 자기가 맡은 일을 수행하려 했다. 오늘 잔치의 주인공인 아이를 품에 안기 전 장로는 키르 씨 옆에 다가가 아이 이름을 물었다.

"네, 아이 이름은요?"

키르 씨가 대답했다. 그는 주머니에서 잘 접힌 종이 한 장을 꺼내서 멋쩍은 웃음을 지으며 말했다.

"콜룸부스 크리소스토무스입니다."

"네? 콜룸… 크리 뭐라구요?"

장로는 다시 물었다. 그러면서 아이 아빠의 입에서 나오는 소리를 더 잘 듣고자 하는 심정으로 손을 귀 옆에 갖다 대었다.

"콜룸부스 크리소스토무스입니다."

키르 씨는 이전보다는 조금 더 자연스럽게 대답한 후 장로를 똑바로 쳐다보았다.

"아, 그래요? 콜룸부스 크리소스토무스라고요. 이제 알겠네요. 그런데 있잖습니까. 콜룸부스는 주로 성에 쓰이지 세례명으로는 잘 안 쓰거든요. 게다가 크리소스토무스는 좀 오래된 이름인 것 같은데, 참으로 낯설군요. 아마 지금은 쓰이지 않는 이름인 것 같은데, 다른 이름을 고르시지 그러셨어요. 여기에서는 아무도 안 쓰는 이름인데다 쓸 만한 이름인지도 잘 모르겠군요. 아내분과 상의는 해보셨나요? 부인은 다른 이름을 염두에 두고 계실지도 모르는데…"

키르 씨는 장로의 말을 듣고 얼굴이 창백해졌다. 무언가 말을 해보려 했지만 잘 안 되는 것 같았다. 입술을 끔벅끔벅하는데 소리가 제대로 나오지는 않았다.

"그렇습니까? 쓸 만한 이름이 아닌 것 같다고요? 아 그렇군요. 알겠습니다."

키르 씨는 장로에게 꾸벅 숙여 인사를 하고 문 쪽을 향해 잠시 물러섰다. 문가에는 아기 어머니와 대부들, 그리고 잔치에 특별히 초대받은 손님들이 둥글게 서 있었다. 키르 씨는 그쪽을 향해 서서 아이를 데리고 방으로 다시 돌아가라는 신호를 주었다.

사람들은 아이 방으로 다시 돌아갔다. 부인 곁으로 다가간 키르 씨는 다른 사람들은 모두 나가라는 신호로 손을 휘저으면서 부인에게 지금까지 있었던 이야기를 전해주었다. 부인은 놀라서 입을 손으로 틀어막았다. 세례식을 시작하기 바로 전에 새 이름을 구하라니. 이건 있을 수 없는 일이었다.

그는 도시에서 온 이모 두 분을 빼고는 모두 나가라고 부탁했다. 이름을 짓는 과정에서 생긴 문제를 당장 해결해야 했다. 문이 닫히고 사람들이 머리를 맞대고 이름을 짓기 위해 열띤 토론을 벌였다. 도시에 사는 이모님들은 자기들의 입맛대로 여러 가지 단어를 섞어가면서 이름을 지었다. 그러나 좋은 이름이 언뜻 떠오르지 않자 남을 탓해가며 언성을 높이고는 화를 내며 밖으로 나갔다. 오랫동안의 토론 끝에 뭔가 합의에 이르자 세례식이 다시 열렸다.

10

방 뒤편에서는 깊은 평화가 감돌고 있었다. 포도주 한 병을 다 들이킨 친구들은 순결한 천사처럼 쌔근쌔근 잠을 자고 있었다. 토츠는 머리를 친구의 어깨 위에 얹고, 왼팔로는 친구의 목을 감싸고, 오른손으로 거머 쥔 병은 무릎 위에 올려놓았다. 그들은 마치 먼 이방에서 집으로 돌아오 는 길에 잠시 나무 그늘에서 잠을 청하고 있는 피곤한 나그네 같았다.

토츠는 꿈을 꾸고 있었다. 그는 넓은 밭에서 돼지를 쫓고 있었다. 하늘 의 햇볕이 너무 따가워 머리도 아프고 땀이 쏟아져 눈도 쓰라렸다. 종달 새가 지저귀고 밀밭은 조용히 물결쳤다. 사위는 아주 조용했다. 멀리 목 초지에서 이따금 목동들이 외치는 소리와 소들의 울음소리, 개 짖는 소 리가 들릴 뿐이었다.

돼지 프푸가 눈에 들어왔다. 그놈은 무척 뚱뚱하기도 하지만 항상 밀 밭에서 코를 박고 다녔다. 토츠가 채찍을 손에 들고 공중에 휘두르자 프 푸는 마치 '지금 뭘 하려고 하는 거냐'고 묻는 듯 이상한 눈으로 쳐다보 았다. 토츠는 프푸가 바라보는 눈빛이 마음에 걸렸다. 세상에서 제일 바 보 같은 동물인 돼지 따위에게 저런 눈빛이 있다는 건 말이 안 되었다. 오늘은 프푸를 때리는 것은 아닌 것 같아 가만히 손을 내렸다.

토츠는 축 매달린 뱃살을 저으며 먹을 만한 풀과 뿌리를 찾아 돌아다 니고 있는 암돼지 웃수에게 다가갔다. 웃수는 토츠보다도 나이를 더 먹 었다. 그놈은 토츠가 거미줄을 무서워하던 꼬마 때부터 같이 다니던 친 구 같은 동물이었다. 암돼지 웃수는 토츠를 똑바로 바라보며 웃었다.

'오늘 진짜 웬일이야' 토츠가 생각했다.

두려움에 사로잡힌 토츠는 도망치기 시작했다. 그러나 아무리 발을 굴러도 한 발자국도 앞으로 움직일 수가 없었다. 거무튀튀한 눈과 발을 휘어잡는 진흙 때문에 앞으로 나아가기가 몹시 힘들었다. 심지어 다리에서 온통 힘이 빠져나가는 듯한 생각마저 들었다.

어디선가 노랫소리가 들렸다. 작다가 커지다가를 반복했다. 마치 소방관 오케스트라가 방에서 연주하는 것 같았다. 노래 가사가 가까이서 아주 명확하게 들렸다. 토츠는 놀란 눈으로 주위를 살펴보았다. 그런데 지금까지 보고 들은 것은 모두 꿈이었음을 알아차렸다. 노랫소리는 여전했다. 대체 누가 노래를 하는 거지? 그리고 나는 지금 어디에 있는 거야? 토츠는 놀란 눈길로 키르를 보았다. 아, 그래, 오늘이 키르 동생의 세례식 날이었지? 그런데… 술병이 여기 왜? 이런 젠장, 여기서 잠이 든 거야? 토츠는 천천히 몸을 일으켜서 얼굴을 문지르고 헝클어진 머리를 손바닥으로 몇 번 만져서 단장하더니 뭔가 생각에 잠긴 채 키르를 바라보았다.

"키르, 얼른 일어나! 벌써 찬송가를 부르기 시작했어. 빨랑 가야 돼."

그러나 키르는 숨을 한 번 깊이 쉬고 일어나 뭔가 이해 못할 단어를 내뱉더니 금세 코를 골고 잠을 잤다. 토츠가 아무리 키르를 깨우려고 해도 도무지 일어날 생각을 하지 않았다.

'대체 술을 얼마나 먹었다고 이렇게 정신을 놓고 있어.' 토츠는 땅에서 포도주병을 집어 들고 이리저리 둘러보고는 땅에 내려놓았다.

'진짜 웃기는군.' 토츠는 혼자 생각했다. '이 나스토야치 루스코예가 95코펙, 라티파르스는 1루블 75코펙이라고? 대체 뭔 차이야. 이렇게 혼자 중얼거리고 난 후 주변에 떨어진 물건들을 한 번 살펴보고 코를 실룩였다. 그러더니 자고 있는 친구를 향해 의미심장하게 고개를 끄덕이고는 일어나서 방 뒤쪽으로 나갔다.

토츠는 문가에서 잠시 망설이다가 앞방을 통해 부엌으로 기어들어가 무슨 소리가 나는지 살폈다. 부엌은 쥐죽은 듯 고요했다. 사람들은 숨도 내쉬지 않고 노래도 부르지 않았다. 누가 방문을 삐걱 하고 열기만 하면 모든 사람들이 다 듣게 될 것 같았다. 토츠는 발끝으로 서서 조용히 방으로 들어갔다. 벽난로 옆에 가만히 서서 다시 주변에서 나는 소리를 가만히 들었다. 귓가에 이런 대화가 들려왔다.

"주님의 아들 브루노 벤노 베른하르드에게 세례를 주노라."

프루노 펜노 페르하르트? 이게 대체 뭔 말이야. 놀란 토츠는 방안 여기저기를 불안하게 다녔다. 콜룸부스 크리소스토무스는 어쩌구? 토츠는 문가에 가서 다시 귀를 댔다. 지금 문 뒤에서는 사람들이 뭔가 이야기를 하고 있는데 아이 이름이 바뀌었다는 말은 아무도 하지 않았다. 말도 안 돼. 이런 법은 없어. 크리소스토무스 말고 다른 아이가 한 명 더 있는 게 틀림없어. 그런데 가슴속으로 뭔가 안 좋은 생각이 스쳐 지나갔다. 페르하르트든 뭐든 좋을 대로 지으라고 해. 그렇지만 나도 이런 잔치에서 가만히 있을 수는 없지. 토츠는 고개를 숙이고 살금살금 나가며 집안을 한번 둘러보았다. 그의 눈길이 축음기에 머물렀다. 가슴속에서 터져 나오는 장난기를 잠시 누르고 축음기를 켜는 것과 말을 타는 것이 어떻게 다른지 생각했다. 그런 생각이 왜 들었는지는 몰랐다. 말은 타고만 있으면 그냥 앞으로 나가기 마련이고, 축음기도 틀어두기만 하면 그냥…. 요셉 토츠 안에는 선과 악이 싸우고 있었다. 그러나 언제나 그렇듯 악이 이겼다. 축음기의 정신없는 음악이 성스러운 정적을 깨뜨리며 보이지 않는 합창단이 열정과 정성을 담아 노래를 불렀다.

"사아안으로 올라가가세……."

세례식에 참석한 손님들이 놀란 표정으로 서로를 바라보았다. 장로도 잠시 할 말을 잃고 서 있었다. 처음에는 이 소리가 어디에서 나는지 무슨 노래인지 이해를 하지 못했으나 키르의 아버지가 복잡한 심경으로 앞방의 문을 열고 들어가서 이 불행을 자초하는 음악이 어디서 흘러나오는지 확인했다. 시끄러운 소리가 또 울려 나왔다. 키르 씨는 재빨리 손잡이를 돌려 축음기를 껐다.

토츠는 문가에 서서 손톱을 뜯으며 재단사 아저씨가 하는 일을 살펴보았다. 재단사가 흥분된 표정으로 토츠를 향해 몇 걸음을 내딛자 토츠는 잔치의 주인이 몹시 화가 나 있음을 깨닫고 토끼처럼 자리를 빠져나갔다. 그 집에서 한참을 도망 나온 토츠가 돌아보니 재단사 아저씨가 주먹을 내보이며 토츠에게 겁을 주고 있었다.

||

그날 저녁, 그 난리가 났던 비슷한 시간에 교실 안에서는 애들 두 명이 싸우고 있었다. 점심을 먹은 아르노는 아이들이 학교에 얼마나 많이 왔는지 보려고 학교로 갔다. 기숙방에 유리 쿠슬랍 말고는 아무도 없었다. 기숙방 침대에 앉은 쿠슬랍은 등을 문 쪽으로 돌리고 웅크리고 앉아서 뭔가를 쓰거나 읽는 것 같았다.

"안녕!" 아르노가 안으로 들어가며 말했다.

"안녕!"

쿠슬랍은 들릴락 말락한 소리로 대답하더니 문 쪽을 향해 한 번 쓱 쳐다보고는 다시 하던 일로 돌아갔다. 쿠슬랍은 산수를 하고 있었다. 그의 무릎 위에는 귀퉁이가 여러 군데 부서진 크고 파란 석판이 놓여있었다.

"여기서 뭐 해?" 아르노가 가까이 다가가면 물었다.

"내일 숙제, 산수."

"혼자 있어?"

"아니. 이멜릭은 가게 갔어."

"산수는 잘 돼?"

"아니."

"잘 안 돼? 문제가 뭔데? 나도 아직 못 보긴 했는데 어려운 문제가 뭐야?"

쿠슬랍은 코를 한번 씰룩이고 한숨을 쉬더니 석판을 옆에 내려놓고 산수책을 손에 들었다.

"이거 뭔 말인지 해석 좀 해 줘."

그렇게 말하고는 문제에 손가락을 짚었다. 아르노는 그 문제를 에스토니아어로 해석을 해주고는 잠시 생각에 잠겼다. 러시아어를 잘 모르니 이런 작은 일에도 해석을 부탁해야 한다는 게 참 안쓰러웠다.

"아, 그렇구나."

쿠슬랍은 석판을 다시 손에 쥐고 말했다. 거기에 있던 숫자들을 모두 지우고 숫자 하나하나를 손으로 짚어가면서 계산하기 시작했다. 쿠슬랍의 가느다란 손가락 사이에 끼워진 짧게 닳아버린 백묵은 석판에 닿을 때마다 끼익 소리가 났고, 아르노를 소름 돋게 했다.

"이리 줘봐. 내가 도와줄게."

아르노는 쿠슬랍이 석판을 자기에게 주길 바라며 가장자리를 잡았다. 쿠슬랍은 딱히 싫어하지는 않았으나 친구가 하는 말은 별로 귀담아듣지 않고 한 손으로 계산을 이어갔다. 아르노가 석판을 거의 자기 쪽으로 잡아끌자 쿠슬랍은 계산이 잘못된 것을 깨닫고 다시 석판을 억지로 뺏어다가 자기 무릎에 올려놓았다.

"싫으면 말어." 뿌루퉁해진 아르노가 대답했다. "너 혼자 하든지."

그러고는 교실에 가서 창밖으로 강 쪽을 바라보았다. 여전히 겨울이었다. 아직 강도 눈에 들어오지 않았다. 강변의 나무들과 우거진 수풀만이 물이 어디에서 흐르고 땅이 어디 있는지 말해줄 뿐이었다. 저 멀리 갈대밭 쪽 그러니까 지난 가을에 텔레와 아르노가 빠졌던 얼음이 얼마나 두꺼울지 궁금했다. 가을에는 보이던 풍경들이 한겨울에는 안 보인다는 것이 참으로 이상했다.

아르노는 창문을 열고 가슴을 창가에 기댔다. 봄을 알리는 소식은 항상 강물 밑에서 나오곤 했다. 봄은 항상 강물 밑에서 시작해서 따사로운 햇살을 가져다주었다. 벌써 봄의 향기가 느껴지는 것 같았다. 아르노는 코를 크게 벌리고 냄새를 맡아보았으나 아주 조금만 그 향기가 느껴질 뿐이었다. 아르노는 다시 창문을 닫고 기숙방 안으로 들어갔다. 그곳에서는 여전히 쿠슬랍이 산수책을 옆에 놓고 돌이 된 듯 꿈적도 하지 않고 숙제를 하고 있었다.

"아직도 하는 거야?"

아르노는 그렇게 물은 후 대답을 듣지도 않고 옆에 있는 석판을 아무거나 손에 들고 쿠슬랍 옆에 앉아 산수를 하기 시작했다. 한참 동안 기숙방 안에서는 석판에 슥슥 글씨를 쓰는 소리 외에 아무런 소리도 들리지 않았다. 쿠슬랍은 고개를 들고 친구를 쳐다보았다. 그의 창백한 얼굴엔 뭔가 알 수 없는 미소를 짓는 표정이 스쳤다.

"뭘 보는 거야!" 옆 친구가 자기를 쳐다보는 것을 느낀 아르노가 말했다. "난 이제 거의 다했는데 넌 30분 동안 했는데도 전혀 한 게 없잖아."

"하든지 말든지."

"나 곧 다 끝낸다. 한번 봐라."

다시 정적이 흘렀다. 쿠슬랍은 그 사이에 단 한 자도 쓰지 못했다. 석판

모서리에 적힌 숫자 몇 개가 전부였고 눈을 찡그리고 백묵 끄트머리만 만지작거리다가 뭔가 생각이 난 듯 앞을 쳐다보기도 했다. 아르노는 열심히 숙제에 집중했다. 아르노는 무엇 때문인지 얼굴이 빨개지도록 열을 내면서 모든 문제를 억지로 풀려고 했다. 쿠슬랍이 아르노에게 물었다.

"다 했어?"

"곧 다 될 거야. 내 걱정은 하지 마. 내가 어떻게 문제를 푸는지 잠자코 보고만 있어."

아르노가 짜증이 난 투로 말했다.

"난 다 됐는데."

"한번 보여줘 봐."

아르노는 못 믿겠다는 표정으로 쿠슬랍의 석판을 바라보았다. 석판 위에는 산수를 푼 흔적이 전혀 보이지 않았다. 쿠슬랍이 말했다.

"여기에는 아직 하나도 푼 게 없지만 이제 어떻게 하는지 알겠어."

두 경쟁자는 다시 석판에 코를 가까이 대고 산수를 풀어나갔다. 그러나 아르노는 쿠슬랍의 몸에서 풍기는 연기 섞인 냄새가 계속 신경 쓰였다. 아르노는 쿠슬랍을 이기고 싶었고 얼른 빨리 숙제를 풀고 싶었다. 꼭 그래야만 했다. 그래서 아르노는 곁눈질로 쿠슬랍이 하는것을 보면서 풀었다. 왠지 이 문제는 함정 투성이인 것 같았다. 맞다고 생각한 셈이 잘못되어 석판을 싹싹 지우고 다시 문제를 풀었다. 일단 무엇보다 쿠슬랍보다는 빨리 풀어야 한다. 쿠슬랍은 눈에 보이지 않는 수호천사의 도움을 받는지 문제를 슥슥 풀어나갔다.

"다 했다!"

아르노는 그 친구를 때려주고 싶은 정도로 화가 났다. 잠시 후 아르노도 말했다.

"나도 다 했어. 봐라."

아르노의 석판을 본 쿠슬랍은 고개를 끄덕이더니 말했다.

"그 한 문제 때문에 고생했군, 나도 그 문제 아니었으면 진작에 다 풀었을 거야."

아르노는 더 이상 산수 따위에 대해서 이야기할 기분이 들지 않았다.

"너 사는 집에 굴뚝 있어?"

쿠슬랍을 아르노를 한참을 바라보더니 죄를 지은 듯한 목소리로 말을 했다.

"없는데."

"그래서 네 옷에서 연기 냄새가 그렇게 많이 나는 거야."

쿠슬랍은 답이 없었다. 아마 그런 질문쯤이야 아랑곳하지 않는 듯했다. 갑자기 아르노는 쿠슬랍의 손목을 잡더니 세게 비틀었다. 쿠슬랍은 아픔을 참지 못하고 소리를 질렀다.

"너 산수 문제 푼 거 이멜릭한테 절대 말하면 안 돼!" 아르노가 말했다. "네가 푼 문제도 이멜릭한테 절대 보여주지 마."

"도대체 왜 그러는데."

"그냥 우리는 아무 숙제도 안 한 거야. 그러니까 보여주면 안 돼, 보여 줄 거야, 말 거야?"

대답 대신 쿠슬랍은 얼굴을 찌푸리고 손을 빼내려고 안간힘을 썼다.

"이멜릭한테 오늘 산수 문제 푼 얘기를 하지 말라고!"

아르노는 다시 한 번 힘주어 말하고 안 그래도 연약한 쿠슬랍의 손목을 더 세게 잡았다.

"그러면 안 돼. 네가 산수 문제를 보여주면 이멜릭 녀석이 네 걸 베껴 쓸 거잖아. 그럼, 정말 너 때려줄 거야. 학교 선생님한테도 이를 거야. 그럼 아마 넌 학교에서 당장 쫓겨날걸? 그러니까 걔한테 절대 보여주지 말라고. 만약 혼자 못 풀겠으면 그냥 하지 말라고 해. 네가 왜 신경을 써. 보여줄 거야?"

"보여줄 거야."

"보여준다고? 왜 보여주는 건데? 보여주면 안 된다니까. 만약 보여줄 거면 내가 여기서 너 패줄 거야. 진짜 팬다!"

아르노는 흥분해 있었다. 쿠슬랍은 손목을 빼고 고양이처럼 눈을 질끈 감았다. 아르노가 흥분하는 데는 중요한 이유가 있었다. 쿠슬랍이 이멜릭의 학교 수업을 도와주면 쿠슬랍은 앞으로 그에게 밥하는 일, 심부름하는 일, 빨래하는 일 등 그가 시키는 것은 다 하는 하인이 될 것 같았기 때문이었다. 아르노가 살아오면서 이토록 친구에게 겁을 준 것은 처음이었다.

12

현관으로 누가 들어왔다. 그는 발을 바닥에 탕탕 쳐서 신발에 묻은 눈을 떨어냈다. 기숙방 안으로 들어온 사람은 이멜릭이었다. 주변의 세계와 자기 자신에 대해서 언제나 만족하는 이멜릭은 모든 물건들이 완벽히 제자리에 있는 것을 보고 웃음을 띠며 조용히 뒷자리에 가 앉았다.

"너 있잖아." 아르노가 말했다. "쿠슬랍이 너 때문에 불만이 많아. 나도 쿠슬랍 편이야."

쿠슬랍은 아무것도 불만이 없었다. 쿠슬랍은 구석에서 고슴도치처럼 꼼짝없이 아무 말도 않고 서 있었다. 정말로 쿠슬랍은 그 누구에 대해서도 불평할 마음이 없었다. 쿠슬랍은 다른 아이들에게 놀림을 받고 사는 것에 웬만큼 적응되어 있었다. 남의 집에 딸린 작은 오두막에서 태어난 쿠슬랍은 갑자기 부잣집 아이들과 함께 있게 되어 지금껏 한 번도 경험하지 못한 것들을 보고 듣는 것이었다. 쿠슬랍은 요구할 수 있는 권리가 전혀 없었다. 다른 아이들이 괴롭히는 것을 참고 지내야 할지라도 이렇게 학교에서 공부할 수 있는 것은 그에게는 크나큰 축복이었다.

"아르노, 너도 여기 와 있었구나."

이멜릭은 손을 내밀며 악수를 청했다. 아르노는 숙제 공책을 펼쳐보는 척하면서 이멜릭 쪽으로는 눈길을 주지 않았다. 이멜릭은 주머니 안을 뒤적뒤적했다.

"조금 전에 가게 가서 과자도 사고 꿀차도 마셨어. 자, 가져가."

이멜릭은 아르노 쪽을 향해 침대에 과자 몇 개를 던져주고는 쿠슬랍 쪽으로 몸을 돌렸다.

"야, 귀뚜라미. 넌 왜 구석에 숨어 있어? 토츠도 없는데 누가 너한테 대포라도 쏘려고 한 거야? 나와, 얼른. 이거 먹자."

이멜릭은 주머니에서 과자를 꺼내어 쿠슬랍의 손에 들려주었다.

"이리 나오라니까. 네가 무슨 고슴도치도 아니고. 고슴도치나 낮에 구석에 있다가 밤이 되면 여기저기 돌아다니는 거지."

그리고 이멜릭은 러시아어로 말했다.

"너는 파운베레 학교 학생이란 말이야."

그러고 나서 다시 에스토니아어로 말을 이었다.

"아르노랑 싸운 거야? 아르노 너 얼굴이 되게 화난 것 같아. 그런데 니네 둘 다 얼굴 진짜 웃긴다. 니네들 싸운 거 맞지? 왜 싸운 거야? 싸웠으면 싸운 거고, 이제는 화해하고 이거나 먹자. 토츠가 없어서 아쉽다. 인디언들은 이럴 때 어떻게 하는지 물어볼 수 있을 텐데. 걔가 아는 거라곤 인디언들에 관한 거랑 그냥 장난치는 거랑 무서운 이야기밖에 없잖아. 토츠 그 자식 어제도 이상한 짐승 뼈다귀 가지고 와서 사람 등뼈라고 거짓말을 해댔어. 내가, '이게 무슨 사람 등뼈야, 동물 뼈잖아.' 하고 되물었지. 그런데 이러는 거야. '너 진짜 모르는구나. 이건 동물 뼈가 아니라 사람 등뼈라구.' 그걸 자기한테서 사서 다음 달 첫째 목요일 밤 열두 시에 우리 동네에서 루디베레 가는 사거리에 묻어보라는 거야. 그럼 길 양쪽에서 피거품이 솟아나면서 '내 뼈 내놔, 내 뼈 내놔' 이런 소리가 들릴 거라고. 그냥 입만 벌리면 뻥 치는 애잖아. 귀뚜라미, 이리 와. 이제 정말 화해해라. 내가 이야기 하나 더 들려줄게. 이리 오라니까. 너 그렇게 화만 내고 있으면 평생 그 구석에서 못 나온다. 나와. 내가 칸넬 연주해 줄게. 집에서 새로운 노래 하나 더 배워 왔어. 정말 멋있어. 트림프트림프티디, 트림프트림프티디…"

이멜릭은 이 둘의 화해에는 아무런 관심도 없었다. 그냥 더할 나위 없이 기분이 좋았다. 세 명이 같이 둘러앉아 이야기도 나누고 과자도 나눠 먹고 싶은 생각뿐이었다. 쿠슬랍도 구석에서 나오고 아르노도 함께 앉아 이야기를 나눈다면 먹을 것쯤은 얼마든 더 가지고 올 준비는 되어 있었다.

"아르노, 너 칸넬 소리 듣는 거 좋아했지. 너도 악기 연주하잖아. 칸넬 연주해 줄까?"

이멜릭은 교실에서 칸넬을 가지고 와서 침대 맡에 앉아 연주하기 시작했다. 아르노는 이멜릭의 하얀 머리가 눈가로 내려오고 음악에 맞춰 고개를 끄덕이는 모습이 정말 멋있었다. 그제야 옆에 가서 연주를 계속해 달라고 부탁을 하고 싶어졌다. 그런데 그렇게 하면 이멜릭이 뭔가 잘하는 것이 있다는 것을 인정하는 셈이 되는데…. 연주를 들으면 들을수록 아르노의 마음은 녹아내렸다. 쿠슬랍도 구석에서 음악에 따라 몸을 움직였다. 아르노는 자리에서 일어나서 이멜릭 옆으로 갔다. 하지만 괜히 심술이 나서 침대에 있는 과자를 들어 이멜릭의 얼굴에 냅다 던졌다.

"왜 그러는 거야?"

이멜릭은 연주를 멈추고 아르노를 째려보았다.

"네가 쿠슬랍 공책을 맨날 베끼니까 꼴보기 싫어서 던졌다. 다른 사람 공책을 베끼는 건 반칙 아냐? 네가 직접 혼자 해."

"네가 뭔 상관인데."

"왜 상관이 없어. 너 다시 한 번 공책 베끼면 선생님께 이를 거야."

"이를 테면 일러라. 누가 겁낼 줄 알고."

이멜릭은 쏟아진 과자를 주워 담고 나서 다시 연주를 시작했다. 참았던 분노의 감정이 북받쳐서 아르노의 얼굴은 더 붉어졌다. 아무리 겁을 주어도 소용없어 보이는 이멜릭의 형언할 수 없는 평안한 얼굴이 아르노의 화를 더 북돋웠다.

"그러면 너 학교에서 쫓겨날 걸."

흥분되어 떨리는 목소리로 아르노가 말했다.

"그래서 뭐? 퇴학당하면 나가는 거지." 이멜릭이 말했다.

"대체 네가 왜 걱정을 하는 건데? 나 못살게 굴어서 네가 기분이 좋아진다면 그렇게 해. 그런데 고작 그것 갖고 날 학교에서 퇴학시키진 않을 걸. 내가 학교에서 공부만 하는 줄 아니? 다른 애들도 공책 베껴쓰는 거 선생님도 다 알고 있어. 산수를 혼자 할 수 있고 말고는 중요한 게 아니야. 너같이 똑똑한 애들이나 혼자서 숙제를 하겠지. 퇴학시키려면 그러라고 그래. 그래서 뭘 어쩔 건데?"

이멜릭은 박장대소를 했다. 그의 말이 맞았다. 퇴학을 당한다고 특별할 것은 아닌 거다. 세상에 학교는 널렸다. 그리고 창피할 일도 없다. 어떻게든 해결을 할 것이었다. 이멜릭은 문제를 피해가기보다는 잘 대처하는 놈이다. 걱정 따위 할 필요가 없는 녀석이다. 이멜릭은 한 손에 칸넬을 들고 파란 눈으로 아르노를 똑바로 바라보았다.

"내가 너한테 무슨 잘못을 했길래 나한테 이렇게 화가 나 있는 건지 이야기해 줄래?"

"네가 나한테 잘못한 건 없어."

아르노는 아래로 눈을 깔고 아주 조용한 소리도 말을 이었다.

"그래도 쿠슬랍 공책은 베껴 쓰지 마…"

"왜? 다른 애들 다 하는데 나는 왜 안 되는데?"

"안돼."

"그래도 계속 베껴 쓰면?"

"그러면…. 그러면 선생님한테 이를 거야."

"너 이런 일로 선생님한테 이른 적 있어?"

"있어."

이멜릭은 아르노를 유심히 살펴보더니 다시 웃었다. 그것은 거짓말이었다. 아르노는 한 번도 다른 아이의 잘못을 이른 적이 없었고 앞으로도 없을 것이었다. 이멜릭이 텔레 집에서 아르노를 보았을 때 몹시 화가 나 있었다는 것은 기억하고 있었다. 이멜릭은 지금 와서야 아르노가 왜 화가 났는지 알 것 같았다. 그는 칸넬을 옆으로 치우고 과자를 아르노에게 건네주며 웃는 얼굴로 말했다.

"아르노, 너 그렇게 나쁜 애 아니잖아. 이전에는 몰랐어. 그냥 너도 다른 애들처럼 그런 애인 줄만 알았지. 그런데 오늘 보니까 아니다. 이제 얼른 화해하자. 봐라. 쿠슬랍도 구석에서 나왔잖아. 이제 너한테 나쁜 마음은 없는 것 같아, 다바이 루쿠.[13]"

이멜릭은 일부러 아르노의 손을 잡아끌고는 세게 흔들었고, 이제 전부 해결된 것 같아 기분이 좋았다.

"이 밴댕이 소갈딱지 같은 녀석아, 넌 착한 밴댕이야, 나쁜 밴댕이 말고 작고 착한 밴댕이. 그렇지?"

그러더니 아르노의 허리를 감싸 안고 좁은 침대 사이를 왔다 갔다 하며 춤을 추었다. 아르노는 이멜릭이 시키는 대로 할 수밖에 없었다. 너무 뻔뻔하리만치 평온한 이멜릭의 표정 때문에 기분이 몹시 상하긴 했으나 그의 달콤한 언변에 마음이 녹아내리는 듯했다. 그러나 쿠슬랍에게 옳지 않은 것을 시키고 자기를 어린애 취급하는 것은 여전히 못마땅했다.

현관에서 소리가 들리더니 기숙방 문 앞에 트니손이 나타났다. 그러더니 아이구, 한마디를 던지고는 사라졌다. 잠시 후에 그는 한 손에는 배추로 만든 파이를 다른 한 손에는 짐 한 꾸러미를 들고 들어와 자기의 침대 위에 던졌다.

"트우크레 동네 애들이 벌써 와있네." 트니손이 말했다.

"집이 멀어서 너희들이 제일 먼저 왔나 보다."

"먼데 사는 애들이 일찍 와야 돼. 안 그러면 마부 아저씨들이 집에 늦게 도착한단 말이야." 이멜릭이 대답했다.

"그렇겠군."

이멜릭은 어느새 아르노와 춤추기를 끝내고 칸넬을 손에 든 채 침대에 앉아 있었다. 트니손은 이멜릭 옆으로 가서 자리를 잡았다. 뭔가 석판에 열심히 쓰고 있던 아르노는 슬슬 눈치를 보아가며 가끔 쿠슬랍 쪽을

---

11) 러시아어로 '얼른 손 줘.'

쳐다보았다. 쿠슬랍은 모르는 사이 창문으로 자리를 옮겨 몸을 웅크리고 밖을 응시하고 있었다.

트니손은 마지막 파이 한 조각을 입에 넣고 언제나 기름이 묻어 번들번들한 턱을 깨끗이 닦고는 잠시 앉아 있다가 모서리가 깨진 쿠슬랍의 석판을 손으로 들어 보고는 내일까지 해야 하는 숙제가 떠올랐다. 트니손은 교실에서 자기 석판을 가져와 산수 문제를 베껴 쓰기 시작했다. 이멜릭은 껄껄껄 소리 내어 웃으며 아르노에게 말했다.

"한 번 봐봐."

"뭘 보라는 거지? 내가 지금 뭘 잘못 했냐?" 트니손이 물었다.

"트니손은 그래도 돼."

아르노는 여전히 화난 내색을 드러내며 말했다.

"쟤는 그래도 혼자 하기도 한단 말이야. 넌 한 번도 혼자 하는 법이 없잖아. 자기가 할 줄도 모르면서 맨날 친구의 숙제만 베껴 쓰면 할아버지가 될 때까지 절대 할 줄 모를 걸."

트니손은 고개를 들어 무슨 말인지 하나도 모르겠다는 듯 그들을 바라보았다. 그리고는 자기 이야기를 하는 것이 아님을 깨달은 트니손은 그 애들을 신경 쓰지 않고 다시 잠자코 숙제를 베껴 쓰기 시작했다.

13

누군가 교실에서 소리쳤다.

"비드릭, 비드릭, 대체 어딨냐!"

아이들은 놀란 눈으로 그쪽을 바라보았다. 술에 잔뜩 취한 목소리는 낯선 것 같으면서도 어딘지 익숙했다. 이멜릭은 칸넬을 내려놓고 무슨 일이 벌어지고 있는지 보려고 자리에서 일어났으나 그 소리의 주인공이 바로 문 앞에 등장했다. 그는 다름 아닌 요셉 토츠였다.

"이런 젠장, 토츠!" 이멜릭이 소리쳤다. "무슨 비드릭을 여기서 찾고 난리야?"

"비드릭 여기 없어? 그 녀석 어디 갔지? 으헤헤."

토츠가 건들건들하면서 옆으로 다가왔다.

"내가 오늘 엄청 취했거든. 그리고 홀딱 젖은 거 봐라. 키우스나 천에서 무슨 일이 있었는지 모르지?"

그러더니 한쪽 다리를 들어 축축한 바지를 손으로 철썩 때렸다. 그는 정말 옷이 흠뻑 젖어 있었다. 분명 키우스나 천에서 파운베레로 오는 길에 무슨 일이 있었던 모양이었다.

"그 하천에선 뭘 했고 술은 어디서 그렇게 마신 건데?"

이멜릭이 물었다.

"보나마나 허튼 소리겠지만 한번 들어나 보자."

트니손은 이글거리는 시선으로 토츠를 바라보며 말했다. 토츠는 신경을 쓰기는커녕 이멜릭의 옷 단추를 붙잡고 놀려대기만 했다.

"하천에 왜 갔냐고? 내가 뭐 좋아서 간 줄 알아? 우선 나도 모르게 그물에 빠졌어, 거기에 뭐 수영하러 간 건 아냐. 내가 뭐 바보냐? 지금 술을 엄청 많이 마시긴 했지만 그렇다고 하천에 빠질 정도로 취하진 않았어."

토츠는 금방이라도 넘어질 듯 여려 보이는 다리에 몸을 겨우 지탱하고 서서 없는 콧수염을 매만졌다. 토츠는 침이 이멜릭 얼굴에 튈 정도로 입을 크게 벌리고 그 하천에서 있었던 일을 하나하나 얘기했다.

"마침 키르의 집 잔치에 갔다 오는 길이었는데 어떤 남자가 담배를 피며 배수로 위를 걸어가고 있었어."

"배수로에서 남자가?"

"그래. 바짝 따라가 보니 바로 리블레 아저씨였던 거야. 인사하고 나서 저 넓고 좋은 길을 놔두고 하필 배수로에서 뭐 하냐고 물었어. 아저씨가 배수로에 있으면 안 되는 거냐고 그러시더라. 그 아저씨도 나만큼 취해 있었지. 저 길도 넓고 아주 편하지만 자기는 배수로로 다니는 게 더 편하다고 했어. 리블레 아저씨는 배수로 가장자리로 걷고 있었어. 떨어지는 것은 두려워하지 않는 것 같더라고. 나도 그렇게 배수로로 올라갔지. 술 취한 남자 둘이서 배수로 위로 걸어갔어."

"둘이서 배수로 위를 걸어갔다고?"

"배수로 맞아. 배수로 위로 걸으니까 정말 좋더라. 앞으로 걸어가는 리블레 아저씨는 꼭 군함처럼 멋있는데 나는 조그만 나룻배 같은 거야. 리블레 아저씨는 진짜 생각이 깊어. 우리 둘이서 파운베레 마을 쪽으로 계속 걸어가고 있었는데 갑자기 아저씨가 사라진 거야."

"무슨 소리를 하는 거야. 아저씨가 갑자기 어디로 사라져?"

토츠의 이야기는 점점 더 흥미로워졌다. 아르노와 트니손은 과자를 먹으며 그의 이야기를 듣고 있었다. 쿠슬랍은 창가 쪽에서 나와 다른 애들과 약간 거리를 두고 침대에 앉아 토츠가 하는 짓을 쳐다보고 있었다.

"어디로 사라졌냐고? 그래, 그게 내가 하고 싶은 얘기야."

토츠는 이야기를 계속 이어갔다.

"갑자기 텀벙 소리가 나더니 금방 사라졌어. 금방 전에 있었는데 갑자기 없어진 거야. 내 말이 틀리면 경찰에 신고해도 돼."

"텀벙 소리가 났다는 건 알겠고, 그런데 그 아저씨는 어디 갔는데? 그리고 나타나지 않았어? 어디선가 다시 나타났지?"

"나오긴 했지. 내가 얼음 밑에 들어가서 아저씨를 구해서 나왔거든."

"쓸데없는 소리 말고. 너랑 아저씨랑 배수로에 있었는데 지금은 얼음 밑에서 나왔다고?"

"토츠 저거 거짓말하는 거야."

트니손은 이렇게 말하고 산수문제를 계속 베껴 써내려갔다.

"거짓말이라고? 내가 너한테 거짓말을 왜 해? 내 말을 끝까지 들어보고 그런 말을 해. 못 믿겠으면 리블레 아저씨한테 직접 물어보든지."

트니손이 한 말에 몹시 기분이 상한 토츠는 입술이 파래지도록 입을 앙다물었다. 그러나 자신의 이야기를 계속 이어가는 것을 잊지 않았다.

"배수로에 있었어, 진짜 배수로에 있었다고."

이렇게 설명하는 내내 자기도 모르게 트니손의 장화에 침이 튀었다.

"둘이 같이 배수로에 있었다는데 왜 못 믿어."

"그럼 돌아다니지 말고 잠자코 침대에 앉아서 다른 사람을 좀 보면서 이야기해. 우리가 봐도 너 그렇게 취하지 않았구만."

트니손은 구두 밑창으로 신발에 묻은 침을 문질러 닦으면서 말했다.

"오호, 오늘 너 내가 마신 딱 그만큼만 술을 마셔봐라. 키르랑 둘이서 2루블짜리 포도주를 두 병이나 마셨는데 무슨 소리. 네가 그 정도로 술을 마셨으면 아마 죽었을 거다. 봐라, 난 아직 살아있지. 내가 지금 약간 비틀거리는 건 큰일도 아니야. 다른 사람들이면 진즉에 쓰러져서 일어나지도 못할 걸?"

"키르랑 같이 마셨다며. 그럼 걔는 죽었어?"

트니손도 그의 말에 한 방을 먹인 것 같아 기분이 좋아져 말했다.

"이 바보들아, 걔가 왜 죽어, 죽기는."

"죽었을지도 몰라. 내가 집 뒤에서 나올 때 키르는 팔다리를 뻗고 쓰러져 있었어. 다시 와서 보니까 숨은 쉬고 있더라. 그런데 지금은 어떤지 나는 몰라. 아마 죽었을지도."

"어디에 쓰러졌다고?"

"키르네 집 큰방 뒤에. 큰방에서 오늘 세례식을 하고 있었어. 아마 죽었을 거야. 내가 나오려고 할 때 피거품을 물고 있었거든."

"거봐, 거짓말이라니까." 이멜릭이 외쳤다.

"넌 모든 게 피거품을 물고 있대. 어제는 사람 뼈, 오늘은 키르, 내일은 가위가 피거품을 물고 있다고 하겠네. 키르가 허우적거리면서 '내 뼈 내놔, 내 뼈 내놔.' 하진 않던?"

토츠는 큰 소리로 말했다.

"키르가 사람 등뼈도 아닌데 왜 그런 말을 하겠어. 그리고 내가 너한테 왜 뻥을 쳐. 너 똑똑한 애잖아."

"그래 좋다. 네가 말한 게 맞다 치자. 그럼 리블레 아저씨는 어디 있었어? 텀벙, 그리고 사라졌어. 그 다음엔? 네가 얼음 밑에 두 번이나 내려가서 찾았다구? 둘 다 얼음 밑으로 어떻게 사라졌는지 설명해봐. 어디에 있는 얼음이었어? 너랑 아저씨랑 둘 다 배수로 위에 있었다며."

"그래, 배수로, 그런데 배수로 위에 서 있었던 게 아니라 앞으로 걸어가고 있었어. 잔뜩 취해서 우리가 어디 있는지도 모르겠더라고. 리블레 아저씨가 물에 빠지고 난 뒤 주변을 둘러보니까 키우스나 다리에 와 있더라고. 다리 근처 하천에 얼음이 깨져 있었어. 아저씨는 거기에 빠진 거야."

"그리고 네가 얼음 밑으로 들어갔고?"

"그럼 그럼, 내가 어떻게 가만히 보고만 있어. 나도 속으론 무슨 이런 변이 있나 싶었는데 어찌 되었건 내가 끌고 나왔어. 두 번이나 얼음 밑에 내려가서 끌고 나온 거야. 다리 밑에 하천이 얼마나 깊던지. 아무리 내려가도 바닥이 안 보이더라."

"정말 이상하군, 두 번이나 물속에 들어갔다 나온 놈치고 옷이 왜 이렇게 말짱해? 허벅지만 젖어있고 다른 곳은 말짱하잖아."

이멜릭은 토츠의 옷을 만져보았으나 정말 허벅지 부분 빼고는 다 말라 있었다.

"이 바보들, 물속에 그리 오래 있지는 않아서 그래, 휙 들어갔다가 휙 나왔지. 내 옷은 네가 생각하는 것처럼 그리 쉽게 젖지 않아. 이건 정말 질긴 옷이라고. 왜 웃어, 다 뻥이라고 생각하는 거야? 네가 리블레 아저씨한테 가서 한번 물어 보라니깐."

토츠는 설명해 주는 일에 너무 정신이 팔려서 자기가 술에 취한 사실도 잊어버린 듯했다. 이제 휘청거리지 않는 것을 보니 다리도 생각보다 멀쩡한 모양이었다.

"어디 보자, 질긴 옷이라." 이멜릭이 옷을 살펴보았다.

"그러면 여기 허벅지는 왜 젖은 건데?"

"허벅지? 허벅지 부분은 좀 달라. 거긴 다른 데보다 훨씬 오래되어 헐어서 그래. 헌 천이 새 천보다 물을 더 흡수하는 거 몰라? 더 얇으니까."

"그래, 그렇다고 치자. 그런데 아까는 너도 모르게 하천에 빠졌다며. 얼음 밑에 들어갔다는 말은 없었는데."

"그거야 처음엔 내가 말 안 하려고 했으니까. 만약 장로님이라도 들으면 경을 치실 거니까. 뚱땡이 장로님은 뭔 일만 생기면 길길이 뛰는 사람이라 이 일 가지고도 나한테 뭐라고 할까봐 겁났지. 장로님 오늘 세례식에도 오셨었어. 그리고 난 축음기를 틀었고 그 후엔…."

"축음기를 틀었더니 어떻게 됐는데?"

"그땐 세례식이 한참 진행되고 있을 때였어. 그런데 그 장로님이 그렇게 소리소리 지를지 누가 알았겠어. 그런데 내가 누구야. 뭔 일 나기 전에 잽싸게 뛰어나왔지. 키르 아버지가 성난 황소처럼 뛰어나와서 나한테 주먹질을 하더라. 나는 있는 대로 달렸지."

"얘들아, 토츠 말하는 것 좀 들어봐라. 세례식하는 도중에 축음기를 틀었대. 니네들은 뭐 할 말 없냐? 아무튼 너 이번 일로 장로님한테 된통 혼날 거다."

"그런데 뭐 내가 하고 싶어서 튼 건 아니야. 그냥 한번 심심해서 돌려봤는데 갑자기 소리가 크게 나온 거지."

"하하하. 갑자기 소리가 크게 나왔다고? 내일 키르 오면 어떻게 된 일인지 한번 물어보면 되겠다. 키르 동생이 남자애였어, 여자애였어?"

"남자애."

"이름이 뭔데?"

"콜룸부스."

"콜룸부스?"

"콜룸부스는 아니야. 원래 그 이름을 하려고 했었는데 안 했어. 이름을 뭐라고 지었더라, 아, 맞다, 페니!"

"애 이름을 페니라고 지었다고?"

"응, 그랬던 거 같아. 페니였나? 펜니? 펜누? 뭐였는지 잘 모르겠다."

"뭐였던지 간에 페니는 아니었을 거야."

"그럼, 페니는 아녀도 다른 이름이었겠지만 그거랑은 비슷했어. 거기 애들이 두 명이었던 것 같애. 그러니까 한 명은 콜룸부스고 다른 애는 페니 뭐 어쩌고. 젠장, 모르겠다. 아니면 한 명이었는지도. 그 페니 한 명 말이야."

"그랬다면…."

이멜릭은 뭔가 말하고 싶었으나 깔깔대고 웃음을 터뜨리고 말았다.

"그 아이는 피거품을 물고 있지 않던?"

"누구?"

이멜릭의 엉뚱한 질문을 들은 아이들은 모두 킬킬 웃었다. 토츠는 아이들이 모두 자기를 보고 웃는다는 사실을 깨달았다. 그는 화가 나서 옆으로 자리를 옮기며 중얼거렸다.

"너나 피거품 물어라."

잠시 후 아이들이 웃음을 멈추자 이멜릭이 말했다.

"토츠 완전히 술 깼다. 아까는 잔뜩 취해서 해롱대더니 지금은 줄타기라도 하겠네. 이렇게 수다를 떨면 술에서 깬다니까."

이멜릭이 이 말을 채 끝내기도 전에 토츠는 갑자기 태도를 바꾸어 그 누구도 이해할 수 없는 말을 지껄였다. 그는 아무도 두려워하지 않는다고 했다. 세상의 장로가 다 모인다고 해도 두려울 것이 없다고, 심지어 그 녀석은 파운베레를 떠나 러시아에 가서 성주가 되어 말 두 필이 이끄는 마차를 타고 다닐 거라면서 마을을 향해 주먹을 흔들기도 했다. 사람들이 자기한테 어떻게든 잘 보이려고 이런저런 이야기를 할 거고, 그럼 자기는 들은 척도 안 할 거라고 했다. 토츠는 말리지 않으면 그런 쓸데없는 이야기를 밤새 지껄일 수도 있었으나 애석하게도 그럴 수가 없었다. 장로가 무거운 발걸음으로 기숙방 쪽으로 오고 있었기 때문이었다. 이것을 보자 토츠의 말주변도 막다른 골목에 이른 듯 턱 막혔다.

"이 망할 녀석, 지금 오고 있겠군."

장로는 조용히 말하면서 다른 아이들을 뭔가 캐묻는 듯한 눈빛으로 쏘아보았다. 이멜릭은 주위를 둘러보더니 얼굴을 손수건으로 감추고 웃음을 참느라 킥킥거렸다. 토츠는 무릎을 꿇었다. 당장이라도 침대 밑에 들어가 숨고 싶었지만 너무 늦었다. 장로가 기숙방 문간에 서 있었기 때문이었다. 아이들이 장로에게 인사를 건넸다. 아이들의 인사를 받은 장로는 방을 한 바퀴 빙 돌았다. 곧장 토츠 쪽을 향해 가더니 윗옷의 옷깃을 잡고 토츠를 똑바로 바라보며 길고 분명하게 말했다.

"너 같은 놈은 하느님께서 인간을 단죄하실 목적으로 창조하신 걸 거다. 너 같은 인간들에게만 따로 우레가 내리쳐 다른 사람들이 그 죄상을 다 알게 해야 한다. 자신의 영혼을 챙기지 않는 인간이 얼마까지 나락으로 떨어질 수 있을지 보여주기 위해서 말이다. 너 같은 인간 때문에 우리가 같이 심판을 받는 거다. 이런 모든 말썽과 부끄러움의 근원은 네 안에 있다는 사실을 알아야 돼. 네 녀석이 근 몇 달 동안 저지른 잘못을 헤아리면 하느님께서 창조하신 저 태양이 지기 전까지도 다 기록하지 못할 거다. 대체 네 녀석을 어떻게 해야 한단 말이냐?"

토츠의 눈은 퀭해졌고 눈은 꺼져가는 불꽃처럼 깜박거렸다. 아르노와 트니손, 쿠슬랍은 기침도 겨우겨우 참으며 심각해진 얼굴로 서 있었다. 이멜릭은 웃지 않으려고 노력했지만 궁지에 몰린 토츠의 모습을 보며 웃음을 참지 못했다. 러시아 성주가 되어서 말 두 필이 이끄는 마차를 타고 다니면서 파운베레 마을을 향해 주먹질하겠던 토츠였다.

"말해보라고. 내가 대체 너에게 어떻게 해줘야 하겠니?"

장로가 다시 말했다.

"오늘 네가 한 짓만 말해보자. 네가 세례식 중간에 축음기를 틀어서 성스러운 분위기를 다 망쳐놓았지. 넌 세례식이 뭔지는 아니? 아직까지 모르는 거야? 아니다. 너도 선과 악을 충분히 구분할 수 있는 나이지. 이제 하느님한테 장난치는 것 좀 그만하고 학교에서 배운 대로 착하게 좀 살면 안 되겠니? 대체 이 녀석을 어떻게 해야 할까? 이 녀석 입 다물고 나한테 한마디 대꾸도 안 하는 거 봐. 하긴 나라도 네 입장이 되면 할 말이 없겠다. 네 녀석을 어떻게 할지 나도 곰곰이 생각을 한번 해보겠다. 내일 내가 너한테 직접 이야기해 주지."

장로는 다른 아이들을 향해 말했다.

"그리고 니네들. 너희는 벌써 학교에 와서 뭘 하는 게냐. 이멜릭, 너는 종일 칸넬만 치고 저녁이 될 때까지 딴생각만 하더라. 트니손 저 녀석은 산수 공부는 열심히 하고 있군. 아르노, 너는 학교 친구들 보러 학교에 온 거니? 그래, 보러 왔으면 보고 가야지. 그리고 쿠슬랍, 넌 책 보고 공부 좀 더 해라. 러시아어 많이 부족한 거 너도 잘 알지?"

장로가 문을 닫고 밖으로 나가자마자 토츠는 달가닥거리며 구석에서 기어 나와 손을 저으며 말했다.

"세상에나, 저 양반이 올지 누가 알았겠어. 알았다면 진작에 자리를 피했지. 우리가 장난으로 한 건 아닌데 저 아저씨가 이미 알아 버렸나 봐. 키르하고 포도주병 깨뜨린 거랑 편육 그릇 몇 개 깨뜨린 거랑 그리고 술 취해서 곯아떨어진 거. 누가 말한 게 아니면 아무도 모를 텐데. 젠장, 뭐라고 했었는지 하나도 기억이 안 난다. 이멜릭, 내 영혼이 어쩌고 저쨌다고? 영혼이라는 게 있기는 해? 영혼을 챙기는 사람이 누가 있어?"

그러자 누군가가 말했다.

"실 가져다가 네 영혼이나 목에 잘 묶어 둬."

14

월요일은 별문제 없이 순조롭게 시작되었다. 그러나 시간이 갈수록 분위기는 왠지 더 싸해졌고, 아이들은 마지막에 어떠한 운명의 심판이 떨어질지 궁금했다. 그러나 토츠는 장로로부터 어제 일로 인한 벌을 크게 받지 않고 간단히 넘어갈 수 있었다. 토츠는 어떤 큰 벌이라도 받을 마음의 준비를 하고 학교에 왔었다. 그런데 마침 쉬는 시간에 장로는 돼지 한 마리를 팔게 되었다. 그 성공적인 거래에 기분이 좋아진 덕택에 토츠 역시 한숨을 돌리게 되었고, 종일 괴롭히던 걱정이 순식간에 물러갔다.

산수 시간이 되었다. 토츠는 석판이 어디에 갔는지 교실 여기저기를 찾고 뒤져보았으나 석판의 흔적을 찾을 수 없었다. 마침내 석판을 기숙 방에서 찾아내었고, 거기에는 해야 할 숙제들이 빼곡히 적혀 있었다. 그 석판은 전날 아르노가 기숙방에서 아무거나 주워들었던 바로 그것이었다.

그러나 그날의 좋은 일은 그것으로 끝이었다. 나쁜 일들이 바로 여기서 시작됐다. 산수 시간이 끝나자 토츠는 친구 몇 명과 바깥에 나가 1부터 10까지 세는 것을 알려주었다.

"우캇, 카캇, 카우카리차. 캐루레우루, 아리스페아차, 이케레우루리츠, 쿠레우루, 카게우루, 캐오레우루, 케루."

토츠를 선두로 뒤따라 걷는 아이들은 잘 들리지도 않는 이 마법의 단어를 따라 하고 있었다. 쿠레우르, 카게우르, 이케레우루리츠…, 아이들이 이 단어를 다 외우자 토츠는 다른 것을 가르쳐 주었다.

"키비룬타, 푼타, 앤타, 파라밴타, 바스빌린기, 수스키, 타바라 아스, 사라필리, 야씨, 카를리테리, 욘니, 아이쿠쿠리, 레이요니."

이것은 입에 착 붙지를 않았다. 아이들은 눈까지 감고 외어보려 했으나 그 이상한 단어들은 웬일인지 도무지 외울 수가 없었다.

"그 단어들은 무슨 뜻이야?"

어느 아이가 물었다. 토츠는 그 아이 쪽을 보며 대답했다.

"12월 31일 날 밤에 외우면 말발굽을 한 악마가 찾아올 거야. 우리 집에서 일하는 형이 말해줬어. 사우나에 혼자 있을 때 본 적이 있다고."

"어떻게 생겼는데?"

"털이 북실북실했대. 허리춤까지는 양처럼 털이 잔뜩 있고. 그리고 까 맸대. 처음엔 구석에 들어가서 닭처럼 소리를 냈다는 거야. 구구구…. 형 은 처음엔 사우나에 닭이 어떻게 들어왔나 싶었대. 그런데 그 악마가 구 석에서 걸어나오는 걸 보자마자 숨이 멎는 줄 알았대."

"그래서 당장 사우나에서 나와서 집으로 뛰었대. 뛰어가다가 다시 뒤 돌아보니까 그 털 난 악마가 사우나 문앞에서 서서 보고 있는데 눈이 이 글이글 타오르더래. 그런 일이 생기면 정말 재미있지 않겠니? 나도 한번 가서 꼭 볼 거야."

"간다고?"

"갈 거야, 가고말고. 내가 겁낼 것 같아? 그냥 맨손으로는 안 가지. 그 런 바보는 아니야. 내 총 갖고 가야지. 은으로 된 총알 넣어서. 나올 테면 나와 보라지. 그래서 한 방 쏴 주면 땅바닥에 누워서 또 닭처럼 울겠지?"

"그 형이 다른 악마는 못 봤대?"

"형이 그 이후로 며칠 동안 앓아누웠어. 얼굴이 새까매져서 그 다음부 턴 사우나 근처에 얼씬도 안 해."

"그 형한테는 항상 안 좋은 일만 생겨."

그 옆에서 듣고 있던 아이가 말했다.

"가을에는 큰 뱀한테서 목을 물렸다고 그랬고, 지금은 귀신을 보고 놀라고. 니네 집엔 왜 항상 그런 일만 생기냐?"

"므르크나에서 온 남자가 한 명 있는데…."

때마침 종이 울려 아이들이 교실로 우루르 달려가려고 하는 때에 장 로가 마치 땅에서 솟아난 것처럼 아이들 눈앞에 떡하니 등장했다. 아이 들은 모두 주눅이 들었다.

"얘들아. 토츠가 너희들한테 무슨 이야기를 하더냐?" 장로가 소리를 쳤다. "기껏 해봐야 무슨 바보 같은 소리나 해댔겠지."

"아니에요. 아니라구요." 토츠가 말했다.

"넌 조용히 해."

장로는 그렇게 말하고는 쿵 소리가 나도록 현관 바닥을 발로 굴렀다. 그 소리에 아이들은 심장이 땅으로 떨어질 것 같았다.

"스메르, 네가 한번 이야기해 보거라."

"위캇, 카캇, 캐오레우루케루, 이케이루루리츠….."

스메르는 외운 것을 차근차근 말했다.

"그건 대체 뭔 헛소리냐."

"저도 몰라요. 토츠가 말해준 거예요."

"이 녀석, 그런 쓰잘데기없는 것은 잘 외우는구나. 얼른 가서 시편이랑 성경 말씀이랑 역사 같은 거나 잘 외워봐라. 그런 것들은 관심도 없지. 그리고 너." 장로는 토츠 쪽으로 바라보며 말했다.

"오늘 나한테 다시 한 번 얼굴을 비추면 그땐 등짝을 호되게 맞을 줄 알아라. 우리가 얼굴을 보면 꼭 안 좋은 일이 생기더라. 오늘은 그런 일이 없도록 조심하자. 네가 학교에 있으면 언제나 살얼음판을 걷는 것 같아. 어제 같은 일이 한 번이라도 더 생기면 그땐 학교에서 완전 퇴학이다. 당장 교실로 가!"

토츠는 아무런 말대꾸도 하지 못했다.

그러나 그렇다고 장난을 그만둘 토츠가 아니었다. 토츠는 덩치 큰 애들 몇 명과 함께 뜰에 나타나 뭔가 커다란 사건을 일으킬 준비를 하고 있었다. 아이들은 정원 가장자리에 서 있던 장로의 썰매를 마당으로 가지고 나갔다. 검은 해적단으로 이름 붙인 그 아이들은 썰매에 앉아 교실 앞 언덕에서 아래로 엄청난 속도로 내려갔다. 썰매는 강 위에 도달해서야 겨우 멈추었다. 썰매는 학교 농장도 훌쩍 지나 있었다. 썰매에 앉은 애들이 뒤를 돌아보고 나서야 얼마나 멀리 썰매를 타고 왔는지 알 수 있었다. 용감한 기사들은 썰매에 묻은 눈을 털고 다시 동산 위로 썰매를 끌고 올라가 또 한 번 아래로 내려왔다.

그 순간 아이들이 나타났다. 처음엔 아이 한 명이 모습을 보이더니 곧바로 두 명, 세 명으로 늘었다. 네 번째 나온 애가 다섯 번째 아이를 부르고, 다섯 번째 아이가 함성을 지르자 반 전체 애들이 무슨 일인가 보려고 기다란 기차처럼 우르르 몰려나왔다. 곧 학교 앞마당은 애들로 시장처럼 북새통을 이루었다. 토츠 일행은 마침 세 번째 탑승을 마치고 위로 올라오는 중이었다. 그리고 네 번째로 내려갈 준비를 하고 있는데 부르지도 않은 아이들이 썰매로 모여들었다. 잠시 후 썰매 위에는 아이들이 앉아 개미들처럼 와글와글했다.

성이 난 토츠는 아이들에게 당장 내리지 않으면 다리가 부러질지도 모른다고 으름장을 놓았다. 그러나 누구도 그 말을 듣지 않았고 아무도 썰매에서 내리려 하지 않았다. 단지 이멜릭만 놀리는 듯 물었다.

"대체 다리가 어떻게 부러지는데? 세로로, 아니면 가로로?"

그때 누군가 뒤에서 썰매를 밀었다.

유일하게 썰매에 오르지 않고 모든 것을 지켜보고 있던 꼬마 레스타는 나중에 그 일에 대해서 이렇게 묘사를 했다.

"케사마가 썰매를 밀자마자 썰매가 숙 하고 내려갔어. 삐그덕 삐그덕 소리가 났는데 강 위에 도착하니까 썰매가 옆으로 쑥 빠지더니 나무를 들이받았어. 썰매도 쿵 소리와 함께 조각조각 부서졌어. 아이들은 겁나서 소리를 질렀어, 어떤 애들은 통나무처럼 가만히 강 위에 누워있기도

하고, 어떤 애는 눈에 파묻히고, 또 어떤 애들은 버둥거리기도 하고. 난 애들이 거기서 다 죽는 줄 알았어. 정말 그럴까 봐 겁내고 있었는데 장로님이 나타나니까 모두 일어서서 학교 쪽으로 뛰었어. 교실에 들어가면 분명 호되게 벌을 받겠구나 싶었어."

애들은 벌을 받았다. 단지 장로의 썰매가 아니었더라도 오늘 벌어진 일은 애들이 벌을 자초한 셈이었다. 이멜릭의 코에서는 포도주 통에서 포도주가 터지듯 코피가 흘렀다. 케사마는 이마에 커다란 달걀이 솟아났고, 토밍가스는 무릎이 까졌고, 토츠는 곧 죽을 것 같다고 말했다. 그의 복숭아뼈에는 약간의 상처가 나 있었다. 강변에서 사태를 파악한 장로는 저주받은 성에 떠도는 유령처럼 썰매의 잔해 주변을 헤매고 있었다.

15

'기차 여행'이 끝난 다음 지리 시간에 키르가 학교에 나타났다. 그는 얼굴이 하앴고 고생을 많이 한 것처럼 보였다. 게다가 걸음걸이도 무척 이상해져 있었다. 토츠는 무슨 값을 치르고서라도 키르를 이야기에 끌어들이고 싶었다. 어제부터 벌어진 엄청난 사건들을 키르에게 들려주고 싶어서 몸이 근질근질했다. 키르에게 워낙 물어볼 것이 많았던 터라 수업이 끝날 때까지 기다릴 수가 없었다. 토츠는 종이쪽지에 병을 그리고 그 위에 '라티파츠'라는 단어를 적어 넣어 키르 코앞에 던지고는 그 녀석이 어떤 표정을 지을지 유심히 살펴보았다. 키르는 종이를 힐끗 보더니 씁쓸한 표정을 짓고는 입을 벌려 헛구역질을 했다.

"저 밖에 좀 나갔다 와도 돼요? 저, 저기…"

키르는 선생님의 허락도 받지 않고 교실 문 쪽으로 나갔다. 토츠는 뜨거운 숯불 위에 앉아있는 듯 안절부절못했다. 토츠도 키르처럼 당장이라도 밖으로 나갈 궁리를 하고 있었다.

"저도 나갈래요."

"그래, 나가서 바람 좀 쐬고 오려무나."

선생님으로부터 예상치 못한 답변이 나왔다. 아이들은 처음엔 소리를 죽여 킥킥대며 웃더니, 고개를 돌려 문 쪽을 바라보고 헐레벌떡 뛰어나가는 토츠를 보자 기다렸다는 듯이 더 큰 웃음을 터뜨렸다.

"토츠는 오늘 아홉 가지 사고를 터뜨렸으니 열 번째 할 일은 학교에 남는 벌을 받는 거다." 선생님이 말했다.

"사람이 여러 가지 일을 그렇게 한꺼번에 하려면 안 되는 법이야. 그러면 그중에 아무것도 제대로 하지 못할 뿐만 아니라 도리어 전부 다 망치게 돼. 키르가 밖에 나간다고 해서 뚜렷한 해결책이 생기는 것은 아니겠지만 저렇게 급하다고 조르는데 내가 어찌 가만 있을 수 있겠니. 내가 만약 못 나가게 한다면 생각은 온통 밖으로 향해 있을 거고, 그렇다면 우리가 여기서 하는 일에 정신을 집중할 수 없을 거야. 만약 지금 미국에 대해서 진도를 나가고 있으면 토츠가 좀 더 흥미를 가졌으려나 모르겠다. 그 땅엔 그 유명한 켄터키의 사자와 빨간 피부의 인디언들이 살고 있거든. 그런데 우린 진도는 여태 러시아까지밖에 못 나갔다. 토츠 때문에 러시아 수업을 다시 할 수도 없는 노릇이고."

"선생님, 어제 토츠가 러시아의 성주가 되겠다고 그랬어요."

이멜릭이 말했다.

"그래, 붉은 피부 인디언들에겐 이미 족장들이 많을 테니 토츠는 이제 좀 다른 걸 하고 싶은 게로구나. 아무튼 러시아에 대해서 조금 배웠으니 그것으로 만족하도록 하자. 그 성주 이야기는 어떻게 될지 나중에 더 지켜보도록 하고.”

다행히 바깥에서는 아무런 일도 일어나지 않아 아이들은 딴생각에 빠지지 않고 선생님 말씀에 열중할 수 있었고, 수업은 원만히 지나갔다.

토츠는 밖으로 나오며 중얼거렸다.

“그렇게 웃어라. 웃는 게 뭐 밥 먹여 주나?”

그리고 키르가 어디 갔는지 찾기 시작했다. 종적도 없이 사라진 빨간 머리의 키르는 아마도 비몽사몽에 집으로 뛰어간 듯했다. 성당 옆 사우나에 이르렀을 때 그 옆에서 뭔가 찢어지는 소리가 들렸다. 토츠는 그 소리를 따라 사우나 뒤편으로 갔다. 그런데 놀랍게도 거기엔 키르가 있었다. 키르는 사우나 구석에 머리를 기대고 이상한 소리를 내면서 마치 사우나를 뒤집기라고 할 것처럼 크게 숨을 내뿜고 있었다.

“너 왜 그래?” 토츠가 물었다.

“가슴이 너무 아파.”

“왜 아파?”

“그거야 어제 일 때문에 그렇지.”

“포도주 마신 것 때문? 방에는 어떻게 들어갔어?”

“아빠가 데리고 들어가셨어.”

“아버지가 뭐라고 그러셔?”

“너 때려준대.”

“날? 나를 왜?”

아무런 잘못도 없는 사람을 때려준다니 토츠는 의아했다. 2루블짜리를 먹을 수도 있었지만 고작 95코펙짜리만 먹었는데, 그 정도 가지고…. 내 가치가 그깟 95코펙짜리 포도주와 편육 몇 그릇 정도밖에 안 되다니. 다음에 키르 아버지를 만나게 되면 터놓고 한 말씀 드려야겠다고 생각했다. 어찌 되었건 장로나 선생님이 오기 전에 키르 녀석을 여기에서 다른 곳으로 옮겨야 했다. 사람들이 잘 보지 못하는 그늘진 곳이면 더 좋을 것 같았다. '가슴이 아픈 사람을 다른 사람한테 함부로 보여선 안 되지.' 토츠는 친구를 바라보더니 다시 말했다.

"우리 지금 어디 갈까?"

"사우나 가자."

키르는 사우나 벽을 손으로 짚고 휘청거리며 걷기 시작했다. 맞다. 사우나에 들어가 있으면 아무도 못 볼 것이다. 토츠가 말했다.

"그래. 위에 올라앉아서 땀을 좀 흘리면 없던 일처럼 다 지나갈 거야."

키르는 사우나 안에 들어가 위쪽 의자에 자리를 잡고 앉았다. 사우나 바닥처럼 차갑지는 않았다. 토요일에 땠던 온기가 아직 남아있긴 했지만, 술에 취한 몸을 따뜻하게 하기에는 충분치 않았다.

"제일 편한 자세로 누워 있어. 옷도 벗어. 내가 장작을 좀 가져와서 불을 피워줄게."

"그래, 누워 있을게." 키르가 대답했다. "그런데 옷을 왜 벗어?"

"벗어야 술에서 깬단 말이야."

"나 이제 술에서 깼어. 그냥 가슴만 아파."

"곧 가슴도 안 아프게 해줄게. 빨랑 옷이나 벗어."

토츠는 사우나 뒤편으로 가서 장작을 한 아름 가지고 와서는 아궁이에 넣고 불을 피웠다. 토츠는 아궁이에 장작을 집어넣으면서 한 눈을 찡그려 뜨고 키르를 바라보았다.

"곧 따뜻해질 거야. 땀을 좀 흘리고 차가운 물로 씻으면 너도 금방 좋아지는 거 느낄 거야. 이게 제일 좋은 약이야. 우리 아버지도 이게 술 깨는 데 제일 좋은 약이라고 그랬어. 얼른 옷 벗어."

토츠는 아궁이에 장작을 가득 채워 넣고 나팔을 불듯 바람을 불어넣었다. 불이 잘 붙지 않고 아궁이에서 타르처럼 시커먼 연기가 솟아났다.

"바람이 안으로 좀 들어가야 되는데. 그래야 연기가 안으로 들어가지. 이걸 어떻게 하나…."

토츠는 의자를 끌고 와 장작을 좀 치우고 바람이 들어갈 곳을 만들었다. 불길이 일어났고 장작이 타닥타닥 타들어 가기 시작했다. 그 사이 키르는 안에서 옷을 벗고 긴 의자에 길게 누웠다.

"이제 조금 따뜻해졌니?" 시간이 조금 지난 뒤 토츠가 소리를 쳤다.

"아직 아냐."

키르는 따뜻해지기는커녕 추위에 입이 덜덜거릴 정도로 몸을 떨었다.

"조금만 더 기다려."

토츠는 이렇게 말하고 장작을 더 집어넣었다. 정작 땀을 흘리는 것은 오히려 불을 때는 토츠였다.

"조금만 더 기다려. 아궁이에 돌이 달궈져서 열기가 올라오고 있어."

토츠가 사우나를 달구는 돌멩이 위에 물을 뿌리자 차가운 물은 여전히 달궈지지 않은 돌 사이에서 흘러내리기만 했다. 그래, 아직 뜨겁지 않다. 키르 말이 맞다. 그러나 조금만 기다리면 사우나가 달궈질 거다. 한동안 검은 아궁이와 씨름하던 토츠가 다시 물었다.

"지금은 좀 따뜻해 졌지?"

"아닌데." 키르가 사우나 안에서 몸을 떨면서 말했다.

"점점 더 추워지는 것 같아."

"이거 대체 왜 이러지? 이 정도 불을 땠으면 따뜻해져야지 추워지는 게 말이 되냐? 시간이 좀 더 걸리는 걸 거야. 넌 많이 추운데다 어제 와인 한 병을 다 비워서 효과가 그렇게 빨리 나타나진 않을 거야."

"이제 내 몸엔 포도주가 한 방울도 안 남았어. 그거 다 토해 내서 아무 것도 없어. 사우나 안이 추워서 나도 추운 거야. 아이 추워, 나 다시 옷 입을래."

키르는 옷을 다시 입고 싶었으나 토츠가 안으로 들어와 옷을 당기면 서 말했다.

"이 바보야, 곧 땀을 흘릴 텐데 옷을 입으면 어떡해. 얼른 옷 이리 줘."

토츠는 옷을 밖으로 가지고 나와서는 장작을 정리하고 아궁이를 손 으로 탁탁 두들겨 보았다. 아궁이는 충분히 달구어졌는데 위편 긴 의자 에 누워있는 놈은 춥다고 난리였다. 이런데도 땀을 흘리지 않으면 저 녀 석은 원래 땀을 안 흘리는 놈인 거였다.

"나 도저히 땀이 안 나. 거기서 넌 뭐하고 있어?" 키르가 말했다. "땀 흘 리기도 전에 얼어 죽겠다. 등가죽이 바닥에 달라붙을 지경이라고!"

"땀 좀 흘려봐. 건강에 아주 좋은 거야. 가슴이 아플 때 제일 좋은 약 이라고."

토츠는 손에 물을 가득 담아서 다시 돌 위에 뿌려 보았다. 뒤쪽에서 '좌악!' 하고 수증기가 피어나는 소리가 들렸다.

"내가 뭐랬어. 아하. 이제 뜨거워진다." 토츠가 외치며 반짝이는 눈빛으 로 위를 쳐다보았다. "이제 느껴져? 좀 따뜻해졌어?"

"아니."

"그래도 아까보단 따뜻해졌지?"

"아니라고!"

"아직도 안 따뜻해졌다고? 여긴 이렇게 따뜻한데 뭔 소리야. 물 한 방 울만 더 뿌리면 찬물로 씻고 싶어질 정도로 사우나 안이 뜨거워질 거야."

그러더니 토츠는 두 손에 물을 가득 담아와 세 번째로 돌 위에 뿌렸

사진 출처 https://kr.123rf.com 사진 작가 Igor Groshev
에스토니아 식 통나무 사우나와 자작나무 묶음

다. 뜨거운 수증기 때문에 눈이 따가왔다.

"아직도 아니야?"

"아직도 아니야!"

"그럼, 얼른 내려와서 찬물로 씻어."

"뭔 소리야. 나 아직 땀 흘리지도 않았어. 그런데 찬물로 어떻게 씻어? 지금 내 꼴이 어떤지 한번 보고나 이야기하라고!"

"어떤데?"

"시퍼래."

"시퍼렇다고? 왜 시퍼런데?"

"추우니까 그렇지!"

시퍼렇다고……. 토츠는 생각에 잠겨 불을 한참 동안 쳐다보았다. 불을 쳐다보고 있자니 또 엉뚱한 생각이 꼬리를 물었다. 지금 아궁이에서 떨어지는 게 숯인가? 어쩐지 사람 머리와 굉장히 비슷하게 생겼다. 그런데 어디서 많이 본 얼굴이다. 이건 이건… 바로 뚱땡이 장로다. 이런 젠장. 대체 이게 웬일이야. 지금은 지리 시간 아니었나? 토츠는 잠시만 수업을 쉬고 나와 있으려고 했으나 지금은 사우나에서 불을 지피고 있다. 이 망할 놈 같으니. 이게 다 가슴이 아프다고 난리치는 키르 때문이다.

그러다 갑자기 사우나 밖으로 뛰어나왔다. 자기도 모르게 키르의 옷을 옆에 끼고 젖 먹던 힘을 다해 교실 쪽으로 뛰어갔다. 토츠는 잠시 학교 입구에 서서 교실 쪽에서 무슨 소리가 들리는지 살펴보았다. 지리 시간이 아닌 것 같았다. 그사이 설마 다른 수업이 시작된 건가? 벌써 다음 수업이 시작될 리가 없는데…. 교실 안이 시끌벅적했다. 지리 시간이 끝난 게 분명했다. 토츠는 자기 손에 들린 키르의 옷을 보고는 소스라쳤다. 키르의 옷이 왜 여기 있지? 그리고는 창고 안으로 들어가 앞에 보이는 바구니에 키르의 옷을 던져 넣었다. 그때 두 아이가 창고로 들어와 토츠의 얼굴을 보고 놀란 표정으로 말했다.

"너 혹시 악마를 본 적 있냐?"

첫 번째 애가 두 번째 아이에게 말했다.

"아니." 두 번째 아이가 대답했다.

"그럼 여기 한번 봐라." 첫 번째 아이가 토츠를 보며 말했다.

토츠는 우당탕 소리를 내며 기숙방으로 들어갔다. 그곳에 들어서자마자 거울 앞에 섰다. 얼굴에 잔뜩 묻은 숯검정 때문에 자기 얼굴을 도무지 알아볼 수가 없었다.

16

토츠가 사우나를 빠져나가자 키르는 큰 소리로 친구를 불렀다. 그를 도와주는 사람이 아무도 없자 할 수 없이 긴 의자에서 내려와 옷을 찾으러 사우나 입구로 나갔다. 그런데 아무리 둘러봐도 장화와 모자 외에는 아무것도 없었다. 위아래 덮을 것은 찾았지만 가운데 부분은 태초의 아담의 모습으로 남아있었다. 키르는 모자를 뒤집어쓰고 장화를 신었다. 그는 무화과 열매 대신 자작나무 묶음[14]으로 중요한 곳을 겨우 가리고 문에서 나와 밖을 슬쩍 내다보았다. 밖은 아주 조용해서 어떤 생명의 흔적조차 없는 듯했다. 벨벳처럼 부드럽고 성근 눈송이들이 천천히 떨어지면서 땅 위를 덮었다. 멀리 주막이 있는 곳에서는 말들이 콧바람을 내

---

14) 에스토니아의 사우나에서는 땀이 나기 시작할 때 자작나무 가지 묶음으로 몸을 두드리면 건강해진다고 하여 대부분의 사우나에는 자작나무 가지 묶음이 비치되어 있다.

뿜는 소리가 들렸다. 면직공장에서는 물 떨어지는 소리와 함께 기계들이 돌아가는 육중한 소리가 들려왔다.

키르는 큰 소리로 토츠를 불렀다. 아무런 반응이 없었다. 키르는 발끝으로 서서 사우나를 한 바퀴 돌아보았으나 아무리 봐도 사람의 흔적은 없었다. 교실에서는 여러 가지 소리가 섞여 나왔다. 문이 꽝꽝 소리를 내며 열리고 닫혔고 봄날 강의 방죽이 터지듯 아이들이 밖으로 와르르 몰려나왔다.

키르는 재빨리 사우나 안으로 들어가 아궁이 앞에 쭈그리고 앉아 귀를 쫑긋 세우고 바깥 상황을 살폈다. 옷을 입은 아이들은 밖에서 시끌벅적하게 놀아도 아무도 뭐라 하는 사람이 없었다. 키르는 자신이 몇 년간 단 한 번도 옷을 입어본 적이 없는 사람같이 느껴졌다. 심지어 앞으로 평생토록 그 옷을 되돌려받지 못할 것 같은 생각도 들었다. 불은 타닥거리면서 벽에 그림자를 만들었고, 물방울이 천장 위에서 무겁게 떨어졌다. 그리고 돌멩이 역시 '피시시' 소리를 내고 있었다.

곧이어 누군가 사우나 쪽을 향해 걸어오는가 싶더니 다시 멀어졌다. 키르는 겁이 났다. 아궁이 안쪽은 지옥으로 가는 문처럼 검어서 악마가 당장이라도 밖으로 기어나올 것만 같았다. 누군가 사우나 쪽으로 다가오는 발자국 소리가 들리자 키르는 밖으로 뛰쳐나가 도움을 요청하려고 자리에서 일어났다. 정말로 누군가 오고 있었다. 서걱거리는 눈을 밟고 어디서 들어본 듯한 말을 중얼거리고 있었다. 장로였다. 분명 장로가 확실하다고 생각하면서 키르는 구석에 있던 물통 속으로 몸을 감췄다. 그 사람이 사우나 안으로 들어왔다.

그는 아궁이 입구에 가만히 서 있었다.

"흠…, 사우나 문은 활짝 열려 있고 아궁이에도 불이 지펴져 있는데 아무도 안 보이는군. 대체 누가 불을 피운 거지?"

물통에 들어간 키르는 말없이 귀로만 밖을 살폈다. 목소리를 들어보니 장로는 아니었다. 목소리는 어디서 들어본 것 같은데 누구인지 금방 떠오르지는 않았다. 키르가 물통 가장자리에 코를 대고 밖을 보니 다름 아닌 성당 임차인이었다. 그렇다면 상황이 그렇게 끔찍한 것은 아니었다. 그 아저씨가 자기를 혼자 두고 다시 나갈까 봐 그는 벼룩처럼 폴짝 일어서서 말했다.

"안녕하세요."

"누구냐?" 성당 임차인이 뒤를 돌아보았다.

"저예요, 토츠가 사우나에 오자고 했어요, 여기서 불을 피워준다고 했는데 제 옷만 가지고 도망쳐 버렸어요."

"누구라고? 누구?"

"저요, 키르."

임차인은 가까이 와서 키르를 자세히 쳐다보았다.

"넌 대체 여기서 뭐 하는 거냐?" 그는 놀란 듯 손을 내저으며 말했다.

"왜 옷은 홀딱 벗고 있어? 옷은 어딨냐?"

"토츠가 가져갔어요. 제가 땀을 좀 흘리고 싶어서 같이 사우나에 왔거든요. 토츠가 불을 피워준다고 했는데. 그냥 제 옷만 가지고 가버렸어요."

"이 녀석아, 땀 흘리려고 여기에 왔다고? 토츠 같은 놈이 꼬셨으면 그러고도 남지. 그 녀석은 뭐든지 할 놈이니까. 그래서 지금 어딨냐?"

"아마 기숙방으로 뛰어갔을 거예요."

"니네들은 도대체 머릿속에 뭐가 들어있는 게냐?"

임차인은 머리를 흔들며 말했다.

"이런 식으로 사우나에 불을 지피려고 했던 거야? 대체 이 짓은 누가 한 거냐? 사우나 굴뚝도 연기가 자욱하고. 대체 뭔 짓을 한 거야. 내가 혹시나 하고 보러 온 건 아마 주님의 은총일 거야. 이제 걱정 마라. 사우나를 제대로 달궈 줄게. 그나저나 너는 왜 땀을 흘리려고 했던 거냐?"

"가슴이 좀 아팠어요. 토츠가 땀을 흘리면 가슴 아픈 게 좀 나아질 거라고 했어요."

임차인은 껄껄껄 웃었다.

"이런 쳐죽일 놈들 보소. 못하는 짓이 없네. 토츠는 감옥에 며칠 가둬놓고 빵이랑 물만 줘야 돼. 그렇지 않으면 이 세상이 얼마나 무서운지 평생 가도 못 깨닫게 될 거다. 이제 얼른 물통에서 나와. 거기 얼마나 더 있으려구 그래. 네가 무슨 디오게네스도 아니고."

그 말을 들은 키르는 물통에서 나와 아궁이 앞에 다시 쭈그리고 앉았다. 키는 큰데 빼빼 마른 것이 꼭 나뭇가지 같았다. 벽에는 키르와 똑같은 모양의 그림자가 생겼다. 임차인은 한참 동안 그 삐쩍 마른 그림자를 바라보았다. 그리고 조끼를 벗어서 키르의 등에 얹어주었다.

"꼴이 이게 뭐냐? 어깨뼈가 그대로 드러날 정도로 마르고, 그런데도 땀을 흘리러 왔다니. 땀을 뺄 것도 없어 보이는데…. 여기서 불을 좀 더 쬐고 있어. 난 가서 토츠가 어디 있나 좀 찾아봐야겠다."

키르와 토츠는 어제부터 오늘까지 이틀 동안 재수가 없었다. 토츠가 하는 말을 듣지 않았더라면 일이 이렇게까지 되지는 않았을 것이었다. 토츠, 이 나쁜 자식, 오늘부터 네 녀석이랑은 단 한마디도 안 할 거다.

시간이 조금 지나자 맨살에 긴 다리를 드러낸 키르가 강변에서 학교 쪽으로 뛰어갔다. 쉬는 시간이 끝나고 수업이 다시 시작했지만 키르는 성공적으로 학교 문 앞에 도착하여 무언가 도움을 요청하는 듯 주변을 둘러보았다. 그러고는 창고로 뛰어가 의자 밑으로 기어 들어갔다. 그리고 아까 임차인이 준 조끼 안으로 몸을 둥글게 말아 넣었다. 그는 의자 밑에서 마치 회색 보따리처럼 숨어 있었다.

키르가 장로 집무실을 지나 잽싸게 뛰었지만 짤막하고 뚱뚱한 장로가 그 도망자를 못 볼 리가 없었다. 숨을 헐떡거리며 들어선 장로는 그 뛰어간 사람이 분명히 선생님이나 임차인은 아닐 것이라는 확신에 차 있었다.

"여기 누구 뛰어 들어온 사람 없었나요?" 장로가 말했다.

"아무도 못 봤는데요." 선생님이 어깨를 들썩이면서 말했다.

"그럼 대체 어디로 간 거지? 분명 이리로 들어왔는데."

"저는 보지 못했습니다. 누구였을까요?"

"저도 모릅니다."

"집무실에서 나가려고 하는데 누군가 이리 뛰어오는 것을 봤어요."

"못 봤는뎁쇼." 마침 그 자리에 들어온 임차인도 말했다.

"난 우리 애들 중 하나가 수업 시간에 뛰어다니는 줄 알았지요."

장로는 약간은 차분해진 음성으로 말했다.

"어쨌든 확실히 남자애였어요. 내가 본 그대로 이야기하자면 걔는 바지를 입고 있지 않았어요."

"바지를 안 입었다고요?"

놀란 선생님이 임차인과 뭔가 의미심장한 눈빛을 나눴다.

"그게 대체 누구란 말입니까?"

"저야 모르죠."

"이런 한겨울에 바지도 안 입고 뛰어다니는 애가 어디 있어요?"

임차인이 의아하다는 표정을 지으면 말했다.

"분명 내 눈에 그 발가벗은 허벅지가 학교 문 쪽으로 뛰어오는 걸 봤어요. 분명 여기 어딘가 숨어 있을 거예요."

장로는 창고로 가는 문을 유심히 쳐다보았다.

"여긴 확실히 아무도 없군요."

"대체 어디 간 걸까요. 선생님은 학생들이랑 계속 여기에 있었으니 누군가 한 명은 분명 보았을 겁니다. 그 사람이 어디로 도망갔는지 본 사람."

장로는 최소한 학생들 중에는 거짓말을 하는 사람이 없다는 사실에 안도의 한숨을 쉬며 문 쪽으로 걸어 나갔다. 임차인은 조용히 웃으며 선생님의 손목 옷깃을 잡아 교실 구석으로 끌었다.

"장로님이 본 사람은 다름 아닌 키르입니다." 임차인은 조용히 말했다.

"그런데 그 녀석은 대체 어디로 도망을 간 것일까요? 내가 옷을 가지고 올 때까지 사우나 안에서 가만히 있으라고 했는데."

"그 사이에 여기 왔다가 다시 사우나로 갔을지도 모르죠."

선생님이 말했다.

"그럴지도 모르죠. 어쨌든 선생님을 좀 모셔가려고 교실에 들어왔습니다. 지금은 토츠에게 가서 옷을 어디다 숨겼는지 물어봐야겠습니다."

"토츠, 이리 나와라."

선생님은 교실 쪽을 보며 말했다. 다른 애들이 키득거리는 가운데 토츠가 나타났다. 누가 봐도 토츠가 또 뭔가의 사건에 연루되었음을 짐작할 수 있었다. 무엇보다 이 자리에 키르가 없다는 사실도 뭔가 굉장히 수상쩍었다.

"너 키르 옷을 대체 어디에다 숨겼니?" 문을 닫으며 선생님이 물었다.

"키르 옷이요? 전 몰라요, 전 본 적이 없어요."

토츠는 조심스럽게 옷의 단추를 만지작거리면서 말했다.

"그럼 누가 가져갔지?"

"저야 모르죠. 아마 옷장수가 가져갔나 보죠."

"무슨 옷장수가?"

"거길 지나가던 옷장수요."

"어딜 지나갔다는 말이냐. 좀 더 자세하게 말해봐. 오늘은 말을 잊어버린 거니? 평상시라면 이보다는 훨씬 말이 많을 텐데."

"옷장수요. 제가 사우나에서 나올 때 옷장수가 지나가는 걸 봤어요."

"그 사람이 가져갔다는 말이냐?"

"그럼, 누가 가져갔겠어요."

선생님과 임차인은 한참을 서로 빤히 쳐다보았다. 토츠 말이 맞는 거라면 정말 큰일이었다. 그 옷장수는 아마 멀리 가버렸을 것이었다.

"정말 네가 안 가져갔니?" 임차인이 물었다.

"안 가져갔다니까요."

"그리고 옷장수가 지나가는 거 네가 정말 봤어?"

"정말 지나갔어요. 옷장수가 맞다니까요. 타타르인 같았어요. 회색 옷을 어깨에 걸치고 손에는 자를 흔들고 있었어요. 철로 만든 거였어요."

"어디로 갔는데?"

"주막 쪽으로요. 키우스나 쪽에서 와서 주막 쪽으로 갔어요."

"이런 변이 있나."

"그렇다면 가서 옷장수를 찾아보는 수밖엔 없는데. 잡을 수 있으려나. 어쨌든 이 사단이 난 것은 다 너 때문이다. 왜 키르는 사우나에 끌고 간 거냐?"

"제가 데려간 것이 아니라, 걔가 졸라서⋯."

"우리 착한 토츠야. 그러면 너만 상황이 더 안 좋아져. 내가 너랑 정말 오랜 시간 동안 보고 살았지만, 이제부터는 정말 너 다루는 방식을 바꾸어야겠다. 난 네가 한 번도 네 잘못을 인정하는 것을 본 적이 없다. 얼른 당장 가서 옷 가져와."

토츠는 자기를 퇴학시키려는 줄 알고 가슴이 철렁 내려앉았다. 뭐라도 말을 하려고 입을 들썩거렸지만 아무런 말도 나오지 않았다. 자기가 한 일이 너무 심하다는 생각이 들었는지 팔도 그만 축 처지고 말았다.

"뭐하고 서 있어, 이놈아." 선생님이 다시 말했다.

"친구는 사우나에서 개구리처럼 떨고 있는데."

토츠는 그 말이 옷을 얼른 키르에게 가져가서 입히라는 말임을 깨달았다.

"우선 저기 화로 옆에 가서 내가 올 때까지 벽 보고 서있어라. 그 후에 다시 이야기하자. 너에게 할 말이 아주 많으니까 말이다."

선생님은 토츠의 가죽옷을 들고 임차인과 함께 사우나로 걸음을 옮겼다. 토츠는 문틈으로 두 사람이 멀리 가는 것을 확인한 후 창고로 들어가 주변을 둘러보고 나서 키르의 옷을 버려둔 바구니에 가서 황급히 옷을 꺼냈다. 토츠는 그 일에 얼마나 정신이 팔렸는지 의자 밑에 빨간 머리 키르가 조끼를 입고 웅크리고 앉아 있는 사실도 눈치채지 못했다. 키르의 가죽옷을 마저 꺼낸 후 그 자리에 원래 있던 빵을 넣어두려고 집었다. 한 손에는 빵을, 다른 한 손에는 바지를 들고 있던 토츠 귀에 자기를 부르는 소리가 들려왔다.

"야, 토츠!"

누군가 의자 밑에서 나직하게 불렀다.

"너, 너, 누구야?"

토츠는 놀란 나머지 말까지 더듬다가 그만 빵을 바닥에 떨어뜨리고 말았다.

"나야. 키르, 내 옷을 대체 어디다 놔둔 거야?"

키르를 만난 토츠의 얼굴에 미소가 퍼졌다.

"너 사우나에선 왜 도망 나왔어. 옷 다시 갖다 주려고 했는데. 네가 거기서 여전히 땀을 흘리고 있는 줄 알았어."

"입 닥쳐. 땀은 너나 가서 흘려. 그나저나 내 옷은?"

마음이 훨씬 편해진 토츠가 대답했다.

"그게 어디 있는 줄 낸들 알겠냐? 어, 옷이 마침 여기 있네. 여기 네 가죽옷이랑 바지, 조끼도 여깄다. 네 양말이랑 목도리랑… 이런 목도리가 버터 그릇 안에 있네. 걱정 마. 내가 깨끗이 빨아줄게. 자, 이제 옷을 얼마나 빨리 갈아입나 한번 보자. 난 아침마다 2분 30초 안에 다 갈아입어."

키르는 임차인이 준 조끼를 내려놓고 완전히 기계처럼 착착 옷을 갈아입었다. 어찌나 빨리 바지에 다리를 끼우고 가죽옷을 입는지 바느질이 뜯어질 정도였다. 토츠는 옷 입는 것을 도와주면서 누군가 오늘 일을 물어본다면 어떻게 대답해야 하는지에 대해서 키르에게 일러주는 것도 잊지 않았다.

잠시 후 두 아이는 아무 일 없다는 듯이 교실에 들어와 자기 자리에 가 앉았다. 키르는 왠지 울고 싶은 듯한 얼굴을 하고 있었고, 복잡한 심경으로 화로 쪽을 바라보며 손톱을 물어뜯는 토츠는 조금 불안했다.

"혹시 누구 키르 본 사람 있니?"

토츠와 키르가 자리에 앉은 뒤 얼마 있다 교실에 들어온 선생님이 물었다.

"키르 여기 있는데요." 토츠는 선생님 쪽을 바라보며 말했다.

"아하, 키르가 거기 있구나. 그런데 너는 왜 거기 앉아있는 게냐?"

"네, 알았어요, 벽으로 갈게요."

선생님은 뭔가 쪽지를 적더니 예르베오츠를 불러 말했다.

"얼른 가서 임차인 아저씨에게 이 쪽지를 건네주고 와라. 아마 지금 마 굿간에서 말을 준비시키고 있을 거다."

그리고 난로 옆에서 서 있는 토츠 옆을 지나가며 토츠만 들릴 만큼 작 은 소리로 말했다.

"네가 옷장수를 잡았으니 임차인 아저씨는 옷장수 찾으러 안 가도 되 겠다."

17

토츠는 그렇게 눈에 보이건 안 보이건 상관없이 그를 노리고 있는 경 고를 용케 피해 다녔으며 학교에서 퇴학당하는 일도 없었다. 토츠가 언 제나 그렇게 최악의 상황을 피할 수 있었던 것은 매일매일 새로이 발전해 가는 그의 장난으로 인해 이전 것은 금방 잊힌 탓도 컸다.

봄이 최고조에 이르렀던 3월 10일, 아이들은 강 쪽에서 '살려 달라'고 가슴을 찢는 듯한 소리를 들었다. 아이들은 뛰어가 보았지만, 강에는 아 무도 없었다. 시간이 조금 지나자 학교에서 토츠는 요닐라 마을 사람 두 명이 강에 빠졌다고 말했다. 나중에 알고 보니 살려달라고 외친 사람 은 바로 토츠였다.

한번은 잠에서 깨어난 아이들의 얼굴에 밤새 수염이 자란 것을 알아 차렸다. 누가 그랬는가 살펴보니 토츠가 부활절 달걀에 칠하는 염료로 아이들의 코와 턱에 칠을 해놓은 것이었다.

바로 그날 밤 한 시에 아홉 번 울리는 교실 벽시계 때문에 아이들은 깜짝 놀랐다. 그것 역시 토츠가 자기의 주머니 시계를 보고 맞춰놓은 것이었다. 이상하게도 그 주머니 시계는 아주 이상해서 시간을 맞출 수는 없었지만, 작동은 멀쩡히 되었다.

다음 날 키르는 종이 한 장을 등에 붙이고 교실 안을 어슬렁거리며 돌아다녔다. 그 종이 안에는 병이 하나 그려져 있었는데 그 밑에는 '라티파츠[15]'라고 쓰여 있었다.

어느 날 토츠는 스메르와 머리카락을 잡아당길 정도로 심하게 싸움을 했다. 그때 토츠는 스메르에게 허수아비라는 둥 번개에 맞아 죽을 놈이라는 둥 별 듣도 보도 못한 욕을 해댔다. 같은 날 저녁 이멜릭과도 사건이 있었다. 쿠슬랍은 이멜릭이 시키는 대로 장로의 부엌에서 고기를 구워 트우크레 마을 아이들끼리 자그마한 잔치를 벌이려고 했다. 그들 가운데 토츠가 나타났다. 그가 왔다는 것에 대해서 큰 불만은 없었고, 그 세 명은 한참을 맛있게 먹었다. 그러다 갑자기 이멜릭은 토츠에게 이런 이야기를 했다.

"사람들이 그러는데 지구는 계속 돌고 있대."

그러면서 오른편에 있던 가장 큰 고기를 자기 쪽으로 잡아당겼다.

"그런데 난 관심 없어."

"천둥이 치면 모든 게 섞이고 난리가 나."

토츠는 이렇게 말하면서 난데없이 빵 바구니를 그릇에 있는 힘껏 던졌다. 그때 고기 덩어리들이 아래로 튀면서 쿠슬랍과 이멜릭 얼굴에 고기 기름이 튀고 말았다.

토츠는 미국에 가서 사자 사냥을 할 것이라고 했다.

"내가 사자 가죽이랑 뿔을 보내주지."

---

15) p.196 참조

친구 중 한 명이 사자에는 뿔이 없다고 하자 토츠는 그의 말에 바로 수긍을 하고 그럼 가죽만 보내주겠다고 했다. 어찌 되었건 토츠는 학교에 진력이 난 것은 확실했다. 그의 말에 의하면 학교 공부는 가난한 사람들이나 바보들이 시간을 보내기 위해서 하는 것이라는 것이었다.

다음 말썽은 장로에게 엄청나게 혼이 난 이후 얼마 지나지 않아 벌어졌다. 그때는 점심시간이었고 기숙방에는 아무도 없었다. 토츠는 가죽옷과 장화와 모자로 사람 모양을 만들어 천정에 걸어놓았다. 그 사람 모양 인형의 등에는 이런 글이 쓰여 있었다.

"내 죽음에 대해 다른 사람을 탓하지 마시오. 그냥 돈이 없어서 목을 매단 것이요."

어느 날 밤 토츠는 밖에 나가더니 문간에서 끔찍한 소리를 질렀다.

"거기서 뭘 보고 있는 거야. 거기서 뭘 쳐다보고 있는 거냐고. 내가 널 못 본다고 생각해?"

그러더니 다시 방으로 들어와서 해가 뜰 때까지 도둑이 또다시 들어오지 않을까 망을 보았다. 물론 그것은 누구 들으라고 한 이야기가 아니었다. 아이들은 그냥 편안한 잠을 이룰 수 없었고 그 사실은 장로의 귀에까지 들어갔다. 또 장로의 생일날 학교 문에 정어리를 못 박아놓은 사건도 있었다. 달빛에 비친 정어리는 마치 하늘의 별처럼 빛났고 토츠는 그걸 보고 별 같다고 했다.

성당학교 창문 밑에서 끔찍한 광란의 소리가 났고, 그 소리를 낸 사람이 바로 토츠였다. 이마로 나무 한 그루를 쿵 찧어 부러지게 한 것이었다. 토츠는 장로에게 가는 길에 아버지로부터 등짝을 맞았다.

토밍가스와 모르가니가 얼음 조각을 타고 강 위를 떠다니고 있을 때 토츠의 잘못으로 얼음이 뒤집어졌다.

토츠는 누군가와 함께 케사마의 형을 놀리는 노래를 지어 며칠간 쉬는 시간마다 부르고 다녔다. 케사마의 형은 자기의 농장을 사랑스러운 약혼자 마리 명의로 등록을 해주었다. 그러나 그 못된 마리는 결혼식을 올리기도 전에 케사마의 형을 농장에서 쫓아내려고 하였다. 끝내 장로의 귀에까지 들어갔고 엄청나게 혼이 나게 만든 노래의 가사는 이러했다.

아, 지옥 같이 끔찍하구나
저기는 지금도 내 농장인데
새끼 돼지들이랑 소 떼랑
날 선 쟁기랑 내 땅의 보리
못된 마리가 다 가지고 가네
나는 발가벗은 몸뚱아리뿐이네

이멜릭과 토츠 사이에서 엄청난 말싸움이 있었다. 이 싸움은 옷걸이가 누구의 것인가에 대한 논쟁으로 시작해서 이멜릭 옷의 주머니가 뜯어지는 결과를 낳았다.

제발 네 옷 좀 다른 옷걸이에 걸지 마. 나도 너한테 그 말을 하고 싶었어. 이건 내 옷걸이거든. 아니야. 네 옷걸이 아니야. 맞다니까. 이거 내 옷걸이라니까. 우린 모두 다 알고 있어. 너는 다른 사람들이랑 평화롭게 살기는 글렀어. 사람들이 어떻게 해서든 너를 이용해 먹으려고 할 거야. 하늘과 땅이 만나는 세상의 끝으로 한번 가봐. 거기다가 망치로 못을 박고 거기에 옷을 걸어. 그래? 지구가 계속 돈다면서 그럼 어떻게 되는데. 그럼 네 옷은 하늘 한복판에 걸려 있을 거고 구름을 타고 날아가서 걷어와. 구름은 타기가 참 좋아. 그런데 다시 어떻게 내려오란 말이야. 내려올 수 있지. 네가 지난번 창고에서 포도주 꺼내올 때 어떻게 내려왔는지를 생각해 봐

라. 그 후 말싸움은 더 독해져서 결국엔 위에 말한 대로 되고 말았다.

18

어느 날 점심시간이었다. 안츠 비페르가 세계 지도 앞에 서서 뭔가 생각하고 있었다. 마침 지나가던 토츠는 친구 옆에 섰다.

"비페르, 뭔 생각해?"

비페르는 토츠 쪽을 향해 서서 심각한 표정으로 한참을 쳐다보았지만 아무런 대답은 하지 않았다.

"독일은 어디에 있어?" 토츠가 물었다.

"네가 직접 찾아봐, 독일이 어디에 있는지."

토츠는 손을 들어 해가 뜨는 쪽을 가리켰다.

"저기 뒤 어딘가에."

"오호? 그래? 정말 저기에 있다고?" 비페르가 소리쳤다.

"그럼 지도에서 짚어봐."

토츠는 어깨를 들썩했다. 사실을 말하자면 독일이 어디 있건 토츠에겐 중요한 일은 아니었다. 토츠 차원에서는 그게 하늘 위에 있다고 해도 문제될 것은 없었다. 그런데 지도가 조금 이상했다. 누가 만들었는지는 모르겠지만 지도 위에 줄이랑 점이랑 빼곡하게 적혀 있는 이름들을 써넣느라 엄청나게 고생을 했을 것 같았다. 지도 위에 모래를 뿌려 놓은 것처럼 수많은 점이 들어차 있었다.

"독일 찾았니? 해가 뜨는 쪽이야, 지는 쪽이야?"

"지는 쪽."

"그런데 왜 해가 뜨는 곳을 가리켰어?"

"내가 보기에 독일, 프랑스, 영국 모두 해가 뜨는 쪽에 있는 것 같아. 해가 지는 쪽에는 거대한 호수 빼고는 아무것도 없을 거야. 그냥 세상의 끝이지."

"세상의 끝? 탈린으로 가는 기찻길처럼 해가 지는 쪽으로 가면 지구도 끝나는 거야?"

"그렇지…."

"야, 무슨 말이야. 기다려 봐. 내가 지구본 가져올게."

비페르는 교실 책장에서 지구본을 가져와 토츠의 코 밑에 들이밀었다.

"여길 봐봐. 여기 시작이 어딨고 끝이 어딨니? 지구는 네 머리처럼 동그랗게 생겼어. 그리고 태양 주위를 돌고 있다고. 그리고 24시간에 한 번씩 자기 혼자 빙 돌아."

"강아지가 자기 꼬리를 잡으려고 빙빙 도는 것처럼?" 토츠가 대답했다.

비페르는 잉크병을 들어 태양을 표시하며 지구본을 붙잡고 그 주위를 한 바퀴 돌았다. 그런 식으로 지구가 자전하는 움직임도 표현할 수 있었다. 토츠는 이전에 선생님이 그와 비슷한 것을 설명한 적이 있었음을 깨달았다. 그런데 그 당시에는 그 이야기를 바로 이해할 수는 없었다. 설명을 전부 러시아어로 했기 때문이었다. 비페르의 설명에 비로소 이해가 되었고 지리에 관해서도 관심이 생겼다.

"근데 이상한 게 있는데, 왜 안 떨어져?"

토츠는 지구본을 여기저기 둘러보며 말했다.

"어디로 뭐가 떨어진다는 말이야?"

"여기 사는 사람들. 미국 사람들이나 그쪽에 사는 사람들. 거기 사는 사람들은 천장에 있는 파리들처럼 거꾸로 다닐 텐데, 왜 안 떨어지냐고."

비페르는 왜 그쪽 사람들이 지구에서 떨어지지 않는지 설명했다. 지구에는 모든 것들을 끌어당기는 자석 같은 힘이 있다고 했다. 하늘로 던져진 돌이 다시 떨어지는 것만 보아도 충분히 알 수 있다고 했다.

"그래도 미국 사람들이 거꾸로 걷는 것은 맞잖아."

"아니야, 거기 사람들도 우리처럼 똑바로 걸어. 실뭉치를 천장에 매달면 위랑 아래가 똑바로 보이지. 그런데 지구는 실뭉치하고는 달라. 지구는 공중에 매달려 있는 건 똑같지만 어디서나 중력이라는 게 작용하고 있어."

"그런데 혼자서는 어떻게 도는 거야? 정말 혼자서 도는 게 맞아?"

"도는 게 맞아. 지구에는 자전축이라는 게 있어."

"자전축? 그래, 그거 진짜 멋지다. 그런데 부러지면 어떡해."

"그런 걱정은 안 해도 돼. 그 축은 우리가 생각하는 선 같은 게 아니야. 지구의 자전축은 남과 북을 연결해 주는 거야. 자전축이라는 게 눈에 보이지는 않지만 마치 가운데 축이 있는 것처럼 빙빙 돌고 있어. 이제 알겠니?"

"알겠다. 그런데 극이라는 건 뭐야?"

"극은 지구 자전축의 양쪽 끝부분이지. 자전축을 선으로 표현한다면 극은 맨 끝부분, 자전축이랑 연결된 부분이야. 극은 두 개가 있어, 북극이랑 남극."

그렇게 말하면서 비페르는 한 손가락을 펴서 북극을, 그리고 다른 한 손가락으로는 남극을 가리켰다. 토츠는 이 모든 이야기를 마치 옛날이야기처럼 진심으로 재미있게 들었다. 단지 지리뿐 아니라 다른 사실들도 흥미롭게 다가왔다.

"와, 토츠가 정말 귀를 쫑긋 세우고 듣고 있네." 한 아이가 말했다.

비페르는 지구가 태양을 어떻게 도는지 여름과 겨울은 어떻게 생기는지, 적도로 남반구 북반구가 나뉘는 것, 바람이 어떻게 생기는지, 일식과 월식은 어떻게 생기는지도 이야기해 주었다.

이전에 선생님이 바람의 생성에 관한 수업에서 초를 들고 문밖으로 나가서 바깥의 바람이 어떻게 안으로 들어오는지 설명했을 때, 토츠는 그저 선생님이 바람으로 촛불을 끌 수 있다는 것을 보여주는 거라고 이해했다. 오늘까지도 세계 지도에는 왜 지구가 두 개 그려져 있는지 잘 이해가 가지 않았다.

비밀스러운 세계 지도에는 둥근 지구 모양이 두 개나 그려져 있었고 지구의 위와 아래를 연결한다는 그 신기한 갈고리 같은 것이 어떤 것인지 계속 궁금했다. 만약 위에 있는 사람들과 아래의 사람들이 싸움하게 되면 위 사람들이 갈고리를 없애버릴 것이고, 그러고 나면 아래 사람들은 영원히 바닥으로 떨어지는 것 아닌가?

비페르가 지구본을 더 가까이 가져와, 지구는 자기가 들고 있는 나무로 깎아놓은 달걀처럼 생긴 지구본과 똑같이 생겼고, 지구는 완전히 하나라고 에스토니아어로 쉽게 설명해 주었다. 그러자 파운베레 마을 정반대 쪽에 사는 미국 아이들이 왜 옆쪽에서 미끄러지지 않고 살고 있는가 하는 어려운 질문에 대한 답변을 구할 수 있었다.

그 후 토츠는 밖으로 나가서 돌을 위로 던지고는 외쳤다.

"얘들아, 봐라, 힘이 어떻게 작용하는지."

"그 돌멩이가 하늘로 올라가는 거?" 어떤 아이가 말했다.

"아니. 이 바보야. 지구가 당기는 거 말야."

토츠가 대답했다. 그러고 나서 토츠는 문 옆으로 가서 성냥으로 불을 켠 후 아이들을 가까이 불러 설명했다.

"위의 공기는 뜨겁고, 아래 공기는 차가운 거 보이지. 사우나도 마찬가지야, 위에 올라가 있으면 그래서 더 뜨거운 거야."

그는 오늘 중으로 자기도 지구본을 만들 거라고 호언장담했다. 나무는 이미 준비가 되었으니 그릇과 비슷하게 두 개를 깎아다가 같이 붙이면 될 것 같았다.

'진짜 이상하군.' 비페르의 설명을 들으며 고심하던 아르노에게 궁금한 것이 한 가지가 있었다.

"하늘 위에는 수많은 별들이 있고 각자 자기들에게 정해진 길을 따라 움직이는데 왜 한 번도 그 길에서 벗어나는 법이 없지?"

그리고는 아르노가 트니손 쪽으로 몸을 돌리자 트니손이 말했다.

"자기들끼리 충돌해서 땅으로 떨어질 때도 있어. 저녁에 밖에 나가보면 별이 떨어지는 게 보이잖아."

"아, 별! 그런데 그건 별이 아니야. 지구랑 같이 태양 주변을 돌고 있는 것들은 다른 거야."

"다 똑같은 별이거든."

"아니야. 어떻게 다 똑같아."

"그래, 그렇게 알고 있어라. 아르노, 그런데 별이 떨어지는 걸 보면 소원을 하나 생각해야 돼. 아주 멋진 말 한 필을 갖고 싶다거나 아니면 다른 거 뭐든 괜찮아. 소원이 생각나면 떨어지는 별 쪽으로 돌멩이를 던져. 돌멩이가 없으면 주머니에 있는 쓰레기도 괜찮아. 그러면 소원이 바로 이루어질 거야."

"정말로? 너도 해봤어?"

"아니. 막상 그런 상황이 오면 못해. 아무것도 생각이 안 나거든. 소원이 생각나면 그땐 이미 별은 지나가 버리고 없어."

"저기 있잖아, 트니손, 난 해볼래."

바로 그때 뒤쪽에서 뭔가 큰 소리가 났다. 되돌아보니 비삭이 두 손으로 머리를 쥐어 잡고 입술을 움찔움찔하다가 그만 울음을 터뜨렸다.

"내가 그런 거라고?" 누군가 거친 목소리로 말했다.

"머리를 앞으로 빼고 있었어야지."

"혹시 토밍가스가 그런 거 아닐까?" 누군가 거들었다.

"비삭의 머리에도 잡아당기는 힘이 있다고 해서. 그런데 아무것도 안 붙네. 얘들아, 알아둬." 울음소리를 뒤로하고 토츠가 아르노와 트니손에게 다가와 말을 걸었다.

"잘 들어봐. 난 돈이 얼마가 들어도 지구본을 만들 거야. 다음 주가 되면 학교로 가지고 올 테니 기대해봐. 아주 커다랗고 멋진 지구본을 만들어 보겠어."

"사랑하는 토츠야, 제발 그러지 마라." 이멜릭이 쳐다보며 말했다.

"벌써 겁나기 시작한다."

"할 거라니까. 할 거니까 잘 지켜보고 있어. 우리 학교는 빨간 십자가로 커다랗게 그려놓을 거야. 우리가 어디에 있는지 바로 알 수 있도록 말이야. 우리 동네 강도 그려 넣을 거야."

"장로님 감자더미도 그 지구본 위에 그려." 이멜릭이 말했다. "강 그릴 때 그 바닥에 있는 뗏목 그리는 것도 잊지 마라. 길도 그려 넣고."

"나 말고 지구본을 만들 수 있는 사람이 누가 있겠어."

다음 수업이 끝나자 토츠는 다시 비페르 곁으로 가서 물었다.

"넌 그런 걸 다 어떻게 알아?"

"뭘 말이야?"

"지구가 움직이고 돌고 그런 거 전부."

"그런 건 책에서 읽은 거지."

"그런데 너 4년이나 학교 안 다녔다며."

"그래서 뭐. 집에서도 혼자 책 읽으면서 공부할 수는 있어."

"나는 집에서 이야기책이나 읽는데… 나도 그런 책 읽으면서 공부할 수 있나?"

"공부할 수 있고말고."

"근데 학교엔 왜 다시 다니는 거야?"

"그거야, 학교에 오면 더 열심히 공부할 수 있으니까."

"아버지가 시켰어?"

"아버지가 시키긴 뭘 시켜. 그냥 내가 혼자 간다고 한 거야. 계속 공부하고 싶어서."

"음… 너 정말 훌륭한 사람이구나. 학교를 일부러 다닌다니. 일도 해?"

"농번기에는 일도 해. 여름에 일을 많이 해서 겨울에 학교 갈 돈을 모아."

"너 이번 여름에 일해서 돈 벌면 네 책 살 때 나 이야기책도 한 권 좀 사주라."

19

봄이 오고 있었다. 언덕과 구릉에는 눈이 녹아 검은 흙이 보이기 시작했다. 초원에서는 사람들이 종일 휘파람을 불었다. 덤불과 잔디, 그리고 신선한 이끼 위로는 이불 위로 고개를 내민 아이들처럼 초록색의 작은 새싹들이 고개를 내밀었다. 어디나 비추고 있는 태양 빛은 똑바로 쳐다보기 어려울 정도로 아주 밝았다. 열성적인 손들은 쟁기를 들고 봄을 만들어 내느라 아주 분주했다. 아침이면 새로운 노랫소리들이 찾아들었다.

봄맞이 노래축제를 준비하라는 신호였다.

토요일 정오, 마지막 수업 시간이 끝나고 아이들은 집으로 향했다. 그 아이들과 섞여서 아르노도 모습을 드러냈다. 그는 이번 겨울 동안 키가 훌쩍 자란 것 같았다. 그러나 붉어진 뺨과 퀭해진 눈은 여전히 아르노의 병세를 보여주었다. 머리카락을 자른 지도 오래되었고 춥지 말라고 머리에 쓴 모자는 조금 작아 보였다.

아르노는 옷의 단추를 잠그고 아무 말 없이 학교 대문으로 걸어갔다. 애들이 까불고 싸우는 소리에는 별로 관심을 두지 않았다. 학교 대문에서 아르노는 잠시 가만히 서 있다가 몇 발짝 뒤로 물러섰다. 갑자기 제자리에서 크게 맴을 돌더니 성당 뜰 옆으로 큰 원을 그리며 빙 둘러 큰길 쪽으로 나갔다. 정문 옆에 이멜릭과 텔레가 서 있기 때문이었다. 이멜릭은 아르노를 보더니 성당 뜰 쪽을 향해 말했다.

"저기 아르노 간다. 그런데 왜 저리로 가는 거야?"

"난들 알겠어?" 텔레가 웃으면서 말했다.

"쟤 정말 좋은 애 같은데…" 이멜릭이 말했다.

"그런데 어딜 보고 있는 걸까?"

"나도 몰라, 대체 왜 그러는 거지?"

텔레는 그렇게 대답한 후 아르노 쪽을 바라보았다.

"네가 가서 한번 물어보지, 그래? 니네들 가는 길이 같잖아. 예전에는 항상 같이 다니더만 요즘엔 같이 안 가?"

"아르노가 나랑 같이 가는 걸 싫어해. 항상 먼저 뛰어가. 그리고 멀리서 내가 가는 걸 지켜봐."

"왜 그러지?"

"그건 나도 모르지."

"분명 무슨 문제가 있을 거야."

"나도 몰라. 똑똑한 애니까 자기가 알아서 하겠지."

"혼자서 알아서 하기야 하겠지. 그런데 너도 가서 한번 물어봐. 요즘 걔 아무랑도 이야기 안 해. 가끔 트니손하고는 이야기하는데 그것도 잠깐 이고, 다른 애들하고는 일절 대화를 안 한다니깐. 트니손이랑 둘이 무슨 이야기를 하는지 들어보았으면 좋겠어. 전에는 똑똑하고 공부도 잘하는 것 같았는데, 요즘엔 안 그래. 공부를 많이 안 하는 건지, 무슨 일이 있 는 건지…."

"걔가 뭘 하는지 난 몰라."

텔레는 앞으로 몇 발짝 걸어가서 이멜릭에게 작별인사를 하기 위해 손 을 내밀었다.

"그럼 잘 가라."

"너도 잘 가고, 약속한 대로 내일 꼭 와야 돼."

이멜릭은 텔레를 한참 바라보다가 교실로 들어갔다. 텔레는 성큼성큼 큰길을 향해 걸었다. 조금 후 뒤를 돌아보니 이멜릭은 사라지고 없었다. 이멜릭이 텔레를 눈으로 배웅해 주는 것은 이 정도였다. 그러나 전에는 학교 앞길을 지나 큰길로 가는 모습을 유심히 살펴본 적도 있었다. 텔레 는 고개를 돌려 어깨너머로 쳐다보았다. 역시나 이멜릭은 뛰어오지 않았 다. 그러자 아르노를 향해 뛰어갔다.

"기다려 봐, 어딜 그렇게 뛰어가는 거야?"

뒤로 돌아선 아르노는 눈을 아래로 깔고는 그냥 서 있었다. 가슴이 콩 닥콩닥 뛰기 시작하고 뺨은 온통 빨개졌다.

"어딜 그리 가고 있어? 시간 좀 있니?"

"난 그냥 내 생각에 네가…." 아르노가 말을 더듬으며 말했다.

"무슨 생각을 했는데? 너 요즘 학교 끝나고 정문 앞에서 나 한 번도 안 기다려 줬잖아. 내가 기숙방에서 지내는 것도 아닌데. 너 나랑 같이 다니고 싶지 않은 거지. 맞지?"

아르노는 대답이 없었다. 뭐라고 대답을 해야 할까. 이야기해도 텔레는 믿지 않을 것이었다.

둘이 말이 없이 걷기만 했다. 텔레는 조용히 아르노 앞에 서더니 무슨 속셈이 있는 듯한 표정으로 웃었다. 뭐 아무렇게나 생각하라지. 난 너랑 별로 할 이야기가 없거든. 아르노는 여전히 아무런 대답도 하지 않고 땅만 보고 걸어갔다.

"너 왜 그래?"

"왜 그러냐니." 아르노는 슬픈 눈으로 텔레를 바라보았다.

"난 아무런 문제도 없는데?"

"문제가 없다구? 네 모습을 좀 봐. 세상의 고민을 다 가진 애 같아. 게다가 다른 애들하고는 잘 이야기도 안 하. 얼굴이 얼마나 심각해 보이는지 알아? 무슨 일인지 진작에 이야기해 줄 수 있었잖아. 그런데 한마디도 안 해. 너 나한테 화났지?"

"아니."

"아니라고? 거짓말. 너 내가 모를 거라 생각했어? 내가 좀 바보같이 이야기하고 조리 있게 말도 못 하니까 그런 거지? 나는 너처럼 단어선택을 잘 못 한단 말이야. 여기서 너보다 똑똑한 애는 아무도 없어."

"텔레!"

아르노는 조용하게 소리를 쳤다. 텔레의 말은 전부 참말이 아니었다. 텔레가 모르고 그러는 걸까, 아니면 일부러 괴롭히려고 그러는 걸까?

"응?"

적막이 흘렀다. 자신을 올바로 이해시키려면 대체 뭘 해야 하나. 텔레 때문에 얼마나 마음고생을 했는지, 무엇으로 증명을 해줄 수 있을까. 아르노는 생각했다.

"무슨 말을 하려고 했던 건데?"

"텔레, 저기 있잖아, 난 한 번도… 내가 잘났다고 생각한 적 없어. 난 네가 나랑 같이 가기 싫어한다고 생각했을 뿐이야. 지난번 학교 가는 길에서 봤던 것처럼…. 그래서 나도 매일 너보다 먼저 갔던 것뿐이고…."

"이 바보야. 나도 네가 그래서 나랑 안 논다고 생각했어."

"난 그냥…."

"잠깐만. 내가 말한 거 한번 곰곰이 생각해 봐. 내가 너라면 정말 학교에서 맨날 가슴을 꼿꼿이 세우고 다니겠다. 이 투덜이야."

"텔레, 그때 삼거리에서 나 안 기다렸잖아. 나 그때 삼거리에 거의 다와 있었는데 그냥 내 앞을 지나갔어. 나 안 기다리고."

"아주 예전에 있던 일 가지고 왜 그래?"

"날 안 기다린 건 맞잖아."

"내가 안 기다렸으면 또 어때? 난 그 일 하나도 기억 안 나. 넌 나한테서 그냥 트집을 잡으려고 하는 것 같아."

"텔레, 그런 거 아니야."

"이제 그만 해."

다시 정적이 흘렀다. 아르노는 울고만 싶었다. 이 정도로 문제가 심각해지다니. 트집을 잡으려고 한다는 말은 완전 거짓말이다. 내가 왜 트집을 잡겠는가? 텔레를 생각하면 좋은 생각만 떠올랐는데. 아르노는 이전의 텔레로 다시 돌릴 수만 있다면 무슨 일이든 다 할 수 있을 것 같았다. 그런데 텔레는 더 이상 예전 같지가 않았다.

"나한테 트집 잡지 말라고." 텔레가 심술이 난 얼굴로 말했다.

"왜 말을 안 해? 넌 공부를 잘하는 게 자랑스럽고 나랑은 이제 놀고 싶지 않다고 말을 하란 말이야. 내가 너한테 가까이 오는 것도 싫지?"

"난 전혀 그렇게 생각하지 않아." 울음 섞인 소리로 아르노가 말했다.

"그럼 왜 그러는 건데."

"난 네가 나랑 같이 가기 싫은 줄 알았지. 그냥 이멜릭이랑만 같이 다니고 싶어하는 줄 알고…."

"무슨 바보 같은 소리야!"

"텔레, 화 내진 말고. 네가 이멜릭이랑 이야기하는 거 보고 그렇게 느낀 거야."

"정말 바보 같은 소리라니깐. 네가 그런 바보 같은 소리를 해대는데 내가 어떻게 화를 안 내. 내가 이멜릭이랑 언제 이야기를 했다고 그래? 내가 언제 이야기를 했는데? 아, 오늘 그랬구나. 그런데 그게 어때서? 이멜릭은 우리 친척이라고. 그러니까 언제든지 이야기할 수 있어. 넌 토츠처럼 입에서 나오는 것은 다 사실로 믿는 거니? 내가 이멜릭과 집에 같이 가려고 했다니, 그게 무슨 소리야? 넌 집에 가서도 내가 이멜릭하고만 논다고 이야기했지?"

"아니야, 집에서는 아무 말도 안 했어."

"그걸 내가 어떻게 알아."

둘은 입을 다물고 다시 한참을 걸었다. 길이 갈라지는 곳에서 두 사람은 잠자코 서 있었다.

"그래, 잘 가라." 텔레가 말했다.

"너도 잘 가." 아르노가 조용히 대답했다.

텔레의 입에서 나오는 작별인사는 돌처럼 차가웠다. 아르노는 텔레 옆에 조금만 더 있고 싶었다. 라야 농장 대문까지 갈 수 있다면 얼마나 좋을까. 작년 가을처럼…. 텔레는 한 번도 돌아보지 않았다. 아무런 말도 해주지 않았다. 그런 적이 하루 이틀이 아니었다. 지금도 아무 말도 없이 갔다. 지금 저렇게 떠나보내면 이전의 텔레로는 다시 돌아가지 못할 수도 있었다.

"텔레! 텔레!"

텔레는 돌아보며 뭔가 이야기했다. 무슨 말을 하는지는 멀어서 잘 들리지 않았다.

"기다려 봐. 내가 그리로 갈게."

그리고 사레 농장으로 가는 길목에서 아르노는 길을 따라 빠르게 뛰기 시작했다.

"텔레. 기다려, 너한테 할 이야기가 있어. 조금만 기다려."

"왜 또? 그렇게 바보 같이 뛰어오는 거야? 왜 그러는데?"

"텔레 있잖아, 나 너한테 화 조금도 안 났어. 나한테도 화내지 마. 내가 나쁜 놈이었을지도 몰라."

"그래서 왜 그러는 건데?"

"너 정말 나한테 화났어? 아니지? 너랑 이멜릭 이야기는 정말 나도 모르게 나온 거야. 다시는 그런 말 안 할 테니 나한테 화 내지 마."

"바보가 아닌 이상 그런 말은 하면 안 돼."

"그래, 안 할게. 우리 옛날처럼 학교에 같이 다니자. 내가 아침에 길 끝에서 기다리고 있을게. 어때? 수업 끝나서도 집에 같이 가고. 그럴 거지? 우리 같이 다닐 때 정말 좋았잖아. 너도 좋았지? 여기 길 끝에 앉아서 기다리다가 멀리서 작은 점처럼 네가 보이기 시작하면 기분이 얼마나 좋았다고. 그 점이 점점 더 커져서 네 모습이 딱 나타났어. 내가 월요일 아침부터 여기서 기다릴까?"

"하고 싶으면 그러던지."

"너도 그랬으면 좋겠냐고."

"얘기했잖아. 하고 싶으면 그러라고."

"네가 일찍 오면 예전처럼 너도 나 기다려 줄 거야?"

"흠, 그건 나도 확실히 말해주기가 힘들지. 날씨가 어떨지 누가 알겠어. 추울 수도 있고…"

"안 추워. 이제 봄이잖아."

"나야 뭐 아무래도 상관없지. 한번 보자."

"텔레, 넌 기다릴 필요 없어, 내가 항상 먼저 나와서 기다리고 있을 거니까. 그런데도 혹시 내가 늦으면 기다려 줄 거야?"

"무슨 질문이 그렇게 많아. 얼른 집에 가라. 늦으면 집까지 뛰어가야 돼."

"내가 집까지 데려다줄게."

"그럴 필요 없어. 나 혼자서도 갈 수 있어, 너도 빨리 집에 가."

"그럼, 월요일 아침에 기다리고 있는다?"

"네가 하고 싶은 대로 하라니깐."

"그래. 기다릴게. 예전처럼 학교에 같이 가자."

"알겠어, 한번 보자."

"그래, 그럼 잘 가."

"그놈의 잘 가. 대체 몇 번이나 더 해야 직성이 풀리겠니?"

아르노는 버드나무를 지나면서 별 이유도 없이 나무 꼭대기를 쳐다보았다.

20

일요일 오후였다. 아르노는 공부를 하려고 앉아도 왠지 공부를 더 해 나갈 수가 없었다. 천천히 책장을 들어 넘기지만 아무것도 머리에 들어 오지 않았다. 공부하기가 어려워졌다고 느끼게 된 것이 하루 이틀이 아니지만 유독 오늘따라 공부가 더욱 힘들었다.

아르노 같은 똑똑한 아이가 단순한 것들을 이해하지 못하는 것을 본 아이들은 처음에는 많이 놀랐지만, 자꾸 그런 일이 반복되자 아이들은 아르노가 원래부터 공부를 등한시하던 아이인 것처럼 믿게 되었다. 더 이상한 것은 가끔은 아르노가 문득 잠에서 깬 듯 정신 차리고 갑자기 아주 열심히 어떤 것을 설명하려는 때가 있다는 것이었다. 그때는 무언가 많이 아는 것처럼 보이긴 했다. 어떤 사실에 대하여 신기하고 재미있게 비교해서 설명해 준다든가, 오랫동안 생각하고 여러 차례 곱씹도록 들려 주어 아이들의 기억에 많이 남았다. 그러나 그런 일들은 흔치 않았다. 잠시 명석해 보이는 순간이 지나면 아르노는 또다시 무지의 세계로 곤두박질쳤고 심지어 토츠보다 못해 보일 때도 있었다. 토츠는 질문을 받으면 대충 아무렇게나 둘러대거나 정답과는 거리가 먼 대답이라도 내놓곤 했지만, 아르노는 질문 자체에도 흥미를 보이지 않았다.

아르노는 자리에서 일어나 방을 한 바퀴 돌고 나서 생각에 잠긴 채 밖을 쳐다보았다. 봄 날씨는 이루 말할 수 없이 좋았다. 햇살은 마치 아르노를 부르는 것 같았다. 오늘은 공부하고 싶지가 않았다. 앞으로도 공부할 시간은 아주 많았다.

아르노는 가죽옷을 입고 밖으로 나갔다. 문앞에 잠시 서서 봄의 신선한 공기를 깊이 들이마셨다. 문 옆 긴 의자에 앉아 멀리 내다보기도 했다.

저 멀리 어딘가에 아르노 집 뜰보다 햇빛이 더 많이 비치는 곳이 있었다. 그 먼 곳으로 가서 막바지 겨울의 기운과 졸졸대는 시냇물 소리와 봄을 알리는 새들의 지저귐 소리를 듣고 싶었다.

아르노는 자리에서 일어나 문밖으로 몇 발짝 앞으로 걸어 나가 잠시 생각에 잠겨 있다가 길을 따라 삼거리로 향했다. 머리는 무겁고 몸도 이상하리만치 긴장되어 있었다. 마침 자작나무 숲 언저리를 걷고 있는 아르노는 자기도 모르는 사이에 공동묘지에 들어섰다. 공동묘지에서는 장례식이 벌어지고 있었다. 몇십 명의 사람들이 비석 앞에 둘러서서 노래를 불렀다.

고통은 다 지나갔으니
이제 천국에서 삶을 누리리

회색 콧수염을 한 노인이 말했다. 얼굴에서 눈물이 흘러 쾡해진 볼을 따라 내려가 기도책 위로 떨어졌다. 슬픔에 잠긴 여자들의 노랫소리를 남자들의 약간 거친 목소리가 이어받았다. 자작나무에 기대선 어떤 중년 여인이 흐느껴 울고 있었다. 그 옆에는 어머니의 손수건을 감아쥔 아이가 코를 훌쩍였다.

아르노가 고개를 들었다. 뭔가 뜨거운 것이 등을 타고 지나가는 듯했다. 조금 멀리 떨어진 무덤들 사이로 이멜릭과 텔레가 웃으며 지나가는 것을 본 것이었다. 아르노는 장례식 군중들 속에 몸을 숨겼다. 마치 누군가를 장례 지내러 온 듯이.

'이 슬픈 순간에 쟤들은 뭐가 좋다고 저리 웃고 있는 것일까. 다른 사람들은 심장이 터지도록 저렇게 슬프게 울고 있는데.'

아르노는 무덤가에서 나와 나무와 덤불에 몸을 가리며 이멜릭과 텔레를 따라갔다. 그들이 어디에 가든 무엇을 하든 알 바는 아니었다. 그런데 몇 마디라도 좋으니 둘의 이야기가 좀 듣고 싶어졌다. 아르노는 지름길로 돌아서 느릅나무 옆에 숨었다. 둘이 점점 더 가까워졌다. 그들의 이야기 소리가 들려왔다. 텔레의 키득거리는 소리와 이멜릭의 커다란 웃음소리가 들렸다. 심장이 쿵쾅쿵쾅 뛰고 무릎에도 힘이 풀리는 것 같았다.

"나 여기서 한참 기다렸잖아. 오늘은 네가 안 오는 줄 알았지."

이멜릭은 과자를 먹으며 말했다.

"일찍 나올 수가 없었어." 텔레가 말했다.

"동생이 같이 놀자고 계속 조르는 바람에. 나를 거의 놓아주질 않길래 가게 가서 과자 사 온다고 말해줬지."

소리가 점점 멀어지더니 끝내는 사라졌다. 아르노는 나무 옆에서 못에 박힌 듯 가만히 서 있었다. 이멜릭이 한 소리가 무슨 뜻이었지?

"오늘은 네가 안 오는 줄 알았지."

이 말은 이전부터 둘은 자주 만났다는 이야기 아닌가. 어제 집에 가면서 텔레가 다시 예전처럼 돌아오기를 바랐었다. 그런데 아니었다. 텔레는 완전히 떠나가 버린 것이었다.

21

아르노는 참으로 낯선 기분을 느꼈다. 이제 희망이 없다는 생각과 마음이 더 편해지는 느낌이 섞였다. 햇빛과 삼거리의 버드나무는 이제 관계가 더 돈독해진 느낌이었다. 이제 그것들하고만 이야기하고 고민을 털어놓겠다고 생각했다. 주위를 둘러보았다. 비석에서 망자의 태어난 연도와 죽은 연도를 읽고 그 사람이 얼마나 오래 살다가 죽었는지를 계산해 보앗다. 그리고는 공동묘지의 문 쪽으로 향해 갔다. 이제 다시는 이멜릭과 텔레의 얼굴을 보고 싶지 않았다.

큰길로 나오니 그 둘이 공동묘지에서 나와 천천히 라야 농장으로 향하는 것이 보였다. 이멜릭과 텔레는 라야 농장에 들어섰다. 언젠가 이멜릭도 그 집에서 나와 자기 집으로 돌아갈 거고 그러면 아무 일 없던 듯 만나게 될 것이었다. 이제 아르노가 할 수 있는 일이라곤 학교에 가서 애들이 집에서 얼마나 돌아왔는지 보는 것이었다.

아르노는 교실로 들어섰다. 고요했다. 기숙방에는 쿠슬랍이 혼자서 지난 일요일, 그러니까 아르노가 이멜릭 얼굴에 과자를 던진 그 날처럼 석판에 필기하는 소리를 내며 혼자 침대에 앉아 있었다. 쿠슬랍은 참 이상한 아이였다. 매일 똑같은 행동만 하고 다른 애들이 뭔가 시키지 않으면 잠자코 자기가 해야 할 일만 했다. 다른 애들이 건드리지만 않으면 그 애도 별다른 짓을 하지 않았다. 아마 할 수만 있다면 다른 애들의 눈을 피해 벽틈에서 바퀴벌레처럼 살 수도 있을 것 같았다.

"쿠슬랍!"

쿠슬랍이 아르노를 바라보았다.

"너 심심하지 않아?"

쿠슬랍은 아르노를 이해하지 못하겠다는 눈으로 쳐다보았다. 쿠슬랍은 심심한 게 뭔지를 몰랐다. 심심함을 느낄 시간이 없었다. 집에서는 가축처럼 일해야 하고 학교에서도 할 일이 아주 많았다.

"맨날 너 혼자 앉아 있잖아." 아르노가 말했다. "그러니까 너 심심하지 않냐고. 밖으로 나가서 날씨가 얼마나 좋은지 한번 봐. 며칠 있으면 눈도 다 녹을 거야. 그러면 풀이 새로 돋겠지."

쿠슬랍은 잠시 전방을 응시하더니 얼른 고개를 숙였다. 쿠슬랍에게 눈이 녹는 거는 아주 자연스러운 일이었다. 쿠슐랍은 눈이 금방 녹지 않기를 바랐다. 그러면 학교를 또 오래 빠져야 하기 때문이다.

"쿠슐랍, 무슨 생각해?"

"아무 생각도 안 해."

"같이 나가자."

"안 돼, 이멜릭이 산수 문제 다 풀어놓고 가게에서 빵도 가져오고 고기도 구워 놓으라고 시켰어. 돌아오면 먹을 거라고. 혹시 지금 부엌에 불 때져 있어?"

"돌아오면 먹을 거라고? 부엌에 불이 때져 있는지 나는 몰라. 넌 그렇게 허구한 날 이멜릭이 시키는 대로 하며 살 거야?"

"응."

"그래, 네 맘대로 해라. 그런데 쿠슐랍, 내가 지난번 너 때린 것 때문에 화 많이 났지? 화났는지 어땠는지 말해줘."

쿠슐랍은 말이 없었다.

"쿠슐랍. 내가 하는 이야기가 무슨 말인지 모르겠어? 내가 널 아프게 했잖아. 그러니까 지금 용서해 달라는 거야. 용서해 줄 거야?"

"난 이멜릭한테 산수 숙제 보여줘야 돼."

쿠슐랍은 겨우 들릴 소리로 대답했다.

"그래, 네가 원하면 보여줘. 보여준다고 뭐라고 하지 않을게. 그런데 나한테 화는 내지 마."

"지금 부엌에 불을 땠는지 보러 갈래."

그 말에 아르노는 가슴이 턱 막혔다.

"쿠슐랍, 너 진짜 바보 같다."

아르노는 그렇게 소리를 지르며 쿠슐랍의 바보 같은 태도 때문에 터져 나오는 화를 억누르려고 애썼다.

"그래, 다녀와. 부엌에 갔다 오면 우리 같이 가게에 가자."

부엌에 다녀온 쿠슬랍은 방에 돌아오더니 슬픈 목소리로 말했다.

"불을 안 땠어."

불을 안 땠다는 말이 얼마나 절망적으로 들리는지 쿠슬랍이 걱정될 지경이었다. 만약 불이 때져 있다면 이멜릭을 위해 고기 굽는 것도 도와주었을 것이었다.

"그럼 가게에 가자. 가서 빵 사 오게. 이멜릭은 빵 하나만 먹어도 될 거야. 부엌에 불이 안 때져 있었다고 말하면 되지."

"그래, 가자."

아르노는 가게에서 마르트를 만났다. 그는 주머니에 담배를 가득 채우고 집에 갈 준비를 하고 있었다.

"와, 너도 여기 와있네." 마르트가 말했다. "여기서 뭐 사려고?"

"빵."

"오늘은 일요일이니 빵을 좀 사둬도 좋지. 그런데 돈은 있니?"

그러자 아르노는 자기한테 돈이 하나도 없다는 사실을 깨달았다. 마르트는 웃으면서 아르노에게 5코펙을 주었다.

"너무 적나? 더 줄 수는 있는데 네가 먹어봐야 5코펙 정도겠지."

"빵 사는데 5코펙이면 돼."

쿠슬랍은 구석에서 겨우 들릴 만한 소리로 대답했다. 목소리만 들으면 당장 부러질 만큼 약한 아이 같았다.

"나 다시 학교에 갈 거야. 집에서 나 기다리지 마, 형."

아르노가 마르트에게 말했다.

"내가 저녁에 알아서 갈게. 아니다, 너무 늦으면 그냥 내가 기숙방에서 잘게. 그게 좋을 것 같아. 소젖 짜러 여기 올 때 내 책 좀 가져다 줘."

그게 제일 좋은 것 같았다. 아르노가 집에 간다면 내일 아침에 텔레와 부딪칠지도 모를 일이었다. 아무튼 텔레와 말을 섞고 싶지 않았다. 어쩌면 그 애가 삼거리에서 기다릴 텐데…. 기다리거나 말거나 이제는 상관이 없었다. 서로 귀찮기만 할 테니 그냥 멀리 떨어져 있는게 나았다. 그리고 오늘 트니손과 이야기를 좀 하고 싶었다. 오늘 산 빵은 전부 쿠슬랍에게 주었다. 작은 꼬마의 얼굴에 미소가 번지는 것을 보고 아르노는 기분이 좋아졌다.

22

같은 날 저녁, 아이들은 잠자리에 들기 위해 침대에 누웠다. 집에서 잠을 자는 애들 몇 명 빼고는 대부분 기숙방에 있었다. 방에서는 대여섯 명의 아이들이 아직도 분주하게 숙제를 하고 있었다. 숙제 안 해 오는 아이들을 절대 가만히 두지 않는 장로에게 혼나는 것이 싫었기 때문이었다. 그러나 장로는 늦게까지 안 자고 등유를 낭비하는 꼴을 못 본다는 것도 아이들은 잘 알고 있었다. 그래서 침실은 조명이 어두웠다. 오래된 등잔은 언제라도 꺼질 것 같았고, 그 등잔은 불의 밝기를 조절하지도 못할 만큼 구식이었다.

아이들 몇 명은 옷을 벗고 이불 밑으로 기어들어갔다. 또 어떤 아이들은 아직 옷을 다 갈아입지 않고 다른 애들의 침대를 왔다 갔다 하며 베개를 던지고 싸움을 걸려다가 쫓겨나기도 했다. 아르노는 트니손 옆 스메르 침대에 누워 이불 밑에서 아이들이 노는 것을 지켜보았다. 아르노가 보기에 아이들은 낮이랑 밤이 조금 다른 것 같았다. 아마 낮에만 보던 애들을 저녁에 보는 게 처음이라 그런 것 같았다. 이멜릭은 출구쪽 길목에 놓인 침대 위에 걸터앉아 자기 말로는 자장가라고 하는 곡을 칸넬로 연주하고 있었다.

토밍가스는 화로에 양말을 말리느라 발에는 천을 둘렀다. 화로에 걸린 양말은 마치 깃발처럼 움직였다. 꼬마 레스타의 내복에는 우습게 생긴 빨간 점이 찍혀 있어서 마치 무당벌레를 보는 듯했다. 케사마는 완전히 검은색의 내복을 입고 있어 무서운 느낌마저 들었다. 옷 대신 소금 자루를 뒤집어쓴 것 같기도 했다. 페테르손은 침대맡에 서서 손을 모으고 자기 전 기도를 하고 있었다. 아르노도 역시 기도를 하긴 했지만 그렇게 남들이 다 보라고 하지는 않고 이불 밑에서 몰래 했다. 그렇게 하느님과 오랜 이야기를 하면서 자기의 고민을 털어놓았다. 리나스크는 침대 위에서 내일 할 수업 내용을 읽었다. 등잔이 꺼진 후에도 중얼거리고 배운 것을 떠올리다가 혹시 잊어버린 것이 있으면 친구에게 가서 다시 물어보곤 했다. 어떤 녀석들은 자기가 얼마나 방귀를 잘 뀔 수 있는가 자랑을 하기도 했다. 심지어 방귀 실력을 경쟁하기도 했다. 무슨 조각이 발톱 아래 박힌 것 같아 잠을 잘 수 없다며 투정 부리는 아이도 있었다. 또 어떤 아이는 잠을 잘 때마다 떨어지는 꿈을 꾼다고 옆 친구에게 말하기도 했다.

등잔불이 전혀 닿지 않은 구석에서 자는 친구는 꾸는 꿈마다 해몽을 해주는 재주가 있었다. 그 옆에서 자는 비페르는 꿈들은 모두 의미가 없고 해몽은 할머니들이 들려주는 이야기 따위에나 나오는 것이라 자기는 전혀 믿지 않는다고 했다. 티눈 때문에 고생하는 캐릭은 만나는 친구들마다 혹시 티눈을 고치는 방법을 알고 있는지 물어보았다. 통증은 낮보다 밤에 더 많이 나타났다. 시끌벅적한 대낮의 부산함은 우리 몸에 나타나는 문제들에 대해서 생각할 시간을 주지 않기 때문이었다.

이멜릭은 오늘 공동묘지에서 텔레와 같이 있었던 것을 빼고는 다른 때와 별반 다름 없이 조용했다. 아르노는 이멜릭이 연주하는 그 '자장가'에 귀를 기울여 듣느라 텔레 생각은 아예 잊었다. 그런데 난데없이 연주하던 도중에 이멜릭이 '오늘 과자를 많이 먹었다'는 말을 꺼냈다. 누구와 어디서 먹었다는 말일까. 아르노는 혹시 무슨 이야기가 더 나올까 기다려 보았지만 아무런 말이 없었다. 아르노는 궁금해 죽을 지경이었다.

밤이 깊어지자 기숙방은 아주 어둡고 쥐가 기어 다니는 소리가 들릴 만큼 고요했다.

"우리 할아버지가 옛날에 귀신 보고 놀란 적이 있으시대."

토밍가스가 침대에서 일어나 앉으며 말했다.

"할아버지는 기분 좋을 때만 이 이야기를 하시지 평상시에는 잘 안 하셔."

"왜 놀라셨는데?" 누군가 물었다.

"내가 하는 이야기를 잘 들어봐." 토밍가스가 말을 시작했다.

"할아버지가 젊었던 시절에 트니스라는 이름의 거지가 있었는데 그가 죽자 할아버지 마을이 그의 장사를 치르게 됐던 거지[16]. 할아버지는 그때 플차마에서 살고 계셨는데 그 이후로 여기 파운베레로 이사를 오시게 됐어."

"할아버지가 어디 사셨는지는 알고 싶지 않으니 얼른 이야기나 계속해 봐." 누군가 보채는 소리가 들렸다. 토밍가스가 계속했다.

"그 죽은 거지 트니스는 엄청 뚱뚱하고 배도 나와 있었는데, 할아버지

---

16) 과거 에스토니아에는 가족이 없는 부랑인이 죽게 되면 주변 마을이 돌아가며 장례를 치러주는 풍습이 있었다.

가 장사를 지내주려고 공동묘지에 가던 중이었어. 보통 그런 일 할 때는 두 명이 있어야 하잖아. 장사 지내 줄 할아버지랑 옆 동네 사는 다른 한 사람 이렇게 두 명이 말을 타고 가고 있었어. 혼자서는 그 큰 사람을 땅에 묻지 못하니깐."

"그 거지가 그렇게 컸었구나."

"그래서 둘이 같이 간 거야." 토밍가스가 말을 했다. "말 두 마리에 수레 하나를 달고 그 거지의 집으로 갔어. 아, 내가 잊어버리고 말 안 해줄 뻔했다. 공동묘지는 죽은 거지 집에서 약 4~5리 정도 떨어져 있었나 봐. 그때 할아버지 나이 정도의 이웃집 아저씨랑 같이 시신을 수레에 실었대. 그날따라 날씨도 덥고 시체에서는 냄새도 많이 나고."

"그때가 여름이었어?" 케사마가 물었다.

"더웠으니까 당연히 여름이지 겨울일 리가 없잖아. 시체를 수레에 싣고 냄새 때문에 코를 막으면서 공동묘지를 향해 가고 있었지. 계속 갔어. 한 2리 정도를 갔는데 길에 주막이 있는 거야. 이웃집 아저씨가 할아버지한테 말했대. 우리 저 안에 들어가서 목 좀 축입시다. 누가 저 시체를 집어갈 것도 아니고. 할아버지도 같은 생각이어서 가서 보드카 반 병 정도만 마시고 오자고 그런 거야. 그때 보드카 한 병에 7코펙 정도 했다니까."

"그래, 마시는 거는 뭐라 할 게 아니지." 트니손이 대답했다.

"우리 할아버지가 그러는데 주머니 속에 5코펙이 있었대. 그때 5코펙이면 큰돈이야. 그 돈이면 보드카 몇 잔을 마실 수도 있었으니까. 어쨌든 간에 둘이서 보드카 반 병을 나눠 마셨대. 보드카 병이 빌 때까지 실컷 마셨다고 하셨으니까. 기분이 좋아진 할아버지는 노래를 불렀대. '나의 조국, 나의 사랑', '자유는 우리에게 준 선물' 그리고…"

"시체 묻으러 가는 사람들이 그런 노랠 부른다고?"

"할아버지 말로는 그 시절엔 아무런 생각이 없으셨대. 내가 어디까지 이야기했었지? 수레를 덜컹이며 마차 타고 가는 동안에도 계속 노래를 부르신 거야. 그 길은 숲으로 통하고 있었어. 다른 아저씨가, 아마 그 아저씨 이름이 안츠였지? 잠이 들었어. 어깨를 아무리 흔들어도 깨질 않더래. 내가 여기서 지금 뭐 하는 거야. 이러다가 안츠랑 거지 둘 다 나 혼자 파묻어야겠네. 사람들이 우리더러 뭐라고 할 거야. 할아버지에게는 이런 생각이 들었대. 그런데도 안츠 아저씨는 세상모르고 코만 골고 있었어. 말은 계속 달리고 있는데 갑자기 눈앞에 보이는 나무 모습이 흐려지더니 눈이 스르륵 감기는 듯한 느낌이 들더래. 길가에 수레를 대고 조금 쉬어야겠다. 안츠가 일어나고 나서 움직여도 늦진 않겠지. 할아버지는 이런 생각을 하셨던 거야. 그래도 할아버지는 잠들면 안 되니 배수로 옆에서 담배나 좀 피우려고 하셨대."

"그런데 할아버지도 잠들어 버리셨구나."

이멜릭은 앞으로 어떻게 진행될지 다 알고 있는 것처럼 말했다.

"잠깐만, 기다려 봐. 다 이야기해 줄게."

한참 이야기에 흥이 오른 토밍가스가 말했다.

"할아버지는 배수로 옆에 서서 담배를 피우셨지. 그런데 어디선가 툭툭 소리가 나는 거야. 할아버지는 어떤 상황에서도 잠을 자면 안 된다고 생각하셨어. 마차 위에 올라서 다리를 꼬고 누우셨지. 졸다가 한쪽 다리가 떨어지면 잠에서 깰 테니까. 어떻게 하는 건지는 너네들도 알겠지? 그렇게 잠깐만 눈을 붙이시겠다고 누우신 거야. 그런데 너무 깊이 졸다가 양쪽 다리가 떨어진 것도 모르고 해가 지도록 잠에 빠졌지. 잠에서 깼을 땐 이미 한밤중이었어."

"와, 세상에!"

듣고 있던 아이들 두어 명이 입을 맞추어 소리를 질렀다.

"그래서 어떻게 됐는데?"

이야기꾼이 계속 말을 이어갔다.

"그래서 어떻게 됐는가 하면, 잠에서 깬 할아버지가 고개를 흔들면서 어디에 와 있는 건지 주변을 둘러보신 거야. 수레 한쪽은 배수로에 걸쳐져 있고 관 뚜껑도 반쯤 열려 있었어. 마차에서 풀린 말 한 마리는 저 멀리 앞쪽에서 풀을 뜯고 있었고. 한 마리는 배수로에 빠져서 거의 죽을 정도로 몸부림을 치고 있더래. 얼른 가서 그 말 두 필을 데리고 와서 수레에 제대로 묶어놓으셨어. 안츠 아저씨는 여전히 수레 위에 누워서 코까지 드르렁거리면서 잠을 자고 있었고. 시체는 얼굴도 퉁퉁 붓고 끔찍해 보이더래. 할아버지는 안츠 아저씨를 깨우려고 가슴도 쿡쿡 눌러보고 머리카락도 당겨 보았는데 그냥 돌처럼 자고 있더라지. 죽은 트니스가 잠을 자고 있는 안츠 아저씨보다 먼저 일어날 것 같은 거야. 대체 어디에 있는 건지 알 수도 없고, 깊은 숲속에 주변엔 집도 하나 없고…. 시체랑 단둘이… 안츠 아저씨는 자고 있고… 옆에서 자고 있는 사람이 정말 안츠가 맞는가 싶더래. 지금 보고 있는 말이랑 수레가 정말 할아버지가 알고 있는 그게 맞나. 무언가가 풀숲 뒤에 숨어 있는 것 같은 거야."

토밍가스는 손가락을 이마에 대고 할아버지가 그 당시 풀숲 뒤에 숨어 있었다고 생각한 뿔 달린 존재를 표현했다.

"할아버지는 정말 곤경에 처한 거지."

토밍가스가 조금 숨을 고르고 말했다. "그때 기도해야겠다는 생각이 머릿속에 들어온 거야. 주기도문을 외우려고 준비하고 있는데 큰길을 따라서 뭔가 희끄무레한 형체 두 개가 걸어오고 있더래. 그때는 벌써 밤 열 시였고, 할아버지는 살아서는 그곳을 못 빠져나가겠다고 생각을 하셨대. 그 하얀 것들은 계속 다가오고 있고…"

정말 마지막 순간이 되자 할아버지는 아무 생각도 나지 않았다. 그냥 눈을 손으로 가리고 몸을 웅크린 채 앉아 있었다. 오직 그래야만 그 순간을 버틸 수 있을 것 같았다.

희끄무레한 무언가가 더 가까이 다가왔다. 할아버지는 가슴이 철렁 내려앉았다. 그러나 소리를 자세히 들어보니 큰길을 따라서 가까이 오던 그 희멀건한 것들이 사람 목소리로 이야기를 하고 있었다. 하얀 천을 두른 여자 두 명이 수레 근처에 다가와 섰다. 할아버지는 사람을 만난 것이 너무 다행스러워 고개를 들고 안도의 한숨을 몰아쉬었다. 그런데 그 여자들은 할아버지를 한 번 쳐다보더니 끔찍한 비명을 지르며 젖먹던 힘을 다해 도망하기 시작했다. 아무도 뒤를 돌아보려 하지 않았다. 할아버지는 깊은 절망감에 휩싸였다. 다시 혼자 남겨지기 싫었기 때문이었다. 할아버지는 그 여자들의 뒤를 따라 뛰면서 외쳤다.

"나 귀신 아니에요!"

그런데 여자들은 할아버지의 말을 믿지 않고 계속 뛰기만 했다. 그들은 마치 귀신에 홀린 듯 마을을 향해 달려갔다. 숲을 벗어나면 바로 마을이 있었다. 할아버지 역시 다리의 힘이 닿는 대로 열심히 뛰었다. 할아버지도 뒤에서 뭔가가 쫓아올지 모른다는 생각에 여자들을 따라 숨이 멎을 정도로 열심히 뛰었다. 열심히 달려서 맨 처음 보이는 마을로 들어갔다. 그 마을에 들어가자 여자들은 귀신이 자기를 쫓아온다고 소리쳤다. 겁이 난 마을 아이들은 침대 밑으로 숨었고 개들은 짖어대기 시작했다. 난리도 아니었다.

할아버지는 자기는 귀신도 아니고 정작 도움이 필요한 사람이라는 것을 설득시키는 데까지 많은 시간이 걸렸다. 마침내 할아버지는 마을 몇

몇 사람들과 그 자리로 돌아와 시신이 담긴 관을 농장 마당에 잠시 내려놓고 그다음 날 장사를 지내기로 했다. 이것이 토밍가스의 할아버지에게 일어난 일의 전말이었다. 토밍가스는 할아버지가 이야기를 많이 하는 편이 아닌데 기분이 좋을 때면 언제나 해주시는 이야기라고 덧붙였다.

"얼마나 놀랐으면 그 아줌마들이 그렇게 뛰었을까."

아이들이 웃으면서 말했다.

"귀신이랑 유령들은 다 그렇게 생겼어."

꿈 따위는 잘 믿지 않는 안츠 비페르가 말했다.

"그런 일은 여자들에게 잘 생겨. 조금 어두운 곳에만 가도 귀신을 찾느라 설레발이라고. 이멜릭한테 칸넬이 필요하듯 사실 여자들도 어쨌든 다 필요하니까 귀신들을 찾는 거야. 전부 다 쓸데없는 소리야."

이멜릭이 말했다.

"여기에는 귀신이나 유령 같은 게 나오지는 않는데 우리 할아버지가 직접 겪은 이야기라고 해주신 거야. 듣고 싶어?"

"해줘, 해줘." 아이들이 말했다.

"할아버지가 어떤 성에 나무를 하러 가셨어."

이멜릭이 칸넬 줄을 어루만지면서 말했다.

"다른 사람들이랑 같이 일을 하고 계셨는데 그날 땔감을 얼마까지 모아야 하는 할당량이 있었나 봐. 할아버지는 일을 열심히 하셨기 때문에 저녁이 되기도 전에 일을 전부 다 마치곤 하셨어. 일을 끝내신 할아버지는 남들은 일할 시간에 다른 사람들이 땔감을 얼마나 잘 묶었는지 확인해 보기도 하셨어. 사람들이 땔감을 얼마나 꼼꼼히 묶었는지는 굴려보면 알아. 아래로 돌돌돌 잘 굴러가면 땔감뭉치가 잘 묶인 거고 안 굴러가면 잘못된 거야. 할아버지는 그렇게 일이 일찍 끝나면 땔감뭉치도 굴려보고 다른 사람들 앞에서 동물들 소리 흉내도 내면서 시간을 즐겁게 보내셨대. 할아버지가 개 짖는 소리를 흉내 냈을 때는 진짜 개가 짖는 줄 알았다잖아."

"그래, 알겠다."

아이들의 호기심은 점점 더 늘어간다.

"얼른 이야기나 더 해봐."

"저녁이면 땔감을 전부 다 곳간으로 가지고 가야했어. 할아버지는 언제나 그 곳간에 맨 마지막으로 가셨대. 어느 날 곳간지기가 오더니 곳간 안에 땔감을 다 넣으면 자기를 좀 마차에 태워서 산 위에 있는 집까지 데려다 달라고 그랬대. 그 얘기를 들은 할아버지는 마차에 올라 땔감을 내리려고 하는데 그날따라 끈이 엄청 꼬여 있어서 끄트머리가 어디 있는지 도무지 찾을 수가 없더래. 화가 머리 끝까지 뻗쳐서 대체 누가 줄을 이렇게 꼬이게 놔뒀냐고 불같이 화를 내셨대. 그것을 본 곳간지기는 끝내 더 기다리지 못하고 '대체 그 끈을 언제 다 풀 거야, 젠장' 이렇게 욕을 하면서 걸어서 집으로 가버린 거야. 그런데 할아버지는 딱 그때 끈을 다 풀고 나서 땔감을 마차에 다시 싣고는 바로 숲으로 마차를 몰고 가셨어. 그리고는 자기만 아는 비밀공간에 땔감을 몰래 두고 나오셨대. 할아버지는 그렇게 저녁에는 숲속 비밀공간에 땔감을 숨겼다가 해가 뜨면 밖으로 가지고 나왔지. 그리고 다른 사람들은 우리 할아버지가 날이면 날마다 어찌 그리 일을 빨리 하는지 이유를 알 수가 없었고. 아침이면 그 자리에서 땔감을 가지고 오고 저녁이면 다시 그 자리에 숨기고…."

"너네 할아버지 진짜 대단하시다."

어떤 아이가 다시 귀신 이야기를 이어갔다.

어떤 사람들이 누가 늦은 시간에 공동묘지 기도실에 들어가 관에 못을 박고 나올 수 있을지 내기를 했다. 한 사람이 밤중에 기도실에 들어가서 관에 못을 받고 나오겠다 장담하고는 정말로 한밤중에 기도실에 들어갔다. 보란듯이 관에 못을 박고 밖으로 나오려는데 누군가 뒤에서 잡아당겼다. 그는 유령과 귀신들에게 사로잡혔을지 모른다는 두려움에 사시나무 떨듯이 몸을 떨었고 다음 날 죽은 채 발견되었다. 그러나 정작 그 사람은 자기 겉옷 끄트머리를 관 뚜껑과 함께 못 박았던 것이었다.

다음에 누군가 들려준 이야기는 아이들 대부분에게 이미 꽤 알려져 있던 이야기였다. 그래서 들려준 아이가 뻘쭘하게시리 아이들이 그 이야기에 아무런 반응도 보이지 않자, 꼬마 레스타가 잽싸게 그 틈을 타 할아버지와 함께 생선 모캐[17]를 잡을 때 본 이야기를 들려주기 시작했다.

당시 나이가 60세였던 레스타의 할아버지는 그물을 어깨에 지고 강으로 나갔다. 어린 손자는 그의 뒤를 따르고 있었고 등에는 잡은 고기를 넣어 가져올 큰 가방도 지고 있었다. 할아버지는 옷을 벗고 강에 들어가 그물을 던졌다. 그리고 연신 장대로 바닥을 헤집으며 밑바닥에 있는 진흙을 파고 다녔다. 강둑 위에서 보니 할아버지는 물속을 헤집고 다니는 고래처럼 보였다. 수염은 진흙투성이였고 얼굴도 온통 물풀이 붙어 있었다. 할아버지가 그물을 끌어 올리자 엄청 커다란 모캐가 끌려 나왔다.

"아하, 끝내 잡았구나. 얘야. 이거 가방에 넣고 어디 도망 안 가게 잘 봐야 한다."

미끄러운 생선을 강둑에 던지면서 할아버지가 말했다. 꼬마 레스타는 할아버지의 말씀대로 그 물고기를 가방에 넣고 나서 할아버지가 하는 일을 계속 유심히 지켜보았다.

---

17) 대구과의 민물고기

"또 한 마리를 잡았네, 이것도 가방에 넣고 도망 못 가게 잘 지키고 있어라."

그러고 나서 할아버지는 또 한 마리를 잡았다. 모두 크고 멋졌다. 네 마리째 잡고 나서야 자기가 낚은 물고기들을 보기 위해 강둑으로 올라왔다.

"몇 마리나 잡았나 보자."

그런데 이게 웬일인가! 가방은 물고기 한 마리 없이 텅 비어 있었다.

"이 바보 같은 녀석아." 할아버지가 말했다. "네가 잘 지키지 않으니까 내가 잡는 족족 도망치잖니. 똑같은 물고기를 네 번이나 잡았잖아."

레스타 이야기가 끝나자마자 트니손은 다른 애들에게 들을 건지 물어보지도 않고 바로 말을 시작했다.

"내가 귀신 이야기 하나 더 해줄게. 지난여름이었어. 말을 몰아오려고 우리 집에서 일하던 형이랑 같이 초원에 나갔는데 일찍 날이 저물었어. 거기서 건초를 모으느라 일도 조금 늦게 끝났어. 그래서 집에 가는 시간도 늦어지고 말았지."

트니손은 서두르지 않고 천천히 말했다.

"언덕 아래에 풀어둔 말들이 어디에 있나 살펴보았어. 그런데 갑자기 그 형이 내 팔을 꽉 잡더니 숲 쪽을 가리키며 이러는 거야. '저기 좀 봐, 저기 뭐가 있지?' 내가 눈을 비비고 보니까, 정말 거기 뭔가 있더라고. 뭔가 하얀 것. 너무 어두워서 제대로 볼 수가 없었어. 숲 여기저기를 돌아다니고 있더라. 우리는 무서워서 그냥 자리에 굳은 듯 서 있었어. 그런데 그 형은 내 등 뒤에 숨으려고 하더라고."

"네 등 뒤에? 누가 누구 등 뒤에 숨으려고 했다고?"

이멜릭이 놀리듯 말했다. 이멜릭 생각에 트니손의 이야기에는 믿을 것이 별로 없었던 모양이었다.

"그래, 내가 숨었다." 트니손은 속 시원히 털어놓았다. "내가 형 뒤에 숨으려고 그랬어."

"하하하" 여기저기서 웃음이 터져 나왔다.

"어쨌든 그 자리에 가만히 서 있었어."

트니손은 다른 아이들은 상관없다는 듯 혼잣말처럼 중얼거렸다.

"그러고 나서 조금 용기를 내서 다가가 봤어. 조심스럽게 가까이 가보니 귀신이나 그런 건 없는 거야. 대신 송아지가 한 마리 있더라구. 우리를 보더니 '매에, 매에' 하고 울고 있었어. 아마 다른 농장에서 나왔었는지 다리를 쩍 벌리고 우리를 똑바로 쳐다보고 있더라고."

"나도 이야기 좀 하자." 누군가 뒤에서 외쳤다.

"귀신 이야기라면서 전부 쓸데없는 이야기들뿐이잖아. 너랑 그 형이 얼마나 겁이 많았으면 고작 그 송아지 가지고 겁을 그렇게 먹었겠어."

"너라면 그 상황에서 안 무서웠을 거 같아?" 트니손이 중얼거렸다.

"너도 너지만 그 형도 엄청나게 겁쟁이였나 보다."

"그 형이 나보다 겁이 더 많아. 나 혼자였다면 겁을 안 냈을 텐데 그 형이 겁을 내는 바람에 나도 어쩔 수 없이……."

"그 겁쟁이 토끼 형은 대체 누구야?"

"돼지처럼 뚱뚱한 형 있어. 돼지는 맨날 먹는 생각만 하잖아. 입 한쪽 편으로 고기를 씹으면 다른 한쪽 편으로 뼈를 뱉어내."

"아, 놀랍구나. 그럼 농어도 정말 잘 먹겠다."

아직까지 이야기에 끼어들지 않았던 녀석이 말했다. 그 녀석은 분명 평상시에 농어를 즐겨 먹는 것 같았다.

"농어 먹을 때는 개가 고슴도치 먹을 때처럼 정말 조심해야 해. 정말 위험한 건 배지느러미야. 가시처럼 정말 뾰족해. 뼈만 잘 발라놓으면 아삭하고 얼마나 맛있는데, 물론 모래를 먹지 않았나 잘 봐야지. 그 시커먼 것이 맛은 정말 좋은데 좀 더 컸으면 좋겠어. 크기가 완전 종이 위에 점 찍어 놓은 것처럼 작아. 그런데 어떤 것들은 낚싯줄에서 미끼만 빼먹을 정도로 아주 교활하대. 그 영악한 놈들이 벌레만 쏙 빼먹는다니까. 여름에 날씨 좋을 때 한번 봐. 낚싯대 주변을 돌아다니면서 코로 툭툭 건드리는 게 보인다니깐."

이제 아이들은 두서없이 아무거나 머리에 떠오르는 대로 말했다. 대부분 이야기는 우리 주변에서 살던 사람들이 겪었던 일이었다. 어떤 아이는 근동에 옷을 한 번도 갈아입지 않는 사람이 있었다고 했다. 그 사람은 일요일에만 다른 옷으로 갈아입었는데 그냥 입던 옷을 뒤집어 입는 것이었다고 했다.

"집에 깨끗한 옷이 많다는 건 정말 행복한 거야."

누군가는 또 동네에 다리가 없이 목발을 짚고 사는 사람이 있었는데, 때만 오면 있지도 않는 발가락이 아프다며 짜증을 낸다고 했다. 아이들은 그 뒤를 이어서 이야기했다. 트우스케 인근에는 몸에서 냄새가 많이 나는 농부가 살았는데 자기 일꾼들 밥 주는 것에 아주 인색한 사람이었다. 매일 거의 물뿐인 수프나 먹으면서 일을 하던 일꾼들은 농부에게 항의하려고 찾아갔다. 그에게 수프를 들이밀며 맛을 한번 보라고 했더니, 농부는 수프에 무슨 문제가 있냐며 자기는 평생이라도 먹겠다고 도리어 역정을 부렸다고 했다. 트니손이 아주 옛날 사람들은 개에게 줘도 싫다고 할 만큼 지독히도 새까만 빵을 먹었다고 했다.

그런 말을 나누다가 점차 교실은 조용해졌다. 아이들은 하나둘씩 잠에 빠져들었다. 코 고는 아이도 있었고 콧바람만 뿜으며 자는 아이들도 있었다. 어디선가 이를 가는 소리도 들렸다. 몸에 기생충이 있는 아이들은 여전히 잠을 이루지 못했다. 어떤 친구는 몸을 벅벅 긁으며 알아듣지 못할 소리를 하기도 했다. 몸을 여러 번 뒤척이는 아이도 있었다. 옷을 벗고 맨 마지막으로 침대에 들어간 이멜릭이 조용한 소리로 말했다.

"누가 불 좀 꺼라."

그 누구도 불을 꺼야겠다고 생각하는 아이는 없었다. 누군가 따졌다.

"다른 아이들은 진작에 자려고 누웠는데 네가 맨 마지막으로 누웠잖아. 그럼 네가 직접 끄는 게 맞지. 다른 사람들 시키지 마."

"야, 귀뚜라미. 네가 가서 좀 꺼."

이멜릭은 쿠슬랍에게 말했다. 쿠슬랍은 깨어 있었지만, 눈을 감고 아무 말도 안 들리는 척을 하고 있었다. 할 수 없이 이멜릭이 직접 침대에서 일어나서 의자 위에 올라갔다. 손잡이를 돌려 불을 끄려던 이멜릭의 눈길이 창문 쪽으로 향했다. 창문 밖에서 끔찍한 얼굴을 한 괴물이 알아듣지 못할 괴상한 소리로 '또, 또, 또' 하면서 안을 들여다보고 있었다.

23

"얼른 불 끄라니까!" 아이들이 침대 위에서 외쳤다.

이멜릭은 얼어붙은 표정으로 앞을 보다가 이내 의자에서 내려와서 벽 쪽으로 슬금슬금 뒷걸음쳤다. 불은 여전히 켜져 있었다.

"저기 창문 뒤에 뭐가 있어!"

이멜릭이 넋이 나간 듯 말했다. 평상시에는 세상 어떤 일에도 관심을 보이지 않을 것 같던 침착한 음악가가 두려움에 떨고 있는 모습이 옆에 있는 친구들 모두에게 공개되는 순간이었다.

"거기 뭐가 있는데?"

"나도 모르겠어." 이멜릭이 대답했다.

"너무 끔찍한 얼굴이야. 사람의 모습이 아닌 것 같아. 완전 시뻘겋고 눈이 엄청 부리부리해."

"장로님인가? 다른 사람일 리는 없어."

"아냐, 그거 장로님이 아니었어. 사람 얼굴이 아니야. 그건… 그건…."

"귀신인가?"

꿈을 잘 믿는 아이 하나가 속삭였다. 그리고 이불 밖으로 고개를 쏙 내밀었다. 잠을 자던 아이들도 그 신비로운 속삭임에 잠에서 깨어 두려운 눈으로 창문 쪽을 바라보았다. 창문 가까이 누워있던 아이들은 재빨리 일어나 구석으로 달려가 숨었다. 어떤 무서운 이야기라도 아이들을 이렇게 겁을 줄 수는 없을 것이었다. 이멜릭 같은 용감한 아이가 두려움에 떨며 벽으로 도망치는 것을 보니 뭔가 큰일이 생기긴 한 모양이었다.

"별일 아닐 거야."

비페르가 벽 쪽에서 걸어 나와 아무 거침없이 창문 쪽으로 걸어갔다.

"가지 마." 이멜릭이 조용히 말했다.

비페르는 큰 싸움을 준비하는 듯 양손을 휘저었다.

"조용히 해! 너희는 아무것도 하지는 않으면서 입으로 지껄이기만 잘해. 내가 가서 본때를 보여주겠어."

그렇게 말하고는 창문에 얼굴을 대고 어두운 바깥을 쳐다보았다.

"아마 쥐새끼 같은 거나 본 거겠지."

잠시 시간이 흐르자 다시 말했다.

"평상시처럼 그냥 조용하기만 한 걸. 학교 문 옆에 서서 어떤 장난을 칠까 고민하는 토츠 눈깔처럼 별들만 맑은 하늘에서 반짝반짝 빛나고 있구만. 그냥 좀 춥다."

비페르는 자기 자리로 다시 돌아오지 않고 이멜릭 쪽으로 고개를 돌리고 말했다.

"이 바보야. 사람들이 하도 귀신 귀신 하니까 괜히 상상하는 거잖아. 아니면 우리 괜히 놀리는 거 아니야?"

비페르는 가만히 서서 장난치지 말라며 이멜릭을 구석에서 데리고 나오려 했다. 아무것도 믿지 않는 용감한 비페르는 장난스러운 눈길로 이멜릭에게 다가가다가 다시 한 번 창쪽을 바라보았다.

"저게 뭐지?"

비페르는 손을 이마에 갖다 대며 속삭였다. 그리고 이멜릭과 묘한 눈빛을 주고 받았다.

"또, 또, 또."

창문 뒤에서 계속 소리가 났다.

"헉!"

누군가 침대에서 우당탕탕 바닥으로 내려왔다. 평상시라면 신경도 쓰지 않을 소리들이 오늘따라 무척 크고 시끄럽게 들려와 아이들은 전부 소름이 돋았다.

교실에서 무언가 떨어졌다. 책들이 책장 위에서 미끄러져 내린 것 같았다. 시계 소리는 점점 더 느려지고 작아지는 것 같았다. 시계는 열한 시를 치고, 그 소리는 이전에 들어보지 못한 소리인 듯 겁이 났다.

"아, 이런 제길!" 갑자기 비페르가 소리쳤다. "저게 정말 처음 보는 귀신이라면 나도 몸을 숨겨야겠어. 악마가 나타났나 봐."

이렇게 말하면서 비페르는 양말도 신지 않은 채 옷도 제대로 입지 않고 교실을 지나 현관으로 가 덜커덩 문을 열고 수선을 떨면서 계단 쪽으로 뛰어갔다. 누군가 무거운 것으로 벽을 쿵쿵 때리면서 창밖으로 뛰어가는 소리가 들렸다.

"아이고 세상에!" 페테르손이 울면서 말했다. "이제 우린 다 죽었다."

이 소동을 가만히 지켜보고 있던 이멜릭이 깔깔깔 웃으며 밖으로 뛰어나갔다.

기숙방은 정적만이 흘렀다. 열린 현관문으로 차가운 바람이 들어오고 깜박이는 등잔은 언제라도 꺼질 것 같았다. 꺼져가는 등불은 피처럼 붉게 보이기도 했다. 어딘가 멀리서 들리는 조용한 소리 이외에는 아무것도 들리지 않고 학교 앞뜰로 뛰어나간 애들도 돌아오지 않았다. 밖으로 나간 비페르와 이멜릭도 귀신에게 무슨 일을 당한 건지도 몰랐다.

그때 현관에서 또 이상한 소리가 났다. 누군가가 웃으면서 계단을 쿵쿵대며 걸어 올라오고 있었다. 비페르와 이멜릭은 신발을 신지 않고 나갔으니 분명히 다른 사람이었다. 맨발로 걷는 거라면 저렇게 시끄러울 수가 없었다. 무언가 무거운 장화를 신은 사람이 교실 쪽으로 오다가 무언가를 찾는 듯 문 쪽으로 방향을 틀었다. 그러다가 현관 쪽으로 다시 나가나 싶더니 창고에서도 소리가 들렸다.

"저게 대체 누구지?"

누군가 조용히 물었다. 그 이해 못 할 광경은 금세 전말이 드러났다. 창고와 교실 문의 손잡이가 돌아가더니 문이 열리고 문앞에 세 사람이 나타났다. 비페르, 이멜릭 그리고 세 번째 사람은 누구인지 잘 모르겠지만 여전히 괴물 탈로 얼굴을 가리고 있었다.

"여기 봐라, 우리가 귀신 잡았다!"

이멜릭이 발을 구르며 말했다. 바깥으로 나온 손은 찐 가재처럼 빨개져 있었다.

비페르는 "거봐, 내 말이 맞지?"라고 말하고는 얼른 침대로 들어갔다.

"귀신이라는 게 전부 다 이런 거라고. 쓸데없는 거라니까. 내가 직접 밖에 나가서 보지 않았다면 평생 창문 밖에서 귀신이 있었다고 믿고 살 거 아니야."

"또, 또, 또…"

얼굴에 탈을 뒤집어쓴 남자가 이상한 소리로 말했다.

"저거 토츠잖아. 아, 진짜!"

아이 두 명이 동시에 말을 했다. 토츠는 얼굴에 손을 올리고 말했다.

"하하, 그럼 누군지 알았냐? 이런 바보들, 장난 좀 쳐서 놀래켜 주려고 했는데, 애들 하는 거 봐라. 이멜릭은 창문 밖을 쳐다보고는 뻣뻣이 서 있더니 벽 뒤로 막 도망가더라."

"난 네가 또, 또, 또 할 때부터 누군지 알아봤다." 비페르가 말했다.

"만약 너희들에게 잡히지 않았더라면 난 장로님 방 창문에 가서도 그랬을 거야. 우리 뚱땡이 할아범이 뭐라고 생각했을지 정말 궁금하다."

이렇게 말하는 토츠는 뭔가 빨간 달걀 같은 것을 줄에 매달아 흔들고 있었다.

"너 그거 손에 든 게 뭐야?" 아이들이 물었다.

"지구." 아주 짧고 명확한 답변이었다.

"지구? 그런데 왜 빨개?"

"빨간 게 뭐 어때서? 무슨 색깔이어야 하는데? 파란색 물감이 집에 없었어."

"보여줘 봐."

"안돼, 칠한 지 얼마 안 됐어. 아직 칠이 다 안 말랐단 말이야. 내일 보여줄게."

그러고는 침대 위로 올라가 가까운 기둥 밑에 지구를 걸어 말렸다.

"그런데 내가 지금 어디서 오는 줄 아는 사람."

토츠가 바닥으로 뛰어 내려오며 말했다.

"난 지금 공동묘지 기도실에서 오는 길이야."

"기도실? 거긴 뭐하러 왜 갔는데?"

"뭐하러 가긴 뭘 하러 가. 뭔가 일이 있으니까 갔겠지."

"거짓말!"

"이런 바보들, 무슨 거짓말이라고 그래. 내가 왜 거짓말을 하겠어. 믿기 싫으면 믿지 마. 그런데 내가 기도실 갔을 때 뭔가 본 것 같아."

"뭘 봤는데?"

"내가 진짜 기막힌 걸 봤는데, 니네들이 그걸 봤다면 겁이 나서 천장까지 펄쩍 뛰었을 거야. 그런데 나한테 해를 끼칠 것은 세상에 아무것도 없지."

"허튼소리 하지 마. 토츠." 비페르는 화난 듯 이불을 바로 펴며 말했다.

"허튼소리 아니라니까. 이 바보야. 내가 직접 본 거야. 한 열 발자국 앞에 그놈이 있었어."

"열 발자국이라고! 너도 아까 우리한테서 열 발자국밖에 안 떨어져 있었는데도 처음엔 애들이 누군지 전혀 몰라봤잖아. 조금 전까지도 애들이 전부 귀신 이야기하느라 정신이 팔려 있어서 그랬던 거지. 다 말도 안 되는 소리잖아."

"아니야, 바보야. 내 말 좀 들어보라고."

"이야기하고 싶으면 숲에 가서 혼자 지껄여."

다른 쪽으로 돌아누운 비페르는 금세 코까지 골며 잠이 들었다.

토츠는 자기 침대 가장자리에 앉아서 옷을 벗으면서 공동묘지에서 있었던 일에 대해 말하기 시작했다.

"우리 마을 어떤 오래된 책에 적혀 있는 내용을 보면 스웨덴 지배 시절 지금 공동묘지 기도실이 있는 자리에 성이 한 채 있었대. 그 성 주인의 이름은 옘므야."

"옘므? 무슨 그런 웃긴 이름이 다 있어."

아이들은 놀란 투로 말했다. 토츠는 이야기를 계속 이어갔다.

"그 이름이 우스운지 안 우스운지는 모르겠는데 오래된 책에 그렇게 써 있어. 한번 들어봐. 그 성주 옘므에게는 로살린데라고 하는 딸이 있었어."

"로살린데? 그 이름 어디서 들어본 적이 있는데."

누군가 그 이름을 떠올리며 말했다.

"아마 들어봤을지도 몰라. 로살린데라는 이름을 가진 사람이 한두 명은 아니지. 옛날에는 성주의 딸들은 전부 로살린데라는 이름을 갖고 있었는데 하나같이 아름다웠어. 우리의 그 로살린데도 너무 예뻤는데 사랑하는 연인이 한 명 있었지."

"그 사람의 이름이 뭔데?" 이멜릭이 물었다.

"애인의 이름?" 토츠는 기억해 내려고 애썼다. "이름이 뭐더라⋯."

그러자 이멜릭이 거들었다.

"이름이 뭐였는지가 뭐가 중요해. 그냥 픔므였다고 하자."

"조용히 해." 토츠가 이름을 고쳐 주었다.

"그 사람 이름은 픔므가 아니야, 바로 소크야."

"그래, 그래, 어디 한번 계속해 봐라."

"로살린데의 애인 소크에게는 아주 사악한 원수가 한 명 있었어."

토츠는 고개를 들어 말했다. 그 원수의 이름이 무엇이냐는 트니손의 질문에 이번엔 실수하지 않겠노라며 말을 이었다.

"로살린데의 애인은 전쟁에 나갔어. 그 원수는 로살린데에게 소크가 죽었다고 거짓 편지를 보냈어. 소크는 전쟁에서 죽지 않았는데도 말이지. 그런데 원수가 로살린데를 차지하기 위해서 거짓 편지를 보낸 거야. 어느 날 원수가 성 뒷문으로 와서 뿔 나팔을 불었어. 호위병이 물었지. 이 밤 중에 웬 놈이냐? 여기서 뭘 하는 거냐. 그 원수가 대답했어. '나는 이름 난 기사 폰… 폰….'"

"폰 븜므." 누군가 뒤에서 소리를 쳤다.

"바보들, 니네들 자꾸 웃으면 나 이야기 안 해줄 거야."

화가 난 토츠가 말했다.

"듣기 싫으면 듣지 마. 그런데 이런 아름다운 이야기를 안 들으면 후회 할 걸?"

"누가 웃는 거야." 이멜릭이 아이들을 다그쳤다. "계속 이야기해 봐, 다 듣고 있을게. 거기 기도실에서 뭔 일이 있었는지 다 이야기해 준다며. 븜 므고 픔무고 상관없으니까 이야기나 계속해."

"븜무하고 픔무라…" 토츠가 변호하듯 말했다.

"내가 기도실에 왜 갔는지 궁금하지. 그런데 기도실 벽에 보물이 숨겨 져 있단 말이야."

"아하, 이제 보물 이야기도 하려는구나."

아이들이 여기저기에서 말을 했다.

"그래서 그 원수는 성문 앞에서 뿔 나팔을 불었어. 호위병들이 '뭘 하 는 거냐' 하고 물었어. 원수는 '나는 이름난 기사 아무개요'라고 말했고 그러자 호위병이 '이름난 기사께서 이 밤중에 우리의 폰 염므 기사님이 거처하는 이 성에는 웬일이시오' 하니까 그 말을 들은 원수가 말했어. '이 건 니네들이 알 바 아니다. 하찮은 놈 주제에 뭘 알려고 드느냐. 네놈의 머리를 당장 잘라서 개먹이로나 주어야겠구나. 당장 죽여서 네 피로 성을 적셔야겠다.' 그 호위병은 잠시 주눅이 들었다가 아무 일 없다는 듯이 겁을 주며 말했어. '못 열겠소.' 그러자 원수가 말했지. '네 놈 주둥이에 개똥을 쳐넣어 줘야겠구나.' 그리고 포효하듯 큰 칼을 들어 호위병들 귀가 울리도록 큰소리로 성문을 두들겼어. '당장 열지 못할까! 당장 열지 않으면 네 놈을 기름에 넣어 튀겨 버리겠다.' 늙은 호위병은 그의 말을 듣고 걱정에 휩싸였어. 아이들은 아직 어리고 공부도 시켜야 되고… 내가 죽으면 그 애들은 어디서 뭘 먹나 싶었던 거지. 그래서 호위병은 성주가 있는 방에 올라가 저 아래에서 반미치광이가 문을 열어달라고 난리를 치고 있는데 어떻게 해야 하는지 물었어. 너무 어두워서 그 녀석이 술에 취한 건지 어떤 건지는 모르겠다고. 폰 염므는 처음엔 이 소리가 무슨 소리인가 했어. 그런데 그가 소리치는 게 어찌나 큰지 성 전체가 쩌렁쩌렁 울렸어. '얼른 문 열란 말이다. 나는 이름난 기사 스나얄그다'."

"스나얄그? 그거 에스토니아 이름이잖아." 아이들이 소리쳤다.

"그래, 맞아." 토츠가 대답했다. "에스토니아 이름 맞아. 그러니까 에스토니아 사람이었겠지. 아냐, 아냐, 잠깐 있어 봐, 그 사람 이름, 스나얄그 아니야. 다른 이름이 있었어."

토츠는 손가락을 입에 물고 생각했다. 아이들은 마음을 조리며 기다리고 있었다. 잠깐 시간이 흐른 후에 토츠가 소리쳤다.

"시에포크, 맞아. 이게 그 사람 이름이야."

그리고 다시 이야기보따리를 풀었다.

"염므 성주가 말했어. '저 미친 녀석을 절대 들여보내지 말라. 들어오면 호랑이를 풀어서라도 다시 내쫓을 테니. 내가 보니 저놈은 평생 주막에나 기웃거리는 술주정뱅이로구나. 그러니까 저렇게 한밤중에 소란을 피우지. 딱 보면 안다.' 그리고 염무 성주는 또 말을 이었어. '저놈은 분명 내 사랑하는 딸 로살린데 곁으로 가고 싶은 거야. 내 몸이 온통 쥐들한테 갉아 먹힐지언정 난 내 딸의 방문 앞을 떠나지 않고 지키고 서 있을 거다. 저놈에게 가서 당장 이곳을 떠나라고 말하거라. 그렇지 않으면 내가 지금이라도 당장 병상에서 일어나 창으로 저놈의 가슴을 찔러줄 것이다'. 호위병은 더 이상 할 말이 없어 만신창이가 된 심정으로 성문으로 가다가 너무 어두운 나머지 그만 노인네들이 꼭 가지고 다녀야 하는 지팡이를 흘려버리고 만 거야. 호위병은 어두운 뜰에 나가 손으로 더듬더듬하면서 지팡이를 찾았어."

"등불이 없었어?" 누군가가 물었다.

"없었으니까 그렇게 찾았겠지."

다른 친구가 대답했다. 그 말을 들은 토츠가 말을 이었다.

"누가 그 호위병한테 등불을 주려고 했겠어, 비싼 초만 아깝지. 아무튼 시에포크는 성문 뒤에서 미치광이처럼 날뛰었어. 그 시끄러운 소리에 잠을 깬 로살린데는 누가 그렇게 난리를 피우는지 보기 위해서 성문 근처로 나갔어. 성탑에 오른 로살린데는 시에포크를 보고 놀라서 순간 아래로 떨어졌어. 시에포크는 재빨리 떨어지는 로살린데의 손을 붙잡고 품에 안았어. 그 호위병은 땅을 뒤지면서 아직도 성 앞뜰에서 지팡이를 찾고 있대."

그 이야기를 들은 이멜릭이 말했다.

"정말로 감동적인 이야기가 아닐 수 없군, 그래. 그런데 필요 없이 다른 이야기만 길게 했잖아. 그러니까 기도실 벽에 있다는 보물이랑 네가 거기 어떻게 가게 됐는지만 짧게 이야기해 봐."

"짧게 하라고? 이 바보야, 오래된 책에 그렇게 써 있는데 내가 어떻게 더 짧게 이야기해." 토츠가 짜증 섞인 투로 말했다.

"그렇게 길게는 안 써 있을 걸. 공동묘지 기도실에 어떤 이야기가 숨어 있는지 누가 알겠어. 무슨 옛날 이야기책이나 보고 오래된 책에서 읽었다고 거짓말하는 거겠지. 네 얘기를 처음부터 끝까지 다 들을 필요는 없을 거 같다. 그러니까 짧게 말해 봐." 이멜릭이 따졌다.

"저기 있잖아, 이멜릭." 토츠가 말했다. "네가 믿거나 말거나 상관은 없지만 기도실 벽에는 엄청난 보물단지가 숨겨져 있어. 한밤중에 그냥 가서…."

"아하… 네가 오늘 그래서 거기에 보물 찾으러 간 거였구나."

"그런 일이 아니면 내가 이 시간에 공동묘지에 갈 이유가 없잖아."

"그래, 네 말이 맞다. 계속 이야기해 봐."

오래된 책 연구가가 말을 이었다.

"로살린데의 애인 폰 소크가 전쟁에서 돌아왔는데, 로살린데가 없는 거야. 호위병의 멱살을 잡고 흔들면서 성난 목소리로 말했어. '우리 로살린데는 어디에 있는 거냐?' 호위병은 자기는 전혀 모른다면서 자비를 청했어. 폰 소크는 성주 염므에게 가서 따졌어. '내 신부는 어디에 있나이까'. 성주 염므가 말했지. '왜 네 신부를 나에게서 찾느냐? 신부는 네 원수가 품에 안고 떠나가 버렸다'. 기사는 칼을 쳐들고 처절한 복수를 맹세했어. 심지어 시에포크가 술 마시러 다니는 주막도 없애 버리겠다고 다짐을 했지."

이야기꾼은 갑자기 말을 끊고 천장에 매달린 지구본을 쳐다보았다. 문제가 없는지 여기저기 살펴본 후 이야기를 계속 이어갔다.

"그렇게 된 거야. 그 기사는 신부와 원수를 찾으러 길을 떠났고, 성주 염므는 깊은 고뇌에 빠졌어. 사악한 자의 손에 있는 딸을 걱정하다가 그만 죽어 버린 거야. 그런데 죽기 직전에 가지고 있던 돈과 비싼 물건들을 벽 안에 숨겨 놓았어. 건물은 진즉에 무너져 내렸고, 그 잔해 위에는 공동묘지가 들어섰지. 그리고 그 성벽 사이에 기도실이 들어선 거야.”

“그래서 그 보물들이 여전히 기도실 벽에 묻혀 있다고?”

“그럼 당연하지, 바보야. 그 보물들이 어디에 갔겠어. 신부님 마부가 보물이 묻혀 있다는 지도를 본 적 있대. 북쪽 모퉁이에서 세 발짝.”

“그런 그렇다 치고, 그래서 폰 소크는 로살린데를 구했대?” 누군가 물었다.

“아주 오랜 시간이 지나서 찾긴 했대. 다시 돌아왔을 때는 성은 온데간데없어지고 유령들만 드글드글했대. 그래서 그들은 카시누르메 마을에서 살기로 했는데….”

“그 사람들 여전히 죽지 않고 거기서 살고 있구나.”

토밍가스는 하품을 하면서 말했다.

“그런데 보물은?” 이멜릭이 말했다. “너 보물 찾으러 갔다 왔다며. 그래서 찾았니?”

“그럼, 찾고말고. 그런데 너라면 그렇게 빨리 못 찾았을 걸? 도깨비들이 보물을 지키고 있거든.”

“뭐가? 도깨비?” 아이들이 호기심 가득한 소리로 물었다.

“어떤 도깨비들인데?”

“궁금하면 직접 보러 가봐.” 토츠가 비밀스럽게 말했다.

“도깨비들이 빵 가방을 뺏으려고 얼마나 악착같이 쫓아오는지. 마침 지구본이 있어서 머리를 흠씬 두들겨 패줬어. 지구본이 없었더라면 빵 가방에 원숭이처럼 매달려서 별 희한한 소리를 내면서 따라왔겠지. 한밤중에 웬 난리였다나….”

"좀 자세하게 이야기해 봐." 아이들이 외쳤다. "그놈들이 뭔데 네 빵 가방을 가져가려고 해? 정말 도깨비였어?"

"그럼 당연하지. 도깨비가 아니면 뭐겠어. 너무 어두워서 제대로 볼 수는 없었어."

경험도 많고 본 것도 많은 토츠는 오랜 시간 동안 설명하는 것이 죽을 만큼 귀찮아서 짜증 난 투로 말했다. 그러나 이미 많은 아이들이 그 이야기에 매료되었다. 물론 아이들 모두는 토츠란 녀석이 만사 이야기를 지어내는 것으로 유명한 것은 다 알고 있었지만, 그래도 토츠가 보물을 지키고 있는 도깨비를 만났다는 이야기가 어떻게 진행되는지 더 듣고 싶어 했다.

토츠는 이야기를 이어갔다.

"길을 따라서 계속 내려오고 있었어. 지구본은 어깨에 메고 빵 가방은 손에 들고. 아니지…. 빵 가방은 어깨에 메고 지구본은 손에 들고. 막 가고 있는데, 학교에 이렇게 빨리 가 봐야 뭘 할까 싶은 거야. 어차피 가 봐야 누워서 잠이나 잘 텐데 하는 생각이 들었지. 그럴 바에는 차라리 폰 엽므가 숨겨놨다는 보물이나 찾으러 갈까 하는 생각이 들었어. 보물을 찾으면 너희들한테 먹다가 죽을 정도로 빵을 실컷 먹여 줄 수도 있고, 꼴 보기 싫은 뚱땡이 장로는 다시 볼 일이 없으니 작별인사나 해주고 오자 싶었던 거야. 기도실로 가까이 가는데 아무 소리도 안 나더라. 그래서 북쪽 모퉁이에서 세 발짝을 움직였어. 한 발짝, 두 발짝, 그리고 또 한 발짝. 마침내 돈과 보석이 숨겨진 곳에 도착했어. 이제 된 거야. 이제 주문을 외우고 돌만 치우면 완전 끝나는 거였어."

"주문 같은 걸 외워야 돼?" 아이들이 물었다.

"이 바보야, 주문도 안 외우고 보물을 어떻게 가져가. 일단 돌을 움직이기 전에 키비룬타, 푼타, 앤타, 파라밴타, 바스빌링기, 수스키, 타바라…. 이렇게 주문을 외워야 돼. 만약에 제대로 외우지 못하면 보물함이 땅으로 꺼지게 되고 얼른 피하지 않으면 옆에 있던 사람도 같이 땅속으로 끌려가버려."

토밍가스가 졸린 목소리로 말했다.

"또 장난치시네. 조상들의 보물을 네가 어떻게 찾는다고 그래. 내가 무슨 말을 하려고 했더라. 아 그래, 네가 좀 전에 외운 그 주문, 12월 31일에 귀신 부르려고 쓰는 거라며. 그런데 보물을 찾는데도 그 주문을 외운다고?"

"허튼소리 하지 말고 넌 그냥 잠이나 자라."

토츠는 마침 주문을 외우는 부분에서 방해를 받은 것이 언짢은 듯 소리를 질렀다. 그러나 잠시 후 토츠는 아랑곳 않고 기숙방의 정적을 가르며 이야기를 풀어나갔다.

"그렇게 주문을 외우고 나서 주변에 뭔가 쓸 만한 물건이 없나 찾아봤어. 성냥에 불을 켜고 둘러보았지. 땅바닥에 뼈가 뒹굴고 있었어. 저 뼈들이 갑자기 피거품을 물면서 '내 뼈 내놔 내 뼈 내놔' 그러는 건 아닌가 했는데, 그냥 뼈들을 돌로 으스러뜨리고 조금 더 둘러보았어. 기도실 안에서 뭔가 벽을 긁는 소리가 들렸어. 어떤 시커먼 것이 온몸이 딱정이로 뒤덮인 것 같은데, 자세히 보려고 고개를 드니까 갑자기 그것들이 기다렸다는 듯이 나를 쫓아오는 거야. 얼마나 무서웠는지 아냐? 정말 죽는 힘을 다해 달렸는데 계속 따라와. 뒤로 돌아서 빵 가방으로 내리쳤더니 한 마리가 내 가방에 딱 달라붙어 있는 거야. '이 도깨비 녀석, 내가 본때를 보여주마' 하고 지구본으로 후려치니까 그땐 파란 연기만 남고 사라져버렸어."

이멜릭은 못 참겠다는 듯 말했다.

"그 파란 연기는 네 입에서 나오겠다. 이 새빨간 거짓말쟁이야."

토츠가 대답했다.

"너야말로 바보다. 이게 거짓말이면 난 평생 입도 뻥끗 안 하고 살게. 대체 내가 무엇 때문에 거짓말을 하겠냐고. 믿고 싶지 않으면 믿지 마. 믿기지 않으면 길거리 가는 아무나 잡고 물어보시든가."

"그래, 알았다." 이멜릭이 대답했다. "너야말로 제멋대로 이야기하고 또 믿는 놈이니까."

기숙방은 이제 어두워졌다. 토츠는 잠들기 전 마지막으로 자기가 만든 지구본에 한 번 더 눈길을 던졌다. 그리고 침대에 기어들어 가 혼잣말을 했다.

"꿈속에서 그 이상한 도깨비 같은 것들이 나와서 내 빵 가방을 가져가려고 하면 어쩌지? 그런데 창고 안에 잘 숨겨 놓고 튼튼한 자물쇠로 잠가 두었으니 가져가려면 힘깨나 써야 할 거다."

그리고는 잠에 깊이 든 척하며 코를 고는 소리를 냈다. 그러나 다시 바로 일어나서 이불을 정리하고 기침을 하고 코를 풀었고 옆 친구의 침대에서 장화 한 짝을 꺼내서 다른 쪽 벽으로 던졌다.

"장난 좀 그만 쳐. 이 밤중에 장화는 왜 던지고 난리야!"

옆 침대 친구가 말했다.

24

"트니손, 자는 거야?"

아르노가 친구를 팔꿈치로 살살 치며 조용히 말했다.

"엉, 살짝 잠들었었는데."

"저기 있잖아, 너한테 하고 싶은 말이 하나 있는데 들어줄래?"

"뭔데?"

"오늘 공동묘지 기도실에 갔는데 이멜릭이랑 텔레가 같이 걸어가는 걸 봤어."

"그냥 둘이 다니라고 냅둬."

"그게 아니라, 어떻게 그렇게 아무도 모르게 둘이 다닐 수 있는 거지? 이멜릭이랑 텔레가 친척이라는데 아무래도 사실이 아닌 것 같아."

"걔들 이야기는 그만 좀 해라."

약간의 적막이 흐른 후 아르노가 다시 속삭였다.

"트니손, 너는 다른 아이들한테 절대 말 안 하잖아. 그래서 너한테 이야기하는 거야. 나 지금 그것 때문에 마음이 너무 아파. 옛날에는 나랑 다녔는데 지금은 이멜릭이랑만 같이 다녀. 텔레는 내가 공부를 잘해서 잘난 체나 하고 또 거짓말까지 한대. 나는 잘난 체한 적도 없고 거짓말은 더더군다나 한 번도 안 했어."

트니손이 대답했다.

"그런 당치도 않은 여자애 말에 왜 속을 썩여? 지 좋아하는 사람이랑 다니라고 그래. 네 감정은 내보이지 말고. 너 그러다가 웃음거리만 된다."

"그건 그런데…."

침묵이 흘렀다. 이번엔 트니손 옆으로 더 가까이 가서 귀에 입을 바짝 대고 속삭였다.

"난 그렇게 못해. 이제 공부도 머리에 안 들어오고 뭔가 중요한 것을 잃어버린 기분이야."

"그래도 다 지나간다." 트니손이 졸린 목소리로 말했다.

"정말 지나갈까?"

"지나가고말고."

"그런데 있잖아, 트니손." 아르노가 급한 듯 이야기했다.

"뭔가 집중만 하려 하면 기분이 축 처지니 어떻게 해야 할지 모르겠어. 학교에 오면 집에 가고 싶고 집에 있으면 학교에 다시 가고 싶고. 누군가 계속 나를 기다리는 것 같아. 그런데 누구하고도 말하기는 싫어. 다들 누구나 다 겪을 일이라고 핀잔줄 거 같아. 너도 그런 일이 있었어?"

"음⋯." 트니손이 중얼거렸다.

"자니?"

"안 자, 안 자, 계속 해 봐."

"삼거리 끝쪽에 가면 버드나무 큰 게 한 그루 있어. 처음엔 그냥 몇백 년쯤 된 아주 오래된 나무 정도로만 생각했지. 어제 우리 할머니가 그러 시는데 당신이 아주 젊으셨을 때, 그러니까 지금 우리 집을 사서 이사 오 셨을 때 할아버지가 장난삼아 버드나무 가지를 어디서 두 개 잘라서 삼 거리에 심었는데 그렇게 크게 자란 거래. 너 우리 집에 올 때 한번 제대로 본 적 있어?"

"음⋯."

"자는 거야?"

"응, 잠들 뻔했어." 트니손이 뒤통수를 긁으며 말했다.

"자꾸 눈이 감겨. 이렇게 늦게까지 깨어 있어 본 적이 없어. 토츠가 하 는 말도 안 되는 이야기 듣느라 못 자고, 그 녀석은 맨날 귀신 이야기 따 위나 좋아하고. 가을에는 줄곧 인디언 얘기만 하다가⋯ 지금은 좀 잠잠 해졌나 싶더니만 이번에 또 귀신 얘기만 해대고 있어. 빵 가방이 뭐가 어 째? 아주 안 봐도 훤하다."

"뭐가 흰해?"

트니손이 이내 코를 골았다. 그래, 자라고 놔두자. 더 이상 깨워서 괴롭힐 이유가 없었다. 이야기는 아침에 해도 되었다. 트니손은 다른 애들에게 비밀을 말하는 일이 없으니 허심탄회하게 말할 수 있는 정말 훌륭한 친구였다. 그런데 약간 바보 같았다. 트니손은 가끔 자기가 듣는 이야기를 잘 이해 못 하는 것 같았다.

라야 농장은 벌써 새집을 짓고 있었다. 아버지가 며칠 전에 말씀하신 것에 따르면 지금 여섯 명의 남자들이 열심히 톱질을 한다고 했다. 사람들은 주춧돌을 세울 곳을 파고 있고 벽을 세울 채비를 했다. 며칠만 지나면 새집이 완성될 것 같았다. 그럼 텔레네 가족 모두가 그곳으로 옮겨서 살게 될 것이었다.

리블레 아저씨가 말한 것처럼 중매쟁이들도 돌아다니겠지. 신랑은 이미 정해져 있는데 다녀봐야 뭔 소용이 있단 말인가. 바로 이멜릭이다. 혹시 이멜릭은 토츠가 들려준 이야기에 나오는, 로살린데를 납치했다던 그 원수가 아닌가 싶었다.

아르노는 잠자리에 누웠지만 잠이 오지 않았다. 기숙방은 너무 낯설고 들려오는 소리 하나하나가 신경 쓰였다. 트니손의 신발에서는 고약한 냄새가 났고, 어떤 녀석은 이를 갈고 있었고, 화로 옆에서 자고 있는 한 녀석은 베개에 코를 깊게 파묻고 있어서 숨쉬기가 어려운 모양이었다.

아르노는 집에 가지 않은 것이 후회되었다. 집에 갔더라면 진작 잠도 들었을 것이고, 지금의 고민 때문에 마음고생을 하지는 않을 것이었다. 굳이 텔레와 만나는 것을 피하고 싶었던 거라면 아주 이른 시간에, 그러니까 텔레가 잠에서 일어날 7시쯤에 집에서 나오면 되었을 것이었다. 그런데 지금은 집에 가지도 못하고 할 수 있는 일이 아무것도 없었다. 잠이 오거나 말거나 오늘은 여기에 있어야 했다. 벌써 밤이 되었기 때문이다.

지금이 5월이라면 잠이 안 올 때 할 수 있는 일이 정말 많았을 것이다. 강변에 가서 해가 뜰 때까지 앉아서 잠에서 일어난 새들이 새날을 맞이하며 지저귀는 소리를 들을 것이었다. 아침 해가 뜨기 직전 나무 꼭대기를 어루만지며 전해오는 바람의 향기를 맡을 수도 있었고, 은빛으로 빛나는 강을 볼 수도 있었다. 멀리 방목장에서 문이 삐그덕거리는 소리와 그곳으로 향하는 소들의 낮은 울음소리, 이슬 맺힌 잔디밭에서 개들을 부르는 소리도 들을 수 있을 것이었다. 그런데 지금은 강변으로 가기엔 너무 일렀다. 강둑은 아직 젖어서 진흙 반 물 반일 것이고, 미친 듯이 흐르는 강물 위에는 얼음 조각들이 떠다닐 것이었다. 그래서 가봐야 좋은 풍경을 기대하긴 어려웠다.

교실에 있는 시계가 한 시를 쳤다. 정말 벌써 한 시가 되었을까? 시간은 아르노가 생각한 것처럼 천천히 흐르지는 않았다. 어딘가에서 닭이 울었다. 알아듣지 못할 소리로 아르노에게 답을 주는 것 같았다. 창문 밑으로는 누군가 조용한 발걸음으로 왔다 갔다 하는 것 같았다.

아르노는 침대에서 일어났다. 밖에 나가 반짝이는 별을 보며 겨울이 지나가는 소리를 듣고 싶었다. 조용히 옷을 걸치고 밖으로 나갔다. 뜰은 은색으로 반짝이며 달빛을 받은 그림자들이 길게 늘어져 있었다. 저 수지 쪽에서는 누군가 한숨을 쉬는 듯 물소리가 외롭게 들렸다. 위에서는 별들이 바라보고 있었다. 회색별, 어두운 별, 외로운 별, 오순도순 모여있는 별, 별무리… 아, 그런데 별똥별이 떨어졌다. 그렇다! 이런 날엔 소원을 빌어야 한다. 별이 떨어지고 있는 이 순간 당장 소원을 빌지 않으면 이미 늦어버리는데 왜 아무런 소원도 생각나는 게 없지? 어떤 소원을 빌지? 아르노는 생각이 나지 않았다. 텔레에 대해서 빌까? 아니야, 텔레에 대한 소원은 더 이상 빌지 않겠다. 이제 혼자가 된 아르노는 아무도 필요치 않았다. 아르노의 친구는 저 하늘에 있다. 바로 별들이었다.

혼자 있으니 정말 좋은 것 같았다. 마음은 슬프지만 혼자 있어서 느끼는 묘한 즐거움도 있었다. 이런 적막함 속에서 반짝이는 별들 밑에서는 텔레도 이멜릭도 다른 걱정도 모두 사라졌다. 그런 번민들은 모두 하찮고 의미 없고 생각할 필요조차 없는 것들이었다.

아르노는 기숙방으로 다시 돌아가 옷도 벗지 않고 그냥 잠자리에 들었다. 좀 더 골똘히 생각해 보고 싶었다. 그러나 이내 잠의 정령이 찾아와 아르노를 저 멀리 꿈의 나라로 데리고 갔다. 밖은 은빛으로 빛나고 있었고, 나무들은 긴 그림자를 드리우고 있었다.

25

눈을 뜨니 이미 아침이었다. 아이들이 잠에서 일어났다. 천장 위에 걸린 지구본이 유독 붉었다. 토츠는 반달 모양의 비누 조각을 손에 들고 눈을 씻으러 갔다. 트니손 고깃조각을 씹고 있었다. 그건 에스토니아 사람들의 고집처럼 먹는 사람이 힘들 정도로 질긴 것이었다. 옷을 완전히 차려입은 쿠슬랍은 이제 이멜릭을 깨웠다. 토밍가스는 꼬챙이를 들어 화로에 말려둔 양말을 잡아 내리려고 하는 중이었다. 페테르손은 아침기도를 하고 있었다. 뒤에서는 누군가 꿈 얘기를 하며 조만간 불행이 닥칠 것이라 예언하고 있었다. 먹고 마시는 꿈을 꾸면 좋지 않은 의미가 있다는 것이었다.

누군가 김이 모락모락 나는 뜨거운 물이 담긴 주전자를 가지고 들어와 얼른 마시러 오라고 말했다. 너무 늦으면 주방 누나가 따뜻한 물에 차가운 물을 섞어서 다시 끓여야 하기 때문에 오래 기다려야 한다고 했다. 그 말을 들은 쿠슬랍은 주전자를 받아들고 종종걸음으로 주방으로 향했다.

집에서 잔 아이들도 이제 슬슬 학교에 오기 시작했다. 키르, 비삭부터 해서 다른 아이들도 모습을 보였다. 키르는 학교에도 침대가 있지만 기숙방이 춥다고 보통은 집에서 잤다. 건강이 좋지 않은 아이들은 얼어 죽을 수도 있다는 것이었다. 마르트는 아르노에게 책과 아침 식사를 가져다 주었다.

수업을 시작하기 대략 한 시간 전 여자아이들이 장로의 집무실을 지나 교실로 들어와 자리를 잡고 앉았다. 텔레는 이멜릭과 여러 의미가 담긴 듯한 눈길을 나누며 웃었다. 그리고 눈썹 사이를 찌푸리고 아르노를 바라보았다. 그녀는 옷섶을 바로 잡으면서 혼자 중얼거렸다. 아르노는 눈을 아래로 내렸다. 삼거리에서 기다릴 걸 그랬나 하는 생각이 들었다. 아르노는 아무 일도 없었다는 듯이 아주 평온한 얼굴을 하고 있지만 텔레는 지금 아르노의 마음이 얼마나 쓰린지 잘 알고 있을 것 같았다.

이멜릭은 정말 훌륭한 아이였다. 언제나 차분하고 친절했다. 농담도 아주 잘 했다. 누가 어떤 소리를 해도 항상 그 안에서 웃음거리를 찾았다. 둘은 언제 또 만날까. 아르노는 구름을 쳐다보며 미치광이 마르트처럼 주변을 성큼성큼 걸었다. 바보같이 먼저 기다린다고 해놓고 기다리질 않았다. 그리고도 아무렇지 않은 표정을 짓고 돌아다녔다. 진심을 내비치면 실망할 수도 있을 것이었다. 텔레는 그를 손바닥 보듯 꿰뚫어보았다. 언제라도 때만 오면 자기를 가지고 놀지도 모르는 애라고 생각했다.

아르노는 공부에 집중했다. 공부하고 싶다는 의지가 다시 돌아왔다. 지금까지 밀렸던 내용을 차근차근 공부하기 시작했다. 텔레가 교실에 들어왔을 때 왠지 모르게 가슴이 싸했다. 그러나 그 통증은 금방 사라졌고 아르노는 텔레에게 눈길 한 번 주지 않고 성경을 죽 읽어 내려갔다.

아르노는 다시 공부를 시작했다. 선생님은 아르노가 자기 일을 등한시하고 산만해진 것에 대해서 아무런 이야기도 하지 않았다. 언제나 아르노에게 친절하게 잘 대해 주고 아무런 꾸중도 하지 않았다.

"말씀하실 때 곧 열둘 중의 하나인 유다가 왔는데, 대제사장들과 서기관들과 장로들에게서 파송된 무리가 검과 몽치를 가지고 그와 함께 하였더라. 예수를 파는 자가 이미 그들과 군호를 짜 가로되 내가 입맞추는 자가 그이니 그를 잡아 단단히 끌어가라 하였는지라."

아르노 눈앞에 환상이 떠올랐다.

밤이 되었다. 예수가 겟세마네 동산에서 기도를 하고 있었다. 그의 얼굴에서는 이루 말할 수 없는 고통의 피땀이 땅으로 떨어졌다. 이윽고 하늘이 밝아지면서 천사가 내려왔다. 하늘에 있는 아버지는 아직 아들을 버리지 않은 것이었다. 예수가 일어나 잠에 빠진 제자들 곁에 찾아가 물었다.

"왜 자고 있느냐. 일어나라, 나를 팔아넘길 자가 지금 가까이 와 있노라."

그가 말을 마치자 횃불을 든 군중이 밤을 밝히며 다가왔다. 예수에게서 아무런 해도 당하지 않은 사람들이 강도를 잡는 듯 창과 칼을 들고 위협하며 서 있었다. 예수는 군중 떼에 사로잡혔다. 그의 주변에는 제자들만 지키고 서 있을 뿐이었다. 모인 사람들 중에는 예수의 얼굴을 아는 이가 없었으니 도망을 치고도 남았겠으나 그중에 변절자가 있었다.

베드로에게는 겁이 있었다. 성질이 급한 베드로는 그가 사랑하는 그리스도가 다른 이들에게 붙들려 가는 것을 가만히 보고만 있을 수는 없었다.

"무기는 무기로 갚아 주리라."

이렇게 말하는 그는 온몸의 피를 흘리더라도 맞서 싸울 준비가 되어 있었다.

예수는 자신의 가르침을 망각한 제자를 슬픈 눈으로 바라보았다.

이상하게도 주를 위해 인생을 바칠 것처럼 굴던 베드로가 포박당한 예수 뒤에서 몇 발짝 떨어져서 걷고 있었다. 그 옆으로는 예수가 가장 사랑했던 제자 요한이 걷고 있었다. 다른 제자들은 모두 안 보이는 곳에 숨었거나 도망가 버렸다.

아직 그들은 자신들이 믿는 존재에 대한 확신이 없었다. 그러나 그들도 결국엔 예수의 말씀 때문에 목숨을 버리는 날이 왔다. 끝나지 않을 것 같던 고문으로 고통당하고 찢겨진 예수를 다시 포박하여 가야바에게 데려왔다. 성문을 지키는 군인과의 개인적인 친분으로 인해 예수의 곁으로 갈 수 있도록 허락받은 요한은 베드로와 함께 자리에 가고자 청했다. 그러나 한 계집의 호기심에 겁을 먹은 베드로는 밖으로 도망쳤다. 나사렛 예수와 함께 있지 않았느냐는 계집의 말에 아무것도 모르는 척 부인하고 말았다.

수탉이 울었다. 베드로의 머릿속에 무언가 떠올랐다. 이전에 예수가 감람나무 동산에서 한 말이다.

"네가 수탉이 세 번 울기 전에…"

그러나 지금은 그 일에 신경을 쓸 여유가 없었다. 최대한 멀리 도망해야 했다. 그가 갈릴리 사람과 있지 않았는지 의심할 사람들은 앞으로도 더 많아질 것이었다. 사람들이 혹여라도 그 사실을 알게 된다면 분명 재판장에 끌려가 문초를 당할 것이었다.

밖에는 대제사장의 일꾼들과 종들이 불을 지폈다. 추운 밤이 되자 반벌거숭이들은 불가에 나와 앉아 몸을 녹였다. 이 범상치 않은 밤에는 언제라도 명령이 내려오면 당장이라도 뛰어나가야 하니 잠을 자는 것은 감히 엄두도 못 냈다. 대제사장의 궁전에서는 사람들의 대화 소리가 들렸다. 그곳엔 갈릴리 사람을 포박하고 대제사장 옆으로 데려간 이들이 있었다.

베드로는 불가에 자리를 잡았다. 불을 쬐는 사람들은 머릿속에 강하게 자리 잡은 그 날의 이상한 사건에 대해 이야기했다. 슬픔에 잠긴 베드로는 그들이 하는 이야기와 스승이 처해 있는 끔찍한 상황에 대해 듣고 있었다. 지금 가야바의 궁전에서 조만간 내려질 판결을 기다리며 서 있었다.

은색 수염을 기른 바리새인들과 사두개인들이 문을 열고 들어왔다. 그들은 서로를 향해 손짓해가며 무언가에 대해 큰소리로 설명을 했다. 대제사장의 궁전을 향하여 저기 서 있는 자가 악랄한 죄인이거나 사람들에게 해를 끼친 자인 것처럼 설파했다.

베드로는 계속 불가에 서 있을 수가 없었다. 그의 선생은 거기 모인 군중들을 보며 뭔가 조용히 가르침을 설파했다. 베드로는 선생이 이야기하는 문 뒤로 조심스럽게 자리를 옮겼다. 이미 수도 없이 들었던 그의 목소리였지만 언제나처럼 평안과 안식으로 마음을 끝도 없이 충만하게 했다. 고요하게 전해오는 그의 목소리를 영원히 듣고만 싶었다. 순간 베드로는 그 생각에서 깨어났다. 여자애 한 명이 그의 앞에 와 서서는 가만히 쳐다보다가 가까이 있는 다른 이들에게 외쳤다.

"이 사람이 갈릴리의 예수와 함께 있었어요!"

그러자 두려움이 사로잡힌 베드로는 강하게 부인했다.

"난 그 사람을 전혀 모르오."

그러나 대제사장의 하인도 그를 보고 아는 체를 했다. 그는 겟세마네 동산에서 무장한 군중들이 예수를 에워쌀 때 베드로를 본 적이 있었다. 불 가에 앉아있던 이들이 가까이 다가오고 있었다. 아, 여기 죄인이 있소. 저 사람도 잡아서 가두시오. 나사렛 예수와 함께 있던 자요!

베드로는 이제 인생이 끝난 것처럼 느꼈다. 베드로의 투박한 사투리는 누가 들어보아도 갈릴리 사람이었다. 베드로는 자신을 에워싼 사람들을 향해 저 가야바 앞에 서 있는 사람은 전혀 모르는 사람이라며 저주를 했다. 그러자 다시 수탉이 울었다. 성난 물결 같은 군중이 예수를 데리고 밖으로 나갔다. 예수와 제자들의 눈이 마주쳤다. 베드로의 귀에 예수의 말씀이 울렸다. 내가 감람산에서 너에게 들려준 말이 무엇이더냐….

"새벽에 수탉이 세 번 울기 전에 너는 나를 세 번 부인하리라."

그렇게 되고 말았다. 예수의 총애를 받은 제자가 그를 부인한 것이었다. 베드로는 예수와 무슨 약속을 했던가. 선생님과 함께 죽을지언정 저는 절대 선생님을 부인하지 않겠나이다. 그는 그렇게 말했었다.

아르노는 깊은 생각에서 깨었다. 아르노가 겟세마네 동산에서 예수가 포박당하고 끌려간 이야기를 들려주자 아이들은 마치 그 장면을 눈앞에서 직접 목도하고 있는 것처럼 느꼈다. 칼로 길을 내고자 하는 이는 끝내 죽을지라도 당신의 말씀은 영원할 것이라는 예수의 가르침을 귀로 직접 듣는 것만 같았다.

아르노의 입술에서는 불꽃 같은 이야기가 쏟아져 나왔다. 기쁨에 찬 얼굴과 반짝이는 눈망울에서는 가슴속 무언가가 뜨겁게 번져나가며 빛나고 있음이 보였다. 친구들은 경외하는 눈으로 바라보았지만 아르노가 왜 저리 변한 것인지 알 수 없었다.

26

초원에 녹음이 우거졌다. 봄이 되면 맨 먼저 찾아오는 동이나물의 노란 꽃이 신선한 향기로 공기를 가득 채웠다. 여기저기에서 금매화의 둥근 꽃봉오리들이 풀숲에서 수줍게 고개를 들고 밖으로 나가도 되는지 묻는 듯 사람들을 쳐다보았다. 눈이 녹은 자리엔 푸른 파리노사앵초가 앳된 아가씨처럼 얼굴을 붉히고 솟아 나와 파란 하늘과 태양을 향해 미소지었다. 오랜 보릿고개로 아침을 먹지 못한 사람들을 놀리는 듯 새 한 마리가 단조롭게 노래 부르고 있었다. 떠오르는 햇살을 수천 가지 목소리가 맞이했다.

마침 학교에서는 점심시간이었다. 점심을 먹은 아이들이 아름다운 날씨를 즐기러 바깥으로 나왔다. 아이들은 밖에서 술래잡기를 하거나, 어떤 아이들은 학교 정문 앞 계단에 앉아 두어 주 후면 완전히 그들 곁에 찾아올 계절에 대해 이야기하고 있었다. 유독 큰 아이 너댓 명은 학교 앞 뜰 가장자리에 모여 얼굴에 쏟아지는 구슬땀을 닦으며 열심히 돌을 날랐다. 조금이라도 더 무거운 돌을 들어 옮기는 것이 숙명이라도 되는 양 열성적으로 돌을 나르는 데는 다 이유가 있었다. 강한 남자가 누군지 보여주고 싶은 것이었다. 그저 그런 돌을 들어 올리는 사람은 그냥 사나이다. 그런데 그냥 사나이보다 더 높게 드는 사람은 진짜 사나이, 그보다 높이 드는 사람은 강한 사나이로 아이들의 존경을 받게 되어 있었다.

힘을 쓰는 사나이들 옆 나무더미 위에는 토츠가 얼굴을 팔에 괴고 앉아 있었다. 생각에 깊게 잠긴 켄터키의 사자는 무엇 때문인지 무척 초조해 보였다. 여러 다양한 일들을 서슴지 않고 시도하던 토츠는 한때 아이들 사이에서 리더처럼 행세했었으나 이제 좋은 시간은 다 지났다. 내일이면 기숙방에 있는 물건을 다 빼서 집으로 가야 했다. 생각도 하기 싫은 소목동 일을 해야 하기 때문이었다.

토츠는 여전히 매일매일 성주가 되는 꿈을 꾸었다. 그런데 농장에서 소치기 일이나 해야 한다니…. 두어 주 동안 목동 일을 간다고 해서 자존심에 변화가 생기는 것으로 생각하면 절대 안 되지. 나는 소를 치러 가는 게 아니라 소 농사하는 법을 배우러 가는 것이야.

그보다 더 뼈 아프고 참기 힘든 것은 키르가 이 사실을 다른 아이들에게 전부 알려버리는 바람에 아이들 사이에서 놀림의 대상이 되었다는 사실이었다.

"소 농사를 어떻게 지어?"

누군가가 묻자 토츠가 대답했다.

"이런 바보… 소 농사가 뭔지 몰라? 넌 대체 어느 세상에 살길래 그걸 몰라? 소 농사가 그냥 소 농사지 뭐야."

그러자 옆으로 뛰어가던 이멜릭이 대답했다.

"소 농사가 뭐냐면 방울을 소 목이 아니라 꼬리에 달아주는 거야."

"네 꼬리에나 방울을 달아라. 이 칸넬쟁이야. 저 나무 꼭대기에 올라가서 칸넬이나 쳐라. 못 내려오게 바닥에다 다리를 꽁꽁 묶어버릴 테니."

그래, 놀릴 테면 놀려라. 내가 소치기 일을 나갔다가 네 녀석을 만나면 꼬리에 방울을 달아주고 머리에는 쇠뿔을 달아서 놀려줄 거야.

멀리서 막대기를 던지는 아이들 사이에서는 갑자기 환호성이 터져 나왔다. 누군가 던진 막대기가 다섯 개의 과녁을 정통으로 맞혔기 때문이었다. 바람을 가르며 공중을 날아다니던 막대기 하나가 토츠의 발밑에 떨어졌다. 토츠는 귀찮다는 눈길로 굴러오는 물건을 쳐다보다가 발로 멀리 차버렸다.

닭쫓기 놀이를 하는 아이들이 토츠 주변을 뛰어다녔다. 누군가 그의 어깨를 꽉 잡고 같이 춤이라도 추자는 듯 힘차게 흔들었다. 요셉 토츠는 아이들이 돌을 들어 힘을 겨루건 나무막대기를 던지건 아무런 신경도 쓰이지 않았다. 그냥 자기를 좀 내버려 두었으면 좋겠다고 생각했다.

힘센 장사를 뽑는 놀이를 하다가 돌덩이가 발 위에 떨어진 토밍가스는 돌 위에 주저앉아 다리를 떨고 있었다. 신발을 벗자 파랗게 멍든 발끝이 보였다. 발톱 밑에 피가 번져 나왔다. 조만간 그 발톱은 가재가 허물을 벗듯이 떨어져 나갈 것이고, 새로운 발톱이 날 때까지는 또 몇 주가 걸릴 것이었다. 이런 일이 예전에도 있었다. 앞만 보고 냅다 달리다가 발끝을 돌에 찧은 아이가 한 명 있었는데, 그 애는 상처가 다 아물 때까지 일곱 주나 걸렸었다. 아무튼 데 일곱 주나 걸린 그 사고 당사자와 마침 함께 있던 이멜릭이 말했다.

"너는 그냥 발끝이 돌에 부딪힌 거지만, 토밍가스는 돌이 발끝에 정통으로 떨어진 거잖아. 그러니까 토밍가스는 일곱 주 이상 걸릴 거야. 왜냐면 사람은 앞으로 걸어갈 때 최소한 조심은 하고 가니까 부딪히면 덜 다쳐, 그런데 돌은 인정사정없이 그냥 발 위에 쿵 떨어지잖아."

"너는 그렇게 말을 잘하니 나중에 광대가 되어도 되겠다."

누군가 그렇게 말했다.

토츠는 여전히 통나무에 앉아서 슬픈 생각에 잠겨 있었다. 소 농사는 제법 그럴듯해 보이는 이름에도 불구하고 별로 마음에 들지 않았다.

시간이 지나자 토츠 옆으로 아이들이 모이기 시작했다. 성탄절이 오기 전 자기 삶의 방식을 완전히 바꾸겠다고 선생님에게 호언장담했던 그때를 빼놓고는 토츠가 이렇게 심각한 모습으로 있는 모습을 아이들은 한 번도 본 적이 없었다. 토츠는 한숨을 깊게 쉬었다. 그래서 아주 인간적으로 나약한 모습이 세상에 공개될 것 같았다.

"야, 얼른 가자." 케사마가 말했다. "염므 기사 보물이라도 찾으러 가자. 그럼, 기분이 훨씬 좋아질 거야."

"아, 그거?" 토츠가 손을 내저으며 말했다. "그거 밤에 가야만 찾을 수 있어."

뭔가 머리에 떠오른 이멜릭이 말했다.

"내가 어제 기도실 갔다가 무슨 도깨비 같은 게 휙 지나가는 거 봤는데 이마에 큰 혹이 있더라. 혹시 네가 네 지구본으로 무찔렀다는 그거 아닐까?"

아이들이 모두 웃었다.

"그놈이 왜 왔었는데?"

"얼굴 부은 거 치료할 이파리 찾으러 다녔나 보지." 이멜릭이 말했다.

"그런데 그 도깨비 참 괜찮더라. 거기서 한참 이야기를 해봤는데 너 생사람 잡았더라고. 그 도깨비는 최근에 이리로 이사를 온 귀신인데, 네가 그날 보물을 찾으러 온 것은 몰랐대. 그냥 네 빵 가방에 뭐가 있는지만 보러 왔었대."

"거짓말하는 거지!" 아이들이 외쳤다.

"내가 무슨 거짓말을 한다고 그래." 이멜릭이 심각하게 대답했다.

"정말 참말만 말하는 거라고. 낮이면 키우스나 마을에 지붕을 만들러 간대, 가족들이 집에 먹을 것이 없으니 일을 나갈 수밖에 없다는데, 그 부인 이름이 로살린데라고 했었어."

"아, 그 귀신!!" 아이들의 웃음이 빵 터졌다.

"토츠야, 조심해라, 도깨비들이 다시 빵 뺏어 먹으러 오겠다."

그런데 여기서 이야기를 그만둘 이멜릭이 아니었다.

"그 귀신은 토츠한테 불만이 많아." 이멜릭이 말을 이었다.

"토츠가 폰 염므의 보물을 다시 찾으러 오면 그땐 등뼈를 뽑아다가 머리 위에서 똑 부러뜨려서 눈에 불꽃이 튀게 해주겠대. 자기가 정말 주문만 알면 그 보물함 뚜껑을 열고 거기에 보물 대신 온갖 독초들로 당장 채워 넣고 싶다고 그랬거든. 그때 내가 토츠가 읊어준 주문을 알려줄까 했는데⋯. 그런데 둘 사이에 내가 끼어들어 봐야 좋을 게 없을 것 같아서 그냥 안 하기로 했어."

하하하⋯. 아이들이 웃어댔다.

"야, 토츠, 들었냐? 귀신이 너한테 엄청 화 나서 네 등뼈를 뽑는다잖아. 다음에 갈 때는 조심하는 게 낫겠다. 그땐 큰 통을 가져가. 거기다가 그 기도실에서 얼쩡거리는 귀신을 거기에 가둬 놓게."

토츠는 한참 동안 아이들을 분노 가득한 눈으로 쳐다보다가 마침내 대답했다.

"니네들 다 엄청난 바보들이구나. 지금 이멜릭이 말해주는 건 앵무새처럼 내 말을 따라하는 거잖아."

"그래, 우린 앵무새다, 앵무, 앵무."

그러나 토츠는 그런 진부한 농담 따위에는 관심도 주지 않고 자기가 앉아 있던 통나무를 박차고 일어나 말을 이었다.

"니네들은 원래부터 쭉 바보들이었어. 왜 그렇게 나아진 게 하나 없냐? 책을 조금이라도 들여다보면 내가 거짓말쟁이가 아니라는 걸 금방 알 수 있을 거란 말이야."

"나도 책 조금은 읽는데⋯."

뒷짐을 지고 아이들 사이에 서 있던 트니손이 말했다.

"네 턱에서 기름이나 닦고 말해."

토츠는 트니손에게 대답하고선 다시 손톱을 물어뜯으며 말했다.

"스웨덴 지배 시절에 저 기도실 자리에 폰 염므의 성이 있었다는 것은 엄연한 사실이라고. 세크륀 장군 연대기에도 써 있어. 그 성에 대한 기록은 두 군데에 적혀 있어. 하나는 세크륀 장군 연대기랑 성당 도서관."

"네가 겨우 지금 태어난 게 정말 아쉽다, 일찍 태어났더라면 그 폰 염므 성의 성주가 되었을 텐데."

트니손은 토츠가 시킨 대로 턱에 묻은 기름을 닦아내면서 말했다.

"내가 겨우 지금 태어난 게 진짜 아쉽다. 일찍 태어났더라면 네 바보 같은 얼굴이랑 기름 잔뜩 묻은 네 턱 따위는 안 보고 살아도 될 텐데."

토츠가 다시 말했다.

"세크륀 연대기에 따르면 그 성을 세운 사람은 크리소스토무스 솜메르벨트였고 살았던 기간은⋯."

"오호라, 너 기간도 아는 거야?"

누군가 놀란듯 말했다. 그러나 사실 크리소스토무스 솜메르벨트 폰 염므가 성을 세운 기간은 토츠도 몰랐다. 그래도 아무런 문제는 없었다. 어쨌든 스웨덴 지배 시절이므로 거기에 몇 년을 빼거나 더하면 되었다. 옛날이야기에서는 무서운 악마가 아기가 되기도 하지 않는가. 그러니 스웨덴 시절에 성이 있었다는 데에도 아무것도 문제가 되지 않을 것이었다.

"어쨌든 그 성은 정말로 존재했었다고."

연도 따위야 저만치 던져 버린 토츠가 말했다.

"기도실 담 밑으로 두꺼운 초석이 있는 거 보면 모르냐. 위로 올라갈수록 점점 더 얇아지잖아. 사람 머리 정도 높이를 보면 겨우 벽돌 두 개 정도 들어갈 두께밖에 안 돼. 누가 밖에서 똑똑 두드리면 반대편에서도 충분히 들을 수 있을 정도라고. 기도실은 옛날 성벽에 지어진 거라 북쪽 편에서 세 치만 걸어가면 그곳이 바로 로살린데가 폰 스나얄그, 아니 폰 시에포크 폼에 떨어졌던 바로 거기야. 크리소스토무스 솜메르벨트는…"

토츠는 뭔가 더 말을 하고 싶은 듯했으나 등 뒤에 선 토밍가스가 인상을 잔뜩 찌푸리고 집게손가락을 들어 돌리는 것이 보였다.

"저 녀석 머릿속엔 뭐가 들어있는지 나사를 돌려서 열어보고 싶어."

토밍가스는 이렇게 소리를 치고 멀리 달아났다. 토츠는 당장이라도 통나무 조각을 던져버리고 싶었지만 그대로 참았다.

"아냐." 이멜릭이 갑자기 다른 아이들을 보며 말했다.

"염므니 귀신이니 이런 이야기는 이제 집어치우고 진짜 실제로 있는 이야기나 하자. 토츠, 니네 아버지는 왜 너를 그렇게 집에 일찍 데리고 가시려 하는 거야? 그 소 치는 것 빼고 말이야. 내가 장난친다고 생각하지 말고. 내가 말한 대로 우리 모두 사실만을 이야기해 보자. 너 가면 같이 수다 떨 사람도 없고, 장로님에게 장난 걸 사람도 없을까봐 그러는 거야."

"왜 그런가 하면……." 토츠는 화난 듯 말했다.

"소 치던 형이 병이 들었는데 대신할 사람이 아무도 없어서 그래. 성홍열에 심하게 걸렸는데 나을지 안 나을지 아무도 몰라. 그래서 나더러 하라고 하는 거야."

"그럼 그 형이 안 나으면 너 여름 끝날 때까지 계속 있어야겠네?"

"그걸 누가 알겠어. 난 여름 끝날 때까지 안 있을 거야. 다른 데로 도망가 버리고 말지. 길어봐야 몇 주 정도만 할 거야."

그러더니 토츠는 고개를 푹 숙였다. 소 치러 가는 이야기를 꺼내자마자 최고조로 올랐던 그의 기분이 푹 꺼지면서 목소리도 슬프게 변했다.

"그래서 넌 걱정이 뭔데?"

누군가 위로하는 소리가 들렸다. 아마 토츠의 심정을 가슴 깊이 받아들인 것 같았다.

"네가 소 치러 가는 것 말고는 다른 방법이 없나? 너 없을 때도 누군가 소는 쳤었고, 네가 없다 하더라도 누군가 너 대신 소 치러 갈 사람이 또 있을 텐데."

"한번 들어봐."

몇몇 친구들이 못마땅한 듯 말을 하자 토츠가 대답했다.

"가기야 아무나 가겠지. 그런데 내 걱정은 그 뚱땡이 장로 때문이야."

"소 치러 가는 거랑 뚱땡이 장로님이 뭔 상관인데?"

"바로 그 얘기야. 더 이상 장로님을 볼 일이 없을 거 아니야. 갑자기 나더러 소 치는 일을 하라고 해가지구…. 만약에 좀 더 일찍 알았더라면… 아, 우리 아빠 진짜 바보 같아. 미리 생각하고 하시는 법이 없어. 소치기 형이 병들었다는 이야기를 왜 이제야…."

"그런 말이 어딨어, 사람이 병에 언제 걸릴지 어떻게 알아. 그리고 장로님이랑 그게 뭔 상관인데. 이번 겨울만 해도 장로님이랑 너랑 완전 그 난리를 쳤잖아. 대체 왜 그러는데?"

"지금까지 나한테 해줬던 욕이랑 벌 세운 거에 대한 복수를 톡톡히 해주고 싶었지. 겨우내 나를 얼마나 괴롭혔는데."

"아, 그렇구나." 아이들이 소리를 질렀다.

"그러게, 이제 할 수 있는 일이 아무것도 없겠네."

"내 말도 그 말이야. 이제 남아있는 시간이 없다니. 일주일 정도라도 시간이 있다면 뚱땡이 장로가 나를 영원히 못 잊게 해줄 수 있을 텐데…. 그런데 이제 다 끝났어."

맞는 말이었다. 토츠는 정말로 슬퍼하고 있었다. 막대기를 갖고 놀던 아이들은 놀이를 마치고 토츠 옆으로 다가왔다. 그중에는 아르노도 있었다. 요 며칠 동안 아르노는 얼굴이 좋아졌다. 창백했던 뺨도 불그스레해졌고 눈동자는 힘과 기쁨이 넘쳐 보였다. 웃음을 머금은 아르노는 처음엔 놀이에서 자기편 애들이 이길 거란 희망을 버리고 있었으나 마지막 순간에 극적으로 승리를 거머쥔 이야기를 하느라 바빴다. 그러나 토츠가 아이들 사이에 앉아있는 것을 본 순간 이야기를 그만두고 그의 이야기를 들었다. 토츠가 이야기했다.

"진짜 해도 해도 안 되면 그냥 소들을 초원에다 풀어놓고 와버릴 거야, 그 이상은 내 알 바 아니야."

"왜 그래, 무슨 일이야?"

조금 전에 그 자리에 도착한 아이들이 물었다.

"토츠가 내일 학교를 그만 둔대." 아이들이 대답했다.

"이제 나 없이 지내야 한다." 토츠가 고통스러운 듯 말했다.

"그래도 너무 걱정하지는 마. 틈날 때마다 보러 올게. 일요일 오후 같은 날 말이야. 우리 집에 얹혀사는 그 아줌마라도 보내놓고 난 학교에 나올 거야. 다시 와서 내가 뚱땡이 장로한테 어떻게 해야 하는지 잘 알려줄게. 너희들이 나의 업적을 그대로 이어가도록 하여라."

"그래, 그럴게."

아이들은 다짐한 듯 대답했다. 모두 하루만 지나면 학교를 떠나야 할 토츠한테 신경이 쓰이는 모양이었다. 토츠가 없으면 학교생활이 재미가 없을 것이었다. 장난도 많이 치고 거짓말도 많이 했지만 토츠는 정말 용감한 아이였다.

"그래도 가을 되면 다시 학교로 돌아올 거지?"

아이들이 물었다.

"가을에 내가 어디에 있을지 누가 알겠어." 토츠가 대답했다.

"장로님이랑 씨름하러 다시 와야지. 맨날 내가 칼끝을 걷는 것처럼 정신이 없고 영혼을 제대로 돌보지 않는다고 그랬잖아. 이번 가을에 오면 뭐라고 할까 궁금하다. 그런데 그 러시아 이야기 들으러 학교에 다시 와야 되는데."

토츠가 하는 말에 몇몇 아이들이 키득키득 웃기는 했지만 크게 터져 나오지는 않았다. 떠나는 시간이 정말로 얼마 남지 않았다. 작별인사는 즐겁게 해야 했다. 그동안 토츠가 한 짓 때문에 복수하고자 했던 증오심 혹은 돌려받아야 할 오랜 마음의 빚이 있었다 하더라도 다 잊어 주어야 했다. 하긴 못된 짓만으로 따지면 토츠 정도는 최후의 악인 축에도 들지 못했다.

"내가 뭐 줄 게 있는데."

토츠는 일어나 주머니를 뒤적뒤적하면서 말했다.

"갖고 싶으면 가져가. 이멜릭, 너는 이 큰 깃털 펜 가져라. 넌 참 말 많은 놈이긴 하지만 그래도 선생님한테 이르지는 않잖아. 토밍가스, 넌 이 깃털 펜 작은 거 두 개 줄게. 이번 겨울에 내가 네 책상 밑에 숨어있다가 너만 혼났잖아. 그때 뚱땡이 장로가 어떻게 했는지 너네들 다 기억하지? 하느님 예수님 찾으면서 얼마나 욕을 해대던지. 바보같이 의자 밑에서 다리를 너무 쭉 빼고 있어가지고 걸렸어."

"너 그때 내 구두 밑창 칼로 자르려고 했잖아."

토밍가스는 선물로 받은 깃털 펜을 여기저기 돌려보면서 말했다.

"그땐 장난한 거였어." 그러면서 토츠는 어두운 주머니 속에 있던 여러 가지 선물을 밝은 세상으로 꺼냈다.

"야, 너 귀뚜라미, 아니, 쿠슬랍. 내가 이 이야기책 줄 테니 우리 싸운 건 다 잊자. 케사마, 너한텐 이 자석을 줄게. 다른 자석이랑 너무 오래 붙여놓지 마, 그럼 금방 닳아. 비페르, 넌 집도 부자에다가 이번 여름에 돈도 많이 벌었을 테니 넌 나한테 돈 주고 사라."

"난 좀 빼줄래? 난 아무것도 필요 없거든." 비페르가 짜증내며 말했다.

"그래, 알았다, 그냥 가져가라."

토츠는 이렇게 말하며 비페르에게 그림책을 내밀었다.

"돈 안 줘도 돼. 그냥 말만 그렇게 한 거야." 다른 아이들도 거들었다.

"준다는 데 가져가. 진짜 주고 싶어 하는 것 같은데 안 받으면 어떡해."

"저거 우리한테도 다 있는 성경 이야기 책이잖아."

비페르는 툴툴거리면서도 책을 받았다. 선물 배급은 계속되었다. 바닥을 알 수 없는 토츠의 주머니 속에서는 여전히 무언가가 계속 나왔다.

"레스타, 레스타, 어디 갔니?" 산타클로스가 레스타를 찾았다.

"레스타 줄 거는 바로 이 비단 끈. 그거 시곗줄로 써. 뭐라고? 시계가 없다고? 무슨 남자가 시계도 없냐? 시계부터 사고 그 다음에 이거 줄로 써라. 만약 필요하다면 내 시계 너한테 팔게."

아르노를 보면서 말했다.

"젠장, 너한텐 뭘 주지. 너야 말로 없는 게 없는 앤데. 그래, 내가 가을에 너한테 인디언 사진 준다고 하고 안 줬지. 그거 가져가라."

레스타와 아르노는 아주 감사한 마음으로 선물을 받았다. 토츠가 뭔가 자기를 기억해 달라고 선물을 주는 것만으로도 엄청난 일이 아닐 수 없었다. 레스타가 말했다.

"잘 쓸게, 형"

누군가 또 거들었다.

"야, 꾸벅 인사하면서 말해야지."

"그럼, 지구본은 누구한테 줄 거야?"

아이들 틈 사이에서 누군가 말했다.

"지구본, 지구본…."

고민에 빠진 토츠는 한쪽 눈을 찡긋 감고 생각했다.

"지구본은 여자애들한테 주지 뭐. 그래, 맞다, 이멜릭, 네가 요즘 텔레랑 자주 만나지? 네가 텔레 가져다 줘."

"뭔 소리를 하는 거야!" 이멜릭은 얼굴이 상기되어 말했다.

"쟤랑은 도무지 말이 안 통해."

"가져가, 바보야. 내가 이번 겨울에 텔레랑 춤추자고 그래서 화 많이 났을 텐데, 지구본 받으면 화가 풀릴지도 모르지."

"그 시뻘건 불덩이 같은 건 누가 좋아하겠어. 사람들이 그걸 보면 다 웃을 거다. 그리고……." 이멜릭은 잠시 웃더니 말을 이었다.

"가져는 가볼게. 그런데 텔레가 뭐라고 할지는 모르겠다. 지가 하고 싶은대로 하겠지."

"그래, 가져가 봐, 텔레가 그거 받고 기분 좋아할지 누가 알아. 뭐, 사실대로라면 파란색이어야 하는 게 맞는데……. 하고 싶으면 직접 칠하라고 그래. 타르를 발라서 까맣게 칠하든가. 거저 얻은 송아지가 언청이인들 무슨 문제겠어. 키르, 너는…."

토츠는 키르 쪽을 향해 말했다.

"너는 내가 떠나기 전에 한번 흠씬 패줘야 하는데. 넌 그냥 수레바퀴나 줄 테니 그거나 타고 다니면서 여기저기 이르고 다녀라."

"알았다. 너 근데 내 동생 세례식에서 대체 뭔 짓을 한 거냐?"

키르는 도무지 모르겠다는 뜻으로 고개를 갸우뚱하면서 대답했다.

"나야 내가 할 일 한 거지. 내가 아직 죽지 않고 살아있다는 게 중요한 거지."

수업 종이 울렸다. 아이들은 소란스럽게 교실로 뛰어 들어갔다.

"그래도 아직 몇 시간은 남았네, 그러면 나는…"

문가에 서서 혼잣말하는 토츠에게 누군가 이 말을 건넸다.

"넌 분명 악마 군대의 대장이 될 거야."

27

저녁이 되자 성당학교 아이들이 성당 토지 임차인과 리블레와 함께 강둑으로 내려왔다. 모두 등에 긴 막대기를 메고 있었고, 임차인은 그 외에도 갈고리 장대까지 들고 있었다. 가을에 강바닥에 가라앉은 뗏목을 다시 위로 건져 올리려는 것이었다.

뗏목을 끌어 올리는 일은 아주 어려웠다. 뗏목 위에는 무거운 돌이 얹혀 있어 막대기만으로는 굴려버리기가 힘들었다. 물을 몇 번만 휘저으면 물이 온통 진흙탕이 되어버려 바닥이 보이질 않았다. 그냥 여기저기 감으로 뒤적거리는 수밖에 없었다.

작은 배도 한 척 저수지에서 끌어왔다. 강변의 아이들은 자기들 나름 대로 뗏목을 들어 올리는 데 도움을 주려고 하는 것인지, 소리를 지르면서 산만하게 뛰어다녔다. 소란한 아이들 때문에 정신이 없는 리블레는 누구라도 더 가까이 오면 혼꾸멍을 내주겠다며 겁을 주었다. 리블레가 임차인에게 말했다.

"저 녀석들은 우리더러 바다 밑에라도 들어가서 배를 끌어다 달라고 하겠네요. 그렇게 타고 놀고 싶으면 지들이 알아서 꺼내든가 할 것이지…"

"리블레 아저씨, 얼른 당겨요!" 아이들은 난리가 났다.

"지금 뭘 어떻게 당기란 말이냐, 이것들아. 저 위에 돌들이 무슨 짚단

도 아니고. 너희들이 직접 내려가서 돌을 굴려야 돼. 안 그러면 뗏목 절대
못 꺼내."

"리블레 아저씨가 저 아래 내려가시면 되잖아요."

아이들이 대답했다.

"이 양반들 말하는 것 좀 보소. 난 저 아래 안 내려간다. 내가 니네들
나이만 됐어도 30분은 충분히 들어갔다가 나오겠지만."

"정말이요?"

아이들은 놀란 듯 말하며 서둘러 옷을 벗어젖히기 시작했다.

"그럼, 정말이고말고. 아이들은 허파가 큰 통 같아서 한번 크게 숨을
들이쉬면 수달같이 물속에서 몇 시간은 있다 나올 거야. 아직 몰랐던 게
냐?"

"정말이요? 그럼 물속에서 돌도 굴릴 수 있어요?"

"그럼, 그럼."

"들어가면 안 됩니다, 도련님들!"

아이들이 물에 뛰어들 채비를 갖추는 것을 본 임차인이 말했다.

"들어갈 테면 가라고 해요."

리블레는 조용히 임차인에게 눈을 돌려 말했다.

마침 그때 마을학교의 수업도 끝나서 아이들이 웅성거리며 밖으로 나
오고 있었다. 아이들은 강쪽에 눈길을 두고 사람들이 긴 막대기랑 갈고
리 장대를 들고 뭘 끌어올리려 하고 있나 눈을 동그랗게 뜨고 쳐다보았
다. 아이들은 무슨 일이 벌어지는지를 바로 알게 되었고, 아르노와 트니
손은 서로 의미심장한 눈길을 주고받았다.

"가서 보자." 누군가 말을 했다.

"가봐야 소용없어." 다른 아이가 말렸다.

"지난가을처럼 싸움만 할 것이 분명해. 그럼 누가 책임질래?"

아무도 모르게 그들 뒤에 와서 선 토츠가 말했다.

"가서 한번 보는 건데 어때?"

토츠는 큰 아이들을 향해 같이 가자는 눈길을 보냈다. 예르바오차, 케사마, 토밍가스 같은 큰 애들이 그의 뒤를 따랐다. 그 애들을 본 다른 아이들 한 무리가 또 언덕 위에서 우루루 내려갔다.

"내려오지 마!"

성당학교 아이들은 가까이 오는 아이들에게 소리를 치며 다시 돌아가라는 손짓을 했다. 잠시 후 그 자리에 합세한 트니손은 마을학교 애들이 성당학교 애들보다 수적으로 더 열세인 것을 깨달았다. 그러나 친구들의 만류에도 불구하고 앞으로 걸어 나갔다.

리블레가 어린 도련님들에게 말했다.

"오라고들 해라. 쟤들은 아주 용기 있는 아이들이니 뗏목 꺼내는 것을 도와줄지도 모르지."

"쟤들은 물속에 빠뜨리는 것만 알지 꺼내는 것은 모른단 말이에요."

허락도 받지 않고 자기들 곁으로 오고 있는 마을학교 아이들 때문에 몹시 화가 난 투로 성당학교 아이들이 말했다. 누군가 강 옆에서 자라고 있는 시든 창포 뿌리를 집어다가 다가오는 마을학교 아이들을 향해서 던졌다. 아이들 틈에 섞인 토츠가 창포 뿌리를 보고는 날아온 쪽을 향해 외쳤다.

"이게 뭐야? 야, 이거 니네들이 먹는 거냐?"

"야, 네가 니네 학교에서 제일 똥개짓을 하는 애라며?"

누군가 강 쪽에서 말했다. 토츠는 이게 뭐냐는 듯한 눈길로 자기 친구들을 쳐다보더니 어깨를 으쓱이며 뗏목을 끌어 올리고 있는 일당들에게 말했다.

"아니거든."

그렇게 말하고 창포 뿌리를 다시 강을 향해 휙 내던졌다.

"야, 너 그거 여기다 던지지 마!"

성당학교 애들 중에 가장 큰 녀석이 말했다.

"얼른 당장 꺼지지 않으면 지난번처럼 묵사발을 만들어 놓을 줄 알아라. 얼른 꺼져!"

"글쎄다." 토츠가 대답했다.

"그때 누가 먼저 도망갔더라? 우리가 너희들한테서 도망갔나? 아니면 너희들이 우리한테서 도망쳤던가? 겁낼 것 없어. 부지깽이는 벌써 화로에 달궈놨지, 언제라도 갖다 쓸 수 있도록."

"네 몸을 이 갈고리에 생선처럼 꽂아주지."

"난 네 녀석 코를 감자처럼 구워주지." 토츠는 악마처럼 웃으며 말했다.

"얘들아, 얘들아."

임차인이 불편해져 가는 분위기를 바로잡고자 말했다.

"얘들아, 괜히 싸움 걸지 말아라. 그냥 다들 할 일만 하자꾸나. 우린 그냥 뗏목만 꺼내고 갈게."

"지금 무슨 소리 하시는 거예요?" 토츠가 말했다.

"우리 학교 앞에 있는 강인데도 우리가 쟤들 허락받고 와야 돼요? 우린 강에서 뗏목을 어떻게 꺼내는지만 보러 왔어요. 저렇게 해서는 뗏목 못 꺼내요. 뗏목 옆에 갈고리를 매달아서 끌어당겨야죠."

"아, 어디서 그런 훌륭한 생각을 해냈다니!" 임차인이 말했다.

"얼른들 와서 저 갈고리를 뗏목에 매달고 끌어당겨 보자꾸나. 그러면 밖으로 꺼낼 수 있을 거다."

"뭐 그 정도 가지고 그러세요." 토츠가 강변으로 내려가며 말했다. "갈고리랑 줄은 어딨어요?"

"갈고리랑 줄은…."

임차인이 뭐라 더 말하려던 순간에 등을 강하게 떠밀린 토츠는 그만 물속으로 풍덩 빠지고 말았다. 임차인은 토츠에게 막대기를 건네주었다. 성당학교 애들은 입을 크게 벌리고 깔깔대고 웃었다. 마을학교 애들이 웅성거렸다.

"저 애들이 먼저 장난을 걸었잖아!"

트니손이 화난 목소리로 말했다. 그들의 못된 장난에 속이 상한 트니손은 얼른 토츠를 구하러 가야겠다고 생각했다. 토츠가 몸이 흠뻑 젖어서 땅으로 올라와 일어서려 하는 순간 누군가 다시 장대로 밀어 토츠는 서 있던 그대로 다시 강으로 빠졌다.

"아이구, 그러면 안 되지!"

임차인과 리블레가 동시에 외쳤으나 성당학교 아이들은 그에 신경도 쓰지 않았다. 그 아이들이 깔깔대고 웃거나 말거나 마을학교 아이들은 토츠를 구하기 위해 준비태세를 갖추었다.

"살려줘!" 토츠가 도움을 청했다.

강변에서 갈고리를 들고 겁을 주며 언제라도 올라오면 다시 빠뜨릴 준비를 하고 있는 성당학교 아이들 때문에 토츠는 그 자리를 벗어나지 못하고 맴돌았다. 학교 쪽으로 나오는 것이 불가능하다는 것을 깨닫고 토츠는 있는 힘을 다해 강 반대편 쪽으로 헤엄쳤다.

"하하, 그렇게 우리 손에서 빠져나갈 줄 알고?"

성당학교 아이들이 자비심 없이 말했다.

"지금은 송사리처럼 잘도 헤엄쳐 나가는구나. 앞으로 또 우리 학교 찾아와서 또 창문 밑에서 갑자기 소리 지르기만 해봐."

트니손, 토밍가스, 케사마, 예르베오츠 말고도 분노에 찬 아이들 몇 명이 더 모여 강변으로 우루루 내려갔다. 그러나 맨손으로 할 수 있는 것이 아무것도 없었다. 토츠는 그들의 힘이 닿는 범위에서 벗어났고, 막대기를 쥔 애들은 성당학교 애들을 향해 내질렀다. 토밍가스는 아주 민첩한 솜씨로 장대 하나를 손에 거머쥐었다. 바로 공격을 시도했지만 갈빗대 사이를 공격받아 숨도 제대로 못 쉬고 컥컥댔다. 학교에서 가장 힘이 센 예르베오츠는 누군가 던진 날카로운 조개 껍질에 손을 정통으로 맞고나서는 아파서 몸을 비틀며 힘을 전혀 쓰지를 못했다.

토츠는 강 반대편에서 가까이 다가오는 아이들한테 진흙이나 오물을 닥치는대로 집어 던졌다. 그러나 성당학교 아이들에게는 아무 소용이 없었다. 마을학교 아이들은 이제 동산 위까지 도망쳐 아무런 힘도 쓰지 못했다. 케사마는 마지막 수단으로 바닥에서 진흙 덩어리를 들어다가 가장 힘이 세 보이는 녀석에게 던졌다. 목표에 정확히 명중했다. 진흙 덩어리를 얼굴에 직격당한 녀석은 바로 흑인처럼 되어버렸다. 그 한 방의 효과는 대단했다. 성당학교 아이들은 잠시 주춤하더니 어떤 공격을 해야 할지 몰라 서로를 쳐다보았다. 그렇게 주춤하던 시간이 마을학교 아이들에겐 큰 도움이 되었다.

그 틈에 성당학교 아이들의 손에서 마침내 빠져나온 트니손은 아이들을 뒤에서 공격하며 작은 아이들 두 명을 바닥으로 자빠뜨렸다. 그와 동시에 막대기 하나도 손에 넣게 되었다.

"그걸로 때려 줘. 트니손!" 토츠가 소리를 질렀다. "얼른 때려, 강으로 빠뜨려 버리라고!"

이미 홀딱 젖어버린 토츠는 정말 도움이 된다면 당장이라도 다시 강물속에 뛰어들 것 같았다. 케사마는 물러가면서 다시 진흙 덩어리를 손에 쥐었지만, 이번엔 던지지 않고 혹시나 다른 공격이 있지 않을까 주위를 살펴보았다. 그러면서도 오른손으로는 손에 닿는 아무거나 집어다가 성당학교 녀석들의 얼굴을 향해 던졌다. 진흙, 조약돌, 마른 나뭇가지, 갈대, 나뭇잎들이 휙휙 날아다녔다. 케사마는 이미 죽음을 각오한 전사처럼 맹렬히 싸웠다. 숨을 곳이 완벽하게 마련되어 있는 교실로 언제라도 도망할 수 있었으나 그러지 않았다. 케사마가 잠깐 주춤하는 것은 적들의 동향을 살피기 위한 것일 뿐이었다. 상처를 손수건으로 동여매고 있던 예르베오츠에게 마침 좋은 생각이 떠올랐다. 바로 학교 정원 울타리의 말뚝을 뽑아와서 겁을 주는 것이었다.

승기를 쥐고 자신만만하던 성당학교 아이들은 기겁하고 뒷걸음질을 쳤다. 말뚝 공격은 성당학교 아이들한테도 상당히 치명적이었다. 나이가 어려 보이는 애들은 공격을 받자 막대기를 땅으로 내던지고 얼얼해진 손을 저었다. 언덕 위에서는 노련한 전사 스메르가 잠복하고 있다가 적들에게 작은 돌멩이를 던지고 있었다.

이제 전세는 역전되었다. 이제 전쟁의 신은 점차 마을학교 아이들에게로 마음이 기우는 것 같았다. 강변에는 다시 큰 전투가 하나 벌어지고 있었다. 이멜릭과 비페르가 다른 아이들의 조력을 받아 네 명의 적들과 싸움을 했다. 비페르는 싸움을 시작할 무렵에는 그냥 구경만 하면서 웃고만 있었는데, 마을학교 애들이 많은 피해를 입자 이멜릭과 함께 아이들을 도우러 나선 것이었다. 이멜릭과 비페르는 자기들보다 두 배나 많은 아이들하고 싸움을 하고 있었으나 그에 비해 힘은 모자랄 것이 없었다.

"애들 물에 빠뜨려! 물에 빠뜨려!" 토츠가 다른 편에서 소리쳤다.

"내가 여기서 다 잡아다가 본때를 보여줄게!"

그러나 이멜릭과 비페르는 그저 오늘을 잊지 말라는 식으로 아이들의 목덜미만 강하게 때려주고 놓아주기로 했다. 얻어맞은 성당학교 아이들은 임차인과 리블레에게 쪼르르 달려갔다.

리블레는 배 위에서 쪼그리고 앉아 담배를 말아 피우며 정신 나간 사람처럼 웃고 있었다. 임차인은 뭐라도 도와주는 것이 좋지 않겠느냐며 안절부절못하지만 리블레는 다 쓸데없는 일이라고 말했다.

"알아서들 놀라고 그래요." 리블레가 말했다.

"행동거지를 조심하지 않으면 어떻게 되는지 잘 배우게 놔둬요. 지들이 잘못해서 벌어진 일이니깐. 우리가 가운데서 편을 들면 우리도 쟤들이랑 같이 싸운 꼴이 돼요. 우리더러 왜 안 말렸냐고 누가 물어보면 그냥 지들끼리 부둥켜안고 노는 줄 알았다고 하면 되지."

마침내 자유로워진 이멜릭과 비페르는 아직 동산 위에서 벌어지는 싸움엔 승산이 안 난 것 같아 뒤에서 공격하기 위해 재빨리 그곳으로 달려갔다. 아까부터 잘 싸웠던 예르베오츠와 갈빗대를 맞은 통증이 완전히 사라진 토밍가스가 전투에 동참했다. 키르는 가지고 놀던 막대기를 가지고 와 마치 죽음으로 이끄는 무기인 양 큰 아이들에게 건네주었다. 마을학교의 꼬마들도 그 기세를 몰아 함성을 지르며 형들의 뒤를 따랐다.

트니손은 적들의 대장과 맞서 싸웠다. 둘은 얼굴이 피투성이가 되도록 마지막 힘을 다해 싸웠다. 처음에는 성당학교 아이가 트니손의 어떤 공격도 막아낼 만큼 훨씬 더 강해 보였으나 시간이 갈수록 강해지는 시골소년의 손길에 힘을 잃고 급기야는 별다른 저항도 하지 못하고 얻어맞기만 하다가 마침내 속수무책으로 쓰러져 버렸다.

케사마는 우편 배달부라도 된 듯 여기저기 쓰러진 아이들의 이마에 진흙으로 우표를 붙이며 토츠가 일러준 말을 읊었다.

"달라붙지 않으면 달라붙게 만들면 된다!"

진흙으로 범벅이 된 적들의 모습은 정말 꼴불견이었다. 아르노도 멀리 떨어져서 그 꼴을 보면서 크게 웃었다. 아르노가 생각하기에도 성당학교 애들 몇 명에게는 조금 무자비하긴 했지만 그래도 이것은 정말 어쩔 수 없는 싸움이었다. 그들이 전쟁을 먼저 신청해 온 것이기 때문이었다.

성당학교 아이들이 도망치는 꼴이 말이 아니었다. 도망갈 수 있을 때 얼른 도망가라는 말의 뜻을 여실히 보여주었다. 도망갈 여력이 안 되어 여태 팔다리를 뻗고 누워있는 애들은 다시 케사마의 공격 대상이 되었다. 막대기, 조약돌, 진흙덩이, 모래가 도망가는 애들 뒤에서 구름같이 몰려왔다. 마을학교 아이들은 위에서 지켜보는 몇 명 빼놓고는 모두 뜰에 모여 있었다. 그 중에는 쿠슬랍이 서서 연신 찌푸린 얼굴로 '예르베오츠 하는 거봐라, 트니손 하는 거봐라' 하며 비삭의 옆구리를 툭툭 쳤다.

강변에 모인 아이들은 전투가 끝난 감격에 사로잡혀 있었다. 승리에 취해 혹시 숨어 있는 성당학교 아이들은 없는지 샅샅이 뒤지고 다녔다. 뒤쪽에 있는 아이들은 전부 힘을 합쳐 앞쪽에서 머뭇거리고 있는 성당학교 아이들을 밀어 강으로 빠뜨렸다. 성당학교 아이들이 그 자리에서 대피할 수 있는 방법도 역시 그냥 강으로 빠지는 것이었다.

"그만 좀 해라, 얘들아." 임차인이 소리를 질렀다.

"만세! 독일인들을 무찔렀다!"

리블레가 눈물이 날 정도로 껄껄껄 웃으면서 외쳤다.

키르는 조금 멀리 떨어져서 손에는 막대기를 들고 성당학교 아이들에게 물을 뿌리고 있었다. 승리에 너무 도취된 그는 끝내 주의력을 잃고 그만 다리 한쪽이 강에 빠지고 말았다. 누군가는 코피를 흘렸다.

물에 빠진 성당학교 아이가 리블레가 타고 있는 배 위에 올라가려 했지만 손이 닿지 않아 다시 물에 빠졌다. 그 아이는 리블레에게 손을 뻗어 도와달라고 부탁했으나 리블레는 그 아이를 얼른 구해주지 않고 짐짓 못 본 척하였다. 토츠 역시 야수처럼 고함을 치면서 강으로 풍덩 뛰어 들어가 아이들에게 더 도움이 될 만한 것을 찾아 열심히 헤엄쳐 갔다. 주근깨가 많은 한 성당학교 꼬마는 나무 위로 올라가려다가 마침 그 자리에 도착한 토츠의 손에 사로잡혀 땅으로 끌려 내려왔다.

임차인이 리블레에게 말했다.

"이 와중에 크게 다친 애들이 한 명도 없다는 게 기적이네요."

그때에도 성당학교 애들 몇 명이 밀려서 강으로 풍덩풍덩 빠졌다. 강물은 마치 애들 반 물 반인 것 같았다. 고함소리, 욕하는 소리, 살려달라고 외치는 소리들로 가득했다. 그런 중 임차인에게 한 가지 묘안이 생각났다.

"신부님이 온다!" 임차인이 성당 뜰을 향해 외쳤다.

"신부님이 온다!"

순식간에 소음은 줄어들고 싸우던 애들은 손을 놓고 강에서 텀벙대던 애들도 밖으로 나왔다. 마을학교 애들은 언덕으로 뛰어 올라가고, 성당학교 애들은 사우나를 지나 집으로 뛰어갔다. 임차인의 말에 두 학교 애들 모두 더 이상 심한 부상이나 상처를 입지 않고 전투를 끝냈다.

아이들은 교실로 가 이번 전투에서 있었던 일들을 시끌벅적하게 이야기하기 시작했다. 토밍가스의 옆구리가 쓰리고 가슴에서 찌르는 듯한 통증을 느끼는 것 외에 아무도 크게 다친 사람은 없었다. 예르베오츠의 상처 역시 처음에 생각하던 것과는 다르게 별로 심하지 않은 것 같았다. 케사마의 이마에는 커다란 혹이 났는데 차가운 철판을 조금만 대고 있으면 곧 없어질 것이었다. 토츠와 키르 같은 몇몇 친구들은 물에 흠뻑 젖긴 했지만 애들이 설탕 인형도 아니고 강물에 젖는다고 녹아내리지는 않았다. 긁히거나 눌려서 생긴 자그마한 상처들도 많이 있었지만 그리 대단한 것도 아니었다. 끈이 끊어진 것 따위는 이야깃거리도 되지 않았다.

마을학교 애들이 겪은 피해는 독일아이들이 당한 일에 비하면 정말 아무것도 아니었다. 아이들은 그 녀석들이 지금 어떤 고생을 하고 있을지 궁금해 죽을 지경이었다. 케사마가 진흙을 던진 걸 생각하면 정말 고소하기 짝이 없었다.

아이들에 보기에도 토츠는 조금 안쓰러웠다. 겉으로는 괜찮은 척했지만 빨리 옷을 갈아입지 않으면 안 될 정도로 홀딱 젖어 있었다. 토츠는 젖은 옷을 벗어 햇볕에 마르게 널어 둔 뒤, 선물들을 마저 나눠준 후에야(물론 그 선물들도 물에 완전히 젖어 있었다) 비로소 침대에 들어가 누웠다. 그리곤 다른 아이들에게 당부했다.

"만약 장로님이 오면 나 성홍열 걸렸다고 해."

그리고 나서 토츠는 가지고 있던 나머지 물건들을 침대 앞에다 늘어놓았다. 강에는 임차인과 리블레만 남아서 오늘 있었던 일을 즐겁게 웃으며 이야기하고 있었다.

28

다음 날 점심시간에는 장로가 아이들을 불러 텃밭 가꾸는 일을 시켰다. 이제 완연한 봄이 되어 채소 씨를 뿌릴 시간이 온 것이었다. 아이들은 이제 이 일이 아주 능수능란했다. 어떤 애들은 땅을 파고, 어떤 애들은 갈퀴질을 하고, 또 어떤 애들은 비옥한 검은 흙에 씨앗을 심었다.

그냥 토츠만 곁에 서서 아이들이 뭘 하는지를 지켜보고 있었다. 그날은 토츠가 학교에 오는 마지막 날이었으니 별로 일하고 싶은 기분이 아니었다. 토츠가 생각했다.

'이런 젠장. 저 뚱땡이 장로는 겨우내 잠에서 깨면 욕이나 해대더니 봄이 되니까 자기 텃밭까지 일구어 달라네. 내가 그런 일을 할 정도로 바보로 보인단 말이냐. 다른 사람이야 하거나 말거나 나는 그냥 보기만 할란다. 장로가 애들한테 전부 과자를 하나씩 돌린다고 약속했겠다. 그런 뼛조각으로는 개들이나 꼬드길지 몰라도 나는 어림 없을 걸.'

"토츠, 넌 거기서 뭘 하고 있는 게냐?" 장로가 물었다.

"저 종아리에 쥐가 났어요." 토츠가 대답했다.

"그래서 걸을 수가 없어요."

"쥐가 나? 대체 그 쥐가 난 지가 얼마나 된 거냐? 쥐는 보통 금방 지나간다. 한번 잘 문질러 봐라."

"저 이미 충분히 주물렀는데 더 심해지기만 해요."

"그게 대체 무슨 소리야. 다리를 더 움직여 봐."

"안돼요. 움직일 수가 없다구요. 그럴 때마다 엄청나게 쑤셔요. 제가 어릴 때부터 계속 다리에 달고 살던 거예요. 감기 기운이 조금이라도 있으면 바로 쑤신다니까요."

"이렇게 따뜻한 날씨에 감기를 어디에서 걸렸단 말이냐."

"강에서요, 아니 강이 아니라, 강변에서 걸렸어요."

장로는 토츠를 의심 가득한 눈초리로 바라보더니 이내 멀리 가버렸다. 토츠는 장로 등 뒤에서 몰래 주먹질을 했다.

'흠, 다리를 움직여 보라고? 내가 정말 다리에 쥐가 나면 그땐 한번 장로님의 가르침을 따라볼게요.'

그건 다시 말하자면 씨를 뿌리거나 잡초를 뽑는 일은 장로가 직접 하고 토츠의 다리가 어떤지는 신경 쓰지 않았으면 좋겠다는 말이었다. 다리는 다리고, 텃밭은 텃밭이다. 잡초를 키우는 씨앗 같은 것도 있을까. 텃밭에 그걸 뿌려주면 좋겠지. 장로가 그걸 보면…. 토츠는 그런 종류의 씨앗이 없는 것이 너무 안타까웠다. 토츠는 갑자기 풀숲 뒤에서 킬킬 웃었다. 일하는 애들을 향해 서서 있는 대로 얼굴을 찡그려 가며 웃음을 지었다.

'저 녀석은 또 뭐가 좋다고 웃는 거야' 이멜릭이 생각했다.

'어제는 어깨가 빠질 정도로 고개를 숙이고 우울하게 다니더니, 오늘은 미친놈처럼 웃고 있네. 무언가 장난기가 돈 것이 틀림없어.'

토츠는 무척이나 심각한 표정을 하고 풀숲에서 걸어 나와 바로 작업을 시작했다. 처음엔 땅 파는 곳에 가서 기웃거리더니 갈퀴질 하는 애들 곁에 가서 장로가 보고 칭찬을 할 때까지 아주 열심히 일했다. 이윽고 장로나 나서서 다리에 났다는 쥐는 다 나았는지, 어떻게 나았는지 물었다.

"주물렀어요." 토츠가 대답했다.

"그러면 곧 나을 거라고 내가 이야기했잖아." 장로가 이야기했다.

"쥐가 나면 슬슬 문지르거나 주무르는 것 말고는 방법이 없어."

장로는 기분이 아주 좋았다. 일은 착착 진행되어 이제 텃밭은 서서히 모습을 갖춰갔다. 이제 언제라도 씨를 뿌릴 준비가 되었다. 텃밭의 구획을 잘 나눠서 어떤 작물의 씨앗을 어디에 뿌릴지 결정하는 일만 남았다. 장로는 부인과 잠시 이야기를 나누더니 물에 적신 씨앗이 담긴 상자를 가지고 나왔다. 오이씨, 당근씨, 비트씨가 한가득이었다. 무엇보다 아이들에게 적당히 씨를 뿌리는 방법과 이유를 잘 설명해야 했다. 오이씨를 너무 조밀하게 뿌리면 줄기가 썩어들어갈 수 있고, 또 너무 드문드문 뿌리면 주저앉을 수가 있다. 그러니까 처음부터 잘 가르쳐 줘야 했다.

우선 가장 믿을 만한 아이들이 제일 먼저 씨를 받아 뿌렸다. 그 일에는 막중한 책임감이 따른다. 아직 씨를 뿌리도록 선택받지 못한 토츠는 그 일이 아주 재미있어 보였다.

"딱 내가 말한 대로만 해야 한다. 내가 한 것보다 더 잘하려고 하지 마, 그럼 도리어 더 망친다." 장로가 말했다.

아이들은 씨를 뿌리기 시작했다. 그 뒤로는 다음 아이들이 따랐다. 장로는 이것저것 가르치면서 아이들을 따라 왔다 갔다 했다.

마침내 토츠도 씨앗 상자 세 개를 한꺼번에 만지작거리면서 어깨너머로는 장로의 얼굴을 살폈다. 그 녀석의 일거수일투족을 유심히 살펴보던 이멜릭이 보기에도 토츠는 지금 뭔가 일을 꾸미고 있는 것이 틀림없었다.

텃밭에서 나온 토츠는 이멜릭을 옆으로 불러 조용히 말했다.

"이멜릭, 너 입 함부로 놀리지 않을 거지?"

"이 바보야, 내가 입을 왜 함부로 놀려?"

이멜릭은 토츠의 말투를 흉내내면서 대답했다.

"있잖아." 토츠가 말했다. "내가 어제 말한 대로 뚱땡이 장로한테 한방 크게 먹여주고 가야겠어. 나 벌써 일 저질렀어."

"뭘 했는데? 넌 열심히 일만 잘하더만. 난 아무것도 못 봤는데?"

"저, 내가 말야."

토츠가 조심스럽게 주변을 살피며 이멜릭에게 귓속말을 했다.

"나 씨앗을 몽땅 다 섞어서 텃밭에 심었어. 나중에 거기서 뭐가 자라는지 뚱땡이 장로가 보게 된다면 정말 신나겠다."

"뭐, 뭐? 다 섞어놓았다고?"

"전부 다 섞었어. 오이 한 줌이랑 당근이랑 비트랑. 콩이랑 파슬리랑 양파랑 전부 다 엉망으로 섞어놨어."

"와, 이 미친놈."

"나 완전 제정신이야. 그리고 우리 어제 같이하기로 한 거 아니었어?"

"그러긴 했었지. 그런데 장로님이 네가 한 짓을 알게 되면 너 등짝 엄청나게 두들겨 맞을 거야."

"맞기는… 너만 입을 닫으면 장로가 그걸 어떻게 알겠어."

"여기서 일한 사람이 누군지 뻔히 아는데 네가 오늘 떠나고 나면 우리가 온통 네 잘못을 뒤집어쓰는 거잖아?"

"그래, 내가 학교 나오는 거 오늘이 마지막인 것은 맞지. 그런데 누가 했는지 니네는 절대 모른다고 잡아떼. 밤에 누군가 와서 몰래 씨앗을 뿌렸을 수도 있지 않냐고 그래. 장로가 내 잘못이라고 우기면 그러라지. 그래 봐야 뭘 할 거야. 소 치는 데를 따라올 거야? 따라오면 개를 풀어서 바지를 물어뜯으라고 하면 되지."

"와, 너 진짜 어떻게 그런 생각을 하니. 하하하." 이멜릭이 웃었다.

"과연 그때 어떤 난리법석이 벌어질지 정말 기대된다."

"나는 안 보고 싶은 줄 아니? 가끔은 보러 올게. 그래도 장로님하고는 절대 얼굴 볼 일 없을 거야. 우리 농장 소 치는 형이 금방이라도 건강해지면 내가 다시 학교에 돌아올 수 있겠지만, 안 그래도 가을이면 다시 돌아올 수 있을 거야."

"그럼 네가 뿌린 작물들이 다 자라있을 거다. 그때는 엄청 맞을 준비하고 와라."

"그쯤 되면 장로도 다 잊어버리고 있을 걸?"

토츠와 이멜릭이 재미있는 장난에 대해서 이야기하고 있는 동안 누군가 학교 앞 길목에서 마차를 타고 다가오고 있었다. 이멜릭은 그 사람이 쿠슬랍의 아버지인 것을 금방 알아보았다. 토츠는 지난겨울 만났을 당시 행동거지가 유독 인상에 남았던 그 노인을 보니 무척 반가웠다.

"학교 오늘로 그만 나오는 애가 나뿐만은 아니었네. 오늘 나 말고도 애들이 같이 떠나버리면 장로가 어떻게 나올지 정말 궁금하다."

쿠슬랍은 자기 물건을 밖으로 가지고 나와 마차에 실었다. 아무에게 작별인사도 하지 않고 그냥 짐칸에 올라 뻐꾸기처럼 잠자코 앉아있었다. 자기를 어디로 데려가든 상관없다는 표정이었다. 가라는 곳으로 다 갈 테니 제발 때리거나 밀지만 말아 달라는 얼굴이었다.

아르노는 문간에 서서 생각했다. 쿠슬랍을 학교에서 처음 만난 지 얼마 지나지 않은 것 같은데 벌써 떠날 준비를 하고 있었다. 아마 추운 1월이었을 것이다. 그때만 해도 이상한 양가죽 옷을 입고 다니던 쿠슬랍은 마치 6살 아이처럼 작아 보였었지만 그동안 학교에 있으면서 부쩍 자란 것 같았다. 침대 밑에 숨어있던 쿠슬랍을 꺼내려는 난리가 벌어진 게 마치 일주일 전쯤인 것처럼 느껴졌다. 시간이 조금 더 지나 여름방학이 오면 남은 아이들도 모두 집에 가야 한다. 이멜릭은 학교 정문 옆에 서 있는 마차 짐칸 옆에 서서 말했다.

"귀뚜라미, 먼저 가 있어라. 나도 금방 갈 거야. 여기 오래 못 남아있어."

"주전자랑 설탕은 찬장에 있어, 맨 아래 줄에." 쿠슬랍이 대답했다.

"알았어, 찾아볼게." 이멜릭이 말했다. "내가 갈 때 과자랑 하얀 빵 좀 가져다줄게. 시간 날 때 낚싯줄 잘 매어 놔, 나중에 같이 낚시하러 가자. 얼른 가라. 여기 걱정은 하지 말고. 나도 곧 갈 테니."

"쿠슬랍이 가서 아쉬워?"

마침 반 친구와 밖에 나와 걷고 있던 텔레가 말했다.

"간다는데… 내가 할 수 있는 일이 없잖아." 이멜릭이 대답했다.

"그러니까 쿠슬랍이 떠나서 아쉽냐고."

"그럼, 정말 좋은 앤데."

"너는 왜 같이 안 가는 거야?"

이멜릭은 쿠슬랍을 다시 한 번 쳐다보았다. 할 수만 있으면 붙잡고 싶은 심정이었다. 텔레는 반 친구와 잠시 앞으로 몇 발짝 걷다가 다시 혼자 돌아와 이멜릭에게 조용히 말했다.

"만약 산수하는 거 어려우면 우리 동네에 와. 내가 도와줄게."

"그 산수 따위야 뭐…" 이멜릭이 손을 내저었다.

"단지 그것 때문이 아니더라도 쿠슬랍 없이 혼자 있기는 싫어. 아주 심심할 거야. 토츠도 오늘 집에 가는데… 대체 학교에 와서 뭘 해야 돼?"

"너 진짜 웃긴다. 그 말썽쟁이 켄터키 사자도 보고 싶어 하는 거야? 오늘 왜 그래?"

"제일 친한 애들이 전부 떠나버리잖아."

"무슨 소리야. 걔들이 무슨 제일 친한 친구야. 너 산수 때문에 걱정되면 내가 도와준다니까."

"걱정은 무슨 걱정. 나도 언젠가는 짐 싸서 쟤네들처럼 떠나버릴 거야."

"오늘은 기도실에 산책 안 가? 날씨도 좋은데."

"이미 산책 많이 하지 않았니?"

"그럼 어디 가고 싶은데?"

"집에…"

"어머, 집에 가고 싶다고?"

텔레는 화난 얼굴로 휙 하고 가버렸다. 이멜릭은 여전히 같은 자리에서 깊은 생각에 잠긴 채 떠나는 친구를 배웅하였다.

쿠슬랍이 집에 간다. 호숫가에서 소를 치러 정말 집에 간다. 그 호수는 날씨가 좋을 때면 거울처럼 변했다. 물고기들이 갈대 사이로 물을 튀기며 헤엄치고 그 옆에서는 오리들이 꽥꽥거리며 지나갔다. 갈매기들이 느

린 날갯짓으로 날아들기도 하고, 반대편으로는 목동들의 소 모는 소리
도 들렸다. 그보다 멀리 호수 끝에는 멋진 흰 궁전이 보였다. 마치 백조처
럼 아름다웠다. 작은 물결은 호숫가에 부딪혀 방울 소리를 내었다. 물결
이 멀리 퍼지면 그 방울 소리도 더 커졌다.

갈매기는 뭔가 불길한 징조를 알리는 듯 찢어지는 소리로 울고, 찰싹!
하얀 물결이 하늘로 치솟다가 떨어지고 호숫가에는 일렁이는 거품은 달
빛처럼 하얬다. 호수 위를 은빛 줄이 수놓았고 호숫가에는 빛이 반짝였
다. 아, 그 아름다운 곳에 쿠슬랍이 있다. 왜 난 아직도 학교에 남아 있어
야 하는 거지? 이멜릭은 천천히 교실 쪽으로 걸어가며 머리를 흔들었다.

학교 수업이 끝나 토츠네 농장 일꾼이 가까이 오자 토츠가 말했다.

"그래, 얘들아. 별 수 없이 이만 가봐야겠구나. 성홍열 걸린 목동은 이
제 그만 가봐야 해."

"네가 성홍열 걸릴 이유가 없잖아." 누군가 말했다.

"내가 성홍열 따위를 두려워할 줄 알고? 성홍열보다 뚱땡이 장로가 더
무서울 거야. 와, 진짜 장로가 그 꼴을 보게 되면…."

"무슨 꼴?"

"니네들도 보게 될 거야. 지난밤 우리 주인님이 잠드셨을 때 악마가 찾
아와서 텃밭에 온갖 씨를 섞어서 뿌려놓았거든."

"뭐가 어째?"

"조용히 해봐, 바보들아. 해가 뜨면 모든 게 분명해질 거야. 그런 노래
도 배웠잖아, '해가 둥실 떠올라 세상을 밝히면 우리 장로님은 화가 나서
얼굴이 붉으락푸르락할 거라오.' 나도 너희들이 뭘 하고 있나 보러 올
거야. 그땐 내가 다 자세히 이야기해 주지. 지금 이야기를 들으면 재미가
줄어들 거야. 그래서 이런 일은 보자기에 꽁꽁 싸맨 것처럼 비밀로 해둬

야 돼. 다시 말하면, 난 이제 그만 집에 간다."

"가을에 다시 올 거지?"

"이런 바보! 그걸 누가 알겠어. 세상일은 아무도 모르는 법이야. 물론 뚱땡이 장로는 끝도 없이 욕만 하니까 좀 다른 경우긴 하지만, 뭐든지 그때 돼봐야 아는 법이지. 세상은 정말 크고 넓으니 혹시 그 사이 나를 영주로 삼겠다는 사람이 있으면 러시아에 가야 할 거고, 세상이 나를 몰라주고 아무도 데려가려고 하지 않으면 그땐 올게. 쁘라샤이[18], 잘들 살고, 시간 나면 우리 동네 놀러 와. 내가 키우는 강아지 보여줄게. 내가 크리스마스쯤에 데리고 왔던 바로 그 강아지야. 이제 다 커서 뒷발로 서서도 잘 걸어 다녀. 쁘라샤이!"

"쁘라샤이, 쁘라샤이. 가을에 꼭 와라."

"그래, 올 수 있으면 꼭 올게."

토츠는 짐칸 곁으로 가다가 다시 몸을 돌려 친구들 쪽을 바라보았다.

"무슨 일이야?" 배웅하던 친구들이 물었다.

"키르 정말 나한테 벌 한 번 받아야 되는데…" 친구들이 웃었다.

"키르, 이리 와, 너 이제 토츠한테 맞아 죽었다."

학교 문가에 서 있던 키르는 토츠에게 주먹을 내밀었다. 그러다 토츠가 갑자기 자기 쪽으로 다가오자 키르는 교실 쪽으로 냅다 뛰었다.

"그냥 놔둬." 아이들이 말했다. "가을에 오면 그때 복수해도 돼."

"그러지 뭐."

토츠는 이렇게 말하고 마차 위로 올라탔다. 말이 움직이기 시작하자 토츠는 짐칸 위에 서서 노래를 불렀다.

---

18) 러시아어로 작별인사.

담뱃대가 아무리 길다 하여도 담뱃잎은 언제나 부족하지요.

늪에 가서 물이끼를 뜯어다가 말려서 담배처럼 피워야지요.

"그래, 아주 멋지다!" 아이들이 소리를 쳤다.

그렇게 토츠는 떠나갔다. 정문을 나가면서 토츠는 흙 속에 어떤 씨앗들이 심겨 있는지 눈으로라도 다시 한 번 파서 확인하려는 듯 텃밭 쪽을 유심히 보았다. 아이들은 웃으며 토츠를 바라보았다.

"토츠!"

이멜릭이 그의 이름을 부르자 토츠가 돌아보았다.

"잠깐 세워봐."

토츠가 말을 세우고 이멜릭에게 물었다.

"왜 그러는데?"

"나 좀 태워줘."

"그럼, 얼른 와."

"잠깐만 기다려."

이멜릭은 기숙방으로 달려가 모자를 머리에 뒤집어쓰고 가죽옷을 입고 칸넬과 책 보따리를 들고 다시 밖으로 나왔다.

"기다려!" 다시 토츠를 불렀다. "빵 바구니만 가지고 바로 다시 올게."

"너 어디 가는데?" 어리둥절한 아이들이 말했다.

"집에!"

"무슨 소리를 하는 거니?"

"정말 집에 가는 거야."

"장로님은 어쩌구."

"나도 성홍열 걸렸다고 그래."

이멜릭이 웃으며 대답하고 창고에서 빵 바구니를 꺼내 가지고 나왔다.

"니네들 하고 싶은 대로 말해. 나도 갈 거야. 지금 호수에 있으면 얼마나 좋은지 몰라서 그런다. 침대랑 옷장은 나중에 가지러 올게. 잘들 있어. 가을에 다시 만나자!"

"이멜릭, 너 정말로 가는 거야?"

"응, 가는 거야. 치고받고 지내던 토츠 없이 나 혼자 여기서 뭐 해."

"근데, 왜 쿠슬랍하고는 같이 안 갔어?"

"그땐 생각이 안 났어… 나도 잘 모르겠어."

"대체 오늘 무슨 날이길래 애들이 한꺼번에 다 떠나는 거야?"

아이들이 놀란 듯 말했다. 이멜릭이 토츠 옆으로 가자 짐칸 위에서 둘이 일어나 학교 쪽을 향해서 만세를 외치며 모자를 흔들었다. 그러더니 점차 아이들의 시야에서 사라졌다.

며칠 뒤, 방학이 시작되자 아이들은 모두 집으로 갔다.

"올해 동안 학교에서 배운 것들 잊어버리지 말아라. 학교에서 배운 것들 잊지 않도록 꾸준히 복습하거라."

장로의 기도와 책망 섞인 설교도 끝났다. 아이들은 서로서로 작별의 인사를 나누었다. 마당에는 마부들이 밖으로 짐을 가지고 나와 짐칸에 싣고 있었다. 옷장 밑에는 쥐 둥지가 잔뜩이었다. 곤경에 빠진 것은 거미들도 마찬가지였다. 거미줄이 산산조각 나니 서로 도망을 가기 바빴다. 이전에 잃어버린 물건들도 다시 세상 밖으로 나왔다. 방구석에서는 돈도 나왔다. 이전에 침대들이 늘어서 있던 방에는 닳아버린 모자, 긴 양말, 종이 조각, 거울 조각들이 뒹굴고 있었다. 창고에는 오래전에 공책에서 찢긴 듯한 종이들도 나왔다. 어떤 종이 위에는 파란 물감이 칠해져 있었고, 어떤 종이 위에는 숫자가 쓰여 있기도 했다. 모서리에서는 빵 바구니가 뒹굴었다. 교실 벽에 있는 벽시계는 열두 시를 때렸다. '나는 이런 이별을 수없이 봐 와서 오늘 같은 헤어짐도 내겐 별 일 아니란다, 친구들아'라고 말하는 것 같았다.

시간이 지나자 방은 완전히 비었다. 조금 전까지만 해도 생명력과 분주함으로 웅성거리던 그곳은 보이지 않는 날개들이 조용히 펄럭이듯 먼지만 풀풀 날렸다.

선생님도 학교 뜰에 나와서 떠나는 아이들을 환송했다.

"잘 가거라 트니손, 잘 가거라 케사마, 토밍가스. 잘 가거라 꼬마 레스타. 이번 여름엔 꼭 많이 자라야 한다. 그래 안녕, 키르. 너는 여기 근처에 사니까 자주 보게 되겠지. 아, 예르베오츠, 할 수 있으면 겨울에 또 오거라. 나이가 너무 들어서 안 된다고? 무슨 소리니. 나이 든 사람도 학교 다닌다. 보렘, 비페르도 학교 다시 온다고 하지 않니. 잘 가라, 비페르. 마음만 있으면 누구나 다 와도 된다. 아르노, 넌 매주 일요일마다 바이올린 수업 있는 거 잊으면 안 된다. 그래, 안 오면 겨울에 배운 거 다 잊어버릴 거다. 또 보자꾸나. 고개 쳐들고 당당하게 걸어라. 조만간 다시 만날 시간이 올 거다."

선생님의 얼굴에서 주루룩 눈물이 흘렀다.

"넌 여기서 뭘 기다려?"

생각에 잠긴 채 강 쪽을 바라보고 있는 아르노에게 텔레가 물었다.

"그냥 저기 강 보고 있었어."

"그래? 강 처음 봤어? 오늘 우리 집에 새집 구경하러 안 올래?"

"글쎄, 잘 모르겠는데… 집에 가야 돼."

"집에 가면 뭐가 있는데?"

"꽃이랑 초원이랑 햇살이랑…"

아르노는 짐칸에 얼른 올라타더니 텔레 쪽으로는 눈길 한 번 주지 않고 집을 향해 출발했다.

"마르트 형. 얼른 집에 가. 날씨가 진짜 좋다!"

"정말 그러기야?"

텔레가 뾰루퉁한 얼굴로 말했다. 🌐

| 에필로그 |

여기서 이야기를 마치려 한다. 만약 신께서 내게 건강과 삶을 더 허락하신다면 내 어린 시절 친구들에 대한 이야기를 다시 들려줄 수 있을 것이다.

— 오스카르 루츠

그 시절을 비추는 성장기의 서사

연용흠_ 소설가

1912년은 국제정세로 볼 때 우리나라는 일제강점기이고, 에스토니아도 우리나라와 마찬가지로 외세(러시아와 독일)의 지배와 영향 아래 놓여 있었던 때이다. 바로 그 시기에 오스카르 루츠가 장편소설 『kevade』를 썼다. '봄'이라는 뜻을 지닌 이 소설을 연보 상으로 대조해 보면, 우리나라 최초의 근대 장편소설인 이광수의 『무정』(1917)이 매일신보에 발표되기 5년 전이다.

동서를 불문하고 대체로 이 시기의 문학은 세밀하게 서사학적 기술을 구사하여 독자와 화자 사이의 미적 거리까지 조율하며 쓴 작품이 없다. 교육수준이 높지 않은 독자들이 대다수이므로 작가는 그들의 미비한 가치관이나 의식 수준의 향상을 위해 계몽적 태도를 지닌 전지 화자를 내세워 이야기를 풀어가는 식이었다. 어쩌면 그 시절의 대표적 지식인이며 시대정신을 가진 작가가 이렇게 생각하는 것은 당연했을 것이다. 이 소설 역시 그러한 스타일에서 벗어나 있진 않지만, 약간 진일보하여 특정 인물에게 화자가 심리적으로 투사되는 식의 기법을 활용하여 당대의 어떤 것도 그 세련된 문학적 표현을 따라잡기가 어려울 정도로 문체가 뛰어난 작품이다.

소설의 배경은 에스토니아에 있는 '파운베레'라고 하는 작은 마을이다. 그곳에서 학교를 다니는 아이들의 생활이 중심 소재인데, 서사된 시간은 가을을 시작으로 해서 다음 해 봄에 끝난다. 등장인물에는 사례 농장의 아들인 어린 아르노가 있고, 비슷한 또래로 캔터키 사자로 불리는 악동 토츠, 라야 농장 주인집 딸 텔레, 칸넬을 연주하는 이멜릭과 그 외 같은 학교를 다니는 여러 친구들(페테르손, 키르, 캐릭, 트니손, 비페르, 비삭, 케사마, 예르베오츠, 쿠슬랍, 토밍가스 등)이 있다. 이들은 라우르 선생님과 장로님이 훈육 감시하는 마을학교에 다니며 온갖 말썽을 부린다. 일부 집이 먼 곳에 있는 아이들은 기숙방을 사용함으로써 교실과 기숙방이 자주 이야기 전개의 장소로 등장하고 있다. 파운베레 인근에는 아르노네 사례 농장, 텔레네 라야 농장, 키르네 숩시 농장이 있고, 그곳에서 일하는 마르트, 리블레, 마리, 리사 등 여러 인물의 동선이 주요 인물과 겹치면서 여러 가지 사건을 일으켜 독자들에게 흥밋거리를 제공한다.

이 소설에서 눈여겨볼 것은 당시 에스토니아의 사회적 환경과 민족 정서이다. 당시 에스토니아는 정치적으로 제정 러시아의 지배하에 있으면서 독일 문화에 예속된 상황이라 독립 국가를 이루려는 노력과 걸맞게 민족정신을 함양하려는 의지가 지식인인 오스카르 루츠에게도 중대한 사명감으로 작용했을 법하다. 이 소설의 작가는 이것을 여러 인물을 통해 의도적으로 드러내고자 했던 것 같다. 그 증거는 다음과 같은 주요 인물(토츠, 아르노, 이멜릭, 트니손)의 행동으로 충분히 나타난다.

이 소설의 가장 핵심인물이 되는 토츠는 거짓말쟁이라거나 친구들에게 늘 무엇인가를 팔려고 하는 말썽쟁이라기보다 열정적인 모험가이자 훌륭한 이야기꾼이다. 아르노는 명석하나 망설임이 많고 당장 행동을 앞세우지는 못하는 사색적인 지식인의 모습을 하고 있다, 늘 칸넬을 연주하는 이멜릭은 구김 없이 밝은 성격에 자신감 넘치는 예술가의 자질을 보여주고 있고, 트니손은 과묵한 행동가라서 군인 타입으로 비친다. 적어도 이들 넷은 막연한 성장기에 주목할 만한 캐릭터로서 아주 적합하고 보기 좋게 그려져 있다. 학교에서 이들을 지켜보고 직접 가르치는 사람이 라우르 선생님이지만, 남 보기에 술주정뱅이며 싸움질이나 하는 성당의 종지기 리블레도 여기서 훌륭한 조언자의 역할을 해내고 있다.

　이 소설에서 아르노의 시야에 늘 텔레가 들어 있고 그녀의 마음을 사로잡지 못해 마음을 졸이는 장면이 많아 혹시 '로미오와 줄리엣'과 같은 러브스토리로 가는 것이 아닐까 상상하게 만든다. 하지만 화자는 이 소설을 그런 우울한 멜로물로 만들지 않고 텔레를 그냥 평범한 친구 중 하나로 남게 하여 자아를 성숙시켜가는 청년 초기 아이들의 밝은 성장기로 서사의 중심을 잡아놓고 있다.

　이 소설은 얼핏 보기에는 오스카르 루츠가 자신의 어린 시절을 모티프로 하여 쓴 듯한 느낌으로, 화자가 아르노에게 투사되는 빈도수가 높아 그를 주인공이게끔 보이게 하고 있다. 그러나 아르노가 토츠의 행동반경 안에서 주로 토츠의 이야기를 전한다는 것, 그리고 이따금씩 이멜릭이나 트니손 등 다른 사람의 시선으로 서술의 초점이 약간 이동한다는 것을 염두에 두고 읽으면, 이 소설의 핵심인물이 누구인지 더 생각하게 만든다. 특히 여러 부분에서 토츠가 친구들에게 들려주는 이야기는 '서사문학의 본질'을 보여주는 흥미 있는 예이고, 토츠가 얼마나 이 소설의 중심 역할을 하고 있는지를 느끼게 한다.

이 소설이 오랫동안 에스토니아 내외에서 인기를 누릴 수 있었던 가장 큰 이유는 '삶에 대한 진지한 태도'를 가진 여러 인물이 등장하여 이 사회가 가진 문화적 가치와 전통, 교육적 가치가 높은 수많은 에피소드, 그리고 서정미가 물씬한 세련된 표현으로 품위 있게 문학적 상상력을 전해주고 있기 때문일 것이다. "소년들이여, 깨어나라!" 눈에 보이게 그렇게 소리를 높이고 있진 않지만, 이 소설은 어두운 시대를 비추기 위해 주요 인물에게 촛불을 하나씩 쥐어준 듯하다. 아무튼 그러한 인기에 힘을 얻어, 이 소설은 1969년에 영화감독 아르보 크루세이트에 의해 영화로 만들어져 세계적으로 화제가 되기도 했다.

여기에 등장하는 말썽꾸러기 친구들이 벌이는 아기자기한 사건들은 동서 문화의 차이가 없이 성장 과정에서 모두 있을 법한 내용이고, 특히 기질이 다른 여러 인물을 통해 보여주는 유머 감각과 지혜, 그리고 따뜻한 인간미는 이 책의 서사가 얼마나 품위 있고 빛나는 것인지를 잘 말해준다. 허위와 이기심이 가득한 복잡한 요즘 세상에 이런 맑은 기운이 담긴 책을 만날 수 있다는 것도 특별한 행운일 것 같다. 🌏

오스카르 루츠는 1886년 12월 26일 타르투에 살고 있던 힌드릭 루츠 (Hindrik Luts)와 레나 루츠(Leena Luts) 사이의 큰아들로 태어났다. 팔라무세 성당에서 열린 세례식에서 세례명으로 부여받은 '오스카르'라는 이름을 평생 본명으로 사용했다. 오스카르 루츠는 자신의 문학적 감성은 외조부모에게서 이어받은 것이라 고백하기도 했다. 외조부모는 유독 이야깃거리가 풍부하고 또 새로운 이야기를 잘 지어내는 이야기꾼이었던 것으로 기억한다고 했다.

루츠는 1895년부터 1899년까지 4년간 팔라무세 마을학교에 다녔다. 어린 시절을 보낸 팔라무세 학교와 반 친구들은 작가의 인상에 깊게 각인되었다. 이러한 기억들은 『봄』과 자신의 회고록에 자주 등장한다.

1899년 그는 타르투에 있는 과학고등학교에 입학하여 약사수업을 받아 타르투와 나르바에서 약사로 근무를 하였다. 고등학교 시절의 추억과 약사로서 경험 역시 다수의 작품에 투영되었다.

그의 첫째 작품은 1907년 존재론적 고민을 담은 「인생」과 「별」 두 작품으로, 토마스 오스카리(Thomas Oskary)라는 필명으로 일간지 포스티메스(Postimees)에서 출판되었다. 이후 약사와 작가의 직업을 동시에 이어갔다. 타르투대학교에서 약사 인턴 시험을 치른 그 해 작가는 「봄」의 집필에 착수했다. 그러나 곧 군대에 징집되어 작가의 집필활동은 오래 가지 못했다.

1911년 루츠는 타르투에 돌아와 타르투대학교에서 약학공부를 이어가면서 인턴으로 활동하기도 했다. 그러나 1차 대전이 발발하면서 루츠는 약제병으로 러시아, 폴란드, 리투아니아 등에서 다시 복무를 하였다. 그리고 전쟁 중인 1917년 벨라루시의 비텝스크에서 벨라루스계 폴란드인이었던 발렌티나 크리비츠카야를 만나 결혼을 하고 1년 뒤 아들 게오르그가 태어났다. 이듬해 작가는 군대에서 제대하고 가족과 함께 에스토니아에 귀국하여 타르투에 자리를 잡았다. 그곳에서 약사로 일하면서 타르투대학교 도서관에서도 근무를 했다.

'토츠 이야기' 연작소설과 기타 작품의 예술적 가치를 높이 평가하여 소련 지배하에 있던 1945년에는 에스토니아 인민공화국 내에서 인민작가상을 수여받고 1946년에는 전 소련에서 생산, 과학, 문화, 문학, 예술, 교육, 보건, 사회 등 분야에서 특출한 업적을 세운 사람에게 수여되는 노동적기훈장을 받았다.

그는 66세로 세상을 뜨기까지 69편의 작품을 세상에 내놓았다. 그중 「봄」은 에스토니아 문학의 대표적인 작품으로 손꼽히며 에스토니아인의 민족정신과 소속감 형성에 지대한 역할을 끼쳤다. 그는 1953년 3월 23일 세상을 떠났으며 그의 유해는 타르투 파울루세(Pauluse) 성당에 안치되었다. 🌐

말썽꾸러기 토츠와
그의 친구들

원제 [Kevade; 봄]

펴낸날 2021년 09월 09일

지은이 오스카르 루츠
옮긴이 서진석
펴낸이 이순옥
펴낸곳 도서출판 문화의힘
등록   364-0000117
주소   대전광역시 동구 대전천북로 30-2(1층)
전화   042-633-6537
전송   0505-489-6537

ISBN 979-11-87429-69-2
© Andres Luts

*이 책은 에스토니아 문화기금(Eesti Kultuurkapital) 문학번역
지원금(Traducta programm)의 지원을 받아 출판되었습니다.

CULTURAL ENDOWMENT ᴏꜰ ESTONIA

|값 15,000원|